KB202855

온전한 결핍

2

온전한 결핍 2

ⓒ김바림 2025

1판 1쇄 인쇄	2025년 3월 17일
1판 1쇄 발행	2025년 3월 27일

지은이	김바림

펴낸이	박대일
편집	이문영 · 이주현 · 김래현 · 임유리 · 이지영 · 임지원
마케팅	임유미

디자인 · 조판	송새연

펴낸곳	파란미디어
출판등록	2004년 9월 14일 제313-2004-00214호

주소	03992 서울시 마포구 동교로23길 14 국제빌딩 6층
전화	02.3141.5589 영업부 070.4616.2012 편집부
팩스	02.6499.5589
전자우편	paranbook@gmail.com
카페	http://cafe.naver.com/paranmedia
인스타그램	@paranmedia

ISBN	979-11-7259-081-9(04810)
	979-11-7259-079-6(전2권)

I'm on the right track.

2

김바림 장편소설

온전한 결핍

목차

15. 더 해 봐

"차 받아 올 테니까 후문에서 기다려."

태열은 눈에 띄지 않게 조용히 만나고 싶다는 주영의 말을 충실히 따랐다.

레스토랑이 있는 건물의 후문 앞에 서 있으니 며칠 전 집을 데려다줄 때 보았던 검은색 세단이 천천히 주영 앞에 멈추어 섰다.

주영이 조수석 문을 열고 올라탔다. 핸들을 잡고 그 모습을 느른하게 쳐다보던 태열이 입을 열었다.

"밥 먹고, 드라이브 가고, 잠도 자야 되는데. 밥은 먹었고."

"……."

"드라이브 갈까? 뭐, 원하면 잠부터 자도 되고."

"미쳤어. 무슨 대낮부터……."

주영이 아연한 표정으로 고개를 돌리자 장난기 담긴 얼굴과 눈이 마주쳤다. 이내 주영이 얼굴을 풀고 픽 웃으며 눈을 흘겼다.

천천히 차가 움직이기 시작했다.

　태열의 차는 수입 전기차 브랜드의 세단이었다. 전기차라 엔진의 소음이 없으니 실내가 굉장히 조용했다. 그래서 더 어색했고.

　어색함에 주영이 괜스레 차 내부를 살폈다. 운전석과 조수석 중앙에 세로로 긴 디스플레이 위로 사이드와 후방을 비치는 카메라 화면이 실시간으로 떠 있었다.

　스크린 외의 나머지 공간엔 조작 버튼이라곤 아무것도 없어 내부 인테리어가 매우 심플하고 군더더기 없었다.

　더 이상 둘러볼 것이 없어진 주영이 심심해져 시트에 몸을 깊게 기대앉았다.

　고개를 들어 올리자 머리 위로 하늘이 보였다.

　"피곤해?"

　"아니. 괜찮아. 천장이 유리네?"

　"응. 햇볕 뜨거워?"

　"괜찮아."

　괜찮다는 대답에도 태열이 손을 들어 천장을 만지며 온도를 가늠한다. 글라스 루프를 통해 들어온, 계절을 녹이는 따사로운 볕이 차 내부를 데웠다.

　아직 겨울이었기에 햇볕은 참을 만했다. 그런데⋯⋯.

　"여름엔 이거 더워서 어떡해?"

　"사우나 하는 거지, 뭐."

　"⋯⋯."

　태열이 대수롭지 않다는 듯 대답했다.

그 쏟아지는 햇빛을 차단할 수 없다면 차가 차로서 기능을 못하는 거 아닌가?

병 찐 눈으로 운전석을 쳐다보자 전방을 주시하던 태열이 흘끔 곁눈질을 하더니 옅게 웃고 만다.

"선 셰이드 있어. 여름에 타도 넌 땀 한 방울 안 나게 해 줄 거니까 걱정하지 마."

"……."

둘이 처음 만났던, 시린 바람이 몸을 에워 오는 계절에 다시 만난 태열은 여름을 말했다.

겨울이 지나고, 꽃이 피고, 봄이 지나고 푸른 잎이 무성한 여름이 올 때까지 함께할 기약을.

주영의 마음이 붕 띠오르기 시작했다.

넘실거리는 주영의 마음과는 상반되게 토요일의 테헤란로는 차가 빼곡했다. 차가 천천히 속도를 줄이다 멈추더니, 가다 서다를 반복했다.

주영이 방황하는 시선을 옮겨 창밖으로 길을 다니는 사람들을 보다가, 꽉 막힌 전방을 봤다가, 운전석 쪽으로 고개를 돌렸다.

태열은 전방을 주시하며 왼손으로 핸들을 잡고 있었다. 남은 오른손이 허벅지 위에 아무렇게나 올려져 있다.

여전히 크고 남자다운 손이었다. 기다란 손가락 중간중간 불거진 마디가 눈에 띄고 항상 깔끔하게 바짝 깎인 손톱도 그대로였다.

딱딱한 굳은살이 가득한 손이 주영의 손을 감아 오고 뺨을 쓸어내리곤 했는데.

어느 날 음악실의 기억이 새록새록 떠올랐다. 긴장한 채로 커다란 손을 조심스럽게 잡고 만지작거리던 그때로 돌아간 듯했다.

주영이 조심스레 손을 뻗어 손등 위로 돋은 힘줄을 툭 건드렸다.

정면을 주시하던 태열의 시선이 아래로 흘끔 향했다.

"신경 쓰지 말고 운전해. 앞에 봐."

말과 함께 주영이 손등 위로 툭 튀어나온 힘줄을 손끝으로 천천히 쓸었다. 여전한 굳은살 덕에 투박하고 거친 손바닥과는 다르게 매끈한 피부의 감촉이었다.

부드럽게 손등을 쓸자 커다란 손이 그대로 뒤집히며 확 주영의 손을 잡아챘다.

태열이 손가락 사이사이로 깍지를 끼며 손을 얽어 왔다. 벌어진 손가락의 틈이 조여들어 아플 정도로 손을 꽉 쥔 태열이 목소리를 낮게 깔았다.

"드라이브, 다음에 가야겠다."

급하게 차를 돌려 도착한 곳은 테헤란로 근처에 있는 호텔이었다. 주차를 하고 리셉션이 있는 25층에 내렸다.

태열은 체크인을 하기 위해 프런트로, 주영은 객실용 엘리베이터가 있는 안쪽으로 갈라졌다.

어색한 표정으로 객실용 엘리베이터 앞에 서 있는데 태열이 뚜벅뚜벅 걸어오더니 멀찍이 섰다.

주영에게 눈길도 주지 않고 버튼을 눌렀다. 엘리베이터의 문이 열리고 차이를 두고 주영도 발걸음을 뗐다.

주영은 좁은 공간의 가장 안쪽에, 태열은 문 앞에 섰다. 문이 닫히던 찰나 둘을 사이에 두고 급하게 열림 버튼을 누른 다른 일행이 마저 올라선다.

"어?"

고태열 아냐?

엘리베이터에 오른 커플이 태열을 힐끗하며 속삭였다. 사람들의 눈길에 주영은 초조하게 입술을 말아 물고는 시시각각 바뀌는 번호판만 쳐다봤다.

31층에서 태열을 힐끗거리던 사람들이 내리고서야 주영이 얕게 한숨을 내쉬었다.

목적지인 34층에 내려서도 태열은 돌아보지 않고 앞만 보고 걸었다. 주영도 일행이 아닌 척 거리를 두고 태열을 뒤따랐다.

태열이 카드키를 갖다 대고 문이 열렸다 바로 닫혔다. 닫히는 문을 보며 주영의 얼굴이 황당함으로 물들었다.

주영이 조용히 만나고 싶다고 했으니 모르는 척 따로 가는 거까진 좋은데, 이렇게 문까지 닫아 버리면 어떡해.

얘는 진짜…….

당황한 얼굴로 태열이 들어간 방문 앞에 서서 눈을 끔뻑였다.

벨을 누르라는 건가, 전화를 해야 하나.

고민하던 찰나 벌컥 문이 열리고 틈새로 빠져나온 팔이 주영을 잡아당겼다. 정신 차릴 새도 없이 벌려진 문틈으로 주영이 빨려 들어갔다.

"이 정도면 만족해?"

이미 짙게 변한 검은 눈이 주영에게 물었다. 네가 원하는 대로 장단에 맞춰 주고 있는데, 만족하느냐고.

"고마……."

주영이 고개를 끄덕이며 고맙다고 말하려던 찰나 그대로 태열의 입술이 주영을 덮쳤다. 커다란 손이 뺨을 덮고, 입술이 열리고, 혀가 밀려 들어왔다. 밀려드는 그를 주영이 숨 가쁘게 받아 냈다.

한참을 진득하게 입술이 엉키는데 몹쓸 손이 가슴으로 올라왔다. 주영이 태열의 손을 잡으며 고개를 틀었다. 밭은 숨을 내쉬며 입을 뗐다.

"너는 자꾸 왜 문 앞에서……."

"그러니까 왜 문 앞에서부터 사람을 안달 나게 해."

그대로 뜨거운 숨이 다시 몰려들었다.

문 앞에서, 소파에서, 침대에서.

이리저리 옮겨 다니며 몸을 맞붙였다.

어젯밤은 아무것도 아니라는 듯이 태열은 더욱 집요하게 굴었다.

주영이 민망함에 신음을 참으면 소리를 내뱉을 때까지 예민한 곳들을 끈질기게 파고들었다.

온몸에 태열의 손길과 입술이 닿지 않은 곳이 없었다. 하도 소리를 질러 마지막에 가서는 목이 따끔거릴 지경이었다.

후회마저도 길고 진했다.

고태열은 진짜, 선을 몰랐다…….

주영이 침대 위에서 축 늘어진 몸으로 고개만 돌려 창밖으로 시선을 던졌다.

강남을 채운 크고 작은 빌딩들 너머 멀리 남산타워가 작게 보였다. 방에 들어온 지 몇 시간이 지났는데 이제야 이런 풍경이 눈에 들어온다.

"같이 씻을까?"

태열이 무겁게 늘어진 콘돔을 쓰레기통으로 던지며 물었다.

쟤는 왜 자꾸 같이 씻자는 거야. 남세스럽게. 주영이 질색하며 고개를 저었다.

"뭐, 내외해?"

"씻을 땐 평화롭고 싶어."

자비 없이 몰아치다가도 느긋하게 여유를 부리기도 하고, 다시 침잠한 눈빛으로 머리끝부터 발끝까지 삼키려던 그의 아래서 혼을 뺏긴 순간을 상기하며 주영이 거절했다.

욕실까지 같이 들어갔다가 또 무슨 일이 있으려고.

태열이 작게 웃으며 거실로 나갔다. 주영도 늘어진 몸을 겨우 일으켜 마스터 룸에 딸린 욕실로 들어갔다.

거울 앞에 선 순간 주영이 눈을 질끈 감으며 머리를 쓸어 올렸다. 하도 목을 지분거리기에 보이는 곳에는 흔적을 남기지 말랬더니…….

목과 팔은 멀쩡했다. 다만 옷을 입으면 가려질 부분엔 태열이 남긴 흔적들로 가득했다. 온몸이 울긋불긋했다.

이걸 화를 내야 할지, 착실하게 말을 잘 듣는다고 해야 하는지.

주영이 이마에 손을 짚으며 바람 빠진 웃음을 흘렸다.

주영이 씻고 나오자 가운 차림의 태열이 소파에 기대 객실에 비치된 태블릿 화면을 보고 있었다.

"뭐 해?"

가까이 가며 묻자 태블릿 화면을 주영에게 보여 줬다. 룸 다이닝 메뉴의 사진 목록이 화면을 채우고 있었다.

"밥 먹어야지."

만나서 점심을 먹고, 한 게 뭐 있다고 또 밥을 먹어.

주영도 조금은 기운이 없긴 했으나 아직 저녁을 먹기엔 조금 이른 시간이었다.

"무슨 밥을 벌써 먹어. 한 게 뭐 있다고."

"먹고 또 힘내야지."

질색하며 쳐다보자 태열이 팔을 뻗어 주영을 품에 가둬 안았다. 주영이 단단한 허벅지를 때리자 낮은 웃음소리가 머리 위에서 퍼졌다.

주영이 태열의 품에 안겨 창밖으로 어둑해지는 시내를 내려다보다 문득 떠오르는 생각에 입을 열었다.

"……고태열."

"엉."

주영의 머리를 쓸어 넘기던 태열이 무심하게 대꾸했다.

"그…… 카페 라운지 담당자는, 그냥 직원이야?"

매번 마주칠 때마다 태열과 다정한 분위기를 연출하던 여자가 내심 신경 쓰였다.

거리낌 없이 어깨며 얼굴이며 손을 대던 모습. 일반적인 대표와 직원의 관계라고 보기는 어려웠다. 게다가 항상 환히 웃는 여자의 얼굴은 태열과 사뭇 잘 어울리기도 했었으니까.

"누구? 서우 누나?"

"응. 너희 담당자."

누나라고 할 정도로 가까운 건가. 주영이 부러 담당자라고 딱딱하게 정리하자 뜻밖의 대답이 돌아왔다.

"나 미국 갔을 때 담당 에이전트 형 여자 친구야. 미국에서 누나 사업 시작하는 거 도와줬고, 그게 지금까지 이어져서 한국에서도 같이 하는 거고."

"……."

"예전에 너도 봤을걸. 너 라운지에서 처음 마주친 날. 촐싹거리면서 들어오던 거, 종찬이 형. 서우 누나 남자 친구."

기억났다. 처음 로비 라운지에서 우연히 태열을 마주쳤던 날 주영을 향해 호기심 어린 눈길을 보내던 남자.

삼촌은 직장 때문에 한국을 떠날 수 없었기에 홀로 미국에 정착해야 했던 태열을 가족처럼 챙겨 준 사람들이라고 했다.

무안함에 주영의 얼굴이 달아올랐다. 쓸쓸했을 어린 태열의 곁을 지켜 준 사람을 보고 고작 질투 따위나 하고 있었다니. 조금은 부끄러웠다.

주영이 민망함에 팔을 뻗어 방금 전까지 태열이 들고 있던 태블릿을 들며 말을 돌렸다.

"뭐 좀 시키자. 갑자기 배고픈 것 같아."

빤히 주영을 쳐다보던 태열의 얼굴 위로 웃음이 만연해진다. 기분이 좋은 듯 입매를 당겨 왔으며 묻는다.

"서우 누나는 갑자기 왜."

"그냥."

주영이 화면을 뒤적이며 대충 얼버무렸다. 민망해서 딱히 할 말이 없었다.

뭘 먹을지 고민하는데 짓궂은 목소리가 돌아왔다.

"질투해?"

"……미쳤어?"

"계속해 봐."

"아니라고 했잖아. 빨리 시키기나 해. 배고프다니까?"

퉁명스럽게 대꾸하는 주영의 얼굴 위로 입술이 가볍게 닿았다 떨어졌다.

주영이 또다시 다가오는 얼굴을 밀어내며 태블릿 화면에 시선을 고정했다. 머리 위에서 낮은 웃음소리가 끊이지 않았지만 주영은 억지로 무시했다.

메뉴를 고르는 것도 일이었다. 한식, 중식, 양식 중 뭘 먹을지, 또 그중에선 뭘 먹을지. 주영이 이것저것 메뉴판을 살피는데 눈에 들어오는 메뉴가 있었다.

몇 년 전 해외에서 크게 흥행한 한국 영화에 나와 한때 인기를 끌었던, 한우 채끝이 올라간 짜장 라면.

호기심이 일었다. 영화에서 배우가 엄청 맛있게 먹던데.

"이런 것도 있네. 난 이거 할게."

주영이 먹음직스러운 사진을 가리키며 말하자 태열이 무심히 화면을 넘기며 다른 메뉴들을 본다.

"그거 별로야. 여기 안심 스테이크 괜찮아. 전복 파스타도. 라면이 먹고 싶은 거면 차라리 해물라면을 먹어. 해산물도 많이 들어가고 차라리 이게 나아."

꼭 여기 룸 다이닝의 메뉴를 다 먹어 본 사람처럼 술술 메뉴를 읊어 대는 태열을 보며 주영이 헛웃음을 지었다.

"꼭 다 먹어 본 사람처럼 말하네. 여기 자주 왔나 봐?"

"호텔이야 자주 다녔지."

"……."

은근히 시비조로 물어도 대수롭지 않게 대답한다.

아니, 호텔을 자주 다닌 게 뭐가 자랑이라고 그렇게 당당해. 주영과 눈을 마주친 태열이 살짝 눈을 접어 눈웃음을 쳤다.

"선수 때도 그렇고, 지금도 너희 호텔에 묵고 있고."

"……."

그런 걸 물어본 게 아니란 걸 알면서. 주영이 빤히 응시하자 태열이 피식 웃으며 말을 이었다.

"예전에 선수 생활 할 때, 원정 가면 매번 호텔에서 잤고. 비시즌에 한국 들어오면 보통 호텔에 있었어. 삼촌은 일 때문에 울진에 가 있으니까."

"그럼 서울엔 집이 없어? 지금도 그래서 호텔에 있는 거야?"

"그땐 굳이 필요 없어서. 호텔에 있으면 나름 여행 온 기분도 나고."

"근데…… 여기 작년에 오픈했는데."

럭셔리 콘셉트를 표방하는 이 호텔과 젊은 층을 공략하는 세이드는 노리는 고객층이 달라 경쟁업체는 아니더라도 같은 업계였다.

이 정도 규모의 호텔이 매각되고 리모델링을 하고 재오픈을 하는 시기 정도는 주영도 당연히 알고 있었다.

게다가 지금도 집이 없어 호텔에 묵는 거난 말엔 답도 없다.

주영이 어이없다는 표정으로 눈을 흘기자 태열이 입매를 당기며 못 말린다는 표정을 지으며 머리를 쓸어 넘겼다.

아직 끝이 젖어 있는 머리칼이 흔들리며 주영과 같은 어메니티의 향이 코끝을 간질였다.

"온주영."

"왜."

"더 해 봐."

"……뭘."

"오해받는 거, 생각보다 기분 좋은데. 계속해 봐."

태열이 얼굴을 가까이하며 '응?' 하고 재촉했다.

뭘, 더 하란 거야. 태열과 같이 있으니 꼭 어린 시절로 돌아간 것 같다.

사람이 한없이 유치해진다. 주영이 짜증 가득한 손길로 떡 벌어진 어깨를 때렸다.

단단한 어깨는 미동이 없었다. 태열이 주영의 손을 잡아채 입술을 눌렀다.

다음 날 아침 주영은 이르게 집으로 돌아왔다.

태열도 오전부터 일이 있다고 했고, 주영도 확인해야 할 서류가 산더미였다.

어젯밤, 한 상 가득 메뉴를 시킨 태열 덕분에 배가 터지게 밥을 먹고 나니, 소화를 시켜야 된다는 명목으로 밤새 치근덕대는 손길에 제대로 잠을 자지도 못했다.

주영이 몰려오는 피로를 떨쳐 내며 편한 옷으로 갈아입고는 책상 앞에 앉았다. 혜원이 올린 리뉴얼 관련 보고서를 훑는데 갖은 상념이 머릿속을 헤집었다.

생각이 끝나는 지점은 항상 똑같았다. 주영을 보며 근사하게 웃는 매끈한 낯짝.

연애를 한다.

다시.

태열과.

몇 달 전까지만 해도 상상할 수 없는 일이었다. 소식조차 모르고 살았으니.

태열이 말한 것처럼 주영도 이 만남에 최선을 다할 생각이었다. 시작은 예기치 못하게 찾아왔으나, 누구보다도 순조로운 만남이 되길 원했다.

또다시 미련 가득 후회하지 않도록.

그러기 위해선 태열에게 말한 것처럼, 파혼을 공식화하기 전까지만이라도 주헌을 비롯한 사람들의 눈을 최대한 피하고 싶었다.

그러려면 제약도 많겠지.

더 이상 태열이 머무르고 있는 호텔 셰이드의 펜트하우스를 찾는 건 무리였다. 전주댁이 수시로 드나드는 주영의 집도 안전지대는 아니었다. 그렇다고 어제처럼 매번 보는 눈이 많은 호텔을 찾는 것도 부담이었다.

은퇴를 했어도 여전히 태열을 알아보는 사람들이 많으니.

어떻게 해야 할까.

남은 3개월 동안 집이라도 얻어야 하는 건가. 주영이 핸드폰을 들어 부동산 어플을 뒤적거렸다.

주영의 집과 가까운 청담동이 나을지, 호텔이 있는 신사동이 나을지, 아니면 전혀 새로운 동네가 나을지 고민만 하다 시간을 한참 허비했다.

스스로도 어처구니가 없어 웃었다.

그까짓 연애 한번 하겠다고 별생각을 다 한다. 그냥 흘러가는 대로 두면 될걸.

습관이었다. 뭐든 미리미리 준비하고 대처하는 것. 반쪽짜리 피로 얻은 자리에서 버티기 위해 남은 반을 능력으로 채워야 했다.

그러기 위해 철저하게 미리 계획하고 준비하는 것은 당연하게 몸에 익을 수밖에 없었다.

준비되지 않은 상황에서 고장 난 로봇처럼 멍청하게 구는 짓은 질색이었다. 늘 모든 순간을 철저하게 대비하거나 아니면 최대한 회피하거나.

태열을 재회한 그 순간처럼. 쫓기는 사람처럼 내뺐던 식당 앞에서의 모습이 떠올랐다. 태열의 입장에선 얼마나 어처구니가 없었을까.

주영이 잡념을 털어 내고 다시 서류로 신경을 집중하려는데 도어로크 버튼을 누르는 소리가 들렸다.

이 집의 비밀번호를 아는 사람은 주영 외에 단 한 명뿐이었다.

전주댁.

성북동의 집안일을 전담하는 전주댁은 독립 이후 일주일에 한두 번 주영의 빌라를 찾아 냉장고를 채워 넣고 집안일을 돌봤다.

주로 주영이 출근한 평일 오전에 찾아오기 때문에 자주 마주칠 일은 없었는데, 오늘은 일요일이었다.

"어머, 서 상무. 일어나 있었네? 문자 보내도 답이 없길래 아직 꿈나라인 줄 알았더니."

주영이 현관 쪽으로 얼굴을 비치자 신발을 벗던 전주댁이 놀란 얼굴을 하다가 사람 좋아 보이는 미소를 지었다.

자글자글한 눈가의 주름이 선명해지도록 웃는 전주댁의 눈에 불편한 얼굴을 한 주영이 보였다.

"주말인데 어쩐 일이세요?"

메시지를 확인하려는지 핸드폰을 꺼내는 주영을 보며 전주댁이 집 안으로 발을 들였다.

전주댁도 모처럼의 휴일에 남의 집을 들러 저런 불편한 얼굴을 마주하고 싶은 생각은 전혀 없었다.

송 여사의 닦달이 있어 어쩔 수 없이 방문했을 뿐. 전주댁이 능청스럽게 웃으며 답했다.

"요새 우리 전무님이랑 여사님이 서 상무 엄청 걱정 많이 하시는 거 알지? 어제 전무님 성북동 와서 그러시더라구. 서 상무 결혼 준비하느라 힘들 텐데 좀 챙겨 줘야 하는 거 아니냐구."

옥경은 아무리 그래도 집안의 개혼인데 지난번에 집을 다녀간 이후로 이렇게 소식이 없어서 쓰겠냐며.

'도대체 이것은 누구 얼굴에 먹칠을 하려고 이렇게 여유를 부리는 게야?'

불만이 가득한 쓴소리를 서슴지 않았다.

'얼마 안 남았으니 상진이 형 한국 오기 전까지 서 상무가 바쁘게 움직이긴 해야겠네요. 할머니가 많이 도와주세요.'

어젠 옥경의 언짢음에 서주헌 전무까지 말을 더하니 전주댁 입장에선 더 이상 가만히 지켜보고만 있을 수가 없었다.

"우리 서 상무 소고기뭇국 빨갛게 하는 거 좋아하잖아. 내가 넉넉하게 해 왔어. 전복장이랑 이번에 새로 담근 나박김치. 반찬들 더 있으니까 잘 챙겨 먹어. 한창 일하는 사람이 이게 뭐야. 비쩍 말라서. 응?"

전주댁은 주영이 잘 먹던 음식들을 밤새 준비했다. 황금 같은 주말에 이유 없이 찾아오려면 명분이라도 있어야 하니.

그녀의 눈에 주영이 불편한 표정을 가다듬는 게 보인다.

"여사님, 이렇게까지 안 챙겨 주셔도 돼요."

여사님이라는 호칭에 전주댁의 광대가 한껏 치솟았다. 이내 바로 헛기침과 함께 표정을 가다듬는다.

"어우, 그렇게 부르지 말라니까. 진짜 여사님 아시면 난리 나요. 나 혼나기 싫어."

전주댁이 손사래를 치면서도 기분 좋게 웃으며 냉장고 문을 닫았다.

처음 주영이 성북동으로 들어왔을 때는 일하는 전주댁의 입장에서도 많이 껄끄러웠다.

당시 부회장이었던 서재건 회장이 밖에서 낳아 온 자식. 그것도 20년 가까이.

집안의 제일 어른인 송 여사는 마음에 들지 않는 티를 온몸으로 내지, 애 같은 지영 아가씨는 울고불고 난리도 아니지.

게다가 어린 주영도 원래 내성적인 건지 아니면 불편해서 그런 건지 말수도 없고 집안에 섞여 들지 못했다.

즉, 이래저래 고용인의 처지에서도 꺼림칙하기만 한, 굴러온 돌이었다.

그러나 시간이 지나며 제법 부잣집 아가씨 티도 내고, 아랫사람들을 대하는 것도 편해지는 게 보였다.

당시 고등학생 딸이 있던 전주댁 입장에선 안쓰럽기도 하고, 기특하기도 했다.

스무 살도 안 된 어린애가 대놓고 옥경의 멸시를 꿋꿋하게 버텨 내는 게.

전주댁 본인은 하대받는 게 당연한 아랫사람이라지만 주영은 그래도 이 집안의 피가 섞인 가족이 아니던가.

안쓰러운 마음에 식사 때면 주영이 자주 손을 대는 반찬을 챙기며 티 나지 않게 챙겼다.

시간이 흐르고 주영이 회사에서 자리를 잡아가자 옥경의 태도도 많이 누그러졌고. 이젠 임원 직함까지 달아 주영을 쉽게 보는 이는 아무도 없었다.

주영 또한 전주댁을 사람이 없는 자리에서는 여사님이라 부르며 존중했다.

별거 아닌 호칭일 뿐이지만 기분이 좋은 건 사실이지. 저택에서 주영만큼 고용인들을 존중하는 이는 없었으니.

그렇다고 고용주 집안의 사람과 고용인의 관계인데 격의 없는 사이는 아니고, 그냥 적당히 가까운, 예전보단 나은, 그런 관계.

아픈 손가락처럼 가끔은 신경 쓰이는.

주영이 독립해서 나간 이후 송 여사는 굳이 전주댁을 콕 집어 그 집의 살림을 도우라 시켰다. 뭐든 제 손 아래 두지 못하면 병이 나는 성정이니.

들르는 김에 냉장고도 채워 주고, 집 안 정리도 해 주고. 원체 깔끔한 성격이라 손이 많이 가지도 않았다.

성북동에 돌아가선 특별한 일 없이 잘 지내는 것 같다 말을 전하고. 이것저것 캐묻는 옥경에게 덧붙일 말이 없어 곤혹스러운 순간들도 허다했다.

정말 주영의 빌라에선 가끔 채워 넣은 반찬이 줄어드는 것 말고는 사람 사는 게 맞을까 싶을 정도로 흔적이 없었으니까.

전주댁이 어제 내내 다그치던 송 여사의 얼굴을 떠올리며 용건을 슬그머니 꺼냈다.

"그나저나……. 여사님께서 서 상무 집에 좀 한번 들렀으면 하시나 봐. 그래도 집안 개혼인데 혼자 준비하려면 벅찰 테니 도움 좀 주고 싶으신 것 같아."

"……."

전주댁이 슬그머니 눈치를 살폈다. 주영은 건조한 얼굴은 꾹 다문 입으로 대답을 하지 않았다.

저도 불편하겠지. 모르는 바는 아니지만, 전주댁은 옥경에게 고용된 사람으로서의 의무가 있었다.

"언제 시간 돼? 미리 말해 주면 서 상무 오는 날 좋아하는 만두 전골 준비해 둘게."

"요새 제가 좀 바빠서요."

"바쁜 거야 다 알지. 그래도 독립했다고 남처럼 살면 쓰나. 어른들 걱정하시는데 얼굴도 한 번씩 비치고 해야 도리지. 안 그래? 다음 주 어때?"

"……다음 주는 어려울 것 같고. 다음 달에는 시간 내 볼게요."

기껏 밤새 음식을 준비해 찾아왔는데 다음 달이라니. 돌아가서 욕먹을 일만 남았네.

그렇다고 저 불편한 표정을 보니 더 이상 닦달하기도 참 마음이 그랬다. 전주댁이 속내를 감추며 말했다.

"에구, 여사님 서운하시겠다. 그래도 전무님 돕느라 바쁜 거니까 이해해 주실 거야. 내가 잘 말해 놓을게. 오늘 뭐 정리도 좀 도와주고 갈까?"

전주댁이 주방을 나와 거실을 살폈다. 소파 위에 늘어져 있던 담요를 들어 단정하게 개키는 모습을 보고 주영이 괜찮다며 거절을 하려던 찰나, 핸드폰이 울렸다.

태열이었다.

주영이 핸드폰을 내려다보는 걸 흘끔거리던 전주댁이 고개를 늘려 빼며 대놓고 관심을 표했다.

주영이 의식적으로 발신자의 이름이 떠 있는 핸드폰 화면을 가리고는 수신 거절 버튼을 눌렀다.

"본부장님인가? 받지 그랬어. 나 때문에 불편해서 그래? 금방 나가려고 했는데. 참, 결혼이 얼마 안 남아서 그런가 베트남 가서도 이렇게 아침부터 전화를 다 하고. 깨가 쏟아지네 아주. 사람이 생각보다 더 괜찮은 것 같아, 그치?"

"······여사님, 정리는 안 해 주셔도 돼요. 저 오늘은 쉬고 싶어서요."

"어머, 미안해라. 내가 너무 눈치 없이 일요일 아침부터 붙잡고 있었네. 이만 가 봐야겠다. 편히 쉬어."

빈 반찬통 일부를 챙겨 양손에 한가득 짐을 든 전주댁이 현관으로 향했다. 작고 아담한 체형을 가진 중년 여성의 뒷모습을 쳐다보던 주영이 입을 뗐다.

"여사님."

"응?"

현관문을 열던 전주댁이 뒤를 돌아봤다.

"저 챙겨 주시는 건 감사한데 주말엔 안 오셨으면 좋겠어요."

"아……. 오랜만에 서 상무 얼굴도 보고, 안부도 묻고 하려고 했지. 평일엔 워낙 얼굴을 보기가 어려우니까. 미안해, 내가 눈치가 없었어."

"네. 주말엔 저도 집에서 쉬는 날이라, 용건 있으시면 전화를 주세요."

이래저래 변명을 늘어놓는 전주댁을 내보내고 나서야 주영이 한숨을 내쉬며 소파에 자리를 잡았다.

수신 거절을 한 뒤로 메시지가 하나 더 남겨져 있었다.

[바빠?] 10:32AM

주영이 간단하게 답장을 보낸 후 태열의 연락처를 열어 수정 버튼을 눌렀다.

전화며 문자며 이렇게 예상치 못한 순간에 들이닥칠 텐데, 태열의 이름을 그대로 남겨 두는 게 신경 쓰였다.

뭐라고 저장해야 하지.

주영과 연락을 주고받아도 이상할 게 없고, 최대한 공적인 관계의 인물을 떠올렸다.

마땅히 생각나는 이름이 없다가 문득 경영지원팀장이 태열과 같은 성씨인게 생각났다.

　이름을 바꾸고 저장을 하자마자 짧은 진동이 울린다. 발신자
는 '경영지원팀 고 팀장'이었다.

　태열과는 전혀 어울리지 않는 작명에 주영이 픽 웃음을 흘리
며 방금 도착한 메시지를 확인했다.

　　[다음 주에 우리 집 올래?] 10:41AM

16. 주혜원

"일찍 와 계셨네요."

혜원이 말을 뱉으며 느긋하게 맞은편 자리에 앉아 있는 남자를 훑었다.

쌍꺼풀 없이 날카로운 눈매, 우뚝 솟은 코, 시원한 입매. 눈에 띄는 이목구비와 그보다 더 눈에 띄는 체격을 가진 남자.

남자는 한때 온 나라를 들썩이게 하던 인물이었다.

"시작할까요?"

빤히 쳐다보는 혜원을 향해 남자가 여유롭게 웃으며 물었다.

호텔 로비의 카페 라운지는 인테리어 공사가 거의 끝났고 다음 주 오픈을 앞두고 있었다.

오픈 프로모션을 논의하기 위한 회의였다. 임대료를 낮추는 대신 매출에 대한 소정의 수수료를 받는 계약 조건이 있었기에 호텔에서도 적극적으로 프로모션을 지원해야 했다.

남자는 처음 계약할 때까진 모습을 전혀 드러내지 않았기에, 카페 202를 운영하는 자가 그 남자일 거라곤 그 누구도 예상하지 못했다.

혜원이 콘택트할 카페 리스트를 체크하며 카페 202와 관련하여 확인했던 내용은, 그곳이 LA에서 꽤나 인기를 얻어 미국 내에 여러 지점을 냈던 업체였다는 점이었다.

몇 년 전에 한국에 진출해 각종 SNS를 통해 입소문을 타며 빠르게 지점을 확장해 나름대로 업계에선 유명세가 있었기에 콘택트를 했는데…….

당시엔 파티시에인 이서우가 운영하는 줄로만 알았지.

계약이 성사된 후 남자는 보란 듯이 얼굴을 드러내며 미팅 자리며 공사 현장에 나타났다. 심지어 펜트하우스 객실까지 빌리며 적극적인 태도를 보였다.

은퇴 후 어떤 소식도 매체를 통해 들을 수 없었던 남자였는데. 그는 사고 이후 야구를 미련 없이 접고 사업가가 되어 있었다.

"마음 같아선 셰이드 쪽 요구는 다 들어 드리고 싶은데……."

태열이 웃으며 말끝을 늘이는 틈을 타 옆에 앉아 있던 이서우 이사가 끼어들었다.

"일단 지난번에 제안해 주신 투숙객 할인에 대해서는 곤란할 것 같습니다. 저희도 CS 쪽을 고려하지 않을 수 없으니까요."

타 지점과의 형평성을 생각했을 때 할인 제공은 어려울 것 같다고. 대신 호텔 셰이드 임직원에 한해서는 직원 할인을 적용해 주겠다는 말이 이어졌다.

매출을 늘려야 하는데, 직원 할인이 무슨 의미인가.

"처음 제안해 드렸던 20%에서 10% 정도로 할인 폭을 조정하는 것도 어려울까요?"

혜원이 물었고 계속해서 논의가 이어졌다. 투숙객 할인은 베이커리류를 포함한 완제품을 제외하고 제조 음료에 한해서만 제공하기로 협의했다. 카페 202 내부에서 개별적으로 진행할 프로모션에 대한 내용을 공유하고, 호텔과 연계할 수 있는 부분을 논의하고. 꽤 시간이 흘렀다.

팔짱을 끼고 서우와 혜원이 주고받는 모습을 조용히 지켜보던 태열이 회의가 마무리될 때쯤 손목을 들어 시간을 확인한다.

"이 정도면 충분한 것 같은데, 그만 마무리할까요. 뒤에 일정이 있어서."

태열은 회의 내내 말을 많이 하지 않았다. 서우가 대부분 회의를 주도했고, 그는 가끔씩 툭 한마디씩 핵심을 찌르는 말을 던질 뿐.

태열은 모자라지도 넘치지도 않게 적당히 여유로운 태도를 내내 유지했다.

미팅이 있냐며 서우가 조용히 속삭이며 묻자 태열이 눈썹을 들며 긍정의 표시를 했다.

혜원이 회의 내용을 적어 내려가던 랩톱 화면에서 시선을 떼고, 일어서는 태열을 마주 봤다.

"네. 그럼 앞으로 잘 부탁드립니다."

"저희도 잘 부탁드립니다."

혜원의 형식적인 인사에 태열이 웃으며 대답했다.

야구에 크게 관심이 없던 혜원도 기억한다. 주영과 붙어 다니던 대학 시절, 주영은 내내 야구에 빠져 있어 원치 않아도 접할 수밖에 없었다.

종종 저렇게 여유로운 태도로 미디어에 웃는 얼굴을 비치던 남자였다. 매사에 자신감 넘치던 모습은 대중의 관심을 끌어당기기에 충분했다.

그런데…… 생각해 보니 이상한 부분이 있었다.

대학생 때 주영은 컵스의 경기를 매번 챙겨 봤다. 하도 질리도록 봐서 같이 다니던 혜원이 매번 싫은 소리를 해 대곤 했는데.

고태열의 팬이냐고 물으면 주영에게선 야구가 재밌어서 보는 거지, 그런 건 아니라는 재미없는 대답이 돌아오곤 했었다.

아무리 선수가 아니라 경기를 보기 위해서 그렇게 열성이었다 하더라도. 그렇게 나라를 들썩이게 하고 소리 없이 사라졌던 대상을 뜻밖의 경우에 마주치게 되면 놀라거나, 좋아하거나, 아무튼 어떤 반응이라도 있어야 하는 거 아닌가.

고태열이 라운지 입점 업체의 대표라는 걸 알고 나서도 주영에겐 특별히 다른 반응은 없었다.

오히려 라운지 카페 건은 전적으로 혜원에게 맡기고 4층의 레스토랑 건을 더 신경 쓰는 눈치였다.

두어 번 혜원을 따라 현장을 둘러본 게 다였을 뿐.

떨떠름한 얼굴로 태열과 서우가 나간 문을 쳐다보던 혜원을 김은지 대리의 목소리가 깨웠다.

"진짜 잘생겼어요. 그죠?"

같이 회의에 참석했던 김은지가 호들갑을 떨었다.

"뭐, 그래서 유명했잖아."

혜원에게 시원찮은 대답이 돌아와도 아랑곳하지 않고 목소리를 키운다.

"아니, 어떻게 저렇게 생겼지? 솔직히 저는 은퇴하고 나서 기사 나는 것도 없고 해서 엄청 심각한 부상인 줄 알았거든요? 아니 근데 무슨 카페를 하고 있어. 여기 미국에서도 엄청 잘됐잖아요. 한국에서도 지점만 몇 개야. 성공할 사람들은 뭘 해도 성공하나 봐요. 불공평하지 않아요?"

"뭐가."

"그렇잖아요. 저 얼굴에, 저 몸에, 솔직히 선수 생활할 때 돈도 엄청 벌었을 거 아니에요. 연봉만 해도 어마어마했는데 광고도 장난 아니었지. 은퇴하고는 별거 없이 사나 했더니 또 지금 하는 사업도 엄청 잘되잖아요. 다 가진 거지. 아, 다 가진 인생에 오점 하나 만들어 주고 싶다. 나라는 오점. 고태열 정도면 눈도 엄청 높겠죠?"

"회의 내내 말 한마디 못 붙이더니. 김 대리님 적당히 하시죠?"

"팀장님 그건 진짜 억울해요. 솔직히 회의 내용 받아 적으랴, 고태열 얼굴 보랴. 말할 시간이 어딨어요. 근무 시간만 아니어도 진작 말 걸었죠."

"김 대리님 말마따나 그 다 가진 사람이 만나는 여자 하나 없겠어? 꿈 깨고 노트북 챙겨서 일어나. 퇴근 준비하자."

"하긴, 여자가 차고 넘치겠죠. 빌어먹을 불공평한 세상."

시무룩한 얼굴로 랩톱을 덮는 김 대리를 보며 헛웃음을 짓고는 혜원이 회의실을 떠났다.

주차된 차의 운전석에 앉아 혜원이 핸들에 머리를 박고는 한숨을 흘렸다. 계속 핸드폰이 울렸다.

서주헌이었다.

주영의 소개로 대학생 때 주헌을 몇 번 만났었다. 만남이 지속될수록 무거워지는 혜원의 마음에 비해 그는 항상 혜원을 대수롭지 않게 대했다.

만날 때마다 이것저것 선물을 가져다주며 물질적으로는 성의를 보였다.

그러나 그뿐이었다.

항상 그는 만나는 그 순간, 잠자리 말고는 관심이 많아 보이지 않았다.

당시 혜원이 기울어진 마음의 무게를 인정하기까지 오랜 시간이 걸렸다. 그리고 용기 내 그의 마음을 묻던 순간 되돌아온 말은 상처뿐이었다. 비참했다.

그렇게 주헌과의 관계를 정리했고, 그렇게 주영과도 멀어졌다.

주헌이 다시 나타난 건, 상원그룹이 혜원이 근무하던 전신 호텔을 인수한 이후부터였다.

차갑게 밀어내면서도 결국 끝까지 모질지는 못했다. 그렇게 의미 없는 만남이 지속되고 있었다.

정리해야지, 하면서도 선뜻 사람의 미련이라는 게 그렇게 쉽지 않았다.

진동이 멈추자 혜원이 고개를 들었다.

전면의 유리창 너머로 고요한 주차장을 가로질러 가는 주영이 보였다.

웬일이래. 정시 퇴근을 다 하고.

주위를 살피듯 두리번거리며 주변을 확인한 주영이 주차되어 있는 세단의 조수석 문을 열었다.

문을 열자마자 빨려 들어가듯 차 안으로 몸을 싣는 게 보였다.

결혼 예정이라는 얘기는 들었다. 그러나 주헌을 통해 듣기론 약혼자는 해외에 나가 있다고 들었는데.

뭐지. 대학생 때부터 남자에 도통 관심을 보이지 않던 주영이었다. 억지로 미팅에 끌고 나가도 지루한 표정을 숨기지 못하던 사람이었는데. 여기저기 모임에 나간다는 얘길 들었으나 진지하게 데이트하는 모습을 본 기억은 없었다.

주영을 태운 차가 부드럽게 주차장을 빠져나갔다. 차가 빠져나가며 언뜻 보이는 운전석의 인영이 혜원이 아는 누군가와 비슷했다.

차가 사라지고 비어 버린 주차 공간을 보며 혜원이 고개를 갸웃거렸다.

설마…….

그러나 타인에 대해 생각하는 시간은 사치라는 듯, 또다시 핸드폰이 울리기 시작했다.

발신자는 같았다.

혜원이 머리를 쓸어 올리며 결국 핸드폰을 집었다.

17. 9층과 11층

금요일 저녁이었다.

지하 주차장을 오가는 사람이 없는 걸 확인한 주영이 조수석 문을 열자 차 안에서 그대로 팔을 잡아당겼다.

운전석으로 몸이 이끌리고, 숱 많은 속눈썹이 눈앞을 스치고, 부드럽게 입술이 닿았다. 짧은 입맞춤이 지나가고 태열이 물었다.

"잘 지냈어?"

꼭 오랫동안 못 본 사람처럼 말하는 게 우스웠다. 태열은 주영의 말을 따라 더 이상 퇴근길마다 주영을 따라오진 않았다.

가끔 호텔을 오가며 얼굴을 마주치긴 했다. 그럴 때면 멀리서 은근하게 주영을 따라다니는 뜨거운 시선이 느껴졌다.

모른 척 고개를 돌리면, 보고 싶으니 28층으로 잠깐 올라오라는 메시지가 왔다. 물론, 주영은 따라가진 않았다.

그 사이사이 매일 밤이면 전화가 왔다. 그러니까, 어젯밤 자기 전에 통화를 해 놓고 며칠은 못 본 사람처럼 잘 지냈냐고 묻는 식이다.

주영에게서 돌아오는 대답이 없자 태열이 다가오며 물었다.

"보고 싶진 않았고?"

태열의 상체가 주영 쪽으로 기울었다. 커다란 손이 가슴을 슬쩍 스치고 지나갔다. 가까워지는 거리에 주영이 숨을 들이켰다.

주영의 옆에 멈춘 손이 벨트를 당겨 채우자 철컹하며 결합되는 소리가 났다. 주영이 숨을 내쉬며 단단한 가슴을 밀어냈다.

"어제도 봤잖아."

주영이 전날 로비에서 스치듯 마주친 기억을 상기하며 말했다.

"감질나게 그거 잠깐 본 게 본 거라고. 그렇게 보고 나면 아쉬워서 더 보고 싶었을 텐데."

"……출발이나 해."

주영이 자세를 바로잡으며 타박하자 태열이 피식 웃으며 차를 움직였다.

오늘은 태열의 집을 가기로 했다. 따로 서울에 집이 있을 거라고 생각을 못 해서 사실 조금 놀라긴 했다.

선수 생활을 할 때 서울에 집이 없어 호텔을 전전했다고 하기도 했고, 지금 호텔에 머물고 있기도 해서.

따로 이 연애를 위해 집을 구하는 헛짓은 안 해도 되겠다는 생각이 제일 먼저 들어 주영은 혼자 어처구니가 없어 웃었다.

주영이 조용히 앉아 창밖을 보는데 익숙한 동네가 눈에 들어왔다. 영동대교 남단 근처에서 신호가 걸려 차가 멈췄다.

주영의 빌라가 근처에 있었다. 근처인가? 아니면 다리를 건너

성수동 쪽일까.

파란불이 들어오고 부드럽게 움직이던 차가 익숙한 방향을 향해 머리를 돌렸다.

이윽고 낯익은 건물이 나오고 매일같이 주영이 드나들던 지하 주차장의 입구를 향해 차가 움직였다.

주영이 운전석에 앉아 있는 태열을 쳐다봤다. 그는 무감한 눈으로 전방을 주시하고 있었다.

태열의 집을 가기로 했는데, 주영의 빌라는 왜 온 건지.

매끄럽게 주차까지 마친 태열을 보며 주영이 물었다.

"너희 집 간다며?"

"왔잖아."

"……."

태열이 그대로 굳어서는 벨트도 풀지 않은 채 느릿느릿 눈을 깜빡이는 주영 쪽으로 상체를 굽혔다.

태열이 주영의 귓가로 따뜻한 숨과 함께 말을 흘려 넣었다.

"계속 여기 있을 거야?"

"……."

"여기서 뭔가 하고 싶은 거면……. 난 괜찮은데, 너도 괜찮겠어?"

간지럽게 귓바퀴를 타고 흐르는 목소리에 주영이 움찔거리자 태열이 피식 웃으며 입술이 얽혔다. 가벼운 입맞춤 뒤 입술이 떨어져 나갔다.

달칵. 안전벨트가 풀리는 소리가 들리며 태열이 몸을 물렸다.

몸을 옥죄던 벨트가 사라지자 주영이 천천히 눈을 감았다 뜨며 입을 뗐다.

"너…… 이거 우연이야?"

"인연이라니까."

무심하게 대꾸한 태열이 문을 열고 내렸다. 보닛을 돌아 조수석 문을 열었다. 그가 열린 차 문의 상단을 집고는 기대서 벙 찐 얼굴의 주영을 내려다봤다.

"내려. 부족해서 그러고 있는 거면 올라가서 마저 하고."

시원하게 뻗은 입매가 보기 좋게 휘었다.

10평짜리 좁은 집이었다.

좁은 건 집뿐만이 아니었다. 주영의 세계도 좁았다. 주영의 세상은 어디서부터 손을 대야 할지 알 수 없을 정도로 모든 것이 낡은 집이 전부였다.

의지할 곳은 엄마 단 한 사람. 그 좁은 세상을 벗어나고 싶어 아등바등 성적에만 집착했다.

주영의 마음 틈새에 커다란 홈을 만드는 결핍처럼, 보기 싫은 외관의 균열이 눈에 띄던 삼빛 아파트.

열일곱.

그곳에서 만난 태열은 주영의 철창 같은 벽을 허물고 좁은 틈을 비집고 들어와 모든 것을 허물어뜨렸다.

그 어떤 현실의 지난함도 생각할 수 없도록 웃음소리가 가득한 순간들을 만들어 냈다.

삼빛 아파트의 201호.

그 애는 가죽이 너덜너덜하게 헤진 소파에 누워 앞에서 공부를 하던 주영의 뒷모습을 지켜보고, 마주 보고 앉아 과외를 하다가 듣도 보도 못한 영어 발음으로 사람을 웃기고, 어설픈 솜씨로 밥을 해 주고 과일을 깎아 주고, 외롭기만 하던 도서관에서의 귀갓길 옆자리를 채워 줬다.

짓궂게 장난을 걸어오는 얼굴을 새침하게 흘겨보면 투박하고 커다란 손이 주영의 작은 손을 그대로 잡아채곤 했다.

모든 것이 빛이 바래 낡은 기억이었다. 삼빛 아파트를 덧씌운 낡은 페인트칠처럼.

서른둘.

희미한 기억을 고이 접어 봉인하듯 묻어 버린 내 앞에 다시 네가 나타났다.

주저 없이 성큼 다가와 옆자리를 채웠다. 우리에겐 그 어떤 공백도 존재하지 않았던 것처럼.

빛바랜 기억에 선명하게 색채를 덧칠하듯 새로운 순간을 덧씌운다.

201호와 202호의 거리가 남명동에서 성북동으로 멀어지고 그 물리적 거리는 지구 반대편까지 멀어졌다. 다신 볼 수 없을 거라 믿어 의심치 않았다.

그리고 다시, 9층과 11층.

우리의 거리는 오랜 세월을 지나 그렇게 다시 바로 옆자리가 되었다.

평일엔 각자의 일에 집중했다.

주말이면 11층의 태열의 빌라에서 같이 시간을 보냈다.

태열의 집은 갓 이사 온 사람처럼 생활의 흔적이 별로 없었다. 넓은 거실을 채운 건 창가 앞에 놓인 기다란 테이블, 새것처럼 보이는 소파, 그리고 티브이, 단 세 가지였다.

주영이 창가 앞의 테이블에 앉아 랩톱을 보고 있을 때면 태열도 맞은편에 앉아 일을 했다.

태열은 랩톱을 보면서도 틈틈이 화면에 골몰해 있는 주영의 얼굴을 확인하는 것을 잊지 않았다.

일에 집중한 주영의 얼굴을 볼 때면 태열의 입매가 느슨해졌다.

벽면을 가득 채운 넓은 창을 통해 들어오는 오전의 햇빛에 주영이 자신도 모르게 눈을 살포시 찌푸리면 태열이 허리를 꼿꼿하게 세워 자신의 그림자로 햇빛을 가렸다.

빛이 내리쬐는 뒤통수가 뜨거웠지만 자신이 만든 그늘 아래서 안온한 모습으로 앉아 있는 그녀를 보는 것이 더 할 수 없는 충만감을 가져다주었다.

정오가 지나면 태열의 그림자만으로는 감당하기 힘든 햇빛이 가득 들어차곤 했다. 태열이 몸을 일으켜 커튼을 치자 그제야 주영이 고개를 들어 올렸다.

"왜 가려? 굳이 좋은 경치를."

"더 좋은 경치 보라고."

태열이 씨익 웃으며 주영을 향해 상체를 숙였다. 주영의 시야가 태열로 가득 찼다.

"한강이야 집에서 맨날 봤을 텐데 별거 있나."

한강보다 더 좋은 경치가 자신이라는 뻔뻔한 말에 주영이 기가 막힌다는 얼굴로 작게 웃으며 받아쳤다.

"너도 맨날 보는데. 어제도 호텔에서 봤잖아."

"그거랑 이게 같아?"

스치듯 지나친 순간을 언급하자 눈을 가늘게 좁히며 반박하는 태열을 보며 주영이 엷은 웃음을 흘렸다.

주영의 시선이 다시 랩톱 화면으로 향하고 표정이 사뭇 진지해진다. 태열이 다시 자리에 앉으며 물었다.

"뭐가 그렇게 심각해."

"지난달 매출이 떨어졌어."

"식음료 리뉴얼 때문에 그런 거 아니야?"

"그건 그거고. 객실 쪽도 1월보다 떨어졌어."

"얼마나."

"10% 정도."

"공사하고 정신없는데 10%면 선방했네."

"그래도 객관적인 수치는 떨어진 게 맞는 거지. 이런저런 사유는 변명이고."

"가차 없이 칼 같네."

맞은편에서 태열이 조용히 대꾸하며 턱을 괴고는 지긋이 주영을 응시했다.

"왜 또 그렇게 쳐다봐."

"온주영."

태열이 천천히 눈을 감았다 뜨며 말을 잠시 멈췄다. 창을 등진 그의 얼굴 위로 햇살이 내린다.

그가 생각에 잠긴 듯 눈을 내려 뜨니 속눈썹이 만들어 낸 그림 자도 길이를 달리하며 입체적인 얼굴에 음영을 더한다. 물음이 이어졌다.

"일 재밌어?"

"일을 누가 재밌어서 해. 해야 되니까……."

문득 희미한 기억이 주영의 머릿속을 채워 왔다. 공부를 좋아 서 하냐고 묻던 어린 태열.

누가 공부를 좋아서 하냐고, 돈을 많이 벌어서 구질구질한 집 을 벗어나기 위해 하는 거라고 대답했던 주영.

그런 주영에게 단호하게 틀렸다고 말하던 태열.

'그딴 거 말고 하고 싶은 거 해. 좋아하는 거, 재밌는 거.'

열일곱의 태열이 주영에게 했던 말. 그러나 아직도 주영은 태 열이 말하던 좋아하는 것, 재밌는 것 그런 건 찾지 못했다.

말끝을 흐리는 주영에게 태열이 물음을 더했다.

"그럼 뭐가 재밌어, 넌."

"글쎄……."

희열에 가까운 보람을 느낀 적은 있었다. 성과를 통한 성취감 을 얻었을 때뿐이었다.

"여전히 헛똑똑이네."

태열이 턱을 괸 채로 느슨하게 웃었다.

그의 말대로, 같은 물음에 명확한 대답은 여전히 할 수 없었다. 그러나 지금은 그때와는 다르다.

성과로만 본다면 지금까지 걸어온 시간에 자신이 있었다.

설령 그게 재미, 즐거움, 행복이 아니었더라도. 그것 또한 주영이 성취해 온 것들이자 발자취였다. 주영이 화면으로 시선을 돌리며 표정 없는 얼굴로 대꾸했다.

"넌 여전히 주제넘어. 알지?"

주영의 딱딱한 반응에 태열이 말없이 팔을 쭉 들어 기지개를 켰다. 주영의 대답이 대수롭지 않다는 듯.

태열이 자리에서 일어나며 툭 내뱉듯 말을 던졌다.

"뭐가 됐든, 주관적으로 살아."

주영이 무슨 의미냐는 듯 고개를 들어 태열을 응시했다.

"매출이 객관적으로 얼마든, 얼마만큼의 성과를 내든. 넌 항상 최선을 다하는데 남들이 정해 놓은 기준이 뭐가 중요해. 네가 열심히 불태웠으면 된 거지."

"……."

"너만의 기준을 만들고 그 주관대로 살아. 이번 달엔 얼마가 줄었고 다음 달엔 얼마를 메꿔야 되고 전전긍긍, 그렇게 숫자에 목매지 말라고."

"……속 편한 소리 하지 마."

"속 편하라고 하는 소리야."

태열이 피식 웃으며 주영의 머리를 손으로 한번 흐트러뜨리고는 주방 쪽으로 향했다.

커다란 손이 지나간 자리에 온기가 남았다. 햇살이 만든 온기인지, 그의 흔적인지는 알 수 없다.

아마, 봄이 오려나 보다.

주말이면 같이 밥을 먹고, 일을 하기도 하고, 그러다가 눈이 마주치면 키스를 하다가. 태열이 카페에서 챙겨온 디저트류로 허기를 채우기도 하고.

오늘처럼 태열이 차려 준 밥상으로 끼니를 때울 때도 있었고, 가끔은 피자 같은 배달 음식을 시켜 먹기도 했다.

요즘 세상에 배달이 안 되는 음식은 없으니, 집에서 데이트를 한다고 해도 메뉴 선택만큼은 크게 제약이 없었다.

그 사이사이의 틈은 대화로 채워졌다. 주로 태열이 물으면 주영이 답했다. 주영의 대학 생활은 어땠는지, 취미 생활은 따로 없는지, 운동은 안 하는지.

별 특별한 것 없는 이야기들로 대답을 하면 우습게도 태열은 그 지루한 이야기를 눈을 반짝이며 들었다.

마치, 대단히도 흥미로운 이야기를 듣는 사람처럼.

공백의 시간들을 퍼즐처럼 맞춰 가던 태열이 엄마의 안부를 물었을 때, 어두워진 주영의 안색을 보고는 태열이 커다란 품에 주영을 가둬 안았다.

미안하다고 했다. 홀로 외로웠을 주영에게 힘이 되어 주지 못해서.

자기가 미안할 게 뭐가 있어. 그냥 엄마는 여전히 그대로 누워 있을 뿐인데.

그렇다고 눈물을 보인 건 아니었는데, 꼭 주영이 울기라도 한 것처럼 기다란 엄지가 주영의 눈가를 쓸었다.

"이젠 괜찮아."

주영 대신 태열이 말했다.

옆에 자신이 있으니 넌 이제 앞으로 뭐든 괜찮을 거라고.

엄마의 이야기를 입 밖으로 꺼내던 그 순간보다, 따뜻한 손이 등을 토닥이며 위로하던 그 순간 울컥 감정이 차올랐다.

그러다가 가끔은 영화를 봤다. 화려한 액션이 커다란 티브이 화면을 채웠다. 항상 영화는 끝까지 보지 못했다.

영화가 중반쯤 다다르면 대부분 주영은 커다란 몸 아래 깔려 신음을 흘리고 있었다.

의식하지 못한 사이에 귓불을 문지르고, 입술을 빨고, 어느새 입고 있던 옷이 사라지고, 짧은 머리칼이 주영의 맨살을 간지럽히다가 아래로, 아래로 내려가곤 했다. 한 몸처럼 엉켜 채워도 채워도 모자란 순간을 뜨겁게 갈구했다.

"안 씻을 거야?"

가운을 걸친 채 나타난 태열이 소파 위에 맥없이 늘어져 있는 주영을 향해 다가왔다. 힘이 없었다. 일어날 힘도 없는데 샤워라니.

"좀만 이따가……."

"그러게 같이 씻자니까."

"싫……어."

힘없이 늘어진 소리로 주영이 대답하자 태열이 고개를 절레절레 저으며 주영의 머리맡에 앉는다.

조심스럽게 주영의 머리를 제 허벅지에 올리고는 핸드폰을 들었다.

태열은 한 손으로는 천천히 주영의 머리를 쓰다듬으며 핸드폰에 집중했다.

주영은 탄탄한 허벅지를 베고 눈을 감은 채로 다정한 손길을 받아 내며 미동도 없이 늘어져 있었다.

부드럽게 머리를 쓸어 넘기는 손짓. 빡빡했던 현실을 표백시키는 다정한 행위였다.

모든 것이 평온했다.

얼마나 지났을까. 주영이 천천히 눈을 떴다. 여전히 태열은 핸드폰을 보고 있었다.

뭘 하길래 저렇게 집중을 해.

주영이 천천히 상체를 일으키자 몸을 가리고 있던 담요가 소리 없이 흘러내렸다.

"뭐 해?"

주영의 물음에 태열이 대답 대신 핸드폰 화면을 주영 쪽으로 돌렸다. 빨간색 파란색 양봉과 음봉이 액정을 어지럽게 채우고 있었다.

주식 매매 어플이었다.

"너 주식도 해?"

"지금은 안 해. 가끔 확인만."

"별걸 다 하네."

"재테크는 현대인의 기본 소양이라던데."

"누가? 주식 하다 망한 사람이 한둘이 아닌데 무슨 말 같지도 않은 소릴······."

주영이 어처구니가 없다는 듯 받아쳤다. 게다가 예전의 태열을 생각하면 주식과는 전혀 어울리지도 않았고.

하나에 꽂히면 그것만 파는 성미는 큰 고민 없이 한 종목에 올인했다가 날리기 딱 좋으니까.

"고상덕 씨가 그러던데."

낯선 이름이었지만 주영은 눈치껏 알 수 있었다. 태열의 삼촌의 성함이겠지.

난데없이 등장한 어른의 이름에 주영이 슬그머니 꼬리를 내리며 말했다.

"······재테크는 중요하지. 그래도 조심해서 나쁠 건 없다는 얘기야."

주영의 대답에 미세하게 입꼬리를 올리던 태열이 액정을 터치하니 화면이 바뀌었다.

잔고를 나타내는 탭이었다. 가끔 본다는 태열의 말처럼 종목은 몇 개 안 됐다.

태열의 차 회사의 주식이 있었고, 그 옆엔······.

잔고 금액이 몇 자리인지 세던 주영의 눈이 휘둥그레졌다. 심지어 수익률은 4자리에다가 앞자리는 6……. 주영은 들어 본 적도 없는 수익률이었다.

　"너…… 언제부터 했어?"

　"처음 계약금 받았을 때부터 삼촌이 뭐라도 하라고 전화할 때마다 귀 아프게 잔소리해 대니까. 몇 개 좀 찾아봤는데 귀찮더라고. 그래서 그때 전기차가 신기해서 버는 대로 그냥 그것만 샀지."

　정말 한 치의 빗나감도 없이 태열다운 대답이었다. 알아보기 귀찮으니 별 고민 없이 그냥 좋아하는 걸 샀다니.

　근데 그 회사가 지금은…….

　주영이 다시 정신을 차리고 숫자를 가늠하는데 말이 이어졌다.

　"카페 차릴 때 건물 사고, 또 삼촌 명의로도 서초동에 하나 사 주고. 울진에 집도 짓고. 큰돈 나갈 때마다 매도하다 보니까 지금은 얼마 안 남았어."

　얼마 안 남았다는 게……. 참나 허세는.

　주영이 눈을 가늘게 뜨자 그 위로 부드럽게 입술이 내려앉았다. 주영의 눈가 위로 낮은 음성이 흘렀다.

　"온주영."

　"……왜."

　"어때, 좀 어필이 돼?"

　"어필은 무슨……."

　어렸을 땐 돈에 집착했었다. 지금도 아니라고 말할 순 없다.

그러나 태열을 만난 이유는 그때도, 지금도 돈이 아니었다.

난 왜 네가 좋았을까.

왜 지금도 난 네게 속절없이 허물어질까.

주영이 곰곰이 생각을 곱씹으며 태열을 빤히 응시하자 태열이 진득하게 눈을 마주쳐 왔다.

긴 눈꼬리가 접히자 옅게 주름이 지는 게 보인다. 그의 입술이 천천히 벌어졌다.

"이 정도면 충분히 다정한 것 같은데."

태열이 말과 함께 주영의 손을 잡아 왔다. 뻔뻔하게도 자신감 넘치는 말에 주영이 핀잔을 주듯 중얼거렸다.

"뭐라는 거야……."

"화목한 건 뭐, 고상덕 씨 덕에 둘이서도 화목하게 잘 살았고."

마디가 불거진 손가락이 하나하나 겹쳐지며 깍지를 껴 온다. 주영이 눈을 내리깔며 작게 중얼거렸다.

"……무슨 소릴 하는 거야."

"똑똑한 건, 네가 충분히 내 몫까지 똑똑하니까 그냥 퉁 쳤으면 좋겠고. 뭐, 안 된다고 하면 이제 너보다 영어는 잘할 테니 그 정도면 되지 않나."

"……."

맞잡은 손이 틈 없이 조여들었다.

하루 종일 안온했던 공기가 온도를 더하자 숨이 막혀 왔다. 주영의 심장이 쿵쿵 울렸다.

"그리고 네 기준이 얼마나 되는진 모르지만 네가 해 달라고 하는 건 충분히 다 해 줄 수 있어. 도망가고 싶다면 어디든 갈 수 있고. 모자라다고 하면 그만큼 더 벌 수도 있고."

"……."

"이 정도면 괜찮지 않나?"

마주친 눈은 검고 깊이를 알 수 없이 짙었다.

주영이 대답할 새도 없이 그대로 입술이 빨렸다. 부드럽게 치열을 훑고 주영의 영역을 침범해 온다.

뜨거운 입속을 삼키며 태열의 손이 주영의 뺨을 감쌌다. 엉킨 입술 사이로 희미한 웃음의 진동이 느껴졌다.

똑똑하고 화목한 가정에서 자란 다정한 남자. 네가 원하는 건 뭐든 해 줄 수 있는 사람. 네가 그렇게 좋아하던 돈도 이제는 충분한데.

이 정도면 너를 궁금해하고 알아 갈 자격은 충분한 거 아닌가.

여전히 난 네게 부족한 거냐고.

온전히 내게 기대려면 뭐가 더 필요한 거냐고.

주영의 혀를 뜨겁게 휘감으며 태열은 그렇게 생각했다.

난 네가 아무것도 아니어도, 그래도 다 괜찮은데.

너에겐 내가 무언가 특별하길, 그랬으면 좋겠다고.

시간은 계절을 타고 빠르게 흘렀다.

다섯 번의 주말이 지났다.

평일엔 일을 하고 집을 지키며 전주댁이 채워 넣은 반찬들을 비웠다.

태열은 언제고 함께하길 바라는 듯했으나 평일에도 집을 매일 같이 비우면 티가 날 게 뻔했기에 주영은 조금 조심했다.

평일엔 언제고 전주댁이 찾아올지 모르는데, 집이 비어 있거나 생활의 흔적이 없다고 괜한 의심을 사고 싶지 않았다.

괜히 밤새 집을 비운 낌새가 여러 번 보이면 언제고 성북동으로 이야기가 흘러들어 갈지 알 수 없었으니.

평일엔 주말처럼 내내 붙어 있지 못하니 태열은 잔머리를 굴리기도 했다.

똑똑. 노크 소리에 주영이 서류에 시선을 고정한 채로 네, 대답했다. 문이 여닫히고도 한참 상대 쪽에서 들려오는 말이 없자 주영이 천천히 고개를 들어 올렸다.

닫힌 문에 기대 뻔뻔하게 웃으며 음료가 든 캐리어를 달랑달랑 흔들거리고 있는 태열이 보였다.

"상무님은 일하는 것도 예쁘시네."

"너…… 회사에선 이러지 말라니까."

"뭘?"

태열이 무슨 소리를 하는 건지 모르겠다는 얼굴로 책상을 향해 다가왔다.

"개인적으로 사무실 들락날락하면 괜히 사람들 눈에만 더 띄기만 하지."

"직접 상무님한테 전해 주고 오라던데?"

"누가?"

"너희 매니저가. 직원들한테 음료 다 돌렸거든. 상무님은 어딨
냐고 물어보니까, 안에 있으니까 전달해 주고 오래."

난 시키는 대로 했는데 뭐가 문제냐는 투였다.

"사무실에 다 돌렸다고……?"

"온주영만 챙기면 눈에 띄느니 마느니 또 온주영이 싫어하
겠지."

"그래서 전 직원을 다……?"

"응. 온주영 커피 한 잔 먹이기 되게 어렵네. 승원이가 고생 좀
했어."

승원은 카페 라운지의 직원이었다. 주영에게 커피 한 잔 먹이
겠다고, 수십 잔을 만들어 오다니…….

"다음부턴 이러지 마."

"걱정 마. 맨날 이 짓을 어떻게 해. 오늘은 가오픈 기념이라는
핑계도 있고."

태열이 캐리어에서 아메리카노를 꺼내 스트로를 꽂아 주영의
입에 가져다 댔다.

얼떨결에 주영이 한 입 쪽 빨아 마시자 자연스럽게 그 빨대를
제 입으로 가져와 한 모금 마신 태열이 웃으며 말을 이었다.

"좋네. 상무님 일하는 모습도 보고. 아무나 볼 수 있는 거 아니
잖아."

애처럼 키득대며 말하는 모습에 기가 찼다.

"참나……."

"근데 좀 다행이네."

태열이 다시 빨대를 빨아들이며 담백한 어조로 말했다.

"뭐가, 또."

"상무님 방 따로 있어서. 아니면 다들 상무님 보느라 일 못 했을걸. 나는 보지도 못하는 걸 남들만 본다고 생각하면 억울하잖아."

담백한 말투에 뭔가 일 얘기라도 하려나 했더니, 태열은 또 주책맞게 굴었다.

"……누가 일하는데 남을 신경 써? 쓸데없는…….."

"예쁘거나 멋있거나. 둘 중에 하나만 해야 하는데. 둘 다 하니까. 눈 돌아가는 건 어쩔 수 없는 거지."

태열이 씨익 웃으며 고개를 내려 주영의 입술을 물었다. 음료의 찬기가 남은 입술이 커피 향과 함께 가볍게 주영을 훑고 떨어져 나갔다.

"너 진짜 적당히 해. 경고야……."

주영의 흘기는 시선을 아랑곳하지 않은 태열이 다시 고개를 숙여 주영의 코끝에 입술을 짧게 맞췄다.

"나 이제 은퇴해서 경고든 아웃이든 별로 타격 없는데."

웃으며 다시 주영의 정수리에 쪽 소리를 낸 태열이 산뜻한 얼굴로 몸을 뗐다.

"이제 온주영 얼굴 봤으니까 충전 완료. 일 열심히 하고, 이따 전화 제대로 받고."

주영이 헛웃음을 흘리며 태열이 사라진 문을 쳐다봤다.

뻔뻔하기도, 주책맞은 것 같기도, 유치하기도 한 순간들이 계속되는데 거기에 마음이 흔들거리는 게.

주영 자신도 정상은 아니란 생각이 들기 시작했다.

다시 만난 지 얼마 되지도 않았는데 태열의 그림자가 주영에게는 너무도 커져서.

태열은 그 이후로도 종종 호텔 전체에 커피를 돌리고는 주영의 사무실을 찾아왔다.

갑에게 잘 보이기 위함이라나 뭐라나.

'너 속셈 차리자고 괜히 직원 고생만 시키지 말고.'

'지금 딴 남자 걱정해?'

'그러니까 적당히 하라고.'

'오늘은 내가 다 만든 건데. 그럼 내 걱정을 해. 걱정되면 뽀뽀도 해 주고. 나 아파.'

주영이 질색을 해도 뻔뻔한 얼굴은 뺨이든, 입이든 어디라도 주영의 입술이 닿을 때까지 미동도 없었다.

결국 주영이 입을 맞춰 주면 태열이 씨익 웃으며 끈적하게 주영의 손바닥을 슬쩍 긁어내렸다.

'여기 회사야. 진짜 선 안 지켜?'

주영이 눈을 가늘게 흘길 때서야 '아, 안 통하네.' 투덜거리면서 태열은 몸을 떼어 내곤 했다.

그렇게 쳇바퀴처럼 굴러가던 주영의 평일의 일상이 소소한 웃음으로 채워지곤 했다.

주말엔 같이 밥을 먹고, 일을 하고, 영화를 보고. 그러다가도 밤늦은 시간에 집 근처 24시간 영업하는 식당에 가 김치찌개와 육회비빔밥을 먹기도 하고.

늦은 새벽에 가까운 한강을 나가 산책을 하다 사람이 없는 편의점에서 라면도 먹었다.

함께하는 것이 당연한 사람들처럼.

그럴 때면 둘은 항상 얼굴 위로 푹 캡 모자를 눌러쓰고 다니곤 했다. 태열의 차엔 예전 소속팀의 캡 모자 두 개가 항상 준비되어 있었다.

산책로를 걷다 손끝이 스쳤다. 주영이 어색하게 손을 피하자 태열이 그대로 손을 얽어 왔다.

"아무도 없잖아."

꽉 잡아 오는 온기를 느끼며 주영이 태열을 올려다보자 그가 잔잔하게 웃으며 주영의 모자챙을 툭 건드렸다.

"이것도 있고. 아무도 못 알아봐."

그의 말대로 새벽의 한강은 한적했고 아직은 쌀쌀한 듯한 밤바람은 맞잡은 손의 온기로 데웠다.

말없이 조용히 걷는데 태열이 입고 있던 후드 재킷을 벗어 얇은 카디건 한 장만 걸치고 있던 주영에게 걸쳐 준다.

지퍼를 끼워 맞추던 태열이 슬쩍 웃으며 말했다.

"넌 벗고 있을 때가 제일 예쁜데……."

참나. 의뭉스럽게 웃는 낯짝을 보자니 지난밤에도 주영이 기진맥진할 때까지 몰아붙이던 모습이 생각났다.

때로는 한없이 다정하다가, 때로는 한없이 거칠었고, 주영이 질색할 만한 말들도 서슴없이 내뱉으며 경악스러운 행위들이 동반되던 밤이.

주영이 다소 황당하다는 얼굴로 답했다.

"너 진짜 변태 같아, 알아?"

"서운하네."

"뭐가. 아니라고 하지 마."

"아니, 이제 알아 줘서 서운하다고."

태열이 주영의 지퍼를 잠가 올리며 소리 내 웃었다. 이제야 알았느냐며 받아치는 모습이 어처구니가 없어 주영도 바람 빠진 웃음을 흘렸다.

지퍼를 목 끝까지 쭈욱 올리던 태열의 얼굴에서 웃음기가 잔잔히 사라졌다. 그가 입을 열었다.

"넌, 벗고 있을 때가 제일 예쁜데……. 그러다가도 네가 추운 건 싫고. 따뜻했으면 좋겠어. 그러니까, 언제고 이렇게 입혀 주고 어떤 날은 벗겼다가 다시 입혀 주고."

태열이 주영의 옷깃을 잡은 채로 잠시 말을 멈췄다가 다시 입을 뗐다.

"그러고 싶다고 그냥. 내가 다 하고 싶다고, 그런 거. 앞으로도 나만 하고 싶다고."

은근한 소유욕이 드러나는 말에 주영이 고개를 들어 올리자 시선이 마주쳤다.

마주친 검은 눈은 깊고 잔잔했으나 그를 보는 주영의 속마음은 말할 수 없이 휘몰아쳤다.

주영이 쏟아지는 시선을 피하며 눈을 내리깔았다. 어떤 말을 해야 할지 알 수 없었다.

겉모습만 어른이 된 건지, 주영에겐 여전히 자신의 속마음을 다 내비치는 건 생각보다 쉽지 않았다.

"난……."

잔잔한 봄바람에 흔들리는 잎새처럼 주영의 속눈썹이 파르르 떨리는 모습을 보자 태열이 한쪽 입꼬리를 끌어당기며 픽 웃었다.

태열이 후드의 지퍼를 끝까지 잠그고 목 부근의 끈까지 바짝 조여 매며 화제를 돌렸다. 주영의 대답은 들을 생각이 없다는 듯.

"너 지금 되게 웃긴 거 알지. 완전 애도 아니고."

주영의 체구에 비해 넘치게 큰 후드 재킷을 걸치고 캡 모자 위로 후드의 모자를 눌러쓰고 끈까지 바짝 조여 맨 주영의 모습을 보며 태열이 짓궂게 놀렸다.

작고, 애 같다고.

뭐라 대답할까 어쩔 줄 몰라 하던 주영이 가벼워진 분위기에 눈을 치켜뜨며 반박했다.

"네가 다 큰 거거든?"

"하긴 내가 다 크긴 해."

"참나."

"그래서 온주영이 좋아하잖아."

뿌듯하게 입꼬리를 끌어 올리는 얼굴을 보며 주영이 벙 찐 표정을 지었다. 어이없어, 뭐래.

그런 주영을 보며 태열이 툭 주영의 코끝을 툭 건드렸다. 머리 위로 듣기 좋은 웃음소리가 강바람을 타고 흘렀다.

축제가 끝난 뒤 남명천을 걷던 그날처럼. 살구색 블라우스와 회색 교복 치마를 입은 주영을 보고 짓궂게 웃던 그날처럼.

모든 현실을 잊게 하는 너와 나 단둘만이 있던 그 순간처럼. 한참을 그렇게 잔잔히 웃으며 걷는데, 태열이 불쑥 말을 꺼냈다.

"다음 주엔 못 볼지도 몰라."

"어디 가?"

태열이 괜히 뜸을 들이자 주영이 고개를 젖혀 모자챙 아래 가려진 눈을 마주쳤다.

태열이 입을 열었다.

"출장. 부산에. 못 본다고 울지 말고."

아아. 주영이 수긍하며 고개를 끄덕였다.

난 또 뭐 별거라고. 일인데, 어쩔 수 없지. 슬플 것까지야.

지금까지 주영에게 일은 가장 우선순위였다. 일 때문에 볼 수 없다는 건 주영에겐 너무나도 당연한 소리였다.

게다가 라운지 카페는 이미 정식 오픈을 한 상태였다. 태열도 다음 일정이 있는 건 당연했다.

"웬만하면 주말엔 가기 싫었는데, 일정이 안 따라 주네. 지금 껏 너 만난다고 미루고 미루다가, 이젠 더 이상 못 미뤄. 금요일 오후에 내려갔다가 언제 올진 모르겠어. 가능하면 일요일 저녁에 맞춰 보려고."

고작 이틀이었다. 태열은 부산 출장 일정 때문에 고작 이틀 자리를 비우면서도 대단히 아쉬운 일을 한다는 듯이 말했다.

"일 때문이면 어쩔 수 없는 거지, 미룰 것까지야 있어? 잘 다녀와."

담담한 주영의 반응에 태열이 우뚝 걸음을 멈춘다. 그가 툭 주영의 모자챙을 건드리자 모자가 위로 들리며 주영의 눈이 살짝 드러났다.

태열이 비스듬하게 웃으며 말했다. 은근한 불만이 어려 있는 말투였다.

"좀 아쉬운 척이라도 해 주지?"

"일 때문이라며."

"뭐 때문이든."

삐딱한 말투가 돌아오자 주영이 황당하다는 듯 눈을 찡그리며 웃었다. 그 얼굴 위로 가로등의 조명이 내려앉는다.

어이가 없다는 듯, 미간을 찌푸리다가도 주영의 입꼬리가 곡선으로 뻗어 올라가며 볼이 동그랗게 올라왔다.

주영을 내려다보던 태열의 눈빛이 짙어졌다. 그가 그대로 주영의 입술을 덮쳤다.

모자챙이 부딪히며 맥없이 바닥으로 떨어졌지만 그는 아랑곳하지 않고 여자의 입술을 빨아들였다.

참을 수 없었다. 그렇게 예쁘게 찡그리며 웃는 그 얼굴을 보고 참을 수 있는 사람이 있다면 그건 사람이 아니지.

이미 수없이 맛보았던 입술이지만 여전히 그에겐 달고 모자랐다. 온주영을 보고 갈증을 느끼지 않는 순간이 올까.

주영이 온전히 태열의 손을 잡는 그 순간이 온다면 그땐 이런 목마름을 느끼지 않을까. 그건 스스로도 알 수 없었다.

멀리서 자전거가 딸랑거리며 지나가는 소리는 내자 주영이 움찔하며 단단한 가슴을 밀어냈다.

태열이 바닥에 떨어진 모자를 주워 먼지를 털더니, 얕게 숨을 헐떡이는 주영에게 다시 씌워 주며 말했다.

"일요일엔 자지 말고 기다려."

당부하듯 꾹꾹 강조하며 말하는 태열을 보며 주영이 연하게 웃자 모자 위로 그가 가볍게 입을 맞췄다.

그대로 다시 손을 잡고 걸어왔던 방향으로 몸을 돌렸다. 집으로 돌아오는 길목에 하얗게 잎을 맺은 목련이 보였다.

봄이 오고 있었다.

태열이 없는 금요일은 오랜만이었다.

늘 금요일부터 일요일까지는 서로 함께 시간을 보내곤 했었으니까. 함께하는 시간을 위해 멈췄던 각자의 일상이 다시 조금씩 느리게 흘러가기 시작했다.

주영도 미루고 미뤄 왔던 결정을 위해 부지런히 움직였다. 사무실을 정리하며 캐비닛 한편에 꽂혀 있는 자료들을 물끄러미 내려다보던 주영이 문을 닫았다. 지금까지 주헌의 밑에서 일을 하며 모아 온 자료였다.

좋은 것, 좋지 않은 것. 모든 것이 뒤섞여 지금의 주영을 있게 만든 것들. 새로운 시작을 하게 되면 아마 내다 버려야 할 자료들이었다.

가볍게 사무실 정리를 마친 주영은 퇴근을 서두를 일 없이, 밀린 업무를 처리하며 늦은 저녁까지 사무실에 앉아 있었다. 천천히 기지개를 켜며 시계를 흘끗거렸다.

[8:32 PM]

퇴근하기에 늦지도 이르지도 않은 시간. 태열이 나타나기 전까진 늘 사무실에 앉아 있던 시간이었지만, 그와 함께 한 이후로 금요일 이 시간에 사무실에 머무른 것은 처음이었다.

출장을 가기 전 심술궂은 얼굴을 했던 태열의 얼굴을 떠올리며 잔잔히 웃던 주영이 책상을 정리하고 외투를 챙길 때 핸드폰이 울렸다.

"네."

-안녕하세요. 서주영 씨 되십니까?

"네. 맞는데요."

낯선 목소리에 주영이 다시 한번 번호를 체크했다. 저장되어 있지 않은 번호였다.

-주강건설 윤철중이라고 합니다.

"네. 안녕하세요."

외투를 걸치던 주영이 동작을 멈췄다. 귀에 가져다 댄 핸드폰을 더욱 바짝 붙였다. 주강건설이라면 지난번 주영이 헤드헌터를 통해 이력서를 넣은 곳이었다.

태열과 함께하는 일상을 놓치고 싶지 않았다. 결국은 어렸을 때도, 지금도. 주영이 주영일 수 있는 시간은 그와 함께 할 때뿐이었다.

그러기 위해선 상진이 돌아와 파혼을 공식적으로 얘기하기 전까지 할 것들을 천천히 준비해야 했다.

가장 중요한 건, 홀로서기였다. 성북동도, 상원그룹의 그늘 아래가 아닌 서주영 혹은 온주영이라는 사람으로 홀로서기.

-헤드헌터 통해서 이력서를 확인했는데, 저희 본부장님께서 인터뷰를 원하셔서 직접 연락드립니다. 혹시 다음 주 수요일 오후 시간 괜찮으십니까?

그리고 상진이 파혼을 얘기할 때, 주영은 당당하게 태열과의 만남을 얘기하는 것. 옥경과 주헌이 인정하지 않을 것이라는 건 예상 가능한 일이었다. 그랬기에 뒤돌아보지 않고 미련 없이 떠날 수 있으려면 새로운 시작이 필요했다.

"네, 괜찮아요."

장소와 정확한 시간은 다시 연락을 주겠다는 말과 함께 통화가 끝났다. 주영의 생각보다도 이른 연락이라 얼떨떨했다.

주영은 열흘 전쯤, 결정과 동시에 헤드헌팅 업체를 콘택트했었다. 그러나 큰 기대는 없었다. 사실 업계도 업계지만 이 바닥에

서는 주영이 서재건의 혼외자인 게 다 알려져 있고, 반쪽짜리 피라도 혈연관계인데 다른 곳으로의 이직이라는 그림의 모양새가 딱히 좋아 보이진 않았기에.

그럼에도 빨리 찾아온 기회에, 게다가 주영이 몸담았던 업계 내 기업으로부터의 인터뷰 오퍼라니.

주영이 가볍게 웃으며 마저 외투를 걸치고 사무실을 나섰다. 퇴근길 발걸음은 그 어느 때보다 가벼웠다.

토요일, 주영은 텅 비어 버린 옆자리의 허전함을 메꾸기 위해 백화점을 찾았다. 내일은 미루고 미루던 성북동을 찾아야 했다.

지난번 전주댁에게 다음 달에는 들르겠다고 했는데 이미 월초가 지난 데다, 내일은 심지어 송옥경 여사의 생신이었다. 빈손으로 갈 순 없었다.

"오랜만에 오셨네요."

한때 자주 들르던 매장을 찾자 셀러가 알은척을 해 왔다. 주영이 얼굴을 풀고는 웃으며 인사를 대신했다.

"스카프 종류를 보려고 하는데요. 어른들이 좋아하실 만한 스타일로 추천 부탁드릴게요."

"선물하실 건가 봐요. 스카프는 이번 시즌엔 이 컬러가 제일 인기가 많아요. 나이가 있으신 분들은 쨍한 컬러를 선호하셔서요. 이건 어떠세요?"

셀러가 얼마 전에 들어온 새 시즌의 제품들을 선보였다.

브랜드의 시그니처 컬러인 화사한 주황빛과, 이번 시즌 인기가 많았다는 푸른색 계열의 스카프가 눈에 들어왔다.

"이걸로 주세요."

크게 고민할 필요가 없었다. 어차피 주영이 어떤 선물을 하든 옥경이 마음에 들어 할 리도 없었다.

화려하게 치장하는 것을 좋아하는 사람이니, 큰 고민 없이 화사한 색을 선택했다.

직원이 스카프를 포장하는 사이 하릴없이 매장을 둘러보던 주영의 시야에 남성 코너에 진열된 타이가 들어왔다.

다시 만난 이후로 태열이 정장을 입는 것은 한 번도 보지 못했다. 그러니 타이를 매고 슈트를 갖춰 입은 모습은 오래전, 미디어에서 가끔 보이던 모습이 전부였다. 생각보다 잘 어울려 인상적이었기에 그 모습이 머릿속에 선명했다.

다음 달엔 지인의 결혼식에 참석한다고 했던 것 같은데, 하나 사 줄까.

예전에 태열이 계약했다는 기사를 보고 모았던 돈으로 선물을 보낸 적이 있었는데…… 발신자도 밝히지 않았고, 영성고 야구부로 보냈었기에 태열이 받았을 거란 장담도 할 수 없었다.

게다가 10년도 지난 일이었다.

한 번쯤은 직접 고른 선물을 건네고 싶었다. 그때는 그리하지 못했으니.

"타이도 좀 보여 주시겠어요?"

"약혼자 분 선물 찾으시는 거죠?"

상진도 즐겨 입는 브랜드였고 예전에 주영에게 선물을 한다며 매장을 함께 온 적도 한 번 있었다. 셀러가 그의 얼굴을 기억하는 건 당연했다.

셀러가 아는 척을 하며 그레이와 딥그린 컬러의 타이를 내보였다.

"평소에 너무 튀지 않는 색을 즐겨 하시더라구요."

주영이 달갑지 않은 존재를 상기시키는 셀러를 보며 감정을 티 내지 않고 차분히 말했다.

"오늘은, 다른 지인 선물할 걸 찾고 있어요."

"아, 죄송해요. 당연히 남성 코너 둘러보시길래 약혼자 분 선물 찾으시는 줄 알았는데. 혹시 선물하실 분 연령대나 스타일이 어떠세요?"

태열을 떠올렸다. 호텔에서 마주칠 땐 깔끔하게 스웨터나 슬랙스에 코트, 집에선 편해 보이는 차림.

그의 취향을 잘 모르긴 했다. 그는 주영에 대해 늘 이것저것 묻고 궁금해했다. 돌이켜보면 주영은 질문보다는 대답만 해 왔는데…….

내가 아는 게 뭘까, 너에 대해.

"……이거 한번 보여 주시겠어요?"

"네. 잠시만요."

주영이 무채색 계열을 주로 입는 태열을 떠올리며 네이비색 타이를 지목했다.

점원이 전시되어 있는 걸 진열대에서 꺼내는데 매장 안쪽에서 문이 열리며 소란스러워졌다. 매장 내 VIP룸에서 중년의 여인과 담당 셀러가 나왔다.

"회장님이 연세가 있으신데도 참 세련되신 것 같아요. 사모님 안목은 말할 것도 없구요."

"우리 바깥양반이 외모는 안 그런데, 생각보다 취향이 까다롭거든. 그래도 명선 씨 덕분에 근사한 거 샀으니까 마음에 들어 하겠죠. 고마워요."

익숙한 목소리에 주영이 몸을 굳혔다. 타이를 보고 있던 주영의 안색이 잿빛으로 변했다.

또각거리는 구두 소리가 잦아들고, 중년의 여성이 주영을 보며 놀란 표정을 지었다.

"어머, 주영 씨?"

룸에서 나온 이는 상진의 모친이었다. 서정 갤러리 유혜선 관장. 상진과 짧은 만남의 시기 동안 두어 번 인사를 했었다.

그녀의 말투는 항상 나긋하고, 우아했다. 고생의 흔적이라곤 찾아볼 수도 없었고. 괄괄하고 거만한 태도를 유지하는 제 남편을 부드럽게 어르고 달래며 집안의 분위기를 제 손에 쥐고 흔들던 여자.

주영이 의식적으로 굳은 표정을 풀고 차분한 얼굴로 몸을 돌려 여자를 마주했다.

"안녕하세요. 관장님. 잘 지내셨어요?"

윤기가 반질반질 흐르는 아이보리색 캐시미어 코트를 두르고, 차분한 톤의 화장을 한 여자가 우아하게 웃으며 주영을 응시했다.

"나야 뭐 항상 잘 지내죠. 안 그래도 너무 연락이 없어서 한번 연락할까 했었는데. 상진이 베트남 가기 전에 우리 같이 식사도 못 했잖아요. 많이 바쁘다면서?"

상진이 뭐라고 둘러댔는지는 모르지만 일방적이었던 주영의 약속 취소 통보에 언짢은 기색이 드러났다.

아무것도 모르는 혜선의 입장에서는 충분히 기분이 상할 법도 했다.

3개월간 파견지에 나갈 아들의 약혼자와 함께하기로 한 식사 자리에 대한 일방적인 취소.

게다가 가타부타 납득할 만한 이유조차 들이밀지 않은 채 한 달이 넘도록 연락 한 통 없었으니.

그녀는 꼭 제 아들이 매달려서 하는 결혼인 것처럼 주영이 구는 게 언짢았다.

상진이 제아무리 변변치 않은 행동거지로 적당한 혼처를 찾지 못했다 하더라도. 출신도 불분명한 며느리를 들이면서까지 이런 취급을 받는다는 게 속이 부글부글 끓었다.

들끓는 속을 가라앉히는 혜선의 속을 모르는 주영이 얼굴색 하나 변하지 않고 담담히 대꾸했다.

"죄송해요. 연락드렸어야 했는데."

"상진이한테 재촉하면 주영 씨 바쁘니까 기다리라는 얘기만 돌아와서. 애가 결혼도 전인데 벌써 자기 와이프 될 사람 눈치를 그렇게 봐. 제 엄마 생각은 요만큼도 안 하더라구요. 누굴 닮아 그러는지 참. 하도 바쁘대서 결혼 준비 얘기는 꺼내지도 못했는데, 여기서 보네?"

그렇게 바쁘다더니 백화점에 들러 여유 넘치게 쇼핑이나 하고 있느냐는 말처럼 들렸다.

차분하고 우아한 여자의 말투엔 비아냥거림이라고는 담겨 있지 않았는데.

주영이 담담하게 대답했다.

"할머님 생신이라서요."

선물 사러 왔어요. 주영의 대답에 혜선의 시선이 타이를 들고 있는 주영의 손을 스쳤다.

주영이 조용히 쥐고 있던 타이를 놓자 중년의 여인이 차분하게 웃으며 입을 뗐다.

"그래요? 난 또 상진이 선물 보고 있나 했지. 바쁘지 않으면 잠깐 차 한잔할 수 있을까? 우리 의논할 일 많잖아요."

"죄송해요. 선물만 포장해서 바로 가 봐야 할 것 같은데, 나중에 다시 연락드려도 될까요?"

주영이 차분하게 웃는 얼굴을 꾸며 내며 말했다.

앞으로 이런 순간들은 계속해서 닥쳐올 것이다.

유 관장과 대화를 한다면 할 수 있는 얘기는 결혼 준비 얘기뿐.

그게 싫으면 상진과는 정리가 되었다고 말을 해야 하는데……

상진과 약속한 부분도 있었고, 주영도 파혼을 얘기하기 전 홀로서기를 완성하려면 아직은 시간이 필요했다.

내일은 또 성북동을 가야 했다. 아직 성북동에도 알리지 않은 현시점에 유 관장에게 먼저 지르면…….

어떤 난리가 날지. 앞날이 까마득했다. 태열을 만나는 데 더 방해만 될 뿐.

"언제까지 기다리면 될까요? 꼭 이러니까 내가 결혼 당사자 같네, 안 그래요?"

품위 있는 말투엔 날이 서 있었다. 내가, 이 유혜선이가 서주영 따위를 언제까지 이렇게 기다리며 목매야 하냐는 듯.

"요새 호텔 리뉴얼 작업으로 많이 바빠서요. 결혼 관련해서는 상진 씨 돌아와서 다시 얘기하면 좋을 것 같아요, 어려우실까요?"

"주영 씨, 당사자는 결혼이 처음이니까 뭘 몰라서 그러는 거 아는데, 반년도 안 남았어요. 알아요? 지금 겨우 식장 하나 잡아 놓은 게 다잖아."

"……."

"어머니 없이도 할머님한테 잘 배웠을 거라 생각했는데, 내가 잘못 안 거예요?"

주영이 표정 하나 바뀌지 않으며 혜선이 내리꽂는 말들을 덤덤히 받아 냈다.

"상진이 얘가 정말 누굴 닮아 그러는지 모르겠어. 남편 될 사람이 무르다고 자기 맘대로 이렇게 저렇게 휘두르는 거 보기 좋지 않아요."

"……."

"너무 늦지 않게 연락해요."

혜선이 기분이 상한 얼굴로 서늘하게 말하며 자리를 떠났다.

뒷모습을 향해 주영이 작게 고개를 숙이며 인사했다.

허리를 꼿꼿하게 세우고 매장을 떠나는 여자의 뒷모습을 응시했다. 상체를 바로 펴는 주영의 시선은 덤덤했다.

18. 부산

태열은 부산을 찾았다. 지난겨울에 부산에 지점을 내겠다고 찾았었다.

당시 급하게 받은 김상진의 연락에, 주영을 만나겠다고 종찬을 부산에 버려두고 서울로 올라간 이후. 서울에 두 개의 지점을 더 오픈하는 바람에 부산 쪽 일이 지연되었다.

태열은 호텔 셰이드 로비 라운지의 매장 오픈 뒤, 양재동 지점 오픈까지 마무리되어 이제야 부산을 찾았다.

운전대를 잡고 있던 종찬이 불만스럽게 투덜거렸다.

"올 때마다 느끼지만 부산은 진짜 운전 지옥이야."

"형이 운전을 못하는 거야."

태열의 타박에 종찬이 도끼눈을 뜨며 조수석으로 고개를 돌렸다.

느껴지는 시선에 핸드폰을 보던 태열이 눈썹을 치켜들었다.

"형, 전방에 차."

태열이 전방을 힐끗하며 주의를 주자 종찬이 냅다 소리부터 질러 댔다.

"미친 새끼 아니야! 대가리부터 끼워 넣으면 다냐. 심장 떨어질 뻔했네."

"형, 나 이제 와서 죽긴 아까우니까 제대로 앞 좀 봐 주라. 죽으려면 혼자 죽어."

시선을 핸드폰에 고정한 태열이 놀란 기색도 없이 무심하게 대꾸하자 종찬이 눈을 흘겨 뜨며 중얼거렸다.

"은혜도 모르는 배은망덕한 놈."

종찬의 말에 피식 웃음을 흘리며 태열이 창밖으로 시선을 돌렸다.

봄이긴 해도 아직 따뜻하다고만 말하긴 애매한 날씨인데 해수욕장에서 서핑을 하는 사람들이 드문드문 보였다.

종찬이 문득 말을 걸어왔다.

"뭐, 연애 사업은 잘돼 가냐?"

창밖을 보며 태열이 짧게 대답했다.

"응."

"소개는 안 해 줘?"

"소개를 왜."

"야, 인간적으로 솔직히 나나 서우한테는 인사시켜 줘야 되는 거 아냐? 궁금해 죽겠는데."

"봤잖아."

"아니 정식으로 인사 안 시켜 주냐고."

종찬과 서우는 태열의 20대를 함께해 온 인연이었다. 종찬은 미국에서 태열의 에이전트로 시작된 인연이었다. 친구로 시작해 오랜 시간 종찬과 연애를 해 온 서우도 자연스럽게 가까워졌다.

익숙한 땅을 떠나 타지에서 지내다 얽히는 인연들은 보다 더 가까워지기 마련이었다.

제과 제빵을 전공한 서우가 LA에서 카페를 시작하려고 할 때 자금 사정이 어려운 걸 알게 되자 태열은 주저 없이 투자했다.

그게 카페202의 첫 시작이었다.

야구를 접고 나서는 태열도 함께 뛰어들었고, 한국까지 사업을 확장하고 있었다. 종찬과 서우가 주기적으로 미국을 오가며 본사까지 관리하는 중이었다.

둘은 태열에게 상하 관계보다는 동업자 같은 관계였다. 사적으로도 매우 가까운 사이. 그렇기에 그들은 늘 주영에 대해 궁금해했었다.

그러나 아직은 때가 아니었다. 사람들의 눈을 신경 쓰는 주영에게 자신의 지인을 소개한다면, 그 큰 눈에 서릴 당혹이 뻔히 보였다.

언젠간 편하게 누군가를 소개할 시간이 올지도 몰랐다. 그러나, 지금은 아니었다.

태열이 무감한 목소리로 종찬에게 선을 긋는다.

"별로. 그리고 싶은 생각이 안 드네."

한참을 달리던 차가 기장의 해맞이로 근처에 있는 허름한 건물 앞에 매끄럽게 멈추어 섰다.

태열이 차에서 내리며 눈앞의 건물을 훑었다. 오랫동안 횟집으로 운영되던 건물을 매입해 리모델링 후 카페로 재오픈할 예정이었다. 태열을 대신해 종찬이 부산을 오가며 찾아낸 장소 중 하나였다.

부산은 나름대로 태열에게 의미 있는 지역이었다. 어린 시절 부모님이 돌아가시고 할머니와 함께 서울에 살다 할머니마저 떠난 후 홀로 생활했다.

그때 삼촌은 영광의 한 발전소에서 일을 하고 있었다. 당시에는 야구부가 없는 지역이었다.

다행히도 삼촌의 다음 파견지가 야구부가 있는 부산이었다. 그때부터 태열도 부산으로 거주지를 옮겨 야구를 계속할 수 있었다. 어린 태열이 꿈을 키웠던 동네였다.

차에서 내려 건물 앞에 서자 짙푸른 바다가 눈앞에 펼쳐졌다. 남쪽이라 날이 쌀쌀하진 않았지만 바람이 꽤 불었다. 태열의 짧은 머리카락과 가볍게 걸친 코트 자락이 바닷바람에 흩날렸다.

눈앞의 풍경을 보아 하니 건물만 제대로 리모델링을 하면 꽤 괜찮은 그림이 나올 것 같았다.

그땐, 주영의 손을 잡고 같이 오고 싶었다. 시리게 짙푸른 동해 바다를 함께 보고, 고개를 돌리면 네 얼굴이 있는. 그보다 만족스러운 순간이 어디 있을까.

난 그저 기다린다. 지금 내가 네게 해 줄 수 있는 건 네가 스스로 발을 내딛도록 기다리는 것.

자신의 의지로 하여금 내 품으로 온전히 걸어올 수 있도록 하는 것.

선택을 강요할 수도 있다. 너의 인생에 끼어들어 나만을 바라보도록 강요할 수도 있겠지.

가끔은 충동이 들 때도 있었다. 내가 다 감당하고 해결할 테니 더 이상 그렇게 아등바등 살지 말라고.

억지로 공부를 하던 열일곱 그때처럼 왜 아직도 힘겹게 무언가를 그러쥐고 버티고 있느냐고.

네게 그런 삶을 강요하는 집이 뭐기에, 악착같이 쥐고 놓지 못하는 일이 뭐기에.

네 손을 잡고 너를 짓누르는 모든 것들로부터 뛰쳐나오게 하고 싶은 충동이 일곤 했다.

그러나 그런 것들은 아무 의미 없음을 안다. 스스로 깨닫고 선택한 것이 아니라면 언제고 후회가 따라올 테다.

내 옆에 서서 후회와 미련으로 자꾸 뒤를 돌아보는 너를 보고 싶지 않아서. 네게 그런 후회가 되고 싶지 않아 억눌러 충동을 참을 뿐.

태열이 고개를 숙여 땅에 떨어진 하얀 꽃잎을 집어 들었다. 봄을 알리는 목련이 흐드러지게 피어 바람에 속절없이 흔들렸다. 가녀린 꽃잎은 그 힘을 버티지 못해 애처롭게 떨어져 바닥 위로 제 흔적을 여기저기 남겼다.

하얀 순백색의 꽃. 우아한 꽃봉오리는 태열이 아는 누군가를 닮았다.

오래전, 목련 꽃이 피어오르는 환희 같은 순간과 낙화하는 처량함의 짧고 강력한 시차를 태열에게 선사했던 여자.

주영의 얼굴을 떠올리자 태열의 입매가 미세하게 올라갔다. 어디서든, 주영의 얼굴이 떠오르는 건 일상처럼 익숙하다.

꽃잎처럼 새하얀 피부, 눈꼬리가 살짝 올라간 큰 눈, 고집 있어 보이는 입매, 선이 얇은 이목구비는 새겨지듯 태열의 순간을 매분 매초 따라다녔다.

재회한 이후로 건조하기만 했던 얼굴은 이제 태열과 함께하는 순간 곧잘 해사한 미소를 보이곤 했다.

주영은 외부에서 우연히 마주치면 모른 척하더라도 둘이 있는 순간만큼은 예전처럼 태열을 스스럼없이 대하기 시작했다.

조금씩 앞으로 가는 기분이었다. 태열이 원하는 그 순간으로.

"열태!"

멀리서 들려오는 종찬의 부름에 태열이 목련 잎을 쥐고 있던 손을 폈다.

하얀 꽃잎이 살랑거리며 바람을 타고 푸른 바다 방향으로 멀어져 갔다.

종찬, 그리고 늦은 오후에 현장에 도착한 준하와 같이 현장을 둘러보고 저녁을 먹고 호텔로 돌아온 참이었다.

태열이 씻고 나오니 불청객들이 방문을 두들겨 댔고 눈 깜짝할 사이에 빈 맥주 캔들이 수두룩하게 쌓였다.

준하는 종찬의 오랜 지인으로, 인테리어 디자이너였다. 태열과는 한국에서 카페를 오픈할 때부터 작업을 같이해 온 인연이 있었다.

이번 부산 건도 준하에게 일을 의뢰했다. 현장을 둘러보며 대략적인 콘셉트와 진행 방향에 대해서 얘기했고 내일은 실측까지 진행하며 세세한 부분들을 확인할 예정이었다.

준하가 자신의 핸드폰을 종찬에게 들이밀고는 올라간 입꼬리를 어찌하지 못하며 강요에 가까운 물음을 던졌다.

"진짜 귀엽지 않냐."

"몇 살이랬지?"

"5살. 봐, 눈 반짝반짝한 거 보여? 천문대 안 가도 돼. 별이 여기 있는데."

그렇게 좋을까. 종찬의 옆에 붙어 내내 딸 자랑을 하는 준하를 보며 태열이 맥주 캔을 입에 가져갔다.

종찬이 질린다는 표정으로 대답했다.

"……야. 시아 귀엽거든. 귀엽다고. 근데 넌 적당히 했으면 좋겠네."

"네가 아직 딸 가진 아빠의 마음을 몰라서 그래. 그나저나 넌 진짜 결혼 안 하냐?"

"……왜 괜히 남의 결혼을 걸고넘어져? 네 딸 사진이나 더 내놔 봐."

"새끼야 10년인가? 12년? 몇 년이냐, 도대체."

준하가 길기만 한 종찬과 서우의 연애 기간을 언급하자 종찬이 미간을 찌푸리며 짜증을 냈다.

"13년이다 새끼야. 내가 하기 싫어서 안 해? 상대방이 결혼은 싫다는데 억지로 밀어붙이기라도 할까?"

"알고 지낸 시간까지 합하면 훨씬 넘은 거 아냐? 서우 걔도 징하다 징해."

종찬과 서우는 함께한 시간만 보면 이미 부부라고 봐도 무방할 정도로 긴 시간을 함께했다.

종찬은 결혼에 대한 언급을 몇 번이고 한 것으로 알고 있는데, 서우는 내내 묵묵부답이었다.

준하가 혀를 내두르는 사이로 맥주를 마시던 태열이 대화에 동참했다.

"왜 싫은지 물어는 봤고?"

"이유는 많아. 자긴 일을 더 하고 싶다. 미래가 불안하다. 결혼한 친구들 보면 선뜻 용기가 안 난다."

"일은 결혼해도 하면 되는 거고. 미래가 불안한 건 결혼해서 안정적으로 만들어 주면 되는 거고."

"저 자식은 맨날 뭐 다 쉽다는 듯이 얘기하더라, 재수 없게."

"친구들 얘기는 뭔데."

태열의 물음에 종찬이 머리를 벅벅 쓸어 넘겼다.

서로 더 알아 갈 필요도 없을 정도로 이미 오랜 시간 함께해 온 사이였다.

그러나 말처럼 서우는 매번 아직은 일에 집중하고 싶다, 애를 낳으면 일은 어떻게 하냐, 지금 관계만으로도 우리는 충분하지 않냐 등 대답을 피해 갔다.

종찬이 풀썩 의자에 깊이 기대며 대답했다.

"서우 친구 중에 일찍 결혼한 애들은 다 이혼했던가, 이혼하고 싶어 해. 그 뭐냐, 초등학교 동창 중에 윤희라고 했나. 걔는 남편이 바람나서 이혼하고 싶은데 애도 있고, 임신하면서 직장도 그만두고 커리어도 끊겼다 보니까 이러지도 못하고 저러지도 못하고 전전긍긍 산다더라. 계속 지인들 안 좋은 결혼 생활 얘기하는 거 보면 텄다 싶어."

"안 좋은 얘기만 하는 건 하기 싫단 얘기네. 야 너도 지인들 좋은 얘기만 계속해. 뭐라도 해라, 좀. 우리 시아 얘기도 좀 하고."

얄밉게 준하가 끼어들자 종찬이 속 터지는 소리 좀 하지 말라며 성을 냈다.

다 큰 성인 둘이 티격태격하는 모습을 지켜보던 태열이 종찬을 향해 물었다.

"형은 왜 결혼이 하고 싶은데."

"나? 뭐…… 사랑하니까……?"

종찬이 자기가 무슨 세기의 로맨티시스트라도 된다는 듯 준하의 얼굴을 손으로 밀어내고는 눈을 반짝이며 대답했다.

어처구니없이 우스운 광경을 보며 태열이 엷게 웃었다. 그게 유일한 이유라면…….

"사랑하면 연애만 해도 충분하지 않나. 그냥 얼굴만 봐도 좋은 거 아닌가."

실제로 태열은 그랬다. 얼굴만 봐도 좋은데, 그 여자가 태열을 보고 웃고, 키스하고, 품에 안기고.

아직은 함께라는 이유만으로도 만족할 때였다. 물론 더 욕심이 나지 않는다면 거짓말이겠지만.

지금은 기다려야 했다. 여자의 선택까지 태열이 강요할 순 없었다.

들끓는 소유욕, 여자를 집어삼켜 제 옆에 옭아매고 싶다는 욕망은 침착히 억눌러야 했다.

그 마음이 강요해서 가질 수 있는 것이었다면 진작에 했겠지.

온주영은 원래 모든 게 쉽지 않고, 느리니까. 천천히 여자가 제게 온전히 기댈 때까지, 태열 말고는 다른 건 돌아보지 않을 때까지.

"아직 애가 뭘 모르네."

준하가 이래서 결혼도 안 해 본 것들이랑은 말을 섞으면 안 된다고 목소리를 높였다.

유일한 기혼자라는 사실이 벼슬이라도 된다는 양 턱을 추켜세웠다.

종찬이 준하의 얄미운 낯짝을 툭 손등으로 치더니 말을 이었다.

"연애만 해도 좋긴 하지. 근데 서우는 그런 게 있어. 어렸을 때부터 유학 생활 길게 해서 그런지 가족에 대한 애착이 유독 큰 편이야. 물리적 거리가 멀어지니까 마음은 그 멀어진 거리를 더 채우려고 노력하더라고. 가족한테만 내주는 곁이 있어. 그러니까 이서우만의 보이지 않는 바운더리가 있는데, 아무리 내가 남자친구로 오랫동안 옆에 있어도 결국 가족은 아니니까, 그 선을 넘지는 못하더라."

"그 선을 넘고 싶어서?"

"넘고 싶은 게 아니라 이서우의 가족이라는 바운더리 안에 포함되고 싶은 거지. 무의식에서도 개가 허용하는 선 안의 사람이 되고 싶은 거야. 내가 가족이 될 수 있는 방법은 결혼 하나고."

종찬의 대답을 들으며 태열이 천천히 고개를 끄덕였다.

연애와 결혼.

태열의 모든 일상은 한 사람으로 점철되어 있긴 하지만 특히나 이런 주제가 나오면 모든 생각은 주영으로 귀결되었다.

애초에 결혼까지 염두에 둬 본 적은 없었다. 처음엔 그냥 다시 볼 수만 있었으면 좋겠다고 생각했고, 그다음엔 그 옆자리를 갖고 싶었다.

그 옆에 서고 보니 점점 더 욕심이 나는 걸 부정할 순 없었다.

문득 궁금해졌다. 너의 바운더리는 어디서부터 어디까지일까.

네게 가족의 의미는 뭘까. 김상진 같은 놈을 결혼 상대로 내건 것 보면 좋은 사람들이라고 생각하긴 어려웠다.

여전히 아등바등 일하는 모습은, 행복해 보이지도 않았고. 그런 삶을 강요받는 환경이 이해되지 않았다.

그렇다면 네게 가족의 의미는 뭘까.

그럼 나는 네게 어떤 의미일까. 나도 네게 그런, 특별한 존재가 될 수 있을까.

소파에 깊게 기대어 앉아 있던 태열이 시간을 확인했다. 막 자정을 넘긴 시간이었다.

넌 자고 있을까. 보고 싶었다. 목소리가 듣고 싶었다. 너도 내가 보고 싶으려나. 지금의 우린 같은 마음일까.

중증이네. 태열이 비틀리게 웃으면서도 여전히 투덕거리는 종찬과 준하를 뒤로 하고 테라스로 향했다.

따뜻한 남쪽의 봄이라지만 아직은 찬기를 품은 밤바람이 태열의 머리칼을 어지럽혔다.

난간에 기대 깜깜한 바다를 보며 생각에 잠겨있던 태열이 핸드폰을 꺼내 들었다. 통화 연결 음이 한참을 울리고 나서야 전화가 연결됐다.

-……응.

잠기운이 가득한 목소리가 고막으로 흘러들어오자 잘 때면 작게 버둥거리던 여자의 모습이 생각나 설핏 웃은 태열이 입을 열었다.

"자고 있었어?"

-……응.

"졸려?"

-……응.

수화기 반대편에서 들려오는 목소리엔 졸음이 가득했다. 짧은 대답 이후로 이어지는 대답은 없었다.

간밤에 찾아온 불청객이라도 된다는 듯, 성가시다는 듯이. 태열은 아랑곳하지 않고 물음을 이어 갔다.

"나 보고 싶었어?"

－…….

반복적으로 이어지던 짧았던 대답마저 사라지고 정적이 이어졌다. 태열이 피식 웃으며 말했다.

"또 응, 해야지."

당황한 표정으로 꾹 입을 다물고 천천히 눈을 끔뻑거리고 있을 주영의 얼굴이 눈앞에 아른거렸다.

온주영은 원래 어릴 때부터 표현에 인색했다. 그런 성정에 태열에게 흔들리며 갈팡질팡하는 상태를 알기에 서운하진 않았다.

그저 보고 싶을 뿐.

"주영아."

부르는 소리에 주영이 작게 대답했다. 태열이 고개를 들어 밤하늘을 보며 말했다.

"올래?"

－지금……?

"응. 말만 해. 비행기표를 끊어 주든, 기차표를 끊든, 차를 보내 주든. 네가 온다고 하면 뭐든 해 줄 테니까."

농담처럼 웃음기 담긴 말에 주영은 잠시 말을 잃은 듯 대답이 없었다. 이 새벽에 자고 있는 사람을 깨워 부산으로 오라니. 한참 뒤 주영이 돌려준 말은 시시했다.

－내일…… 성북동 간다니까. 부산까지 가서 왜 그래. 바다도…… 보고 좋을 텐데.

그럴싸한 핑계인지, 그러고 싶지 않은 건지. 더듬더듬 둘러대는 주영의 대답에 태열이 선선한 바람에 흩날리는 머리를 쓸어 올리며 대답했다.

　"바다 뭐 볼 게 있나."

　-그래도 답답한데 바람도 쐬고……. 바다도 보면 좋지. 난 너 부러운데.

　"나는, 네가 보고 싶지."

　잠시간 돌아오는 대답은 없었다.

　지금 네 표정은 어떨까. 또 당황한 얼굴을 하고 있을까. 아니면 웃고 있을까. 확신은 없었다.

　태열에게 점점 마음을 여는 것처럼 보이긴 했으나 주영에겐 그 선이 있었다.

　너의 그 바운더리를 넘을 수 있는 길을 뭘까.

　서우처럼 네게도 가족이 그런 의미일까. 나도 네 가족이 되어야 온전히 마음을 열어 줄까.

　언제쯤 내게 대답을 해 줄까 넌.

　표정과 몸짓을 보며 유추하는 게 아니라 언제쯤 네 입으로 네 마음을 표현해 줄까. 태열이 씁쓸하게 웃으며 대화의 공백을 채웠다.

　"이쯤 되면 쿨하게 더 자라고 해야 하는데. 끊기가 싫네."

　-참나……. 일은 잘했어?

　어느새 잠이 깬 목소리로 어물쩍 화제를 돌리는 주영의 말에 태열이 픽 웃으며 장단을 맞췄다.

"오늘은 현장 둘러봤고, 내일 다시 가려고."

-언제 와?

"내일 빡세게 돌고, 최대한 빨리 끝내려고. 자지 말고 기다려."

-시간 봐서.

"듣고 싶은 말은커녕 알았다고 해 주는 법이 없네. 이러면 더 끊기 싫지."

심술이 드러난 어조에 수화기 너머에서 잔잔한 웃음소리가 들려왔다.

태열이 가장 좋아하는 소리였다. 잔웃음이 어린 목소리가 태열을 불렀다.

-고태열.

재회한 이후로 성을 떼고 태열을 부른 적이 단 한 번도 없었다. 태열은 그에 은근한 불만이 있었다.

태열이 뭐라 트집이라도 잡으며 말을 이어 가려던 찰나 반대편에서 부드러운 목소리가 이어졌다.

-나도.

이번엔 태열이 대답을 잊었다. 무엇에 대한 대답인지 가타부타 설명하지 않아도, 그래도…….

난간에 기댄 채 느슨하게 풀려 있던 태열의 입매가 그대로 굳었다.

잔잔하게 흐르는 바람 사이로 선율 같은 목소리가 흘러들었다.

-나도 그러니까 늦지 마.

밤하늘과 밤바다가 뒤바뀐 듯 태열의 세상이 멈췄다.

봄 햇살이 마스터 룸을 가득히 채웠다. 주헌이 빳빳하게 다려진 셔츠를 몸에 걸치며 침대 쪽으로 걸어갔다.

"연락하면 제대로 받아."

침대 위에 엎드려 창밖을 보고 누워 있는 여자는 묵묵부답이다.

"주혜원."

"이제 연락하지 말아요."

또 시작이네. 주헌이 미간을 찌푸렸다.

요새 주헌의 심기를 거스르는 여자가 둘이나 있다. 주혜원, 그리고 서주영. 제일 성가시게 하는 건 주혜원이었다. 여자에게 부족함 없이 대했다. 학생 때도, 지금도. 여자가 누려 보지 못했을 화려한 선물들을 만날 때마다 건넸다.

그럼에도 여자는 꼭 무언가 부족한 것처럼 군다.

혜원이 근무하는 호텔을 인수하고 찾아갔을 때 여자는 주헌을 외면했다, 감히.

끈질기게 어르고 달래 간간이 만남을 이어 오는 중이었다.

그 와중에도 여자는 반발 없이 바로 만남에 응할 때도 있었고, 어떨 때는 심사가 꼬였는지 주헌의 연락을 무시하기도 했다.

그 부분이 가장 거슬리는 점이었다. 분명 주헌을 향한 마음을 아는데 안간힘을 써서 밀어내는 소모적인 짓을 왜 하는지. 쓸데없는 에너지 낭비였다.

주헌이 햇살이 내려앉은 새하얀 등을 내려다보며 말했다.

"머리 아프게 만들지 마. 너 아니어도 머리 아픈 일 천지니까."

"……."

여전히 혜원이 창밖을 본 채 대답이 없자, 주헌이 셔츠 소매의 커프스 링크를 잠그며 여상히 물었다.

"서주영은 요새 뭐 이상한 거 없어?"

주헌이 혜원의 얼굴을 훑으며 전날 밤 오재성에게 받은 전화를 상기했다.

'야, 너 그렇게 싸고돈다는 니네 누나랑 싸웠냐?'

'무슨 소리야. 헛소리할 거면 끊어.'

'아니, 우리 이번에 리조트 쪽 사업 확장한다고 파트장 자리 새로 뽑거든? 헤드헌팅 업체 통해서 이력서 보는데 그 니네 누나가 있는 거야. 씨발, 내가 존나 놀라 가지고…….'

이력서라니, 어처구니가 없어 크게 소리 내 웃을 뻔했다.

'서주영이?'

그것도 경쟁사에.

'어, 존나 신기해서 인터뷰 자리 만들라고는 해 놨는데. 생각해 보니까 이게 뭐 경쟁사 염탐도 아니고 씨발. 갑자기 존나 뒤가 구린 거지.'

'아아. 얼마 전에 좀 싸웠더니 누나가 화가 많이 났었나 보네. 번거롭게 해서 어쩌지. 우리 화해했거든.'

주헌의 가벼운 목소리에 재성이 '그럼 그렇지'라며 집안 관리 잘하라며 같잖은 타박과 함께 통화를 끝냈었다.

지금껏 얌전히 주헌을 따라오던 주영이었다. 결혼을 앞두고 이직 시도라니. 뒤가 몹시도 구렸다.

주헌도 어제 전화를 받자마자 나름의 조치를 해 두긴 했지만, 아직 서주영이 이렇게 딴마음을 품는 이유를 알 수가 없었다.

"……이상한 거라뇨?"

"요새 낌새가 이상해. 뭐 아는 거 없어?"

"내가 어떻게 알아요. 서주영 상무랑 사이 옛날 같지 않은 거 알잖아요."

혜원이 주헌의 예리한 시선을 피하며 말했다.

얼마 전 호텔 지하 주차장에서 태열의 차에 올라타는 모습을 봤다. 그러나 이걸 말해도 될까. 어렸을 땐 주헌을 소개해 준 주영을 원망도 했다. 실은 혜원 본인의 선택이었는데, 남 탓을 하고 싶었던 거지.

게다가 주헌과의 만남을 지속해 오며 알게 된 것이 있었다. 주영은, 혜원이 생각했던 부잣집 고명딸과는 전혀 다른 삶을 살았다. 주헌의 성정을 알기에, 혹시 긁어 부스럼이 될까 싶은 일은 말할 수 없었다.

무슨 감정인지는 모르겠다. 이미 주영과의 관계는 소원해질 대로 소원해진 관계인데.

직장 상사와 부하 직원 그 이상, 그 이하도 아닌데. 입이 떨어지진 않았다.

옷을 입은 주헌이 침대에 걸터앉으며 혜원에게 손을 뻗었다. 기다란 손가락이 혜원의 뺨을 툭툭 건들였다. 그가 천천히 고개를 숙이곤 혜원의 귓가에 입술을 붙여 왔다.

"네가 말 안 하면, 내가 알아내면 돼. 그러니까 쓸데없이 숨길 생각 하지 말고 아는 거 있음 제때 말해."

"……그런 거 없어요."

묘한 눈길로 혜원의 얼굴을 샅샅이 훑은 주헌이 살짝 미소를 보였다. 여자의 머리를 쓸어 넘기며 가볍게 말했다.

"믿을게."

침대에서 일어난 주헌이 그대로 드레스 룸으로 자취를 감추고 나서야 혜원이 참았던 숨을 토해 냈다.

도대체 주영은 무슨 생각일까. 약혼자가 있는데 왜.

대학 때도 남자엔 도통 관심이 없던 사람이었다. 야구에만 빠져…….

설마, 그때부터 고태열과 어떤 관계가 있었던 건가? 모르겠다. 어떻게 뒷감당을 하려고. 매사에 조심스럽던 사람이.

혜원이 고개를 절레절레 저으며 몸을 일으켰다. 혜원이 상관할 일은 아니었다.

주영의 사생활은 혜원이 개입할 영역이 아니기에. 본인 앞가림도 못 하는 주제에 남 일에 끼어들 여력도 없었다.

19. 한 달만요

"아이, 서 상무. 앉아 있어. 뭐 하러 자꾸 거들어."

전주댁이 난처한 얼굴로 일손을 돕는 주영의 등을 밀었다.

가만히 앉아 있는 것이 성미에 맞지 않기도 하고 거실에 나가 자리를 채우고 싶지도 않아 거둘 뿐이었다.

'죄송합니다. 저희 주강 호텔 앤 리조트 F&B 파트장은 외부 채용이 아닌 내부 인재 발탁으로 결정되게 되어 인터뷰 일정은 취소해야 할 것 같습니다. 부득이하게 주말에 연락드린 점 양해 부탁드립니다.'

게다가 토요일 오후 걸려 온 한 통의 전화로 기분이 발밑으로 떨어졌다. 면접 일정을 논할 땐 언제고 하루 만에 내부 승격으로 전환했다는 태세 전환이 어이가 없었다. 찜찜하기도 했고.

이렇게 가라앉은 얼굴로 옥경 앞에 얼씬거려 봤자 더 안 좋은 소리만 들을 게 뻔했다. 주영이 국그릇을 상으로 옮기며 대꾸했다.

"어차피 거의 다 했는데요, 뭐."

옥경의 생일상이었다. 연중 그 어느 날보다 저택의 식탁이 가장 휘황찬란한 날.

생일상임을 분명하게 드러내는, 제주에서 갓 올라온 성게를 넣은 미역국부터, 두릅튀김, 한우 갈비찜. 그 외에도 산지에서 직배송된 각종 제철 식재료로 만든 음식들이 식탁을 채웠다.

"이거 두릅튀김 좀 맛볼래? 화순에서 오늘 새벽에 올라온 참두릅으로 한 거야. 향이 엄청 좋아. 뜨거울 때 먹어야 맛있거든."

"괜찮아요. 이따가 먹을게요."

주영이 웃으며 거절하는데 주헌이 식당으로 들어섰다. 그가 전주댁을 보며 말했다.

"냄새가 좋은데요?"

"전무님 좋아하시는 갈비찜도 했어요. 오늘 간도 잘되고, 고기도 연해요. 조금만 기다리세요."

"뭐, 우리 전주댁 음식 솜씨야 언제 별로인 적이 있었나."

전주댁을 향해 가볍게 웃어 보인 주헌이 제 자리에 앉으며, 국을 퍼 나르는 주영을 응시했다.

기껏 오랜만에 성북동에 얼굴을 비친 주제에 식당에 콕 박혀 나오질 않는 건조한 표정의 여자를.

"서 상무님. 그건 아주머니한테 맡기고 잠깐 앉지?"

주영이 지목당하고 나서야 주헌을 쳐다본다. 주헌이 턱짓으로 본인의 맞은편 자리를 가리켰다. 주영이 들고 있던 그릇을 전주댁에게 넘기고 걸어갔다.

"할 말 있어?"

"넌 할 말 없어?"

"그게 무슨 말이야."

주헌이 팔짱을 끼고 맞은편에서 담담하게 대꾸하는 주영을 찬찬히 살폈다.

늘 표정 없이 건조한 얼굴. 감정의 기복이 없는 여자.

흠 잡힐 데 하나 없이 철저한 모습. 항상 모든 행동과 언행이 그랬다. 그래서 더 주헌의 마음에 들었고. 그녀는 같이 일하기 좋은 최상의 파트너였다.

그러나 최근 들어 미묘하게 달라졌다. 여전히 일은 흠잡을 데 없이 잘 해냈다. 실적도 전년 대비 소폭 하락하긴 했으나 그건 리뉴얼 공사로 어쩔 수 없는 부분이었고, 향후 예상 매출은 제법 기대됐다.

근데 뒤로는 딴생각을 한다고.

주헌이 주영에게 베푼 것이 부족했나?

그럴 리 없다. 근데 왜.

전주댁을 털어 봐도 주영이 혼자 사는 빌라에선 어떤 흔적도 없다고 했다. 오늘 아침 혜원의 태도에서 어떤 낌새가 있긴 했다. 주영의 얘기가 나오자 혜원은 티가 나게 주헌의 시선을 피했다.

뭔가 주혜원도 알 법한 무언가가 있는 건데, 그게 뭘까. 주헌이 눈을 가늘게 좁히며 주영을 떠본다.

"요새 일은 할 만하신가 해서."

"실적 보고했잖아. 알면서 뭘 물어?"

"실적 떨어진 거?"

"……변명이긴 하지만 리뉴얼 공사 때문에 어쩔 수 없었던 거 알잖아. 감수하고 프로젝트 들어간 거고."

"리뉴얼은 잘돼 가고 있고?"

"매달 보고서 다 올리고 있는데 확인 안 했을 리도 없고. 뭐가 그렇게 궁금한 거야?"

주영이 인상을 썼다. 주헌과는 되도록이면 오래 대화를 하고 싶진 않았다. 혹시라도 말이 길어져 불필요하게 의심을 살 수 있는 말이 나올까 봐 신경이 쓰이기도 했고.

"그냥, 우리 서 상무가 요새 정신을 어따 팔고 있는지 궁금해서."

"정신을 팔다니, 그게 무슨 말이냐."

식당으로 들어오던 옥경의 목소리가 엄했다.

주영이 차분히 대답했다.

"별말 아니에요."

"별말 아니긴, 주헌이 애가 허튼소리 할 리가 없지. 안 그래도 내 너한테 한 소리 하려던 참이었다. 가을이면 결혼할 애가 여태 껏 제대로 준비 하나 한 게 없는 게 말이 되느냐? 내 저번에 하나 하나 다 일러두지 않았어!"

상석에 앉은 옥경이 주영을 향해 호통을 쳤다. 주영이 고개를 숙였다.

이 정도 호통은 이제 익숙했다. 그냥 옥경이 알아서 스스로 화를 다스릴 때까지 한 귀로 흘리며 가만히 들으면 됐다.

"바깥사람이 바쁘면 안사람이 제대로 해야지, 결혼 전부터 이렇게 부족하게 굴어서야. 그 집에 들어가서 이 늙은이 얼굴에 얼마나 먹칠하려고……!"

부족했다. 늘. 아등바등 옥경의 기준을 맞추기 위해 노력했다. 그러나 그 기준은 주영이 닿을 수 없는 어딘가에 있었다.

어처구니없는 상상이 주영의 머릿속을 지배했다. 부족하니까, 때려치우겠다고. 뭘 해도 마음에 안 드실 테니, 그냥 아무것도 하지 않겠다고. 그렇게 부족하기에 그딴 놈에게 보내면서 본인 체면까지 차리시려 드냐고.

그러나, 지금 당장 소란을 키울 필요는 없었다. 상진이 베트남에서 돌아오기 전까진 모든 걸 조용히 넘길 생각이었다.

언젠가 이직이 확정되고, 모든 게 정리가 되면 그땐 한 번쯤 생각대로 소리를 낼 수 있을까. 글쎄. 그땐 이 모든 것으로부터 영원히 멀어질 텐데 굳이 그럴 필요가 있을까.

주영이 차분하게 말했다.

"죄송해요. 더 신경 쓸게요."

옥경의 호통으로 시작된 생일 식사 자리는 주인공의 심기가 불편해 오고 가는 말이 많지 않았다.

그나마 중심을 잡아 줄 만한 사람은 재건인데 그도 불가피하게 잡힌 미국 출장으로 인해 한 달간 한국을 떠나 있었다.

뒤늦게 제주에서 올라온 지영이 도착하고 나서야 조금 분위기가 누그러졌다.

"뭐야? 사람 서운하게 나 오기도 전에 벌써 시작한 거예요?"

툴툴거리며 요란하게 등장한 지영이 그나마 정적을 메꿨다.

제주도 생활이 너무 지루하다는 둥, 흑돼지와 갈치는 이제 신물이 난다는 둥. 옥경은 징징거리는 지영을 한심한 눈길로 보면서도 표정을 조금씩 풀었다.

"아 맞다. 너네 라운지 카페가 고태열 거라며?"

갈비를 오물오물 씹어 넘기던 지영이 갑자기 생각났다는 듯 말을 꺼냈다. 주영이 젓가락질을 멈췄다.

"왜 있잖아요. 할머니도 아나? 그 예전에 유명한 야구 선수. 제주도에서 윤슬이 만났거든. 너희 호텔 갔다가 봤다는데? 그 기집애는 잘생긴 남자면 사족을 못 쓴다니까. 그 사람은 뭐 다쳐서 은퇴했다더니 뭔 카페를 하고 있냐."

"지영이 너 말버릇 좀 어떻게 못 하겠니."

옥경이 인상을 쓰자 지영이 슬그머니 눈치를 보며 투덜거렸다. 맨날 나한테만 뭐라 그래.

식사 전 주영을 떠본 이후로 내내 잠잠하던 주헌이 주영을 쳐다봤다. 그가 입을 열었다.

"그래? 왜 난 몰랐을까. 왜 보고가 안 됐지, 서주영 상무님?"

"중요한 사항은 아니라고 생각했어."

주헌이 눈을 가늘게 뜨고 주영을 살폈다. 고개를 까닥이며 물었다.

"이런. 우리 서주영 상무님이 선을 넘네. 위에 보고를 할지 말지 자의적으로 판단할 권한까지 줬었던가 내가?"

차갑게 내리꽂는 주헌의 일갈에 순식간에 식탁의 분위기가 얼어붙었다. 눈치를 보던 지영이 인상을 쓰며 말했다.

"야, 적당히 해. 할머니 생일이잖아. 나 제주도에서 올라왔다고. 일 얘긴 회사 가서 하시라고요."

서늘하게 가라앉아 있던 주헌이 지영의 타박 아닌 타박에 픽 웃음을 흘렸다.

"그래, 이따 얘기해. 할머니 생신 자리 망칠 순 없지. 누나 아까 할머니 선물 사 오지 않았었나?"

주헌이 한발 물러나 주면서도 여전히 갸름한 눈으로 주영을 살폈다. 주영이 제게 쏟아지는 시선을 무시하며 대답했다.

"이따 식사 끝나고 드리려고 했어."

"선물 같은 거 필요 없다. 지 할 일이나 제대로 할 것을……, 쯧."

옥경이 혀를 차며 수저를 들더니 덧붙였다.

"늦어도 이달까지는 내 건넨 목록은 처리하거라. 유 관장한테도 빨리 연락해서 일정 잡고! 도대체 언제까지 미룰 셈이냐? 에미 없이 자라 근본 없이 군다는 소리까지 듣게 해야 움직일 거야? 어찌 그리 몸이 무거워? 네 결혼이면 네가 먼저 챙겨야 할 것 아니니!"

"할머니. 누나 잘할 거예요, 모자라지 않게 제가 도와줄 거고."

"주헌이 네가 바쁜 와중에 남의 결혼까지 신경 쓸 일 있냐."

"그래도 집안 개혼인데 저도 신경 써야죠. 좋은 날인데 식사하세요. 제가 상진이 형한테도 잘 말해 둘게요."

주헌이 나서니 옥경은 언짢은 표정을 하면서도 더 이상 말을 더하진 않았다.

숨 막히는 식사였다. 제주도 호텔 오픈 준비와 관련해 얼마나 힘든지, 얼마나 성대하게 준비하게 하고 있는지 열을 내며 홀로 성토하는 지영을 제외하고는.

전주댁에게 옥경의 생일 선물인 스카프를 전달하고 주영이 빠르게 집을 나섰다.

어차피 옥경이 선물을 좋아할 것이라 기대하지도 않았기에 직접 전달할 생각은 없었다. 얼굴을 마주쳐 봤자 또다시 결혼 얘기로 닦달할 것이 뻔하니.

정원을 나서는데 멀리서 기다란 인영의 그림자가 보였다. 매캐한 냄새는 덤이었다. 담배를 피우고 있던 주헌이 주영을 향해 천천히 다가왔다.

"얘기 좀 하지?"

"가 봐야 해."

"누구 만나나 봐?"

묘한 뉘앙스가 담긴 말이었다. 그렇게 조심을 하고 또 조심을 했는데, 주헌이 알 리는 없었다.

하지만 그는 눈치가 빨랐다. 대화가 길어져 꼬리가 밟히는 일이 없게 빨리 자리를 피하는 게 답이다.

"……서 전무님이 주신 숙제가 너무 많아서, 주말에도 일해야 하거든."

주헌이 잔디에 필터를 툭 던지며 얕게 웃었다. 그는 옥경의 정원에서 제멋대로 행동할 수 있는 몇 안 되는 사람 중 한 명이었다.

"우리 서 상무가 일복이 많네."

식사 자리에서부터 뭔가 주영을 마음에 들어 하지 않던 주헌이었다.

주영이 하는 일 처리를 일일이 간섭하지 않던 그인데, 괜스레 태열을 걸고넘어지는 건…….

트집을 잡고 싶은 일이 있는 거겠지. 이럴 땐 적당히 넘어가야 했다. 주영이 입을 뗐다.

"그리고, 라운지 건은……."

말을 흐리던 주영이 주헌의 따가운 시선을 마주하며 다시 말을 이었다.

"중요하지 않다고 판단해서 보고 안 했어. 위에서 보기에 아니라고 하면 업체 정보 다시 정리해서 올릴게."

"그거 보고하고 나서 튀려고?"

"……뭐?"

주헌이 담배를 하나 더 꺼내 들었다.

"내가 어이없는 소리를 들었는데. 서주영 상무님이 체면 떨어지게 여기저기 이력서 넣고 다니신다고."

일부러 헤드헌팅 업체를 통해 준비하며 말이 새어 나가지 않도록 해 달라고 부탁은 했었다. 하지만 주헌의 귀에 들어갈 수도 있다는 부분을 예상하지 못한 건 아니었다.

"더 좋은 기회가 있는데 놓치는 게 바보 아냐?"

"우리 누나가 서운한 소리를 하네. 너한테 나보다 더 좋은 기회 줄 수 있는 사람이 있어?"

식사 자리에서처럼, 나 아니면 누가 널 챙기겠냐는 말이었다.

주헌이 손에 쥔 담배의 끝이 주영을 향했다.

"네가 가 봐야, 어디서 남의 회사 염탐질하러 왔냐는 소리나 듣거나."

"……."

"아니면 집안에서 쫓겨나서 갈데없는 팔푼이 취급이나 받을 텐데. 그런 푸대접이 필요해서 헛짓거리하고 다니는 거야?"

주영도 전혀 염두에 두지 않았던 생각은 아니었다. 애초에 처음부터 다른 길에서 시작했으면 모를까…….

서주헌 밑에서 일을 하다 뛰쳐나와 다른 곳으로 간다는 건. 다른 사람들 눈에는 쫓겨났거나, 의도가 있거나. 둘 중 하나로 보일 수밖에 없었다.

욕심을 가지고 따라온 길이었으나 돌아보면 주영이 진짜 손에 쥔 것은 아무것도 없었다.

상원이라는 그늘을 벗어나면 결국 빈손.

그럼에도 그동안 주영이 이뤄 왔던 모든 걸 다시 놓고 새로 시작하려는 이유는. 그런 결정을, 그런 결심을 할 수밖에 없는 이유는.

두 번 놓치고 싶지 않은 대상이 있기에.

"내가 뭘 하든 그건 내 선택이야."

"네 선택인데, 사람 엿 먹이진 말아야지. 이직을 하시겠다? 심지어 결혼 전에? 연줄도 없는 회사로? 나한텐 김상진 한국에 없을 때 몰래 뒤통수치겠다는 소리로 들리는데."

주헌의 서늘한 시선 아래, 하얀 담배 끝은 여전히 주영을 향해 있었다. 주영이 불이 붙지 않은 담배를 보며 한숨을 내쉬었다.

서주헌은 제법 눈치가 빠른 편이었다. 설마……. 오늘 면접 취소 연락이 온 게…….

"주강건설. 설마 네가 막은 거야?"

주헌이 하하 소리 내며 웃었다.

"막다니, 설마. 굳이? 그쪽에서 싸웠냐고 묻길래 난 그저 사이가 좋다고 했을 뿐인데, 잘 안 됐나 봐?"

확인 사살이었다.

"서주헌. 내가 뭘 하든 네가 상관할 바 없는 일이야. 다음부턴 어떤 방식으로든 개입하지 마."

"그래?"

"그래."

"좀 서운하네. 우리 제법 좋은 파트너라고 생각했는데, 이렇게 선을 그으시니."

"나 먼저 가 볼게."

"그래, 그럼 가 봐."

주헌이 뒤틀리게 웃으며 주영을 향해 겨눴던 담배를 거뒀다. 입에 물고는 불을 붙였다. 휙 치솟았다 잠잠히 사그라진 불길을 지켜보던 주영이 주헌의 옆을 스쳐 지나갈 때였다.

"아, 맞다."

주영이 걸음을 멈추고 고개를 돌려 주헌을 쳐다봤다. 주헌이 내뱉은 뿌연 연기가 공기 중으로 홀연히 사라졌다. 연기가 사라진 자리에 비스듬히 웃는 얼굴이 보였다.

"어머니는 더 좋은 곳에 모셨어."

"……무슨 소리야, 너?"

"미리 말해 준다는 걸, 깜빡했네."

"서주헌……!"

"누나 식 무사히 끝나면, 그때 같이 뵈러 가자. 내가 누나 결혼 준비 도와주기로 했으니까, 식까진 열심히 서로 돕자고. 혹시 알아? 그때 되면 일어나서 맞아 주실지."

주헌이 작게 웃으며 주영을 등졌다. 느긋하게 걸으며 사라져 멀어지는 인영 위로 매캐한 연기가 피어올랐다.

주영은 정원의 계단 앞에서 석상처럼 굳어 섰다.

이건 협박이었다.

사유가 뭐든, 뒤로 딴생각하지 말라는.

결국 주영이 이 집에 의존할 수밖에 없었던 가장 큰 이유는 엄마였다. 그리고 지금은 그 엄마가 주영의 발목을 잡는 인질이 되었고. 그렇다고 뻔히 엄마에게 위해를 가했을 리도 없다는 것도 뻔히 알았다. 그럼에도 불안한 마음이 턱 끝까지 조여 오는 건 본능이었다.

더 좋은 곳으로 모셨다고 했다. 서주헌이 그런 일을 두고 켕기는 거짓말을 할 리는 없었다.

재건의 눈도 있으니 헛짓을 할 리야. 다만, 재건이 한 달간 미국 출장으로 자릴 비운 새 제멋대로 벌인 일이겠지.

그냥 이건 서주헌의 서열 정리였다. 네 위치를 정확히 알라고. 시키는 대로 따라오라고.

주헌을 쫓아가 행방을 묻는다 해도 알 수 없을 것이다.

오히려 딴마음을 먹지 않겠다, 조용히 네 말에 따라 결혼을 하겠다. 그런 확답이나 내놓길 종용받겠지. 물론, 입 밖으로 그런 확답을 내놓지 않더라도 결국 주영이 선택할 수 있는 답지는 많지 않았다.

스스로를 옭아매는 굴레를 벗어나려는 시도는 처음부터 삐걱삐걱 쉽지 않았다. 늘 이렇게 익숙해진 체념이기도 했다.

홀연히 불어오는 건조한 바람이 주영의 뺨을 스쳤다. 눈물 같은 건 나지 않았는데, 목구멍 너머로 무언가 울컥 솟구쳤다.

성북동에서 돌아온 주영이 자신의 집 대신 같은 빌라의 11층에서 내렸다.

밤늦은 시간이었지만, 태열이 보고 싶었다.

태열을 본다면, 벼랑 끝까지 떨어진 기분이 조금은 나아지지 않을까 해서. 그와 함께하는 순간엔 늘 눈앞에 닥친 현실 같은 건 잊게 되니까.

삐비비빅. 일련의 숫자를 입력하자 기계음과 함께 철컥하고 문이 열렸다.

주영이 조용히 현관에 들어서는데 안쪽에서 두런두런 말소리가 들려왔다.

손님이 왔나? 누구지?

주영이 신발을 벗지 못하고 현관 앞에서 주춤했다. 말소리가 가까워졌다.

"얌마, 치사하게 술 한 잔 안 주고 집 잠깐 보여 준 게 다야. 이게 집들이라고?"

"집 봤으면 됐지. 빨리 가, 형. 남의 연애 방해로 고소하기 전에."

"영업 방해도 아니고, 연애 방해요? 이 자식 보게? 너 고태열이 새끼, 진짜 의리도 없는 놈. 키워 준 은혜도 모르는 치사한 새끼. 서우야, 가…… 어?"

태열에게 등이 떠밀리며 현관으로 나오던 종찬이 신발장 앞에 서 있는 주영을 발견하고는 눈을 동그랗게 떴다.

눈이 마주친 주영이 어정쩡하게 웃었다.

"안녕하세요! 저 태열이……. 야! 너 인사도 안 시켜 주냐?"

주영에게 반가움을 표하며 인사하던 종찬을 태열이 밀어냈다. 종찬을 제 뒤로 숨기고는 태열이 주영을 향해 물었다.

"일찍 왔네. 문자 보냈는데, 못 봤어?"

주영이 핸드폰을 확인하자, 서우와 종찬이 잠시 집에 들렀다며 조금만 천천히 오라는 내용의 문자였다.

"응. 정신이 없어서 지금 확인했어. 손님 계신 거면 그냥 갈게."

다소 난감해 보이는 태열의 뒤에서 종찬이 고개를 빼꼼 내밀었다.

"들어오세요. 안에 서우도 있는데 같이 와인 드실래요? 저희 열태 집은 처음 온 건데 이 자식이 지 연애 사업 하겠다고 오자마자 쫓겨나기 직전이었거든요. 저희 여기까지 온 거 아까운데 좀 놀다 가면 안 될까요?"

네? 종찬이 남자다운 이목구비에 어울리지 않게 눈을 동그랗게 뜨며 처연하게 물었다.

애처로운 눈빛이 주영을 향했다.

"아싸! DRC 따자!"

신나서 값비싼 와인을 뜯겠다는 종찬과 그 옆에서 성가신 표정으로 머리를 쓸어 넘기는 태열. 익숙한 듯 방방 뛰는 종찬을 보며 못 말리겠다는 표정을 짓는 서우.

낯선 풍경을 보며 주영이 소파에 앉자 서우가 말을 걸어왔다.

"여기는 호텔 아니니까, 주영 씨라고 불러도 되죠? 여기서까지 상무님이라고 하면 너무 딱딱한 것 같아서요."

"네. 편한 대로 하세요."

호텔에서 업무상 몇 번 마주친 게 전부였던 서우였다.

태열과 어떤 사이인지 의심하기도 했고, 직장 동료 이상으로 가까워 보이는 모습에 질투하기도 했었다. 우습게도. 그랬었지.

고작 두 달 전 일인데도 머나먼 과거처럼 아득한 시간이었다.

주영이 서우가 건네는 빈 와인 잔을 받아 들었다. 종찬이 다가와 자신이 소믈리에라도 된다는 양 신나는 얼굴로 붉은색 와인을 따랐다.

이게 얼마짜리 와인인 줄 아냐며, 태열이 선물 받아 꿍쳐 놓은 로마네 콩티를 주영 씨 덕분에 오늘 드디어 맛을 본다며, 세상을 다 가진 표정으로.

주영이 내내 성가시다는 표정을 지우지 못한 태열을 살폈다.

너도, 네 맘대로 못 하는 게 있구나.

이러지도 저러지도 못하고 가만히 소파에 앉아 있는 태열을 보며 주영이 작게 웃었다. 잔잔하게 웃는 주영을 보며 서우가 말을 건넸다.

"주영 씨 와인 좋아해요?"

"그냥 가끔 필요할 때만 마셔요."

"술 잘 못하나 봐요."

"적당히만요."

술을 못 마시는 건 아니었지만 자주 즐기진 않았다. 업무상 미팅이 있는 자리가 아니고서야 와인을 입에 대는 건 정말 오랜만이었다. 붉은 액체를 넘기자 와인 특유의 쌉쌀하고 아릿한 맛이 입 안에 맴돌았다. 와인의 풍미를 감탄하던 종찬이 주영에게 말을 걸어 왔다.

"솔직히 전부터 계속 인사하고 싶었거든요. 우리 셰이드 지점 갑이시기도 하고 또 열태 저 자식이랑……. 근데 뭐라 불러야 하지? 상무님? 아니 주영 씨? 아, 모르겠다. 아무튼 근데 열태 저 자식이 들은 체도 안 하는 거예요. 저 예전에 호텔에서 한 번 마주친 적 있는데 기억나요?"

"네. 기억나요."

"아, 역시. 내가 그렇게 쉽게 잊히는 인물이 아니야. 봤지? 형님이 이 정도다."

종찬이 의기양양하게 태열과 서우를 보며 말했다.

돌아오는 대답은 없었다. 둘 다 또 시작이네, 지겹다, 이런 얼굴을 하고 있을 뿐.

태열은 와인에 손을 대지 않았다. 원래 술을 안 마시나? 생각해 보면 태열과 함께 술을 마신 기억이 없었다.

그래도 다시 재회한 순간부터 두 달 남짓한 시간이 지났는데, 아직도 태열에 관해 아는 게 많지 않았다.

주영의 시선을 느낀 태열이 맞은편에서 빤히 눈을 맞춰 왔다. 그의 입이 천천히 벌어졌다.

'괜찮아?'

그가 입 모양으로 물었다. 술을 마시는 게 괜찮느냐는 건지, 종찬과 서우와 함께 있는 자리가 괜찮느냐는 건지, 둘 다 괜찮느냐는 건지.

알 수 없지만 주영은 천천히 고개를 주억거렸다. 그제야 미묘하게 굳어 있던 태열의 얼굴도 조금씩 풀리기 시작했다.

주영은 가만히 와인을 홀짝이며 그들이 나누는 이야기를 들었다. 그들은 함께한 시간이 긴 만큼 나눌 이야기도 많았다. 유일하게 공통분모가 없는 주영만이 제삼자였다.

주제는 종잡을 수 없었다.

본점에 새로운 바리스타를 구인하는 이야기, 미국 지사 이슈, 신메뉴 이야기, 부산에 다녀온 이야기, 혹은 미국에서 그들이 함께했던 이야기.

낯선 이들과 함께 하는 시간이 불편해야 마땅한데, 이상하게도 낯설지 않았다.

누구도 억지로 주영에게 술을 권하거나, 말을 걸지도 않았다. 간혹 종찬만이 대화 중간중간 혼자 열세에 몰리면 주영에게 제 편을 들어 줄 것을 요구했다. 마치, 오랜 시간 주영을 알아 온 사람처럼.

서우는 억양부터 내뱉는 단어 하나하나가 다정했다. 그런 서우를 사랑스럽게 바라보는 종찬은 시끄럽게 굴면서도 화기애애한 분위기를 이끌어 갔다.

내내 종찬을 귀찮은 존재 취급하면서도 결국은 다 받아 주는 태열까지.

주영이 오래도록 겪지 못한 평범하고도 인간적인 관계였다.

사람은 누구나 저마다의 온도를 가지고 있다. 그리고 비슷한 온도의 사람들끼리 어울린다.

따뜻한 온도를 가진 이는 그런 사람을 끌어당기고, 그렇지 못한 사람에게는 반대의 사람만 스쳐 지나간다.

태열의 곁엔 그와 같은 온도를 가진 사람들이 있었다. 그가 걸어온 길을 주변의 사람들이 증명하는 것처럼.

반면 주영의 곁엔……

그녀의 곁엔 아무도 없었다.

홀로 남은 주영을 거둬 간 친부도, 늘 못마땅한 눈으로 주영을 흘기는 송옥경도, 자신을 도우면 흔쾌히 무엇이든 내어 줄 것처럼 굴다가도 등을 지면 칼날같이 구는 이복형제도.

그 누구도.

태열은 주영이 걸어온 길을 다시 돌아보게 했다.

이토록 상이한 온도를 가진 우리가 섞여 들어 끝이 없는 관계를 맺을 수 있을까.

어릴 적 늘 자신만만한 태열을 보며 느꼈던 알 수 없던 열등감의 정체를 이제는 안다.

그건 열패감 같은 것이었다. 네가 걸어갈 길, 걸어온 길에 대한 질시. 내가 가지지 못한 것을 가진 상대에게 느끼는 열등감.

겉모습과 달리 깊은 내면부터 건강하고 반듯했던 태열이었다. 그런 태열에게 속절없이 빠져들며 한편으로는 그를 부러워했다.

주영은 그저 모범생이라는 껍데기만 걸친 채로 욕심만 많았는데.

정작, 스스로를 돌아보지 못한 채.

여전히 주영은 껍데기만 자라 열일곱 그때를 벗어나지 못했다.

어른 아이. 항상 불안정할 수밖에 없는 이유.

맹목적으로 보이는 것만을 욕심내 왔기에, 여전히 주영의 손에 쥐어진 모든 것들은 주영의 것이 아니었다.

이제는 빈껍데기를 내려놓고 태열에게 가려는데도, 스스로 쌓아 온 것들이 발목을 잡았다.

아무것도 없어도, 주저 없이 원하는 것을 말하고, 이뤄 내는 태열.

겉보기엔 많은 걸 가진 것 같아도, 아무것도 없는 주영.

어린 날의 나는 너를 좋아했고, 한편으로는 동경했다. 지금의 나는 여전히 너를 좋아하고, 동경한다.

오랜 시간이 흘러도 여전히 내게 풀리지 않는 난제는.

넌, 내가 왜 좋아? 난 지금도, 여전히, 정말 모르겠어.

주영이 혼란스러운 눈길로 옅게 웃고 있는 태열을 보자 눈이 마주쳤다.

그가 바로 입 모양으로만 '왜, 피곤해?'라고 물어 왔다.

주영의 시선이 태열에게 닿을 때면 그는 기다렸다는 듯이 눈을 마주쳐 왔다. 그의 온 신경이 주영에게 몰려 있음을 증명하듯.

같은 공간에 그와 같은 온도를 보이는 남자가 한 명 더 있었다. 종찬은 와인을 홀짝이면서도 내내 서우를 흘끗거리며 신경 썼다.

그녀의 잔이 비면 와인을 채우고, 여자가 휴지를 찾는 듯하면 더 먼저 일어나 눈앞에 대령하고.

굉장히 오래 만났다고 들었는데…….

그 모습을 지켜보던 주영이 물었다.

"두 분은 얼마나 만나신 거예요?"

"우리 얼마나 만났지? 15년?"

"13년이야."

기억을 더듬으며 서우가 눈을 굴리자 종찬이 대신 답했다. 서우가 고개를 끄덕였다.

"아아. 맞네."

알고 지낸 지는 더 오래됐어요. 서우가 덧붙였다. 13년보다 더 긴 시간이라니. 길기만 한 그들의 관계에 주영이 이어 질문했다.

"결혼은 안 하세요?"

속사정을 모르는 주영의 물음에 한순간에 분위기가 가라앉았다.

무거워진 공기에 주영이 당혹스러운 얼굴로 태열을 쳐다봤다. 마치 도와 달라는 듯.

태열이 픽 웃으며 입을 떼는데 종찬이 먼저 말을 꺼냈다. 기회라는 듯.

"해야죠. 언제 할까?"

올해는 좀 바쁘니까 내년이 괜찮으려나? 마치 계획된 일을 얘기하듯 여상스러운 말투로 종찬이 말하자 서우가 곤혹스러운 얼굴로 대답했다.

"아직은, 결혼보다는 일을 해야지. 한창인데."

"일은 결혼해도 계속할 수 있잖아."

"나중에, 나중에 다시 얘기하자 종찬아."

대화를 단절시키는 서우의 태도에 종찬의 얼굴빛이 어두워졌다.

이내 말을 잃은 종찬이 자리에서 일어나 자리를 정리하기 시작했다. 서먹해진 분위기를 수습하기 위해 태열이 일어났다.

"형. 선물 준다며, 집들이 선물."

"아, 맞다 그거. 차에 있는데? 가지고 올게."

종찬이 차 키를 들고 일어서자 태열이 따라나섰다. 두 남자가 자리를 비우고 나자 너른 거실이 휑하게 느껴졌다.

창가 앞에 서서 말없이 야경을 내려다보던 서우가 주영을 보며 말했다.

"야경이 참 예쁘네요. 주영 씨도 같은 건물에 산다면서요? 매일같이 이런 야경 보면 진짜 행복하겠다."

밤의 불빛이 수놓은 한강을 보며 서우가 말했다. 안주가 따로 필요 없네요. 너무 좋다 진짜. 부러워요. 난 언제쯤 이런 집에 살아 보지.

얕게 웃으며 혼잣말을 중얼거리던 서우가 주영을 향해 고개를 돌렸다.

"저희 때문에 불편했죠?"

솔직히 처음엔 불편했다. 화기애애한 분위기 덕에 금방 불편함을 잊기는 했지만.

그 불편한 감정의 원인을 찾아보자면 조용히 태열을 만나고자 했기에 둘 사이에 또 다른 누군가가 함께한다는 게 찜찜했다는 점이었다.

주영이 대답하지 못하자 서우가 웃었다.

"미국에 있을 때 가끔 주영 씨 얘기를 들었어요. 첫사랑이 있었대요, 어렸을 때. 가끔 뭐 하고 사는지 궁금할 때가 있다고 하더라구요. 마지막이 아팠다고. 그래서 종찬이가 말했죠. 첫사랑은 원래 그런 거라고, 시간 지나면 괜찮아진다고."

너도, 가끔은 내 생각을 했구나. 와인 잔을 꽉 쥔 주영의 손끝이 하얗게 물들었다.

"근데 이렇게 다시 만날 줄은 몰랐어요. 주영 씨도 몰랐죠? 사람 인연이라는 게 그렇더라고요. 언제 어떻게 어디서 다시 만날 줄 모르는 거라는 말, 주영 씨랑 태열이 보면서 생각해요."

"……."

"오늘 이렇게 된 거 너무 불편해하진 마요. 항상 궁금했어요. 어떤 사람일까. 뭐든 알아서 잘하는 애가 놓지 못하는 여자는 어떤 사람일까."

"실망하셨을 수도 있겠어요."

담담하게 대답하는 주영을 보며 서우가 연하게 미소 지었다.

"아뇨. 멋있어 보였어요. 주영 씨 나이에 그런 자리까지 올라가서 잘 버틴다는 거 쉬운 일 아니잖아요. 전 일 열심히 하는 사람들 좋아해요."

"일 욕심 때문에 결혼을 미루시는 거예요?"

"핑계죠. 종찬이 말대로 일은 결혼해서도 할 수 있죠. 종찬이가 그런 걸 배려 못 해 줄 사람이 아니라는 것도 알고. 저는 겁이 없는 사람이라고 생각했거든요. 근데 이상하게도 결혼은 겁이 나요. 사람 인연이라는 게 어떻게 될 줄 모르는 거니까."

"……."

"지금도 충분히 좋은데 만약에 결혼해서 우리가 잘못되면? 그런 가정을 하면 선뜻 용기가 안 나요."

주영도 한때 했던 고민이었다. 이렇게 다 놓고 태열에게 갔는데, 나중에 그의 마음이 변한다면…….

"왜, 다들 그런 말 하잖아요. 결혼은 아무 생각 없이, 잘 모를 때 해야 하는 거라고. 차라리 우리가 만난 지 얼마 안 됐더라면, 더 어렸더라면 이렇게 고민이 길어지진 않았을 거예요."

"이해해요."

"이해해 준다니 고마워요. 어떤 선택을 할 때 생각하는 과정이 너무 복잡하고 길어지면 결국 결정이 어려워지더라고요."

"그렇더라고요."

태열을 다시 만나고 나서도 사실은 빠르게 결정을 못 하게 된 이유는 주영도 같았다.

시간이 필요하긴 했음에도, 결국 결정을 하긴 했지만.

그리고 그 결정은…… 주헌에 의해 소리 없이 짓밟혔고.

"그래서 말인데…… 주영 씨는 저처럼 너무 고민하지 마세요. 그래도 태열이, 제법 괜찮은 애예요. 뭐 이러니까 내가 무슨 개 가족처럼 주제넘는 말 하는 것 같은데. 그냥 전 그래요. 태열이가 행복했으면 좋겠어요. 그럴 일은 없을 거라고 믿지만, 혹시 태열이가 힘들게 하면 저한테 연락해요. 큰 도움은 못 돼도 주영 씨 얘기는 들어 줄 수 있어요."

태열을 말하는 서우의 눈엔 따뜻함이 어려 있었다. 마치, 진짜 가족처럼. 주영이 가진 피가 섞인 가족과는 다르게. 피 한 방울 섞이지 않은 사이임에도.

내가 없어도, 좋은 사람들을 만나 잘 살았구나. 다행이다. 내가 없어도 넌, 그래도 괜찮을까 하는 생각을 은연중에 하며 주영이 말했다.

"감사해요. ……다행히 태열이가 좋은 분들을 만난 것 같아요."

"좋은 사람이고 싶어요. 도움을 워낙 많이 받아서, 저도 그렇게 도움 주고 싶거든요."

종찬이 들고 온 집들이 선물은 스피커였다.

그는 서먹하게 포장을 뜯어 설치하고는 늦었다며 무언가 굳게 다짐한 듯한 결연한 얼굴로 서우의 손을 잡고 집을 나섰다. 다음엔 자기가 초대하겠다는 인사를 잊지 않고.

"이제야 좀 지구가 조용하네."

둘만 남은 거실에서 태열이 주영의 허리를 당겨 안았다.

이제야 살 것 같네.

깊게 숨을 들이마시며 그리웠던 체취를 음미하는 사람처럼 주영의 어깨에 콧대를 뭉갰다.

"네가 늦지 말래서 최대한 밟았는데, 방해꾼이 생길 줄은 몰랐어."

나도 네가 보고 싶으니, 늦지 말라고 조용히 전했던 주영의 말을 언급하자 주영의 귓가가 뜨거워졌다.

직접적으로 감정을 표현하는 건 여전히 체질에 맞지 않았다. 주영이 딴청을 피우며 말을 돌렸다.

"일은 잘 마무리하고 왔어?"

"일도 잘 마무리하고, 선물도 사 오고."

"선물?"

"네가 다정한 남자가 좋다니까."

실없는 소리에 주영이 어이가 없다는 양 픽 웃었다. 그놈의 다정한 남자 타령은.

"참나. 부산에서 사 올 게 있나?"

"많지. 생각해 봐."

부산에서 유명한 게 뭐가 있더라. 부산에 대해 잘 알진 못했다. 차라리 제주도였더라면 감귤 초콜릿 같은 전형적인 선물이 떠올랐을 텐데.

부산은 뭐가 있지? 밀면, 돼지국밥, 씨앗호떡…… 먹을 것 말고는 생각나진 않았다. 저런 것들은 특산물이라며 사 오기도 곤란한 것들이었다.

태열이 주영의 눈앞에 들이민 것은 하얀색 상자였다. 케이스를 열자 화이트 골드 베이스에 X 자 세공 사이로 촘촘하게 다이아몬드가 박혀 반짝거리는 반지가 나타났다.

웬 반지······.

당황한 얼굴로 말을 잇지 못하는 주영을 보며 태열이 설핏 웃었다.

역시 반지는 부담스러운가.

서울에 올라오기 전 지난번 부산 방문 때 주문해 놓은 프러포즈 반지를 찾으러 간다는 종찬을 따라 백화점을 들른 김에 샀다.

"네가 낄래, 내가 끼워 줄까."

주영이 대답하기도 전에 태열이 케이스에서 반지를 꺼내 주영의 약지에 끼웠다.

"크네."

태열의 말대로 반지는 주영의 약지 위에서 헐렁였다. 손만 잘못 씻어도 금방이고 잃어버릴 것처럼 맞지 않는 사이즈였다. 약지에서 반지를 빼낸 태열이 검지에 다시 끼웠다.

"딱이네."

반지를 주면 부담스러워하지 않을까, 하면서도 주영에게 반지를 선물하고 싶었다.

그녀에게 어느 정도의 부담을 주고 싶은 것도 사실이고.

그러나 약지에 끼워 주는 반지는 네게 너무 많은 의미를 갖겠지.

적당히, 매일 착용하며 태열을 생각할 수 있도록, 적당히 여유 있는 사이즈로 구매했다.

　의도한 바였지만 태열은 굳이 티를 낼 생각은 없었다.

　"아쉽네. 다음엔 맞는 걸로 사 줄게."

　주영이 멍한 눈으로 반지를 보며 중얼거리듯 말했다.

　"이게 부산 특산물이야?"

　"응. 오로지 온주영만을 위한 부산 특산물이지."

　태열이 웃으며 반지 위로 입을 맞췄다.

　사실 진짜 내가 네게 선물하고 싶은 건, 이런 속박의 의미를 가진 선물이 아니라, 자유였다.

　네 세상에서 네가 하고 싶은 것만 하고, 하기 싫은 건 하지 않을 자유.

　내 옆에서.

　그 무엇에도 얽매이지 않고 네가 원하는 너만의 세상을 꾸려갈 자유. 자유롭게 훨훨 나는 널 가장 가까운 곳에서 지켜보는 순간이 오기를.

　여전히 제가 선물한 반지가 반짝이는 손을 놓지 못한 태열이 나긋하게 물어 왔다.

　"피곤해?"

　"아니. 괜찮아."

　"바다 보러 갈까?"

　"지금?"

　응. 바다 보고 싶다며. 드라이브 가자.

　태열이 가볍게 입을 맞추며 말했다. 주영의 입술에 부드러운 온기가 스며들었다.

내비게이션의 목적지는 속초였다.

자정에 가까운 시간. 당연하게도 고속도로 위 차는 많지 않았다.

뻥 뚫린 고속도로를 빠르게 달렸다. 톨게이트를 벗어난 차가 빨간불에 멈춰 서자 주영이 물었다.

"이러려고 술 안 마신 거야?"

"응. 이러려고."

차가 정차한 틈을 타 태열이 입을 맞춰 왔다. 아랫입술을 머금더니 혀가 부드럽게 가지런한 치열을 훑고 들어왔다.

가볍게 끝날 줄 알았던 입맞춤이 깊어졌다. 주영이 태열의 가슴팍을 밀어냈다.

"운전에 집중해."

"야박하네."

구시렁거리면서도 태열이 파란불과 함께 액셀을 밟자 차가 천천히 움직였다.

온통 사방이 깜깜했다. 도로를 밝히는 건 간간이 서 있는 가로등이 전부였다. 주영이 창문을 내리고 살짝 고개를 내밀자 바람에 긴 머리가 휘날린다.

아직 바다는 보이지도 않는데, 벌써 서울하고는 공기가 달랐다. 밤의 상쾌한 공기를 한껏 들이마셨다.

이렇게 서울을 벗어난 게 얼마만이더라. 출장을 제외하고는, 정말 기억에 없었다. 고작 세 시간 거리에 있는 속초일 뿐인데, 꼭, 일탈이라도 하는 기분이었다.

오늘 주영에게 일어났던 일은 잠시간 날려 보내고 싶었다.

태열이 운전을 하면서도 반쯤 열린 창문에 기대 눈을 감고 바람을 맞는 주영을 흘끗 보았다. 부드럽게 휘어진 눈꼬리가 눈을 뗄 수 없이 예뻤다.

요새 점차 태열에게 편안한 얼굴을 보여 주기 시작하긴 했는데, 지금은 유독 더 표정이 좋아 보였다.

아까 내내 불편해 보였던 얼굴은 사라진 채였다.

술 때문인지, 바다 때문인지 알 수는 없지만. 술 자주 먹여서 여기저기 데리고 다녀야겠네. 태열이 속으로 웃는데 주영이 눈을 감은 채 물어 왔다.

"속초는 뭐가 유명해?"

"바다."

"말고는?"

"산."

싱거운 대답에 주영이 김새는 소리를 내며 차 밖의 풍경을 봤다. 깜깜해서 산인지 바다인지 분간은 안 갔지만, 그건 그대로 좋았다.

그냥 좋았다. 이 순간이.

적당히 취기가 오른 상태, 청량하고 시원한 공기. 오로지 태열과 주영 둘만이 함께 있는 순간.

해변가로 들어서자 촘촘히 늘어선 가로등 덕분에 시야가 밝아졌다.

잔잔한 불빛들이 넓게 뻗은 모래사장과 검푸른 바다를 비췄다. 해변엔 드문드문 작게 불꽃놀이를 하는 사람들도 있었다.

태열이 씌워 준 캡 모자를 푹 눌러쓰고 주영이 해변을 향해 걸었다.

오랜만에 보는 바다였다. 속이 탁 트이는 느낌이었다. 밝은 낮에 봤다면 더 좋았겠지만, 밤바다만의 또 다른 매력이 있었다.

"차갑겠지?"

주영이 달빛 아래 하얗게 부서지는 파도를 보며 물었다. 아마, 지금 발을 넣으면 차갑겠냐고 묻는 듯했다. 태열이 그렇겠지, 라고 대답하려는데 주영이 상체를 숙여 신발로 손을 뻗었다.

"들어가려고? 지금?"

"그냥."

모자챙 아래로 보이는 주영의 볼이 발그레했다. 아직 와인의 기운이 남아 있는 옅은 분홍빛 뺨이 볼록해지게 웃는 주영을 태열이 홀린 듯 쳐다봤다.

주영이 태열을 마주 보고는 뒤로 걷는다. 위태롭게 걸으면서도 입꼬리는 한껏 위로 당겨져 있었다.

얼마 만에 보는 활짝 웃는 얼굴인지 모르겠다. 심장이 바짝 조여드는 기분에 태열이 깊게 숨을 들이마셨다.

그런 순간이 있다.

무방비하게 무언가에 홀린 듯 저도 모르게 휩쓸려 정신을 차릴 수 없는 시간들이.

열일곱의 태열이 그랬다. 정신이 들고 보니 그를 홀렸던 대상은 떠나고 없었다.

지난날엔 아팠다. 그러나 마주 보며 활짝 웃는 너를 보는 지금 나는 이 순간을 그 무엇과도 바꿀 수가 없다.

네가 다시 내게 마음을 여는 순간. 희열과도 같은 기쁨이 해일처럼 몰려들었다.

네가 모든 것을 뒤로하고 내게 온전히 기댈지도 모른다는 기대도 함께.

저녁 내내 어두운 안색을 숨기려 노력하던 주영이었다. 주영은 티 내려 하지 않지만, 태열이 그걸 모를 수가 있을까.

반지를 끼워 주던 순간까지도 애써 숨기려던 그 얼굴을.

그래도 서울을 떠나오니 한결 밝아진 얼굴이 보기 좋았다.

바지 주머니에 손을 꽂고 위태롭게 걷는 주영을 물끄러미 보던 태열이 빠르게 몸을 움직였다.

"아! 차거!"

태열이 재빠르게 움직였으나 약간의 시간차로 늦어 버렸다.

길게 영역을 늘이던 파도의 잔해에 주영이 미간을 찌푸렸다. 그러면서도 여전히 아이처럼 실실 웃는다. 그 모습을 보던 태열이 웃으며 손을 뻗었다.

"이리 와. 물놀이하기엔 너무 늦었어."

태열이 다가가 뒤에서 몸을 겹치며 말했다.

"이미 다 젖었는데……."

품에 안긴 주영이 이미 푹 젖어 버린 바짓단을 내려다보며 중얼거렸다.

그래도 감기 걸려. 주영의 손을 잡는데 뒤에서 힘차게 밀려들어 오는 파도가 보였다. 태열이 그대로 주영을 번쩍 안아 들었다. 주영이 소리를 질렀다.

"엄마야! 너, 다 젖은 거 아냐? 어떡해."

"어쩔 수 없지."

파도가 훑고 지나간 발에 축축한 감각이 선명했다. 무심하게 말한 태열이 주영을 안은 채로 걸었다.

"나…… 내려 줘."

"왜 가까이서 보고 더 좋은데."

태열이 고개를 숙여 얼굴을 가까이 맞대며 말했다. 챙과 챙이 가볍게 부딪혔다.

주영이 살짝 눈을 찌푸리면서도 해사하게 웃었다.

나중엔 바다가 보이는 곳에 살까, 밤마다 와인도 같이 먹으면서.

활짝 웃는 미소도, 늘 긴장감에 레이더를 뾰족하게 세우는 모습도 없이. 자연스러운 온주영의 모습 그 자체를 볼 수 있었으니까.

태열이 그토록 그리워하던.

"무거울 텐데."

"이러려고 운동하는 거지."

생각해 보면 태열은 은퇴를 했음에도 아침이면 매일같이 한강변을 뛰거나 빌라 내에 있는 수영장에 가서 수영을 하고 왔다. 주말 아침 눈을 뜨면 운동 후 씻고 나온 태열의 얼굴이 주영을 맞이하곤 했다. 여전히 그는 예전처럼 성실했다.

"그나저나 운전은 할 수 있겠어? 젖어서."

"못 할 건 없는데. 쉬었다 가자."

"뭐? 나 내일 출근해야 돼."

"어차피 차 배터리 없어. 충전 때문에 지금 못 가. 충전하는 거 기다렸다가 가느니 좀 자고 일찍 출발하는 게 낫지."

"너 처음부터 이럴 작정이었지?"

"배터리가 안 따라 주는 걸 어떡해."

태열이 뻔뻔하게도 눈썹을 들썩이며 웃었다.

참나. 주영이 내일 주간 회의는 절대 늦으면 안 된다고 신신당부하자 태열이 걱정하지 말라며 별것 아닌 듯 대꾸했다.

속초 해수욕장에서 전기차 충전소가 있는 리조트는 차로 5분 거리였다. 지하 주차장에서 태열이 충전기를 꽂았다.

태열이 체크인을 하는 동안 주영은 모자를 푹 눌러쓴 채 엘리베이터 앞에서 기다렸다. 다행히 새벽 시간이라 지나가는 사람은 없었다.

먼저 씻고 나온 주영이 침대에 멍하니 엎드려 누워 있는데 머리 위로 그림자가 드리웠다.

커다란 손이 뒤에서 주영의 허리를 끌어당겼다. 가운을 입은 몸이 겹쳐졌다. 태열이 한 손으로 주영의 허리를 감고, 남은 한 손으로 부드럽게 주영의 머리칼을 쓸었다.

"졸려?"

주영의 귓가로 쏟아지는 목소리가 나긋했다.

"……그냥 조금."

"그래서 그냥 자려고?"

가운 위로 허리를 감고 있던 손이 슬며시 안쪽으로 들어왔다. 그 손은 부드럽게 허리를 쓸어내리며 쓰다듬었다.

"할 말 없어, 나한테?"

하루 종일 온주영의 얼굴이 어두웠던 이유. 대충 짐작은 가지만 그래도 주영의 입을 통해 듣고 싶었다. 온주영이 내색하지 않는 것. 그리고 혹시라도 모를 태열이 놓친 것이 있을까 하여.

"할 말이라니……."

그러나 주영은 대답하기보다는 회피했다.

"뭐든. 좋아한다든가, 사랑한다든가, 하고 싶다든가. 그게 아니어도 나한테 하고 싶은 말이면 다."

"……잠 와. 이따, 깨워 줘."

여전하네, 진짜. 태열이 속으로 허무하게 웃었다.

잊지 못하는 밤이 있다. 열일곱의 온주영이 갑자기 태열을 먼저 찾아온 날.

갑자기 얼굴을 쓰다듬으며 사람을 홀리더니, 잠이 온다고. 조금만 이따가 깨워 달라던.

그리고 일어나서 다신 보지 말자는 말을 했었지.

그때는 온주영이 자신을 보고 싶어 먼저 달려왔다는 사실에 취해 보지 못했던 것이 있었다.

억지로 꾸며 낸 웃음과, 그 이면에 짓눌린 속내 같은 것.

더 이상 눈치 없는 열일곱은 아니지만, 고민을 한다.

이번에도 그냥 넘어가 줘야 할까. 한 번쯤은 짚고 넘어가야 할까.

"그래, 자."

허리에 감겨 있던 태열의 손이 스르르 움직여 배꼽 주변을 살살 둥글렸다. 간지럽기도, 찌르르 울리기도 하는 감각에 주영이 투정처럼 작게 몸을 비틀었다.

그의 손끝에서 흘러나온 따뜻한 온기가 주영의 상체를 배회하며 몸을 데웠다. 그러는 동안 귓가에 부드러운 입술이 닿았다 떨어지길 반복했다.

"……자라며."

"응, 자."

나긋한 목소리는 주영의 목덜미 어딘가에서 울렸다. 더운 숨결과 함께. 가슴으로 올라온 손이 능숙하게 움직였고, 주영이 발끝이 곱아들었다.

"아흐……. 너, 진짜……."

"자라니까 왜 안 자."

자라고 채근하는 주제에 목에서 머물던 입술은 아래로 내려갔다. 벌어진 가운의 뒤쪽을 타고 가느다란 어깨에 따뜻한 숨이 반복적으로 떨어졌다 붙었다.

결국 태열은 다른 선택지를 택했다. 주영을 가만히 내버려 두지도, 그렇다고 다그치지도 않으며. 그저 이번에도 말없이 조용히 넘어가려는 주영에게 베푸는 약간의 심술 같은 것.

"네가, 자꾸 만지는데 어떻…… 아…….”

"평소엔 만져도 잘만 자던데."

열기를 담은 목소리가 뻔뻔하게도 주영의 맨살에 스며들었다.

매번 같이 잘 때면 주영에게서 손을 떼지 못했다는 양 말하는 모양새가, 그럼에도 넌 잘만 꿈나라에서 헤매지 않았느냐고 말하는 모양새가 뻔뻔하기 짝이 없었다.

어처구니가 없어 주영이 몸을 돌리는 순간 뜨거운 숨이 주영의 입술을 덮쳤다.

부드럽게 주영의 입술을 머금다가 뜨거운 혀가 입 안을 가르고 들어왔다. 숨이 얽히고, 혀가 맞물리고, 틈 없이 몸이 바짝 붙었다. 전신을 휘감은 잔열에 잠은 이미 달아난 지 오래였다.

주영이 팔을 뻗어 태열의 목을 안았다. 어느새 가운이 벗겨지고 태열이 주영의 위로 올라탔다.

맞붙은 입술의 결합이 깊어졌다. 주영이 입술을 받아 내며 눈을 감은 채로 그의 어깨에 팔을 감았다.

입술을 떼어 낸 태열이 오히려 상체를 들며 간격을 넓혔다. 그리고 낮게 속삭였다.

"주영아."

"……으응."

"더 매달려 봐."

너도 나만큼 원한다고. 이렇게 매달릴 정도로 날 원한다고.

그렇게 말하며 매달리길.

언젠간 주영이 제게 온전히 마음을 내어 줄 것을 의심치 않으면서도 혹시, 그러지 않을지도 모른다는 한편의 불안.

내게 의지조차 하지 않고 뭐든 저 혼자 감당하려는 여자를 보며 오는 뒤틀린 감정.

그 불안을 잠재우기 위해 확인받고 싶은 기묘한 심리.

네가 내게 매달릴 때의 희열.

주영이 짙은 눈동자를 마주 보며 좀 더 팔을 뻗어 태열에게 매달렸다. 가볍게 웃은 태열이 달뜬 뺨을 부드럽게 쥐었다.

"온주영."

사무치게 낮은 목소리 사이로 후우, 내뱉는 거친 호흡이 스몄다. 주영이 대답 대신 그의 눈을 마주 봤다.

"주영아."

"……응."

"온주영은 매달리는 데는 재능이 없네."

그게 무슨……. 팔을 걸어 한껏 그의 목에 매달렸는데도 부족하다는 투였다.

주영이 작게 눈을 찡그리며 뭐라 반박이라도 하려는 찰나 몸이 붕 떠올랐다. 꺄아아. 주영은 소리를 지를 새도 없이 공중에 떠서 입술을 받아 내야 했다.

태열이 성큼 걸어 움직이자 어느새 주영의 등 뒤로 차가운 유리창이 닿았다. 엉덩이 아래에선 열기가 느껴졌다.

진득하게 입안을 헤집던 태열이 짓궂게 엉덩이를 받친 손에 힘을 뺐다. 주영은 떨어질까 바르르 떨며 온 힘을 다해 그의 어깨에 매달려야 했다.

그가 원하는 만큼. 태열은 몇 번이고 손에 힘을 풀기를 반복했고, 주영은 그에 맞춰 절박하게 그의 어깨에 매달려야 했다.

태열은 얄궂은 심술임을 알고도, 그 밤 주영을 끝까지 괴롭혔다.

사방이 깜깜한 창문 앞에서 몸이 이어진 채 목이 뒤로 꺾이며 넘어가려는 주영을 보며.

바들바들 떨며 하얗게 변한 손끝이 자신의 살점을 할퀴어 대는 순간에도.

자리를 옮겨 침대 위에서도, 끝내 버티지 못하고 허리를 무너뜨린 주영을 일으키고 뒤로 손을 잡아 와 제 몸을 붙잡게 만들면서도.

끝내, 제발 그만하라고 말하는 여자의 입술을 먹먹히 삼키며 비틀린 욕망을 속으로 같이 삼켰다.

주영이 힘없이 누운 채로 침대 발치에 걸터앉아 벌컥벌컥 물을 들이마시는 태열의 등을 물끄러미 쳐다봤다.

"더 줘?"

이미 그가 마시기 전에 주영에게 물을 먹인 참이었다. 주영이 고개를 작게 저었다.

태열이 어깨를 작게 으쓱하며 끝까지 페트병을 비우고는 가볍게 던졌다. 포물선을 그리며 날아간 페트병은 정확히 쓰레기통에 안착했다.

"커브 봤어? 존에서 뚝 떨어지는 거."

태열이 소년 같은 얼굴로 킥킥 웃으며 주영을 돌아봤다. 새벽 내내 사람을 정신없이 몰아붙이던 고태열은 사라지고 없었다.

"그러게. 여전하네."

주영이 코끝으로 웃으며 말했다. 쓰레기통에 페트병 골인한 게 뭐라고.

그럼에도 아무렇지 않게 태열이 야구 얘기를 하는 게 조금은 속이 쓰렸다. 그의 넓은 어깨를 둘러싼 두툼한 근육 위로 뻗은 상처가 왼팔까지 쭉 이어져 있었다.

주영이 천천히 몸을 일으켜 손을 뻗었다. 손끝으로 우둘투둘 튀어나온 상처를 어루만졌다. 수술의 흔적이었다. 이 상처를 볼 때면 마음 한쪽이 아려 왔다.

주영의 손끝이 땀에 젖은 어깨에 닿자 태열이 고개를 돌려 주영을 본다.

"……아팠겠다."

"네가 키스해 주면 안 아플 것 같은데."

참나. 매번 이런 식이다. 그는 별것 아닌 것처럼 굴었다.

태열의 태도 때문에 주영도 더욱이 그의 아픈 기억을 마치 없었던 일처럼 넘어갔다. 정말 가벼운 사고 같은 일처럼 느껴질 정도로 아무렇지 않아 보이는 태도 덕분에.

한참을 묵묵히 주영의 손길을 느끼며 생각에 골몰해 있던 태열이 방 안에 머물던 정적을 깼다.

"온주영."

자신의 맨살에 닿은 주영의 손을 부드럽게 잡으며 그가 말을 이었다. 평소의 직접적이고 주저 없는 말투와는 다르게 머뭇거림이 있는 어조였다. 뭔가 고민을 하는 사람처럼.

"그 집엔 계속 있을 거야?"

"……무슨 소리야."

주영의 얼굴에 미세하게 균열이 일어나기 시작했다.

"어차피 일 재밌는 것도 아니라며."

"그래서?"

"거기 나와서 다른 거 하는 게 낫지 않나. 좋아하는 일 찾아서 하면서 나랑 지내고, 어때 좀 끌리지 않아?"

아무것도 모르는 태열이 마치 농담이라도 던지듯 쉽게 툭 던졌다.

그가 무심코 던진 돌에 잔잔하기만 했던 주영의 호수에 물결이 일렁이기 시작했다. 주영이 가장 수면 위로 내놓고 싶지 않은 주제였다.

그 집이라면 성북동일 테고. 좋아하지도 않는 일이라면 현재 주영이 하는 일.

예전엔 그곳에 주영 스스로 갇혔던 거라면 지금은 이야기가 달랐다. 매여 있고 싶어 매여 있는 게 아니었다. 그러나, 태열에게 말하고 싶진 않았다.

그의 앞에서 약혼자에게 그런 취급을 받는 모습이 까발려진 것도 모자라…… 혼자서는 어떤 선택도 결정도 할 수 없는 사실을 보이고 싶지 않았다. 그렇게 그 집이 좋다며 헤어진 어린 날을 생각하면 더더욱.

주영이 빠르게 반박했다.

"나도 나름대로 거기서 의미 찾고 있어. 네가 생각하는 만큼 단순히 버티기만 하고 지루한 거 아냐."

완전한 거짓은 아니었다. 한때는 정말 그렇게 생각하고 믿었으니까.

"재미없다며."

"재미로 사니? 현실을 직시해야지. 해야 할 일이 있으니까 하는 거야. 이상한 소리 자꾸 하지 마."

태열이 던진 돌멩이 하나가 잊고 있던 현실을 속초의 호텔 방까지 불러왔다.

'누나 식 끝나면, 그때 같이 보러 가자. 혹시 알아? 그때 되면 일어나서 맞아 주실지.'

몇 시간 전, 정원에서 울리던 주헌의 목소리가 선명했다.

"여전하네, 그 습관. 너 제일 안 좋은 습관은 그거야. 뭐든 되게 만들 생각을 해야지. 재미없으면 재밌는 일을 찾을 생각부터 해야지."

부정할 수 없는 말이었다. 어렸을 때도 그랬다. 주영은 안 되는 이유를 먼저 찾았고 태열은 돼야만 하는 이유를 찾았다.

어린 주영은 그와 사귀기 전엔 품행을 탓했고, 공부에 방해가 된다고 생각했다. 헤어질 땐 태열의 꿈과 송옥경의 반대로 어쩔 수 없다고 생각했다.

근데, 지금은 내가 뭘 할 수 있는데? 연애 하나 해 보겠다고 쥐고 있는 거 다 놓으려 했더니, 내게 돌아온 게…….

주영이 입술을 말아 물자 태열이 말을 더했다.

"사람은 보통 결론을 정해 놓고 이유를 찾아. 넌 우리가 안 된다고 생각하고 상황 속에서 네가 날 만나면 안 되는 이유를 찾았지. 집안, 일 모든 게 너한텐 그럴싸한 이유겠지. 그러니까 다시 만났을 때 피했겠지. 근데 그게 틀렸다고."

주영도 알고 있었다. 처음엔 그의 말처럼 그렇게 행동했고.

틀린 걸 알면서도 태열을 피했고. 하지만, 틀린 걸 바로 잡아 보려 했지만 제 맘대로 되는 건 아무것도 없었다. 그렇기에 지금 태열의 말이 더욱 그녀에게 와 닿지는 않았다.

시선을 내리까는 주영을 보는 태열의 눈은 단호했다. 태열은 주영과 반대였다. 물론 그도 결론으로 시작했다.

"내 시작점은 온주영을 만나야겠다. 이게 전부야. 그럼, 거기서 그렇게 해야만 하는 이유를 찾을 뿐. 그리고 어떤 장애물이 있어도 내가 원하는 목표 하나만 보고 견뎌."

"……."

"그게 내가 살아온 방식이고, 살아갈 방식이야. 누구나 원하는 걸 가질 수밖에 없는 공식이라고. 너도 네가 좋아하고 재밌는, 하고 싶은 일을 찾겠다는 명제를 만들어 놓고 시작하라고. 그럼 그때부터 장애물은 장애물이 아니게 되니까."

주영에겐 뜬구름 잡는 소리처럼 들렸다. 그러나 그가 살아온 방식을 알기에 반박할 순 없었다. 올곧게 야구 하나만 보고 어떤 어려움에도 자신의 꿈을 이뤄 내던 태열이었기에.

하지만 그게 주영에게까지 해당하는 말은 아니었다.

"넌 그렇게 뭐든 네 맘대로 될 거라고 생각해?"

"당연하지. 너도 결국 내 손 잡았잖아. 앞으론 더 꽉 잡을 거고."

I'm on the right track. 온주영은 기억하지 못할지도 모른다. 네가 내게 알려 줬던 그 문장을.

넌 잘하고 있다는 말, 그 한 문장을 매일같이 되뇌던 때가 있었다.

아마, 여전히 그 문장을 되뇌는 지금조차도 원하는 대로 흘러가고 있을 것이다.

아니, 그렇게 믿는다. 믿어야만 했고.

툭 건들면 매번 반응을 보이는데. 그럼 잘하고 있는 거 아닌가. 그 정도면.

곧은 태열의 눈빛에 주영이 비꼬듯 말했다.

"뭐든 쉬워서 좋겠다, 넌."

"나한텐 온주영이 제일 어렵지. 다른 건 뭐 별거 있나."

대수롭지 않게 대답하는 태열을 보자니 주영의 마음속에서 알 수 없는 충동이 일었다.

"……넌 다 쉬울지 몰라도, 난 다 어려워. 넌 그런 아픈 일을 겪고도 어렵지 않게 극복하고 쉽게 쉽게 다 원하는 대로 새로 하고 싶은 걸 성공하고……. 넌 다 쉬웠겠지만 난 달라!"

순식간에 태열의 얼굴이 싸늘하게 굳었다. 침대에 걸터앉아 뒤로 뻗은 두 팔에 상체를 기대고 있던 그가 느릿하게 고개를 젖혔다. 날카로운 콧대가 천장과 평행을 이뤘다.

그가 감정을 억누르며 천천히 눈을 감았다 떴다. 비스듬히 시선만 돌려 주영을 향해 물었다. 본 적 없이 서늘한 목소리였다.

"쉬웠을 것 같아?"

"……."

"쉬워서 네 앞에서 이렇게 실실거리면서 웃고 있을까? 지나고 보니 괜찮은 거지, 모든 게 다 망가졌을 때 나라고 웃고 있었을 것 같아?"

흥분한 마음에 건드리지 말아야 할 부분을 건드린 기분이었다.

차라리, 화를 내는 게 낫지. 감정 없이 침잠하게 가라앉은 그의 눈을 보자니 가슴 한쪽이 시큰해진다.

주영이 변명했다.

"난……. 그게 아니라 네가 항상 쉽다고 말하니까."

"그렇게라도, 스스로 최면이라도 걸라는 거야. 어렵다고 생각하고 겁먹으면 한 걸음도 못 내딛는 거 아니까."

주영이 집안 눈치를 보는 상황까지는 어렴풋이 알고 있을지는 몰라도, 이직을 시도했던 사실과 엄마를 인질로 잡힌 상황까지는 모를 테니 저렇게 말할 수 있는 거겠지.

그 한 걸음조차 내딛지 않았다고 탓하는 것만 같아서. 그리고 지금까지 주영이 걸어온 길을 탓하는 것만 같아서. 태열의 태도는 이 평행선 같은 대화를 끝내기는커녕 주영의 마음에 불을 질렀다.

"넌 어떻게 생각할지 모르지만 난 그 집 덕에 원하는 환경에서 제대로 공부할 수 있었고 덕분에 원하던 대학도 무사히 갔어. 지금 현실에 충실한 건 그에 대한 보답도 있어."

자기 최면 혹은 자기변명이었지만, 주헌이 엄마를 인질로 잡기 전까지만 해도 주영이 생각했던 부분이었다. 그리고 주영을 지적하는 그 앞에서의 자기방어 같은 것.

"그 집이 아니었어도 넌 할 수 있었어. 오히려 그 집이 아니었다면 넌 좀 더 웃으면서 살았겠지."

"아니. 설사 원하는 대학에 가도 등록금 걱정. 엄마 병원비 걱정. 생활비 걱정. 앞으로 뭘 먹고 살아야 할지 아등바등. 내가 웃을 수 있었을까? 난 아니라고 봐."

주영의 귓가에 주헌의 목소리가 윙윙 울렸다.

'너한테 나보다 더 좋은 기회 줄 수 있는 사람이 있어?'

"그딴 게 아니라도 넌 뭐든 잘했을 거라고. 네가 얻어낸 걸 남의 공으로 미루지 마."

"그 덕을 본 걸 어떻게 부정해? 그래도 반쪽짜리 핏줄이라고 남들하고 다른 일을 할 수 있었어. 비굴하게 고개를 숙이고 들어가더라도 서주헌이 날 여기까지 이끌어줬고."

"그 환경이 아니었으면 네가 못 했을 거라고?"

"그래. 심지어 지금 내 연차에 임원, 그 잘난 집안 덕 아니면 어

파란미디어의
책들

e-mail paranbook@gmail.com
cafe cafe.naver.com/paranmedia
instagram @paranmedia X(twitter) @paranmedia
tel 02-3141-5589 fax 02-3141-5590

파란

종이책 전자책 표지 동일

보보경심

동화 지음

**아이유, 이준기 주연, 드라마 〈달의 연인—보보경심:려〉 원작 소설
누적 120만 부 이상 판매된 베스트셀러!
18세기 초로 시간을 거슬러 간 21세기 여성 장효의 사랑과 운명**

불의의 사고를 당하고 청나라 시대로 타임슬립한 장효. 눈을 뜬 그
녀는 궁녀 선발을 기다리고 있는 13살 소녀, 약희가 되어 있었다!
피로 얼룩진 미래를 알고 있는 약희는 역사의 흐름에 휩쓸리지 않으
려 노력하지만 오히려 정치적 모략과 황자들의 일에 점점 더 깊숙이
개입하게 된다.

팔황자 윤사와 사랑을 키워가며 끊임없이 사건에 휘말리던 약희. 그
녀는 어느새 권력 다툼 한가운데에 서게 되고, 윤사의 숙적이자 훗
날 냉혹한 절대군주가 될 사황자 윤진의 눈에까지 들고 마는데.

종이책 전 3권 (각 권 14,500원)
전자책 ○ / **연재** ○ / SBS 방영, 드라마 〈달의 연인—보보경심:려〉

떻게 가질 수 있는 건데? 난 어려워. 못 해. 설사 네 말대로 다 버리고 너한테 가면 난. 난 뭐가 남는데? 지금까지 쌓아 온 거 다 물거품이야."

아니 가려고 했는데, 물거품이어도 그러려고 했는데.

엄마까지 버리고 너한테 갈 순 없잖아.

그건 내가 어떻게 할 수 없는 거잖아.

그러나 이 구차한 모습까지 네게 보이고 싶진 않았다.

무능한 데다, 엄마라는 짐까지 얹은 처지가 되어 네게 기대는 모습은 스스로도 용납할 수 없었다.

행방도 모르는 엄마를 데리고 네게 기댈 방법도 몰랐다.

물론 그런 구차한 모습으로 네게 가고 싶은 마음은 결코 없었지만.

차라리 욕심으로 덧칠된 못난 모습을 보이는 게 나았다.

"사생아라도 그나마 한껏 포장해 준 상원이라는 포장지가 없으면 누가 날 이끌어 주는데? 아니, 그럼 우리 엄마는? 그 가느다란 숨 하나 유지하겠다고 드는 비용이 내 연봉보다 더 들어! 어디 가서 내가 지금 이런 대우를 받아?"

차라리 최면 같은 것이었다. 그래, 이게 아니면 내가 어떻게 지금까지 이렇게 살아왔는데. 네가 뭐라고 해도…….

"온주영."

온주영. 그래, 심지어 태열은 주영을 볼 때마다 늘 옛 이름으로 부르곤 했다.

그마저도 주영의 내재한 불안을 부추기는 행위였다.

이미 시간이 많이 지났고 주영은 더 이상 어린 날의 주영이 아니었다.

그가 마음을 주는 상대가 어린 날의 주영인지, 지금의 주영인지 헷갈리게 만드는.

터져 버린 감정의 둑이 통제되지 않았다. 정말 보이고 싶지 않은 모습이었는데, 결국 바닥을 보이고 마네.

"아니. 대우는 둘째 치고. 다 버리고 나가면. 누가 날 써 주는데? 상원건설 혼외자 서주영. 이 바닥에 모르는 사람 있어?"

'네가 가 봐야, 어디서 남의 회사 염탐질하러 왔냐는 소리나 듣거나. 아니면 집안에서 쫓겨나서 갈데없는 팔푼이 취급이나 받을 텐데. 그런 푸대접이 필요해서 헛짓거리하고 다니는 건가?'

틀린 말도 아니었다.

"갈 곳 없는 날 써 주려는 사람은 두 가지겠지. 그 배경을 통하면 어떻게든 연줄이 닿지 않을까 혹시나 하는 마음으로 이득을 보려는 사람. 아니면 내가 가진 배경으로 얻은 정보를 갖고 싶어 하는 사람. 이거 버리고 나가면 같잖은 염탐질이 내가 할 수 있는 최선이야."

"……."

"그렇게 나가서! 그렇게 더 나을 것도 없이 구차하게 살다가 네 마음이 변하면? 너 떠나면 혼자서 그렇게 구차한 삶이나 연명하라고. 유효 기간도 없는 마음 하나 내걸면서 그럴싸한 보험인 것처럼 다 버리고 너한테 오라고? 난……."

"그런 말 아닌 거 알지."

"난 너무 잘 알아. 불타올라서 재밖에 안 남은 관계에서 혼자 남은 여자가 어떻게 되는지. 그 여자의 비참한 인생을 제일 가까운 옆에서 그 사람이 쓰러질 때까지 다 지켜봤어! 남자 마음에 휘둘리고 나서 아무것도 가진 게 없는 채로 남은 여자의 삶이 얼마나 가혹한지!"

"난……. 아니 우린 다를 거란 생각은 안 해?"

"다를 수도 있지. 근데 그러지 않을 수도 있잖아. 지금 네 마음을 부정하자는 게 아냐. 겪어 보지 않은 미래를 누가 장담해?"

상기된 주영의 얼굴을 보는 태열의 눈이 깊게 가라앉았다.

내내 차분하게 가라앉아 있던 온주영의 이유가 듣고 싶어서.

할 말이 있냐고 떠보았고, 나한테 온전히 기대 보지 않겠냐고 떠보았고.

원하는 답은커녕 태열보다는 그 집의 울타리가 더욱 안전하다고 말하는데.

왜 나는 그런 네가 위태로워 보일까.

"10년 만에 다시 만나서 이제 고작 두 달. 뭘 믿고 너한테 다 올인하라는 거야? 차라리 우리가 사귄 지 10년이라면 이해라도 하겠어. 아직 우린, 그런 게 없잖아. 난……."

"나한테 그 정도 믿음도 없어?"

"어. 없어. 네가 좋다고 쫓아다니는 게 예전의 온주영인지 지금의 나인지도 난 아직 모르겠어! 너 나 볼 때마다 예전 이름으로 불러. 그건 알고 있니?"

"너 지금……."

주영을 등진 채 앉아 있던 태열이 말을 멈췄다. 숨을 고르는 듯, 어깨가 위로 올랐다 내려앉았다. 다시 말을 잇는다.

"너무 감정적이야. 자고 일어나서 가라앉으면 얘기해."

차분한 목소리에 쏟아 내던 주영이 잠시 정신을 차렸다.

실은 잘 알고 있었다.

애먼 태열에게 토해 낼 감정은 아니었다. 숨을 삭히고, 혼자 감정을 정리할 시간이 필요했다.

"……나 좀 나갔다 올게."

주영이 방을 나가려고 그대로 가운을 걸치며 침대 아래로 발을 내렸다. 태열이 그녀의 어깨를 짓누르며 앉혔다.

"내가 나가. 여기 있어."

옷을 입기 위해 욕실을 향해 걸어가는 그의 뒷모습을 멍하니 바라만 봤다.

희미한 조명 아래 비치는 어깨의 상처가 제 상처라도 되는 듯 마음이 쿡쿡 쑤셔왔다.

돌아오는 차 안의 공기는 무거웠다.

새벽 내내 자리를 비운 태열은 서울로 출발할 때쯤이 되어서야 방 안으로 돌아왔다. 방 안을 지키던 주영도 잠을 잘 수 없었다.

굳이, 그렇게까지 말해야 했을까.

알면서도 어쩔 수 없었다. 저녁부터 짓눌려 있던 생각을 종찬과 서우, 그리고 갑작스러운 일탈과 같은 여행을 통해 잠시 잊었을 뿐.

태열이 툭 던지듯 말을 던졌을 때, 수면 위의 잔잔한 파동이 일었다.

수면 위의 미약한 파동이 일기까지 깊은 심해엔 엄청난 소용돌이가 일어나는 것처럼, 통제할 수 없는 감정이었다.

지난 10년간 수없이 가정을 했었다.

만약, 성북동을 나온다면, 상원이라는 이름을 놓는다면 주영의 삶이 어떻게 달라질지.

상상만 해 보던 것을 실행하기 위해 한 걸음 내디딘 결과는…….

어제저녁 주영에게 무력하게 다가왔다. 도대체 이젠 뭘 어떻게 해야 하는지 모르겠다.

주영이 말없이 운전대를 잡고 있는 태열을 봤다.

피곤할 텐데. 주영도 잠을 자지 못했지만 태열도 마찬가지였다.

무거운 표정으로 고개를 돌려 창밖을 보니 벌써 청담동 빌라가 보였다. 태열이 지하 주차장으로 들어가지 않고 입구 현관 앞에 차를 세우며 비상 깜빡이를 켰다.

주영이 조용히 운전석을 쳐다봤다.

"먼저 내려."

오늘 그의 첫 마디였다. 주영이 말없이 벨트를 풀고 차에서 내렸다. 태열도 벨트를 풀고 내린다. 차를 사이에 두고 눈이 마주쳤다.

한참 시선이 얽힌 채 침묵이 흘렀다. 먼저 입을 뗀 건 태열이었다.

"연락할게."

"응."

단답형의 대화가 지나가고 태열이 다시 차에 올라탔다.

이른 출근을 준비하는 차들이 지하 주차장 입구를 나오는 것이 보였다.

하루를 시작하는 차들 사이로 태열의 차가 섞여들며 점점 멀어졌다.

말없이 응시하던 주영이 조용히 몸을 돌려 빌라로 향하던 순간이었다.

"서 상무……?"

양손에 반찬이 가득 담긴 장바구니를 든 아담한 체형의 여자가 주영을 놀란 눈으로 쳐다보고 있었다.

그대로 굳은 주영이 제 상태를 살폈다.

"지금 들어오는 거야?"

이 시간에? 뜸을 들이는 전주댁의 질문엔 숨은 행간이 있었다.

어깨에 걸쳐진 옷은 누가 봐도 주영의 것으로 보이지 않는 커다란 후드 집업 재킷. 리조트에서 나오기 전 태열이 말없이 건넸던 그의 옷이었다.

전주댁이 어디서부터 어디까지 봤는지 알 수 없었다. 주영이 침착하게 말했다.

"일찍 오셨네요."

"으응. 월요일 아침엔 막히니까 조금 일찍 출발했지."

현관 입구를 통과하고 엘리베이터를 타고 집 안에 들어서기까지 오가는 말은 없었다.

주영은 엘리베이터의 숫자 알림판을 계속해서 응시했고, 전주댁은 그런 주영을 흘끗거리며 눈치를 살폈다.

전주댁이 부엌에 들어가며 말했다.

"출근 준비해. 나 신경 쓰지 말고. 나는 내 일 할게."

샤워를 하고, 화장을 하고, 옷을 입고 출근 준비를 하면서도 계속 신경이 쓰였다.

월요일 아침 7시, 외간 남자의 차에서 내린 여자.

그 남자의 옷을 걸치고 있는 여자. 제삼자의 눈에는 어떤 관계로 보일까.

준비를 마친 주영이 핸드백을 들고 거실로 나오자 전주댁이 청소기를 돌리고 있는 모습이 보였다.

"여사님."

전주댁이 청소기를 잠시 멈추고는 주영을 쳐다본다. 응? 그녀가 눈으로 물었다. 주영이 다시 말했다.

"끝나고 어디로 가시나요?"

"어디로 가냐니 그게 무슨 말이야?"

"할머니? 아니면 서주헌 전무. 어디로 가세요?"

주영이 고저 없는 목소리로 묻자 전주댁의 얼굴이 어두워졌다.

약간은 기분이 상한 듯하기도 하고, 할 말을 참는 것 같기도 하고. 전주댁이 푹 한숨을 내쉬었다.

"내가 모른 척하려고 했는데, 먼저 말을 꺼내니까 할 말은 할게."

"……."

"서 상무, 이러면 안 되는 거 아냐? 본부장님 안 계시다고 그래도 되는 거야? 그 남자, 그 유명한 운동 선수 맞지? 차라리 만날 거면 조용한 사람을 만나든가, 그런 사람을 만나서 무슨 사달을 내려고, 여사님 알게 되시면 어쩌려고 그래? 내가 딸 같아서 하는 말이야. 정말."

"……여사님."

"그놈의 여사님 소리는 정말, 주영아. 너 이러면 안 돼. 알지? 내가 주영이 너 매번 마음에 쓰였던 이유가, 이렇게 곧고 바른데, 여사님이 싫은 소리 하셔도 묵묵히 자기 역할은 잘 해내고 기특해서였어."

"……."

"여사님이 너무 직설적이시다 보니까, 듣는 네 속은 얼마나 쓰릴까 싶어 가지고. 그래도 티 하나 안 내는 거 보면 정말 어른스럽구나, 고작 스무 살짜리가 너무 기특해서. 근데 솔직히 오늘은 나도 좀 뒤통수 맞은 기분이네."

"……."

"그러면 안 되는 거야. 사람 된 도리가 있잖아. 멀쩡하게 결혼 상대를 두고 이런 건……. 그 남자는 알아? 서 상무 가을에 결혼하는 거? 난 정말 영문을 몰랐거든, 전무님이 왜 계속 서 상무는 뭐 별일 없냐 닦달하는지. 나도 이제야 알겠네. 이런 일을 어떻게 말씀드려야 할지 나도 고민이야, 지금."

"여사님. 부탁 하나만 드릴게요."

"부탁? 미안한데 나 모른 척 못 해. 내가 성북동에서 밥벌이한

지 20년이 넘었어, 아무리 내가 서 상무 마음 쓴다고 해도 이걸 모른 척하는 건 또 내 도리가 아니잖아."

"한 달만요."

주영이 천천히 눈을 감았다 뜨며 말을 이었다.

"한 달만, 그때까진 정리할 거예요. 그러니까 그때까지만 기다려 주세요."

상진이 돌아오는 그때까지는, 어떻게든 정리가 되어 있을 테니.

주영에게 늘 마음이 쓰였다는 여자의 아량을 기대할 수밖에.

20. 너의 바운더리

오전 7시.

한남동 카페202 본점 건물에 위치한 사무실은 조용했다.

태열이 사무실의 불도 켜지 않고 의자에 몸을 던졌다. 피곤했다. 아니, 머리가 아팠다.

어제의 대화는 태열로 하여금 많은 생각이 들게 했다. 어렴풋이 추측하기만 했던 온주영의 진짜 속마음.

부산에서 수화기를 통해 전해 오던, 보고 싶다 말하던 잔잔한 목소리, 속초 해변의 파도 앞에서 아이같이 웃는 모습을 볼때만 해도 한 걸음 가까워졌다고 생각했는데, 다시 제자리인 기분이다.

태열의 손이 닿지 않는 곳에 여자가 있는 것 같은. 가까워졌다는 건 태열만의 착각이었을까.

언제든 네가 내게 올 거라는 확신이 있었지만, 그런 일상에서도 미약한 불안이 속을 헤집었다.

내게 넌 여전히 너무도 어렵다. 여전히 나는 네게 의지할 수 있는 사람이라는 믿음을 주지 않은 걸까. 어려움을 같이 나눌 수 없는 사람일까. 미약한 불안이 만들어 낸 조급증. 결국 네게 장난처럼 내게 오지 않겠냐고, 앞으로도 계속 나와 함께하지 않겠냐고 물었을 때. 네가 보인 반응은.

변하지 않은 네 모습에 그리움이 물밀듯이 밀려오면서도 또다시 과거가 반복될지도 모른다는 불안.

서울로 돌아오는 길 내내 괜히 말을 꺼내 헤집은 걸까 후회도 했다.

내 욕심은 그저 단지 네가 항상 밝게 웃는 것을 보는 것이었으므로.

그래도, 나름의 수확이라고 생각하는 수밖에. 자기 속마음을 잘 얘기하지 않는 온주영의 속 얘기를 들었으니, 아니 서주영의.

그냥 그저 태열이 할 수 있는 일은 결국 주영이 자신을 선택하게끔 만드는 것뿐.

"뭐야, 이 시간에?"

사무실로 들어서던 서우가 놀란 눈으로 시계를 확인했다.

서우도 간밤에 잠을 설치는 바람에 사무실에 일찍 나오긴 했지만, 본인보다 먼저 나와 있는 사람이 있을 줄이야.

서우가 의자에 푹 기대앉아 있는 태열을 보고는 불을 켜며 말했다.

"연애 사업이 잘 안 되시나 봐요. 대표님? 얼굴이 말이 아니시네."

눈치 빠른 서우의 물음에 태열이 피식 웃었다.

그렇게 티가 나나. 그가 눈을 감고 허탈하게 웃으며 머리를 쓸어 넘겼다. 서우가 다가오며 물었다.

"뭐야. 뭔 일인데."

"뭔 일은 무슨."

"설마 우리 때문이야?"

그런 건 아니었으나 사실 종찬과 서우와 함께하던 시간도 계속 신경 쓰였다. 만남의 시작부터 주영이 내건 조건은 '조용히'였으니.

다른 사람들과 인연이 엮이는 걸 내키지 않아 할 걸 뻔히 알았다. 그래도 태열의 우려와는 다르게 주영은 크게 내색하지 않아, 안도했고.

"아니야. 그런 거."

피로에 눈가를 쓸어 올리는 태열을 살피던 서우가 묘한 표정을 지으며 입을 뗐다.

"태열아 나 프러포즈 받았다?"

태열도 어렴풋이 알고 있던 사실이었다. 종찬이 프러포즈 반지를 살 때도 동행했고, 집들이 선물을 같이 가지러 갔었으니.

태열의 집에서 와인을 마시다 아무것도 모르는 주영이 결혼 얘기를 꺼냈을 때, 여전히 멈칫하던 서우.

선물을 가지러 가며 종찬이 말했었다. 아무래도 이번엔 끝장을 봐야겠다고.

태열이 깨끗한 서우의 손을 보고 말했다.

"근데 왜 손에 반지가 없어."

"조금만 더 생각할 시간을 달라고 했어."

"알고 지낸 시간이 얼만데, 시간이 더 필요해?"

"그러게 말이야. 근데 나같이 생각 많고 고민이 많은 사람은 필요하더라. 만약에 결혼해서 잘못되면 어떡하지? 이 생각이 드는 순간, 앞으로 나갈 수가 없거든."

연애는 길었다. 그러나 연애와 결혼은 달랐다. 둘만의 문제가 아니라 가족이 엮이고, 서로의 미래를 책임져야 하는 사이.

근데 그게 혹시 잘못된다면, 져야 할 책임의 무게가 훨씬 커졌기에.

"종찬이 형 속 터지겠네."

서우가 가지런한 제 손을 내려다보며 옅게 웃었다. 약간은 씁쓸해 보이기도 했다.

"내 제일 친한 친구가 있거든. 윤희라고, 되게 예뻐. 스물여섯 인가에 결혼을 해서 애가 초등학생이고, 애 낳으면서 회사는 그만둬서 커리어도 끊겼어. 근데 남편이, 바람이 난 거야. 난 이혼하라고 했지. 근데 윤희가 하는 말이 뭔지 알아?"

태열이 무심한 눈으로 계속 얘기하라는 듯 서우를 응시했다.

"그럼 애는 어떡하냐고. 지금 자기가 나가서 할 수 있는 일이 없다고. 무섭대. 이럴 줄 알았으면 결혼을 하지 말 걸 그랬대. 그렇게 예뻤던 애가 지금은 얼굴에 그늘이 져 있어. 근데 그런 친구들이 한둘이 아냐. 자기 인생에서 가장 후회하는 일을 꼽으라면 결혼이래."

"남이 잘 못 산다고, 나도 못 살라는 법 있나. 솔직히 다 핑계로 들리는데."

"핑계일 수도 있지. 근데 그런 걸 보다 보면 생각을 하게 돼. 난 지금만으로도 충분한데, 괜히 여기서 더 나아갔다가 잘못되면? 후회할 일이 생기면 어떡하지?"

"그런 생각은 도대체 왜 하는 거지. 좋으면 하고, 아니면 말고. 쉽게 생각해."

"넌 꼭 맨날 다 쉽다 하더라. 태열아, 내가 너한테 해 주고 싶은 말이 있었거든. 있잖아, 세상에 맞고 틀린 건 없다? 정답이 없더라고. 결혼하자는 종찬이도, 주저하는 나도 누구도 정답은 아니란 말이야."

"훈계할 거면 그만하지 그래."

"그냥 좀 듣지? 태열아 나는 가끔 널 보면 대단하다고 생각하기는 해. 딱 마음 정하는 순간 뒤도 안 돌아보고 밀어붙이는 거. 지치지 않는 거. 고민 없이 질주하는 거. 어떤 어려움이 있어도 꿋꿋이 딛고 일어서는 거. 네 그런 성격 때문에 옆에 있는 나도 덕 많이 봤고."

아마 태열의 추진력이 아니었다면 카페도 지금처럼 기업 규모로 키울 수는 없었을 걸 안다.

서우 혼자 자력으로 했다면, 지금쯤이면 아마 LA 한 귀퉁이에서 아침마다 동네 주민들하고 잡담이나 하면서 조그만 빵집 정도

하고 있지 않았을까. 혹은, 망했을지도 모르고.

태열이 함께하면서 자본이 커졌고, 포부는 커야 한다며 좁았던 서우의 시야를 넓혀 줬다.

그때 생각했다. 아, 이 사람은 뭘 해도 될 사람이구나. 괜히 정상에 섰던 게 아니구나.

"칭찬인지 충고인지 모르겠네."

"칭찬이야. 근데 있잖아, 그런 건 아무나 못 하는 거야. 그렇게 사는 건 정답이 아니라, 그냥 네가 남들과 다른 거야. 네가 그렇게 사니까 뭘 해도 1등을 하는 거라고. 다들 너처럼 생각하고 너처럼 행동하면 다 1등이게?"

태열이 픽 웃었다. 그녀가 무슨 말을 하고자 하는지 어렴풋이 알 것 같아서. 서우가 진지한 표정으로 태열을 보며 말했다.

"태열아 사람은 누구나 불안함을 가지고 살아. 넌 남다르니까 이해하기 어려울지도 모르지만, 그걸 이해 못 하면 네가 정말 원하는 건 가지기 어려울 거야. 내 생각은 그래."

불안, 그도 알았다. 서우의 말대로 그는 살면서 딱히 불안과 초조함을 느껴 본 적은 없다.

그러나, 주영과 관련해서는 불안의 불씨가 항상 그의 마음 어딘가를 초조하게 만들곤 했다. 이상하게도 그랬다.

"사람은 누구나 자기만의 아킬레스건이 있어. 너한텐 그게 첫사랑이었을 것이고. 네가 그 사람에게 모든 걸 내준다고 하는데도 너한테 오지 못하는 이유가 있겠지. 난 그 이유가 네가 서주영 씨를 이해하지 못해서라 생각해."

태열이 서우를 쳐다보자, 서우가 설핏 웃으며 말을 이었다.

"기껏 생각하고 고민하고 낑낑대는데 옆에서 야 그냥 해, 뭐가 그렇게 어려워? 이러면 좋겠니? 난 주영 씨 이해된다."

"욕이네."

태열이 비스듬히 웃었다.

"어. 기회 왔을 때 흉도 같이 좀 보려고. 예전에 미국에서 종찬이랑 나랑 싸우면 너 맨날 나한테 그랬지. 그냥 좋아하는 사람이 옆에 있다는 사실 하나로 감사하고 대충 이해해 가면서 살면 되지, 뭘 그렇게 시간 아깝게 맨날 싸우냐고. 그때 너 진짜 짜증 났어. 어린 게 어른들 사정도 모르고."

서우가 눈을 흘기며 말하자 태열이 손에 쥐고 있던 핸드폰을 굴리며 대수롭지 않게 대답했다.

"언제 적 얘기야. 덕분에 화해하고 잘 만나고 있으면 됐지."

"그러니까 내 말은. 그 사람 입장에서 생각해 보라고. 그 사람이 살아온 인생이 있는데 이제 네가 나타났으니까 다 버리고 오라? 1년 연애한 사람이랑 헤어지는 것도 어려운데, 10년을 쌓아 온 걸 버리라고. 그럼 그 사람이 너 없이 살아온 인생은? 넌 그걸 간과했어."

"알아."

"정말 알아? 잠깐 얘기해 보니까 그 사람 성취욕 있는 사람이야. 너한테 의지해서 본인은 아무것도 할 수 없는 상황인 걸 받아들일 수 있을까? 사랑한다며. 그럼 이해해야지. 자기가 쥐고 있는 걸 단숨에 놓을 수 있는 사람은 아무도 없어. 기다려. 너 그 여자 사랑한다며. 종찬인 13년을 기다렸어. 난 그게 걔가 나를 사랑해 주는 방식이라고 생각하고 난 그걸 또 사랑해."

"그렇게 사랑하는데 결혼은 모르겠다는 것도 이해하긴 어렵네."

"그렇지, 나도 내가 이해 안 되는데, 네가 날 어떻게 이해하겠니. 그래도 있잖아, 태열아 나처럼 생각이 많은 사람들이 있어. 시작도 전에 겁이 많은 사람들, 거기다 고려할 게 많으면 더 결정 내리기 어려워. 아마 서주영 씨도 너보단 나 같은 사람일 거야."

핸드폰을 굴리던 태열의 손이 천천히 움직임을 멈췄다. 그가 잠자코 서우의 말을 들었다.

"너 보면 걱정돼서 하는 말이야. 생각이 많으면 그만큼 걱정도 많거든. 그 사람 서주영이야. 너 그거 인정 못 하고 예전에 네가 알던 온주영이라는 틀에 가둬 두잖아."

네가 사랑하는 게 과거의 온주영이라는 사람인지 지금의 서주영인지, 확실하게 하라고.

태열 자신보다 고작 몇 번 인사나 나눈 게 다인 서우가 주영을 더 잘 이해한다는 사실이 어이가 없었다.

내가 그렇게 부족했나.

"온주영은 좋겠네. 이렇게 편들어 주는 사람도 있고."

"태열아. 사람은 무의식중에 느껴. 네가 온주영이라고 부를 때마다 느낄걸. 아 얘는 지금 나를 보면서도 과거의 나를 찾는구나. 지금 나는 서주영인데, 내가 달라진 모습을 알게 되면 내 곁에 있을까? 나도 느끼는 걸 당사자가 못 느끼겠어? 네가 이어 가고 싶은 게 과건지 현재의 그 사람인지 먼저 정해. 마음은 그렇게 여는 거야. 너 네 앞가림은 잘할지도 몰라도 생각보다 헛똑똑이야."

태열이 눈을 감았다. 어둑한 호텔 방에서 올라오는 감정을 주체하지 못하던 여자가 생각났다.

'네가 좋다고 쫓아다니는 게 예전의 온주영인지 지금의 나인지도 난 아직 모르겠어! 너 나 볼 때마다 예전 이름으로 불러. 그건 알고 있니?'

어쩌면 그럴지도 몰랐다.

네 말대로, 서우의 말대로, 내가 없는 너의 시절을 인정하고 싶지 않았을지도 모르지.

지난 14년간 내게 넌 열일곱, 열여덟, 열아홉 눈을 반짝이던 소녀 그대로였으니까.

서른둘의 너를 다시 만난 지금도, 그때도 내겐 그때의 온주영 그 자체였으니까.

내 마음이 그대로고, 너도 날 그렇게 생각한다면 우린 과거 그 시절 그대로라고 생각했다.

너 없이 이뤄 왔던 지난 나의 순간과 나 없이 네가 견뎌 왔을 그 시간은 아무것도 아니라고, 이젠 과거일 뿐이니까. 그렇게 생각했다.

착각이었다. 마음이 어디 있던, 쌓아 온 시간은 변하지 않고 바꿀 수도 없음을.

그 시간을 과거라는 이유로 무시하려면 우리의 지난 시간 또

한 덧없이 아무것도 아닌 과거가 되어 버림을.

너는 서주영의 삶을 살아왔음을. 나는 망각했다.

나도 너 없이 그 세월을, 가끔은 빛바랜 시간들이 희미했던 시간이 있었음을.

감정에 잠식되어 무시했다. 너를 봐야 했는데, 내가 보고 싶은 너만 보았다.

이런 내가 널 어렵게 했을까.

이런 우리는 어려운 걸까.

모두가 어렵다고 말했던 모든 게 쉬웠다. 그러나 넌 언제고 풀리지 않는 난제다.

네 앞에서만은 정상적인 판단이 어려워.

등신처럼, 호구처럼 다 내주고 싶은데, 네가 날 삼켜 버렸으면 좋겠는데.

살점 하나 남지 않게 너의 것이 되고 싶은데. 그대로 떠먹여 준다 해도 그조차도 받아먹길 어려워하는 너는.

아니다. 네 마음을 두들겼을 때 넌 언제고 반응을 보였다. 어떨 땐 강렬한 저항이 있었고, 어떨 땐 물 흐르듯 수용하고. 그것이면 충분하다.

온주영이 아니어도, 서주영이든 뭐든. 네가 어떤 사람이든 나는…….

변한 건 아무것도 없었다.

태열이 자리에서 일어났다. 그대로 책상에 걸터앉아 있는 서우를 지나치며 말했다.

"충고는 잘 들었어. 헛똑똑이는 울고 있을 우리 종찬이 형이나 위로해 주러 가야겠다."

태열의 투정 아닌 투정에 서우가 피식 웃음을 터뜨렸다.

21. 해야 할 일

속초를 다녀온 이후로 주영은 주헌을 찾아갔다.

'더 좋은 곳에 모셨다니까? 딴생각하지 말고 네가 해야 할 일, 그리고 결혼 두 가지만 생각해.'

'파혼? 하고 싶으면 해. 이직도 하고 싶으면 해. 다 네 자유야.'

'나는 우리 누나가 그렇게 엄마까지 내팽개치고 도망가려는 이유가 갑자기 궁금해지네.'

그러나 돌아온 반응은 냉담했다. 오히려 네가 그러는 이유를 찾아내 어떻게 해 버리겠다는 소리로 들렸다.

자신의 성급한 언행으로 태열에게까지 피해가 가려나, 생각하면 주영도 더는 주헌을 닦달할 수가 없었다.

허무하게도, 끝이 보인다는 생각이 들었다.

태열과는 속초를 없던 일로 하기로 약속한 사람들처럼 누구도 입 밖에 내지도, 티를 내지도 않았다.

그냥 아무 일이 없었던 것처럼, 자연스럽게 주말이면 같이 조용하게 시간을 보냈다.

주영에게도, 그에게도, 아마 다시 입 밖으로 꺼내기 쉽지 않은 주제일 테니.

호텔 레스토랑도 인테리어 작업이 거의 끝나 갔다. 식음료 파트 리뉴얼의 끝이 보이기 시작했다.

라운지 카페는 오픈한 지 오래였기에 호텔에서 더 이상 태열을 볼 수 없었다.

그렇게, 그냥 시간만 소리 없이 흘러갔다.

리뉴얼 TF팀 회의에서는 레스토랑 오픈 관련뿐 아니라 향후 펜트하우스 운영 방안에 대한 방향성에 대한 많은 아이디어가 오고 갔다.

오전 시간을 회의로 다 흘려보냈다.

하나둘씩 비워지는 회의실의 의자를 둘러보고는 주영도 짐을 챙겨 일어났다.

아직 자리를 지키고 있던 혜원이 무언가 할 말이 있는 듯 주영의 눈치를 살폈다.

"더 의논할 게 남았나요?"

주영은 여전히 혜원과는 적당한 선을 지키며 대했다. 한 번쯤은, 멀어졌던 거리를 다시 좁히고 싶다는 생각이 들기는 했다.

그러나 여전히 주영에게 선을 지키는 혜원을 보자니 쉽지 않았다. 혜원이 대답했다.

"드릴 말씀이 있어요. 잠시 시간 좀 내주실 수 있을까요?"

혜원의 물음에 주영이 손목의 시간을 확인하며 말했다.

"그럼 점심 같이해요."

"······죄송한데 점심엔 제가 병원을 예약해 놔서요. 식사는 다음에 해도 괜찮을까요?"

"아, 그래요. 그럼. 뭐 때문에 그래요?"

"다름이 아니라······."

혜원이 말을 멈추고는 들고 있던 결재판을 주영에게 내밀었다.

까만 결재판을 열어 그 안에 들어 있는 서류를 발견한 주영의 얼굴이 어두워졌다.

"결재 올리기 전에 얼굴 뵙고 미리 말씀드리는 게 순서인 것 같아서요."

결재 서류가 아닌 혜원의 사직서였다.

"혹시 업무가 너무 많아요? 업무량 때문이면 조정해 줄 수 있어요."

"아니에요. 리뉴얼 프로젝트 즐겁게 했어요. 개인적인 사정으로 불가피하게 결정한 점 양해 부탁드릴게요."

가볍게 고개를 숙여 인사하는 혜원을 보며 주영이 물었다.

"이직해요?"

좋은 조건으로 이직한다면, 축하해 줄 일이었다. 남는 사람의 아쉬움은 속으로 삼켜야 했다.

"아니에요. 개인적인 사정이 있어서요. 빨리 인원 충원해 주실 수 있다면 2주 안에는 정리하고 싶은데요. 혹시 몰라서 인수인계 기간은 최대 한 달로 생각하고 있습니다."

주영이 담담하게 대꾸하는 혜원을 물끄러미 쳐다보았다.

그러고 보니, 병원을 간다고 했지. 걱정스러운 물음이 이어졌다.

"어디 아파요?"

"아닙니다."

"혜원아."

오랜 시간 아득하게 멀어진 거리를 주영이 한 걸음 좁히며 물었다.

"무슨 일 있어?"

걱정이 담긴 말투에 혜원이 눈을 내리깔았다. 선이 얇은 눈매가 미약하게 떨리는 게 보였다.

"그런 거, 아니에요. 괜찮아요. 염치없지만 인력 충원 최대한 빠르게 부탁드릴게요. 말씀 전달했으니 오늘 중으로 전자 결재 올리도록 하겠습니다."

순간 주영의 핸드폰이 울렸다. 혜원이 작게 인사하고는 빠르게 회의실을 빠져나갔다.

주영이 헛헛한 눈으로 손에 들린 액정을 내려다봤다. 발신자는 지영이었다.

-서주영 상무님 잘 지내지?

"응."

-서주헌 그 새끼 또 지랄하는 건 아니지? 입점 업체 사장이 누군지가 뭐 그렇게 중요해? 별것도 아닌 거로 지랄이야. 그 새끼 분조장 아냐?

지영이 지난번 송옥경 여사의 생일 저녁 자리 때를 언급했다.

습관처럼 주헌의 욕을 하기 위해 시동을 걸듯. 주영이 통화가 길어질 것을 염려해 용건을 물었다.

"무슨 일이야?"

-딱딱하기는. 초대장 받았지?

"무슨 초대장."

주영이 무심하게 대꾸하며 책상 한쪽에 쌓여 있을 우편물을 떠올렸다. 아마 초대장은 그 우편물 더미 속에 있겠지.

-다음 주에 오픈 행사 있잖아. 뭐야, 너 아직 확인도 안 했어? 설마 안 올 건 아니지?

"언젠데?"

-다음 주 토요일.

지영이 그렇게 공을 들이던 제주 호텔이 드디어 오픈이었다.

시간이 벌써, 이렇게 되었나.

연초에 주영이 호텔 셰이드로 발령을 받고, 지영이 제주도로 내려가고, 주영이 태열을 만나고, 카페202가 오픈을 하고.

시간이 흘러 또 다른 계절이 왔다. 벌써, 4월이구나.

폭풍 전야 같은 시간이 얼마 남지 않았구나. 주영의 얼굴이 허탈한 웃음으로 물들었다.

-어? 안 올 거야? 야 내가 얼마나 야심차게 준비했는데, 와서 네 두 눈으로 확인해야지! 셰이드보다 백배 나을 거라니까?

"갈게."

주영이 오른손 검지에 낀 반지를 내려다보며 대답했다.

주말이 저물어 가는 일요일 밤이었다.

와이드 스크린 위로 영화의 엔딩 크레디트가 올라갔다. 저녁을 먹고 함께 본 영화는 여운이 크게 남을 것이 없는 가벼운 액션 영화였다.

까만 배경 위로 하얀색 작은 글자들이 올라가는 것을 보던 주영이 자리에서 일어나 현관으로 걸어갔다.

태열이 소파에 앉아 현관에서 걸어오는 주영을 본다. 눈앞에 내밀어진 주황색 쇼핑백을 보며 태열이 물었다.

"뭐야?"

"선물."

지난번 옥경의 생일 선물을 사며 같이 샀던 타이였다.

줘야지, 줘야지, 하면서도 매번 차에 두고 잊었다가 이제서야 겨우 생각이나 챙겨온 참이었다.

태열과의 관계는 속초의 밤 이후로 모든 것이 자연스러운 그대로 돌아왔는데. 왠지 모르게 아슬아슬한 줄타기를 하고 있는 기분이었다.

결국 모든 건 또 주헌이 원하는 대로 돌아갈 것이다.

상진이 돌아와 파혼을 얘기한다고 하더라도, 상진이 아니어도 또 다른 남자를 들이밀겠지.

홀로서기는커녕, 주영이 서주헌과 송옥경의 그림자 아래서 그렇게 무력할 자신의 미래를 그려 봤다.

주영이 없어도, 태열은 예전에도 그랬던 것처럼. 좋은 사람들 곁에서 다시 금방 괜찮아질 테니까.

주영이 애써 표정을 관리하며 직접 포장을 풀었다. 태열과의 관계가 어디로 갈지 모른다 해도 직접 산 선물만큼은 챙겨 주고 싶었다.

갈색 리본을 풀고 오렌지빛 상자를 여니 네이비 단색 타이가 모습을 드러냈다. 태열이 타이를 보며 무심히 물었다.

"이거 목줄이야?"

"뭐?"

"아무 데도 못 가게 붙잡아 두려고 주는 건가."

태열이 웃으며 타이를 집어 들었다.

목줄이라니. 생각하는 것도 참 뜬금없다. 주영이 황당한 얼굴로 말했다.

"다음 달에 결혼식 있다며."

"아아. 있었지. 결혼식."

태열과 같이 영성고를 졸업한 기영의 결혼식이었다. 기영은 서울 팀에서 외야수로 활동하고 있었다. 신부는 주영도 아는 사람이었다.

"같이 갈래?"

"거길 내가 어떻게 가."

"오랜만에 얼굴도 보고 축하도 하는 거지."

"나 기억도 못 할 거야."

기억 속 희미해진 은아의 얼굴을 떠올리며 주영이 말했다.

성북동에 들어가게 되면서 자의로 끊은 영성여고의 인연. 그럼에도 주영은 은아의 소식을 알고 있긴 했다.

어렸을 때부터 공부에는 별 관심이 없던 은아였다. 은아는 여러 드라마와 영화에 조연으로 얼굴을 비치며 자신만의 색을 가진 배우로서 자리 잡아 가고 있었다. 결혼 소식도 기사로 접하기도 했고.

그러나 이미 멀어진 인연이었다. 이제 와서 억지로 이어 붙일 필요 없었다. 그쪽에서 주영을 반긴다는 보장도 없었고.

"해 줘."

태열이 타이를 내밀며 눈꼬리를 접었다. 주영이 갸름한 눈으로 태열을 훑었다. 속옷만 입고 앉아서 타이를 매 달라고 뻔뻔하게 웃는 낯짝을.

"셔츠 입고 와."

"귀찮은데. 그냥 해."

"너 지금 그 차림으로 타이 매면 진짜 변태 같을 것 같은데……."

"그럼 여기에 셔츠 입고 타이 매면 변태가 아닌 게 되나."

속옷만 입은 아래를 눈짓하며 뻔뻔하게 대답하는 태열을 보고 한숨을 내쉰 주영이 타이를 집어 들었다.

그때, 소파 위에 놓여 있던 태열의 전화기가 울렸다.

"받아."

"귀찮은데."

성가시단 얼굴을 하면서도 그가 핸드폰을 들어 올렸다.

"응. 삼촌."

그의 삼촌인가 보다. 재테크는 현대인의 소양이라고 주장하던 선견지명을 가진 분.

무감한 얼굴로 전화를 받는 태열을 보던 주영이 등을 돌렸다.

일요일 저녁이니 오늘은 이만 올라가 봐야겠다고 생각하는데 뒤에서 태열이 주영의 손을 잡아 왔다.

주영이 고개를 돌리자 여전히 귓가에 핸드폰을 대고 있는 태열이 입 모양으로만 말했다.

'해 줘.'

주영이 눈으로 물었다.

'지금?'

그가 옅게 웃으며 고개를 끄덕였다. 그러고는 수화기 너머의 상대를 향해 말했다.

"잘 지내지. 응. 별일은 없고."

주영이 헛웃음을 지으면서도 그의 앞에 섰다. 기다란 넥타이를 펴서 그의 목에 감았다. 반질거리는 검은 눈이 주영을 빤히 올려다본다.

"울진 한번 가야지. 요새 좀 바빠서. 응."

주영이 얽혀 든 시선을 피하지 않으며 그대로 타이를 한 번 꼬아 묶었다.

이게 아닌데.

주영이 고개를 기울여 가며 묶었다 풀기를 반복했다. 남자 넥타이를 매 본 적이 있어야 알지. 생각보다 주영이 원하는 모양이 나오질 않았다.

"지찬이? 걔가 벌써 그렇게 나이를 먹었나."

다시 우스꽝스럽게 매인 매듭을 펴는데 태열의 입꼬리가 미세하게 위로 뻗어 올라갔다.

삼촌과의 통화가 재밌는 걸까. 무슨 얘기를 하기에.

주영이 영문 모를 얼굴로 목에 감긴 타이를 다시 양손으로 잡아 펼치는데 태열이 그대로 몸을 뒤로 젖히며 소파 깊이 기댔다.

태열에 목에 걸린 타이를 잡고 있던 주영이 잡아끄는 힘에 쏟아지듯 태열에게로 무너졌다. 순식간에 태열의 무릎에 올라타 앉게 됐다.

통화 중에 뭐 하는 거야, 애는.

주영이 조용히 태열의 팔뚝을 때렸다. 태열이 낮게 웃으며 전화기를 들고 있지 않은 손을 주영의 등 뒤로 뻗어 가둬 안았다.

"갈게요. 축하는 해 줘야지."

그의 손이 척추를 타고 느릿느릿 내려갔다. 찌릿한 감각이 그의 손끝을 따라 흘렀다.

커다란 손이 그대로 아래로 흘러 엉덩이를 움켜쥐었다. 놀란 주영이 그대로 몸을 일으키려는데 태열이 턱으로 주영의 어깨를 꾸욱 눌렀다.

엉덩이를 주무르던 커다란 손이 아래로 흘러 따뜻한 곳으로 흘러들었다. 주영이 흡, 하고 숨을 들이켰다.

미쳤나 봐……!

작게 버둥거리는 주영의 어깨에 턱을 괴고 있던 태열이 고개를 비스듬히 틀자 주영의 목에 따뜻한 숨이 닿는다. 주영의 팔뚝에 소름이 오소소 돋았다.

"뭐, 삼촌은 필요한 건 없고?"

태열이 입을 움직일 때마다 부드러운 입술과 따뜻한 숨결이 주영의 목선을 간지럽혔다.

하얀 목에 입에 닿는 순간 아래에 있던 손도 같이 움직였다. 애태우듯, 느릿느릿, 열기를 담아서.

"나는 괜찮다니까. 아픈 데 없지. 잘 챙겨 먹고 있어."

당혹스럽게 만드는 짓궂은 행위에 주영의 얼굴이 벌게졌다. 통화 중에 소리를 흘리지 않기 위해 숨을 들이켜자 어깨가 살짝 들썩거렸다.

그 모습에 태열이 낮게 웃음을 흘렸다.

굳이, 이렇게 통화를 이어 나가지 않아도 됐지만, 그는 주영이 당황한 모습을 보는 것이 즐거웠다.

짓궂은 마음이 들기도 했다.

이를테면 모든 것을 모른 척 넘어가려는 여자에 대한 심술 같은 것.

"응? 아니야, 웃기는 누가. 이번에 내려가면 대게 사 주나?"

이미 달아오를 대로 달아오른 아래를 기다란 손가락이 느릿느릿 자극했다.

애태우듯, 혹은 놀리는 것 같기도 하고. 불쑥 레이스 천 사이로 손가락이 침범했다. 여전히 타이를 꼭 쥐고 있던 주영의 손가락에 핏기가 가신다.

"삼촌."

내뱉는 태열의 목소리가 탁하다.

"내가 나중에 전화할게. 지금 좀 바빠서."

그대로 전화기를 바닥으로 던진 태열이 자세를 바꾸며 주영의 위로 올라탔다.

"너……!"

한마디 하려는데 그의 기다란 손가락이 주영의 입술을 스쳤다. 젖은 손가락이 벌어진 입매를 아슬아슬하게 쓸었다.

입가에 닿은 감촉이……. 이 손, 아까 아래에…….

주영의 눈이 경악스럽게 변해 가자 휘어져 내린 그의 눈꼬리에 옅게 주름이 지는 게 보였다. 웃음기 어린 눈을 하면서도 주영을 보는 눈빛은 짙고 탁하기 그지없었다. 주영이 입을 떼려던 찰나 그가 상체를 숙여 왔다.

"어때?"

낮고 습한 목소리가 주영의 고막에 고여 들었다. 축축하게 젖은 손가락을 입가에 가져다 대며 어떠냐니……. 주영이 질색하며 입을 떼려던 찰나였다. 다시 태열의 입술이 천천히 벌어졌다.

근데 주영아.

"남자 타이는 매 본 적 없나 봐?"

묻는 그의 목소리는 기분이 좋아 보였다. 태열의 낮은 웃음의 잔해가 주영의 목을 지나, 어깨로, 쇄골로 내려갔다.

티셔츠가 들춰지고 브래지어가 사라졌다. 뜨겁고 습한 숨이 아래로 내려갈수록 찌릿한 전류가 주영의 몸을 관통했다.

전신을 지배하던 뜨거운 숨이 다리 사이에 내려앉자 주영이 헉하고 숨을 들이켰다.

주영이 바둥거리며 태열의 머리를 꽉 잡았다. 주영의 손에 감겨 있던 타이가 주르륵 바닥으로 흘러내렸다.

숨결이 자극할 때면 주영이 참지 못하고 몸을 비틀며 그의 머리칼을 있는 힘껏 꽉 쥐었다.

살점을 깊게 빨아들이던 태열이 옷자 맞닿은 부위를 통해 얕은 진동이 뜨겁게 울렸다. 그가 고개를 들었다.

"……주영아, 이러면 좀 아픈데."

눈썹을 약간 찡그리며 웃은 태열이 제 머리에 닿아 있는 손을 풀어냈다.

그가 아직 쾌감의 잔해에 한껏 일그러진 여자의 붉은 눈가를 보며 주영의 두 손을 한 번에 그러쥐었다. 주영이 쌕쌕 숨을 몰아쉬며 물었다.

"뭐, 하는 거야."

태열이 몸을 굽혀 바닥에 흘러내려 있던 타이를 주웠다. 주영의 손목을 부드러운 실크 천이 휘감는다.

그가 손목이 아프지 않을 정도로 매듭을 묶었다.

"너……!"

씨익 입꼬리를 당겨 올린 태열이 그대로 다시 얼굴을 아래에 묻었다.

아아. 제발, 그만. 미쳤어.

참을 수 없는 비명이 계속 흘러나올 때까지. 발끝이 축 늘어질 때까지 손목의 매듭은 풀리지 않았다.

자신의 다리를 베고 느른하게 누워 있는 주영의 머리칼을 뼈마디가 굵은 손이 부드럽게 훑었다.

"이거, 이제 풀어……."

주영이 제 시야를 가린 실크 천을 잡으며 말했다. 손끝에 잡히는 타이가 축축했다.

얕게 벌어진 도톰한 입술 틈에서 작은 한숨이 흘렀다. 기다란 손이 예쁘게 뻗은 입술 선을 부드럽게 덧그렸다.

태열이 가라앉은 눈으로 제 허벅지를 베고 누워 있는 여자를 내려다봤다.

아무 일도 없었던 것처럼, 그저 그렇게 지나가는 순간처럼 모든 순간을 흘려보내려는 여자를.

"어?"

주영이 미간에 주름을 만들며 재촉해 왔다. 굳은살이 까슬한 건조한 손이 미끈한 뺨을 천천히 타고 올라갔다.

깜깜했던 주영의 시야가 천천히 밝아졌다. 그제야 주영이 천천히 몸을 일으켰다.

"……이게 뭐야, 진짜. 새거를……. 다 엉망 됐잖아."

주영이 타이를 내려다보며 말했다. 누구 것인지 모를 체액으로 엉망이 되어 버린 새 넥타이를.

어처구니없다는 얼굴로 뻔뻔하게 앉아 있는 태열을 바라봤다.

"세탁 맡기면 되지."

대수롭지 않게 말한 태열이 주영의 손에 있던 타이를 가져갔다.

눈을 마주친 채로 주영의 목에 휘감는다. 목에 축축해진 실크의 감촉과 간간이 스치는 남자의 손끝의 감각이 선명했다.

그가 손을 움직이면 실크 천이 살갗을 스치는 소리가 났다. 빤히 자신을 응시하며 손쉽게 타이의 매듭을 지은 태열을 향해 주영이 말했다.

"이걸 또 왜……."

"목줄."

태열이 가볍게 손에 쥔 실크 천을 잡아당기자 주영이 몸이 앞으로 기울었다. 입술이 가볍게 닿았다. 그가 입술을 맞댄 채 입을 벌렸다.

"앞으로 어디도 못 간다고 너."

속박하듯 주영을 옥죄는 목소리가 주영의 입가에서 흩어졌다. 그대로 태열이 주영의 입술을 물어 왔다.

남자의 억누른 감정이 숨을 타고 주영에게 흘렀다. 말하지 않아도 위태로운 바람이 불어오고 있음을 그도 알았다.

여전히 아무것도 말하지 않는 주영을. 참고 기다려 줄까 수백 번 인내하는 시간에.

결국 병신처럼 가만히 주영을 기다리는 건 태열의 성미에 맞지 않았다.

입술이 포개지고, 뜨거운 숨이 엉켰다. 자연스럽게 남자의 손이 여자의 뺨을 쥔다.

남은 손으로 여자의 척추를 부드럽게 훑어 올렸다. 부드러운 후회와 같은 키스가 끝나고 주영이 그대로 태열의 어깨에 얼굴을 묻었다.

한참 뒤에 주영이 입을 뗐다.

"……다음 주 토요일에 행사가 있어."

"응."

"제주도에서."

등을 쓸어내리는 손길이 천천히 멈췄다. 아쉬움이 묻은 목소리가 이어졌다.

"못 보나. 그럼?"

"금요일에 같이 갈래?"

제주도에. 행사 전까진 같이 있을 수 있는데. 행사 끝나고도.

주영은 볼 수 없는 태열의 눈매가 부드럽게 휘어져 내렸다. 그대로 숨이 막힐 듯 꽉 주영을 끌어안았다.

차창을 장대비가 무섭게 두드리기 시작했다.

김포공항에 도착할 때까지만 해도 뿌옇기만 했던 하늘이었는데, 비행기에 탑승하자마자 굵은 빗방울이 떨어지기 시작했다. 다행히 비행기는 떴다.

갑작스러운 폭우에도 제주공항을 찾은 사람들의 얼굴은 밝았다.

한껏 들뜬 표정의 사람들을 지나 공항에서 대기하고 있던 태열의 차량에 올라탔다.

태열은 부산에서 일정이 있다며 김해공항에서 출발한 참이었다.

일정한 간격으로 도로를 채운 야자수들이 매서운 바람과 작정한 듯 쏟아지는 빗발에 힘없이 휘날렸다.

조수석에 앉아 물끄러미 종잡을 수 없는 섬의 날씨를 내다보던 주영이 말했다.

"비 오는 거 좋아해?"

"원래 싫어했는데……."

태열이 말을 멈추며 생각했다.

비가 오던 날 밤, 제가 건넨 우산을 들고 뚜벅뚜벅 멀어지는 여자애의 뒷모습을 하염없이 뒤쫓던 그날 이후로 비가 오는 게 싫었다.

비가 오면 그 처량한 밤이 생각나서. 온갖 노력을 다해 그 기억이 희미해지던 날들도 있었다. 투둑투둑 차체를 때리는 빗소리 사이로 그가 말을 이었다.

"선수 생활할 땐 좋아했지. 우천 취소되면 경기 밀리니까 쉴 수 있어서."

그렇구나. 중얼거리며 대답한 주영의 머릿속에 문득 오래전 기억이 떠올랐다.

주헌의 도움을 받아 시카고를 찾았던 그해 여름, 그때도 이렇게 비가 왔었다.

"예전에……."

주영이 떠오르는 기억을 반추하며 말을 멈췄다. 마운드에 오른 네 모습이 보고 싶었었는데, 전날 경기가 우천으로 취소되는 바람에 일정이 밀려서 멀리 더그아웃에 있을 네 모습을 상상하는 것만으로 만족해야 했었던 날.

허무하게 유니폼만 사서 돌아왔었는데, 너는 그날 경기가 없어 좋아했으려나.

다음에 볼 기회가 있을 거라고 생각했었는데, 다신 네 경기를 볼 수 없게 되어 버릴 줄은 상상조차 하지 못했었지.

이어지는 말이 없자 태열이 말했다.

"응. 예전에."

"아니야."

아무것도.

예전에 너를 보러 갔었다는 말을, 지금에 와서 해 봤자. 무슨 의미가 있을까.

그저, 지금 흘러가는 이 순간순간을 놓치지 않는 것만이, 최선이었다.

주영이 운전대를 잡지 않은 태열의 오른손을 조용히 잡았다. 건조하면서도 따뜻한 온기가 맞닿은 체온을 통해 전해졌다.

손을 흘끗 눈짓한 태열이 싱겁긴, 하고 중얼거리며 손가락 사이사이를 얽어 왔다.

주영이 옅게 웃으며 빗줄기가 거세게 내리치는 창밖을 물끄러미 내다본다.

지난 속초 여행이 찝찝하게 끝난 것이 마음이 쓰였다.

시작은 좋았는데, 주영이 망쳐 버린 그 밤을, 그 애가 기억할 마지막 여행으로 남겨 두고 싶지 않았다.

그래서 무리한 일정에 태열과의 시간을 억지로 끼워 넣었다.

기분 좋게, 웃으며 마무리할 기억.

아마 다시 서울로 돌아가게 된다면, 상진이 돌아오게 된다면 그때는 우리도 끝이 보이겠지.

빗줄기가 점점 약해졌다. 하지만 산 중턱에 있는 호텔로 가는 길, 전방의 시야는 채 10미터도 되지 않았다.

아직 해가 지지 않았는데도 뿌연 안개가 자욱한 1차선 도로에서는 렌터카가 비추는 라이트 불빛 하나만이 등대였다.

느릿느릿 움직이는 속도조차 위태로울 만큼 한 치 앞이 불투명했다.

꼭 그들의 미래처럼.

주영이 고개를 돌려 태열의 옆모습을 쳐다봤다. 피곤해 보이는 안색.

요즘 들어 태열은 많이 바빴다. 딱히 주영에게 사유를 말해 주진 않았지만 주영보다도 더 바빠 보였다.

매끈한 뺨에 닿는 시선을 느꼈는지 태열이 물었다.

"왜 자꾸 봐. 사람 설레게."

참나, 주영이 설핏 웃으면서도 걱정스레 물었다.

"피곤하지 않아?"

"괜찮아."

"운전 내가 할 걸 그랬나 봐."

피곤할 텐데. 지난번 속초에서 밤을 새우고 돌아올 때도 내심 신경이 쓰였었다.

"하고 싶어?"

"어?"

"운전하고 싶냐고."

"아니, 너 피곤할까 봐."

태열은 픽 웃고 말 뿐이다. 차가 커브 길로 들어서자 태열이 능숙하게 핸들을 꺾었다.

안개 사이로 꽃잎이 떨어진 벚나무가 보이기 시작했다. 남쪽 섬에는 육지보다 이르게 봄이 와 있었다.

"잠깐 내렸다 갈까?"

"지금?"

태열이 고개를 가볍게 끄덕이며 길가에 매끄럽게 주차했다. 주영이 영문 모를 얼굴로 벨트를 풀었다.

문을 열고 내리니 다행히도 점점 잦아들던 비가 그쳐 있었다. 그저 안개만이 자욱할 뿐.

주영이 차에서 내리니 길가에 하얀 꽃잎이 흐드러지게 떨어져 있었다. 꽃잎 길 뒤로는 운무에 휩싸인 유채꽃 밭이 보였다.

꽃구경이라도 하자고 내린 건가.

정차한 이유를 묻기라도 하듯 주영이 조수석의 문을 닫으며 운전석 쪽으로 시선을 던졌다. 태열이 맞은편에서 차체를 사이에 두고 물끄러미 쳐다본다. 시선이 마주치자 그가 입을 열었다.

"너는, 하고 싶은 것만 해."

"응?"

갑자기 무슨 말이야. 뜬금없는 말에 주영이 물음표가 가득한 얼굴로 태열을 쳐다봤다.

"운전이 하고 싶으면 해. 네가 운전을 좋아해서 하고 싶은 거라면 언제든지 운전대는 네 차지야."

"……."

"근데 하고 싶어서가 아니라 내가 피곤해 보여서, 내가 힘들까 봐, 그런 이유라면 너는 신경 쓸 필요가 없어."

"……."

"그러니까 너는, 나랑 있을 땐 하고 싶은 것만 생각해. 다른 쓸데없는 건 내 몫이야."

너는 늘 내게 말했다. 하고 싶은 걸 하라고. 좋아하는 걸 하라고. 이런 사소한 순간에서조차 같은 말을 한다.

그 애에게 우선순위란 꼭 주영 하나인 것처럼 들려서.

그가 좋아하는 게 주영이고, 그가 하고 싶은 게 주영을 위한 무언가인 것처럼 들려서.

착각일 수도 있다. 그럼에도 그렇게 들렸다. 주영이 고개를 숙이며 조용히 말했다.

"……응, 그럴게."

차마 태열을 마주 보지 못하고 고개를 돌린 주영의 뿌연 시야에 샛노란 유채꽃 밭이 보였다.

그를 보는 주영의 눈에는 수만 가지 감정이 일렁였다.

4월인데다, 비구름이 지나간 남쪽의 벚나무는 꽃잎을 반쯤 잃은 상태였다.

흙 위로 수놓아진 꽃잎 위로 주영이 발을 내디뎠다.

"거기 서 봐."

응? 뒤에서 들려오는 목소리에 주영이 고개를 돌릴 때였다.

찰칵. 태열이 들고 있던 핸드폰에서 카메라 셔터 음이 터졌다. 갑작스러운 도둑 촬영에 주영이 미간을 찡그렸다.

찰칵. 찰칵. 찰칵. 셔터 음이 계속해서 울렸다.

"그만해."

"좀 웃어 보지?"

그만하라는 채근에도 태열은 눈썹을 들어 올리며 뻔뻔히 요구했다.

"꽃도 다 떨어지고, 날도 흐린데 무슨 사진이야. 됐어."

"그러니까 더 예쁘지."

"도대체 무슨 소릴 하는 거야."

주영이 그만 핸드폰을 내놓으라며 손을 뻗는 순간까지도 셔터음 소리가 멈추지 않았다.

사진첩을 확인하던 태열이 화면을 넘겨 보며 기분 좋게 웃었다.

멍 때리는 표정으로 살짝 입을 벌리며 돌아보는 얼굴.

어처구니가 없다는 얼굴로 기가 막힌 웃음을 짓는 얼굴.

한쪽 눈을 찡그리며 불만스러운 얼굴.

다소 새침한 표정으로 손을 뻗으며 태열에게 다가오는 얼굴.

모든 게 생생한 온주영의 표정이었다. 아니, 서주영의.

회색빛 하늘도, 반쯤은 비어 있는 벚나무도, 여기저기 녹색이 섞인 철이 지난 유채꽃밭도.

그의 눈엔 배경은 보이지 않았다. 그저 지금 같은 순간을 공유하는 주영만이 가득할 뿐.

지나치게 예쁘고도, 지나치게 오랜 시간 잊지 못했던 여자가.

흘러 버린 시간도. 달라진 이름도. 딱히, 그 무엇도 중요할 건 없다.

네가 온주영이든, 서주영이든, 나한테는 하나일 뿐.

지금, 우리 같이, 함께하는 순간. 이걸 위해서면 못 할 것이 없겠다고.

네 마음이 내게 머무는 한은.

태열이 앞에서 핸드폰을 내놓으라며 채근하는 주영의 허리를 끌어당겼다.

단단한 가슴에 뺨이 파묻히자 주영이 작게 버둥거렸다.

"주영아."

그가 주영의 정수리에 턱을 얹으며 나직이 불렀다.

"……응."

"내일은 바다 보러 갈까."

너 바다 좋아하잖아. 태열이 주영의 뒷머리를 부드럽게 쓸며 말했다.

"행사 끝나면 좀 늦어지긴 할 텐데, 괜찮아?"

주영이 조금 머뭇거리며 말했다. 내일은 오전부터 호텔 오픈 행사가 있었다. 행사가 끝나면 저녁 시간이 다 되어 가긴 하겠지만, 그래도.

추억을 더 쌓고 싶은 마음이 있었다.

"안 괜찮을 게 뭐가 있어. 또 하고 싶은 건 뭐 있어."

"음…… 일출 볼까?"

"해 뜨는 거 보고 싶어?"

그냥, 뭐든 같이해 보지 않았던 것들을 같이해 보고 싶었다.

"그냥. 보고 싶어서."

주영이 그의 허리에 팔을 두르며 대답했다.

"깨워 줄게."

"응."

"또."

"또?"

"또 하고 싶은 거."

"글쎄……."

모르겠다. 그냥 태열과 함께하는 거라면 다 괜찮을 것 같은 기분이 들었다.

"온주영."

잡은 손을 꾹 움켜쥐며 태열이 주영을 내려다봤다. 주영이 그 덤덤한 눈을 마주했다.

"뭐든, 말을 해야 알아."

"······."

"뭐가 하고 싶은지, 뭐가 힘든지."

주영이 시선이 스르르 아래로 미끄러졌다. 그녀의 시야에는 태열이 입은 스웨터의 옷감밖에 보이는 게 없었다.

태열이 주영의 뺨을 툭툭 건드렸다.

"난 네 입으로 듣고 싶어."

"······."

"네가 나한테 목줄 걸었잖아. 그럼 그만큼 책임을 져야지."

응? 태열이 가볍게 웃으며 주영을 깊이 끌어당겼다.

"내가 최근에 안 건데, 생각보다 인내심이 짧더라고. 그러니까 너무 오래 기다리게 하지는 마."

꼭 어지러운 주영의 속마음을 다 알고 있는 사람처럼. 네가 말을 할 때까진 기다려 보겠다고, 그런데 너무 오래 기다리게 하지는 말라는 말이 주영의 마음을 울렸다.

"좋다."

주영이 태열이 예약해 놓은 객실을 둘러보며 말했다. 제주도 전통 가옥의 모양을 본떠 만든 리조트의 프라이빗 독채 빌라였다.

외관과 다르게 모던한 인테리어의 내부는 거실과 마스터 룸이 분리되어 있었다.

거실과 마스터 룸 어디에서도 문을 통해 테라스로 나갈 수 있었다. 정원은 제주도를 상징하는 현무암 돌담으로 둘러싸여 있었고 관리가 잘된 잔디 위에 야외 테이블과 의자가 놓여 있었다.

안개가 그윽하게 깔린 정원의 한편엔 자쿠지가 있었고.

업계가 같다 보니 다른 호텔을 방문하게 되면 유심히 둘러보는 버릇이 생겼다.

정원을 둘러보는 주영의 등 뒤로 태열의 목소리가 들렸다.

"마음에 들어?"

"응."

모든 게 차단되어 둘만이 있을 수 있는 공간이었다. 늘 주영이 원했던 대로.

근래 들어 태열은 바빴다. 주영보다 더. 피곤할 텐데, 내색 하나 없이 그는 숙소와 차, 모든 걸 알아서 준비했다.

심지어 주영의 입맛에 딱 맞는 것들로. 그냥 주영은 제주도 같이 갈래? 제안한 게 전부였다.

태열은 언제나 그랬다. 미루는 일 하나 없이, 제게 떨어진 일은 바로바로. 불평 하나 없이. 그가 뒤에서 허리를 끌어 주영을 안아 오며 물었다.

"춥지 않아?"

아무리 비가 오고 날이 흐리다 해도 4월이었다. 춥냐니. 바람이 불긴 해도 따뜻한 바람이었다. 자쿠지에 들어가 몸을 녹이자는 속내가 보이는 질문에 주영이 헛웃음을 흘렸다. 정수리 위로 부드러운 입술이 스치고 지나갔다.

가운을 입은 채 자쿠지 상단에 걸터앉아 발만 담근 주영이 셔츠를 벗는 태열을 응시했다. 그가 긴 팔을 뻗어 셔츠를 의자에 올려놓자 그의 움직임을 따라 너른 등을 채운 근육이 꿈틀거렸다.

그리고 그 위를 타고 흐르는 상처의 흔적.

'쉬워서 네 앞에서 이렇게 실실거리면서 웃고 있을까? 지나고 보니 괜찮은 거지, 모든 게 다 망가졌을 때 나라고 웃고 있었을 것 같아?'

뼈가 시리도록 감정 없이 차갑게 가라앉았던 그날의 눈. 물끄러미 태열의 뒷모습을 바라보던 주영이 천천히 입을 뗐다.

"⋯⋯운동은 꼭 그만뒀어야 했어?"

그렇게 좋아했으면서. 꼭 정상의 선수가 아니더라도 그러면 충분히 선수 생활을 유지했을 수 있을 텐데.

조심스러운 주영의 물음에 태열이 멈칫했다. 그대로 등을 진 채 답이 없다.

괜한 질문을 던졌나. 곧이어 낮은 목소리가 이어졌다.

"재활할 때, 심리 치료도 같이하거든."

태열이 말을 멈추며 시간을 3년 전으로 돌린다.

음주운전, 뺑소니. 그에겐 벼락같이 닥쳤던 불운이었다.

반복되는 수술 끝에 정신을 차렸을 때 부상 부위가 공을 던지는 왼팔이라는 걸 알고 절망했다.

재활을 하며 심리 상담을 같이 받았다. 국내 리그에는 공식적으로 멘털 코치라는 것이 없지만 메이저리그에서는 야구 선수들이 전문가에게 심리 치료를 받는 것이 일반적이었다. 몸과 정신이 함께 회복되어야만 제 기량을 회복할 수 있기에.

태열의 담당이었던 스티브 코비 박사가 태열에게 던졌던 질문이 그에게 잔잔한 파동을 일으켰다.

'당신에게 딱 1년의 시간이 주어진다면 하고 싶은 일이 뭔가요? 돈, 시간, 에너지 어떤 제한도 없이 하고 싶은 일 20가지만 적어 보시겠어요?'

아마, 그는 태열이 그 리스트에 야구라는 단어를 올리길 기대했을 거였다. 그토록 야구에 올인했던 태열이니. 모든 것을 체념한 그가 다시 야구에 대한 열정을 갖게 만들기 위한 질문.

그러나 우습게도 그 순간 태열의 머릿속을 채워 온 건 새초롬하게 눈을 치켜뜨며 '네가 알 게 뭐야'라고 태열을 흘겨보던 여자애였다.

이유는 알 수 없었다.

너를 정말 지우고자 노력했으니까.

열아홉, 성북동 저택의 담벼락 앞에서 다시 한번 우리가 아무 사이도 아님을 일깨워 준 마지막 날 너의 얼굴을 떠올리며 잊기 위해 미친 듯이 노력했다.

야구에 쏟아붓고 남는 나머지 에너지는 모두 너를 잊기 위해 소모되었다. 떠오르는 얼굴을 억지로 떨쳐 내며 훈련에만 집중했다.

'우린 아직 어리니까.'

'학생이 해야 할 일에 집중하고 싶어.'

'아마 넌 내가 없이도 괜찮을 거야.'

'네 꿈은 꼭 이뤘으면 좋겠어.'

그게 네가 원하는 거였으니까, 그때의 나는 그저 들어줄 수밖에 없었다. 네가 없이도 내가 항상 말하던 그 꿈을 이뤘으면 좋겠다던 말을.

내가 유일하게 네게 해 줄 수 있는 건 항상 네가 원하는 걸 들어주는 것, 그거 하나뿐이었으니까.

비록 네가 선택한 게 내가 아니었을지라도, 우리가 원하는 게 같다는 사실 하나에 위안 삼았다.

모든 게 끝났을 때.

끝이라고 생각했다. 야구도, 인생도. 모든 게 깜깜한 어둠이자 암흑이었다. 그 폐허 같은 어둠에서 매일같이 태열을 찾아온 건, 아이러니하게도……

지옥 같았던 수술과 재활의 반복 속에서 태열을 앞으로 가게 하는, 살게 하는 힘은 열아홉의 태열을 가장 아프게 했던 여자애였다.

황폐해진 땅에 다시 싹을 틔우고 싶다는 생의 의지를 심어 준 건 그 시절 태열만이 볼 수 있던 해사하게 웃는 얼굴.

눈을 뜨고 있는 순간에도 여자의 환영이 보이고, 눈을 감아도 닿지 않을 여자에게 손을 뻗다 점점 멀어져 가는 인영을 우두커니 지켜보는 악몽이 함께 했다.

태열이 천천히 몸을 돌리며 이어질 말을 기다리고 있는 여자의 눈을 마주했다. 언제고 그가 잊지 못했던, 그의 곁을 항상 따라다니던 그 말간 눈을.

"그때 심리 치료 담당이 나한테 물었어. 살면서 딱 1년만 주어진다면 당신이 하고 싶은 일이 뭐냐고. 스티브 박사는 원하는 대답이 있었지만 난 그 답을 들려주진 못했지."

이유는 모르겠다.

전체의 삶을 돌아보면 극히 일부의 시간이었다. 그럼에도 네가 내게 무엇이라 그런 큰 의미가 되는지. 무엇이길래. 후회 없는 내 삶에 유일한 후회가 되어 자꾸 뒤를 돌아보게 하는지.

네가 힘들 때 처음부터 곁을 지켜 주지 못한 것이, 모든 걸 놓고 바닥을 볼 때까지 매달리지 못한 것이, 갈 곳 없는 너의 그늘이 되어 주지 못한 것이. 별것 아닌 시간이 내게 어떤 의미이길래.

바라 마지않던 꿈을 이뤄도 어딘가 늘 부족했던 그 목마름을 채울 수만 있다면.

"……그게 뭐였는데?"

물어 오는 목소리가 떨렸다. 무거운 시선으로 주영을 응시하던 태열이 천천히 주영을 향해 걸어갔다. 그가 손을 뻗어 여자의 뺨을 쥐었다. 그의 엄지 끝이 부드럽게 뺨을 문지른다.

"주영아."

흘러나오는 목소리는 담담했다. 오히려 그를 올려다보는 여자의 눈초리만 가늘게 떨렸다. 담백한 목소리가 이어졌다.

"우리 처음 만났을 때 기억나?"

어떻게 잊을 수가 있겠어, 그걸. 주영이 조용히 고개를 끄덕였다.

"내가 네 이름 물어봤었잖아."

속초의 밤 이후로, 많은 생각을 했다. 너를 움직이게 할 수 없는 무언가. 그 수많은 이유 중 내가 있었다면.

내가 바라는 게 과거의 너인지, 지금의 너인지 그 아무것도 아닌 사실이 너를 불안하게 했다면. 내게 오는 길을 주저하게 했다면.

"그때 내가 네 이름 물어봤었던 것도 기억나겠네."

주영이 연하게 웃었다. 삼빛 아파트의 놀이터 앞에서, 그리고 이사 떡을 전해 주면서 주영의 이름을 물었던 한량 같던 열일곱 고태열의 얼굴이 주영을 웃게 했다.

네가 알 게 뭐냐며 대꾸했더니 나를 늘 네알뭐라고 부르고 다니던, 너. 주영의 얕은 웃음소리 사이로 차분한 목소리가 이어졌다.

"그때 네 이름을 물어본 건, 네가 누구인지 궁금해서야."

네 이름이 중요한 게 아니라, 너라는 사람이 궁금해서.

"그러니까 나는 네가 온주영이든, 서주영이든 상관없어."

"……."

"그냥 너이면 돼."

어떤 환경에서도, 내게 불안과 결핍은 없었다. 유일한 후회이자, 불안이자 결핍이었던 너, 너 하나면 된다고.

네가 무엇이든 그게 내겐 그렇게 중요한 게 아님을.

그는 대답을 했다.

속초에서의 밤, 주영이 내비쳤던 불안에 대한 대답.

나는 네가 온주영이든, 서주영이든 상관이 없다고.

주영의 고개가 순간적으로 툭 아래로 떨어졌다. 입술을 감쳐 물며 터져 나오는 감정을 가까스로 참아 냈다. 여전히 주영의 뺨을 쥔 그가 천천히 입을 뗐다.

"너한텐 내가 특별했으면 좋겠지, 그런데 우습게도 네가 누구든 나한텐 중요하지 않아. 충분히 답이 됐으면 좋겠는데."

처음엔, 그저 다시 만나 본다면 질질 끌었던 미련이 사라지지 않을까. 그 미련을 홀홀 털어 낼 수 있지 않을까, 그런 어처구니 없는 생각을 했었는데.

'그리고 네 기준이 얼마나 되는진 모르지만 네가 해 달라고 하는 건 충분히 다 해 줄 수 있어. 도망가고 싶다면 어디든 갈 수 있고. 모자라다고 하면 그만큼 더 벌 수도 있고. 이 정도면 괜찮지 않나?'

'그러니까 너는, 나랑 있을 땐 하고 싶은 것만 생각해. 다른 쓸데없는 건 내 몫이야.'

'그냥 너이면 돼.'

함께 시간을 보내면 보낼수록 그는 돌이킬 수 없을 정도로 너무나도 강렬하게 주영의 마음을 비집고 들어왔다. 이미 그로 가득 차 버린 마음을 사실 안다. 그의 손을 절대 놓고 싶지 않은 속내도.

솔직히 말하면 마음은 그랬다. 그럼에도 머리는 아니라고 말한다.

태열로 가득한 마음을 따르는 선택.

늘 주영에게 있어서 선택의 기준은, 뭐가 더 나은 것일까, 뭐가 최선일까, 였다.

확실하게 자신만의 주관이 있는 태열과는 달랐다. 그저, 남들이 정해 놓은 기준에 늘 스스로를 껴 맞춰 왔다.

그의 마음이 변할지도 모른다는 불안에도, 지금까지 버텨 온 모든 10년이 물거품이 되어 버릴 것이라는 우스운 미련도 뒤로 한 채 다 내려놓고 태열에게 가고자 했다.

그러나 이직도, 엄마도 모든 게 주영의 손아귀를 벗어난 지금, 주영은…….

'뭐든, 말을 해야 알아. 뭐가 하고 싶은지, 뭐가 힘든지.'

태열에게 지금 상황을 말해 볼까 고민을 하지 않은 것은 아니었다. 그러나 그런 일은 그를 붙잡고 나 지금 힘들다고 징징대는 어리광밖에 되지 않음을 알기에.

그리고 이 정도밖에 안 되는 처지를 그에게 보이는 건, 너무나 초라해서. 네가 나를 그렇게 보게 되는 건 너무 비참하니까.

도대체, 이런 나를 왜, 너는…….

열일곱, 그때도 지금도 그에게 묻지 못했던 말. 주영이 작은 한 걸음을 내디뎠다. 나도 내가 싫은데, 넌.

"……너는, 내가 왜 좋아?"

태열이 주영의 시선을 마주했다. 반쯤 내리깔린 섬세한 속눈썹 아래 검은 눈동자가 주영을 따뜻하게 마주한다. 그의 목소리는 여전히 덤덤했다.

"이유가 필요한가."

"……."

"그냥 보고 싶고, 보면 웃게 만들고 싶고, 웃고 있으면 키스하고 싶고. 키스하면…… 울리고 싶고."

비스듬한 웃음이 그의 입가에 걸렸다. 진지해지다가도, 장난스럽게 바뀌는 그를 주영이 흘겼다.

"……그게 뭐야."

"왜 물어보는데."

"그냥, 궁금해서."

나도 싫은 내가 넌 왜 좋은 건지, 도대체 이유를 알 수가 없어서. 왜 이렇게까지 하는지.

태열이 엷게 웃었다.

"내가 불안해? 넌 매번 네 부족한 점을 찾아. 고쳐, 그거. 세상에 완벽한 사람은 없어. 내가 완벽하기에 날 좋아해 달라는 것도 아니고 네가 완벽해서 널 좋아하는 것도 아니야."

주영에게 태열은 늘 완벽한 존재처럼 느껴졌다. 무엇도 헤쳐 나갈 수 있는 그 단단한 올곧음이. 그가 무심한 어조로 말을 이었다.

"완벽히도 완전해, 넌."

"……."

"그게 다야. 내게 가장 완전한 존재가 서주영, 너. 내가 완전한 사람이 되고 싶게 하는 것도 너. 그런 완전한 관계를 만들고 싶은 것도 너."

사랑한다는 한마디보다 그 어떤 말보다 주영을 사랑하고 있다는 말처럼 들렸다. 그에게 사랑이란 주영 하나인 것처럼. 우습게도 그렇게 들렸다.

차마 마주치지 못하는 눈가에 물기가 차오른다. 나는 정말 놓을 수 있을까. 이게 사랑이 아니라면…….

이 끝이 없이 밀려드는 감정의 후폭풍을 내가 감당할 수 있을까.

자신이 없었다.

무력하게라도 온전히 자신의 품을 내어 주겠다는 그에게 의지하고 싶다는 충동이 들 정도로.

따뜻한 수온, 뺨을 스치는 섬의 바람, 습한 공기, 등 뒤로 느껴지는 단단한 남자의 몸. 주영이 눈을 감고 주어진 안온한 시간을 느꼈다.

뒤에서 주영을 끌어안은 태열이 주영의 어깨 위로 따뜻한 물을 흘려보냈다. 어깨를 타고 흐른 물방울이 쪼르르 둔덕을 타고 내려 수면 위로 스며들었다.

물기 젖은 어깨에 따뜻한 숨이 어린다.

"예전부터 너랑 제주도에 오고 싶었어."

어깨 위로 잔잔히 울려 퍼지는 목소리에 주영이 고개를 태열의 머리에 기대며 물었다. 뺨 위로 그의 맨살이 느껴졌다.

"제주도에?"

"응. 난, 제주도만 오면 네가 생각나더라고."

태열이 천천히 눈을 감으며 떠올렸다. 열일곱의 겨울. 주영이 연락이 되지 않던 밤. 그에게 몇 없는 후회로 남아 있는 순간을.

네가 연락되지 않았을 때 바로 너에게 갈걸. 수없이 후회했던, 홀로 아픔을 겪게 내버려 뒀던 순간을.

이후로도 제주도는 종종 왔다. 고등학생 땐 전지훈련으로, 프로 선수가 된 뒤에는 광고 촬영차 온 적도 있었고, 비시즌에 한국을 찾을 때에도 제주도를 들르곤 했다.

그럼 자연스럽게 삼빛 아파트의 놀이터 앞에서 태열에게 뛰어들며 눈물을 흘리던 주영의 얼굴이 떠오르곤 했다.

"다행히 왔네."

"응. 하고 싶은 게 많았어, 너랑."

제주도엔 좋은 곳이 많았다. 푸른빛 바다, 울창한 산, 섬을 오롯이 느낄 수 있는 바람. 아름다운 정취와 즐겁게 입을 채울 수 있는 음식들.

사실 이곳이 아니라 그 어디라도 네가 있으면 상관없겠지. 주영이 물어 왔다.

"뭐가 하고 싶었는데?"

그녀의 물음에 그가 손을 들었다. 커다란 손이 덥석 가슴을 쥐었다. 그리곤 나직하게 웃으며 말했다.

"이런 거?"

짓궂은 목소리와 다르게 가슴을 쓰다듬는 손길은 느른했다. 천천히 느릿느릿 움직이자 말캉한 살점이 그의 손안에서 이지러졌다.

이어질 감각을 잘 알기에 주영의 아랫배가 나직한 전율이 울렸다. 등줄기로 쭈뼛한 감각이 돋았다. 답답하게 느껴질 정도로

192

천천히 가슴을 주무르던 태열이 손끝으로 정점을 뭉갰다.

아.

주영이 신음을 흘리자 그대로 주영의 고개가 꺾였다. 태열이 주영의 뒷머리를 잡고 입술을 부딪쳐 왔다.

이제는 너무 익숙한 입술이었다. 주영이 입을 열자 혀가 밀려 들어왔다. 익숙하게 받아 내는데 그녀의 뒤통수를 잡은 손에 힘이 들어갔다.

주영의 모든 숨을 삼키기라도 할 듯 남자가 고개를 꺾으며 더, 더, 더 깊이 침범해 틈을 좁혔다. 남자의 날카로운 콧날에 여자의 콧등이 짓눌렸다.

숨이 가빠 오는데 발끝이 찌릿찌릿했다. 점령당한 숨과 쥐어짜듯 가슴을 자극하는 손길에. 간헐적으로 흐르는 신음은 모두 그에게 삼켜졌다.

기다란 손가락이 닿는 지점마다 찌릿한 전류가 흘렀다. 청각을 채우는 건 남자의 탁한 숨소리, 여자의 가는 신음, 두 사람의 움직임에 따라 찰박거리는 물소리가 전부였다.

그대로 태열에게 삼켜지고 싶었다. 더 이상 어떤 고민도 하지 않을 수 있도록.

얇은 드레이프 커튼 사이로 방 안에 햇빛이 들어찼다. 따사로운 햇볕에 주영이 살짝 미간을 찌푸렸다.

주영이 무거운 팔을 들어 옆자리로 뻗자 온기가 남은 빈 시트만 손에 잡혔다. 태열은 벌써 일어난 듯했다. 근거리에서 그가 움직이는 발걸음 소리가 들려왔다.

일출을 보기로 했는데, 눈이 떠지질 않았다. 주영이 눈을 감은 채 겨우 입만 뗐다.

"……몇 시야?"

"7시."

"……아……. 일출 보기로 했는데…….."

망했다.

주영이 베개에 얼굴을 묻었다. 일출은 5시였는데.

어쩐지 눈을 감고 있어도 환하게 밝은 기운이 느껴졌다. 베개에 머리를 파묻으며 자책하는 주영을 보며 낮은 웃음이 지근거리에서 들렸다. 이내 침대가 꿀렁였다. 주영이 눈을 뜨자 운동복 차림으로 침대에 걸터앉은 태열이 보였다.

"……왜 안 깨웠어."

"해는 내일도 떠."

"……그래도 이왕 온 김에 너랑 보고 싶었어."

한 번도 같이 본 적 없잖아.

뭐든 같이 하고 싶었다. 얼마 남지 않은 시간을 쪼개서 쓰더라도.

"내일 보면 되지. 일출이야 언제든지 또 볼 수 있어. 그냥 조금 더 자고 싶을 때 자."

씻고 올 테니까, 더 자.

그가 머리를 쓰다듬고는 일어나 침대를 지나쳤다. 모로 누워 침대에 파묻힌 채 주영이 물었다.

"운동 다녀왔어?"

"응."

태열이 상의를 훌렁 벗으며 대답했다. 러닝을 하고 왔는지 짧은 머리칼이 땀에 살짝 젖어 있었다. 그가 벗은 티셔츠를 스툴에 가볍게 던지는 모습을 보며 주영이 말했다.

"여전히 열심히 하네."

"해야지."

"지겹지 않아?"

"운동하던 사람들은 그만둬도 계속해야 해. 인대는 소모품인데 이미 다 썼고, 그걸 버티게 하는 게 근육이라. 인대는 다시 못살려도 근육은 계속 유지하고 만들 수 있으니까."

"유지하는 것도 힘들겠다."

"안 힘들어. 이런 거라도 해야 너 먹여 살리지."

태열이 씩 웃으며 욕실로 들어갔다. 익살스러운 미소에 주영이 엷게 웃으며 머리를 파묻었다. 꼭 어린 날의 그가 생각나서.

룸서비스로 아침을 시켜 먹었다. 성게미역국과 보말크림우동.

방 밖으로 한 발자국도 움직이지 않았는데 제주도에 온 기분을 맘껏 낼 수 있었다.

현무암으로 둘러싸인 야외 테라스에 앉아 성게미역국이라니.

오후에 있을 행사 시간에 맞춰 주영이 느릿느릿 준비를 시작했다. 씻고 나온 주영이 파우더 룸에 섰다.

아마 많은 사람들이 올 것이다. 지영이 이를 갈고 준비한 만큼 많은 사람을 초대했을 테니.

당연히 주헌을 포함한 상원그룹 사람들은 다 올 테고.

딱 두 시간. 두 시간 정도만 얼굴을 비춰야지.

그 후에 태열과 해안 도로 드라이브를 가기로 했다.

행사장은 서귀포에 있었다. 행사가 끝난 뒤 표선 해변을 갔다가 저녁으론 태열이 아는 곳에 가서 저녁을 먹기로 했다.

주영이 거울을 보며 피부 화장을 하고 눈에 색조를 덧칠했다. 오랜만에 조금 진한 화장이었다.

많은 사람들이 모이는 행사장 자리이기도 하고 조금은 색다른 기분을 내고 싶었기에.

주영이 브라운 컬러의 섀도를 눈두덩에 얹을 때쯤 태열이 파우더 룸으로 슬쩍 얼굴을 비췄다.

태열이 벽에 기대 거울을 통해 주영이 화장하는 모습을 유심히 지켜본다. 주영이 섀도를 다 바르고 나서야 몸을 돌려 태열을 마주 봤다.

"왜?"

그의 얼굴이 사뭇 가라앉아 있었다. 갑자기 주영의 어깨를 잡아 오며 가까이 다가왔다.

"누구야, 누가 그랬어?"

어? 뭐가? 왜 이래.

영문 모를 표정으로 주영이 태열을 올려다보니 그의 입꼬리가

196

씨익 뻗어 올라간다. 그가 주영의 어깨를 잡고 거울을 보도록 돌렸다.

주영의 어깨를 잡고 나머지 손으론 주영의 턱을 잡은 태열이 보였다. 거울 사이로 눈이 마주쳤다. 그가 다시 입을 연다.

"어? 어떤 새끼야? 데려와."

주영이 거울에 비친 제 모습을 보고는 김빠진 웃음을 터트렸다.

피부 화장만 한 채로 눈썹조차 그리지 않은 주영은, 눈두덩에 갈색 섀도만 달랑 발라 놓으니 꼭 멍이라도 든 것 같았다.

그러니까, 눈탱이 밤탱이. 누구한테 맞은 것처럼.

누구냐고. 데려오라니까? 태열이 주영의 어깨를 가볍게 흔들며 짓궂게 웃었다.

주영도 어처구니가 없다는 듯 콧바람을 뿜으며 태열의 팔뚝을 찰싹 때렸다.

장난기 가득한 얼굴이 시원하게 웃으며 주영의 머리에 얼굴을 묻었다. 그의 웃음소리가 주영에게로 스며들었다.

화장하는 내내 옆에서 계속 장난을 걸어오는 태열 때문에 준비하는데 한참이나 시간이 지연됐다.

일부러 화장을 그렇게 하는 거냐는 둥. 싸우러 가냐는 둥.

그나마 화장이 마무리 되고 나서야 예쁘네, 한 마디를 툭 던지며 차 키를 들고 나섰다.

태열의 방해로 이미 지각이었다. 정신없이 서둘러 태열의 차를 타고 서귀포 외돌개 근처에 있는 SW 호텔로 향했다.

굽이진 언덕길을 지나 해안가 절벽의 정상에 오르니 호텔의 외관이 보이기 시작했다.

매끄럽게 주차한 태열이 주영을 보며 말했다.

"데리러 올게. 끝나면 연락해."

연락해. 태열이 말하며 고개를 기울여 가볍게 입을 맞췄다.

"응. 연락할게."

주영이 급하게 차에서 내리며 말했다. 얼른 눈앞의 숙제와 같은 일정을 해치우고 싶었다.

22. 더는 못 기다리겠다면

지영이 야심차게 준비한 신규 호텔은 위치부터 좋았다.

해안가 주상절리 위에 위치해 객실 어디에서도 서귀포 바다가 한눈에 내려다보였다. 수영장에서는 말할 것도 없고.

주영이 묵었던 제주 전통 가옥을 본뜬 호텔과는 다르게 신식 건축이었다.

이미 지영이 합류하기 전, 설계 때부터 어디 유명한 건축가를 데리고 왔다 하더니 아름다운 제주의 조망과 잘 어우러지는 낮은 건물이었다.

햇살이 내려앉은 정원의 조경도 아름다웠다. 인테리어와 조경 디자인에만 100명이 넘는 사람들이 매달렸다더니, 확실히 힘을 팍팍 준 티가 났다.

어제와 다르게 날씨는 쨍했다. 주영이 나뭇잎 사이로 스며든 햇빛의 파편을 따라 정원을 지나 행사장이 있는 그랜드 볼룸으로 향했다.

이미 정원부터 초대받은 손님들로 인해 북적였다. 안쪽 어딘가엔 지영이 있을 테고, 또 다른 곳은 주헌도 있겠지.

주영이 바쁘게 돌아다니는 직원들을 스쳐 지나 지영에게 눈도장을 찍기 위해 행사장 쪽으로 향했다.

곳곳을 수놓은 화려한 꽃 장식 아래 먹음직스럽게 놓여 있는 핑거 푸드와 샴페인을 품은 원형 테이블을 지나쳤다.

안쪽으로 들어가자 목청 큰 지영이 손님들과 대화를 나누고 있는 뒷모습이 보였다. 그대로 지영을 향해 가는데 누군가가 주영을 불렀다.

"어이. 서 상무, 이제 오는 건가?"

상원 호텔 앤 리조트의 대표 이사 윤일권이었다. 재건의 최측근으로 호텔 앤 리조트가 지금까지 성장할 수 있는 데는 그의 공이 컸다.

성과주의자인 주헌도 매우 신뢰하는 인물이었다.

"대표님, 잘 지내셨어요?"

주영이 반듯한 얼굴로 인사했다. 60대의 나이에도 풍채가 좋고 젊은 남성 못지않은 눈빛을 가진 그의 얼굴이 풀어지며 허허 웃었다.

"매달 보는데, 또 바다 건너에서 보니까 새로워 그렇지? 서지영 상무랑은 인사했고?"

"네, 더 반갑네요. 안 그래도 지금 인사하러 가던 중이었어요."

"서지영 상무가 아주 신경을 많이 썼어. 둘러보니까 앞으로 제주에는 SW를 대적할 만한 호텔이 없겠어."

일권이 만족스러운 얼굴로 웃었다. 그의 말처럼 확실히 공을 들인 티가 나기에 주영이 고개를 끄덕이며 긍정의 대답을 했다.

"네. 지영이가 공을 많이 들인 것 같아요. 수요도 많을 것 같고요."

"가서 서지영 상무한테 수고했다고 칭찬 좀 해 줘. 고생 많이 했다고⋯⋯. 어? 아니, 이게 누구야."

주영에게 말을 권하던 일권의 시선이 주영의 어깨 너머로 넘어갔다.

일권이 반가움을 표하며 활짝 웃었다. 그의 시선을 따라 주영도 천천히 고개를 돌렸다. 주영의 얼굴이 그대로 굳었다.

"오랜만에 뵙습니다, 윤 대표님."

당신이 여길 왜, 베트남에 있어야 할 사람이 왜 이곳에.

주영의 굳은 얼굴을 본 상진이 태연하게 웃으며 주영과 일권을 향해 걸어왔다.

파견지에서 잘 지내다 왔는지 윤기 나는 얼굴의 주인공이 일권과 악수를 하고는 주영의 어깨에 떡하니 손을 얹었다.

일권이 그 모습을 흐뭇하게 지켜보며 물었다.

"우리 김 본은 베트남에 있어야 되는 거 아니던가?"

"예. 이런 자리를 제가 빠질 수가 없죠. 내일 비행기로 다시 돌아갔다가 다음 달에 귀국합니다."

"두 사람 식이 올가을이든가?"

"예. 제일 좋을 때죠."

"아주 둘이 그림이 좋아? 응? 우리 서 전무가 안목이 있어. 이렇게 잘 어울리는 한 쌍 다리를 놔 줬다며?"

"매제가 좀 보는 눈이 있습니다. 제가 그 덕을 봤고요."

상진이 뻔뻔한 얼굴로 일권 앞에서 너스레를 떨었다.

그에게 붙잡혀 있는 어깨가 무거워짐을 느낀 주영이 어색한 얼굴로 그저 웃었다.

이 사람은 도대체 왜 여기에, 아니 왜 또 나에게 이런 식으로.

그들이 일상적인 안부를 주고받는 사이 주영은 초조하게 입술을 말아 물었다.

바삐 움직이는 서빙 직원들 사이로 일권이 아는 인물이 보였는지 그제야 대화를 마무리 짓는다.

"그래, 청첩장 나오면 보내 주고. 내 꼭 참석할 테니."

"예, 나오자마자 바로 보내 드리겠습니다."

일권이 등을 지고 나서야 주영이 숨을 토하며 어깨의 손을 치우려 했다.

그러나 상진은 꿈쩍 않고 움직이지 않는다. 어깨동무를 한 채로 그가 고개를 숙이며 물었다.

"주영이, 잘 지냈어?"

"……."

"오빠 보고 싶진 않았고?"

뻔뻔한 낯짝을 노려보며 주영이 조용히 속삭이듯 물었다.

"여긴 어쩐 일이에요?"

베트남에 있어야 할 사람이. 끝난 사이 아니던가. 왜 주영 앞에 나타나서, 또다시 약혼자 행세를 해.

"아, 주헌이 놈이 사돈 될 처지에 초대하니까 오빠가 모른 척을 할 수가 있어야지."

"김상진 씨."

주영이 숨을 한번 들이마시고는 말을 이었다.

"우리 얘기 좀 해요."

주영이 호텔 뒤편으로 나와 정원의 돌담길을 쭉 걸었다.

호텔 건물을 뒤로하고 사람들의 그림자가 보이지 않는 곳까지 걷다 보니 주차장이 가까워졌다.

"야 주영아, 어디까지 가는 거야?"

뒤따라오던 상진이 짜증을 담아 구시렁거릴 때쯤 주영이 걸음을 멈췄다.

호텔에서 멀어져 사람들의 눈길이 잘 닿지 않는 위치였다. 주영이 걸음을 멈추고 쏘아붙이듯 말을 이었다.

"뭐 하자고 여길 와요?"

"사돈댁에서 초대를 하는데 내가 어떻게 안 와?"

"사돈댁이라니, 베트남 가기 전에 했던 말 기억 안 나요?"

"무슨 말?"

"결혼 없던 일로 하기로 했던 거 기억 안 나요?"

아아. 상진이 뻔뻔하게 웃으며 고개를 끄덕인다. 그러고는 한 발짝 주영 쪽을 향해 가까워졌다.

그가 고개를 숙여 주영의 귓가에 숨을 불어넣듯 말을 잇는다.

"주영아, 오빠가 다시 생각을 해 봤거든. 근데 좀 억울하더라고. 오빠는 타지에서 파혼 얘기 어떻게 꺼내야 하나 머리 빠개지는데 너는 잘 쉬었던 것 같더라?"

"이거 치워요."

주영이 자신의 어깨에 올려진 그의 손을 밀어내며 차갑게 말했다. 상진이 상체를 세워 주영을 마주 보며 말을 이었다.

"재밌었어?"

바닷바람에 주영의 크림색 원피스와 긴 머리가 휘날렸다.

영문 모를 표정을 짓는 주영을 보며 상진이 의뭉스럽게 웃었다.

"무슨 소릴 하는 거예요."

"우리 주영이가 오빠 없는 동안 재미가 좋았더라고. 아니, 그 전부터 재미 봤던 걸지도 모르고."

상진이 나직하게 말하며 주영의 옆머리를 넘겨 준다. 느릿하게 움직이는 손의 움직임에 주영의 등줄기에 소름이 돋았다.

그가 다시 한번 고개를 숙여 주영의 귓가에 바짝 얼굴을 붙였다.

"운동선수가 취향이었어?"

진작 말하지. 상진이 낮게 웃었다. 앙큼하기도 하시지.

어이가 없었다. 고작 여자 좀 만나고 다녔다고 파혼이라니. 분해서 잠을 이룰 수가 없었다.

고작 별것 아닌 여자 때문에 아버지의 눈밖에 나고, 자리가 위태로워지는 건 참을 수가 없었다.

사람을 시켜 주영의 뒤를 밟았다. 아무리 고고한 척해도 뭐 하나 걸리는 건 있겠지. 저라고 뭐 별 수 있겠어.

지난주, 상진은 손에 쥐게 된 사진을 보고 처음엔 헛웃음이 났다.

어차피 딜이 맞아서 하는 결혼이었다. 하노이 사업, 집안에서의 위치. 상진에게는 그런 것들이 달려 있었다. 게다가 주헌과 남모르게 나눈 딜.

아버지가 죽어도 허락하지 않는 카지노 사업, 주헌의 도움을 받아 차명으로 법인을 차리고 투자를 받고 있었다.

상진이 파혼하자는 주영에게 오케이 하면서도, 베트남에서 홀로 안 돌아가는 머리를 한참 굴렸던 이유였다.

그래서 자존심 다 구기며 빌빌거려야 하나 했는데, 너도 뒤에서 딴짓하고 있다면 얘기가 달라지지.

어쩐지 주영을 지인들에게 소개해 주던 자리, 그날 식당에서 마주쳤을 때부터 이상한 기운이 있었다.

처음 보는 사이라면서 식당 앞에서 고태열에게 안기듯 철썩 붙어 있던 모습. 안 그래도 내가 찜찜하다 했지.

상진이 흔들리는 여자의 동공을 마주 보며 생각했다.

그렇게나 얼굴이 알려진 놈을 만나면서 안 들킬 거라 생각한 건지.

얇은 니트 재질의 크림색 원피스가 바람에 휘날려 몸 선을 드러냈다.

주영은 오늘따라 화장이 진했다. 행사라고 꾸민 것인지, 다른 이유가 있는 것인지야 뭐 모르지만.

상진이 눈앞의 여자를 천천히 아래부터 훑어 올렸다. 가녀린

선, 새하얀 이미지의 얼굴 위로 떠오른 당혹스러움.

딱딱하고 살랑거리는 맛이 없는 여자는 외모 자체만으로는 상진의 취향이었다.

그러니까, 트로피로 적당했다. 출신 성분 덕에 내세울 것 없어 상진의 개인 생활에 말을 덧붙일 만한 힘도 없고, 사업적 목적도 충족시켜 주는.

제법 순진한 얼굴로 놀란 표정을 하는 게 우습다. 고고한 척 굴더니 뒤로 호박씨나 까고 다니는 주제에.

"무슨, 소릴 하는 거예요."

애써 침착함을 유지하려는 주영의 목소리에는 희미한 떨림이 묻어났다.

"운동하는 애들이 좋긴 좋지? 힘깨나 쓸 것 아냐, 안 그래?"

"……."

상진이 바짝 주영의 옆에 자리 잡았다. 그의 손가락이 주영의 관자놀이서부터 턱 끝까지 타고 흐른다.

주영이 숨을 들이켜며 천천히 눈을 감았다. 상진이 어떻게…….

"이제 내가 누굴 만나든, 그쪽이 상관할……."

상진이 주영의 허리에 손을 감았다. 모르는 이가 본다면 마냥 가깝고 다정한 사이로 보일 법했다.

그가 고개를 숙여 주영의 귓가에 속삭였다.

"주영아, 오빤 괜찮아."

조금 기분이 더럽긴 하더라. 그래도 뭐, 이제 쌤쌤 아니겠어?

상진이 웃는 목소리가 바람을 타고 주영에게 꽂혀 들었다.

"난 주영이 너랑 다르게 한 번쯤은 너그럽게 넘어가 줄 수 있거든."

질끈 눈을 감았던 주영이 고개를 돌려 상진을 마주 봤다.

한껏 비틀리게 웃으며 일그러진 얼굴이 시야에 가득 들어찼다. 주영이 코앞에 놓여 있는 얼굴을 보며 고저 없는 목소리로 입을 뗐다.

"우리 이미 끝난 사이예요. 당신이 내 사생활에 끼어들······."

상진이 가볍게 웃으며 주영의 말을 끊었다.

"아까 주헌이 만났어. 너 혼자 결혼 준비하느라 힘든 것 같으니, 좀 도와주라던데. 누나는 자기가 잘 다독이겠다고."

주헌의 이름에 주영이 잠시 멈칫하는 사이 상진이 말을 이었다.

"주헌이가 그렇게까지 말하는데, 내가 이제 와서 결혼을 엎겠다는 말을 어떻게 해. 남자가 의리가 있지. 안 그래?"

"일 피곤하게 만들지 마요. 파견 끝나고 나면 양가에 파혼 얘기하겠다고 한 건 김상진 씨예요."

"결혼 엎겠다는 얘기랑 같이 그 새끼 얘기까지 같이 들어가도 괜찮은 거지?"

상진이 이미 가까울 대로 가까운 거리를 더 좁혀 오며 속삭였다. 이제 자신만의 귀책이 아닌데, 너도 괜찮겠냐고 그런 어조다.

태열을, 태열의 이야기를. 그들에게 전한다면 어떻게 될까. 글쎄, 모르겠다.

태열에게 피해가 가진 않게 할 것이다. 그냥 가볍게, 그런 만남이었던 것처럼, 그렇게 포장한다면 너에게까지 피해가 갈 일은 없을 것이다.

모든 책임은 오롯이 주영의 몫이었다.

내가 너를 정말 이렇게 놓을 수 있을까, 매일 밤 잠에 들 때면 수백 번 수만 번 흘러드는 잡념에 잠을 이루기 어려웠다.

정말 내가 널……

"주영아, 오빠가 말하잖아. 한 번쯤은 넘어가 준다고. 나는 손해 보는 짓은 안 해요. 정리만 하고 오라니까?"

"그쪽하고는 이미 끝난 이야기예요. 나는 더 이상 김상진 씨하고 할 얘기가 없어요."

주영이 도돌이표처럼 이어지는 이야기를 끊어 내기 위해 자신의 허리춤에 걸쳐져 있는 손을 치우며 말하자 상진이 비열한 얼굴로 웃었다.

"그래? 어디 네 맘대로 해 봐. 주헌이 그 자식도 너랑 같은 생각일까? 그 새끼가 돈에 얼마나 혈안이 되어 있는데 파혼?"

상진이 몹시도 재미있다는 듯 큰소리로 웃었다. 그러고는 말을 이었다.

"주영아, 오빠는 말이야 가끔 널 보면 순진하다는 생각이 들 때가 있어. 할머님 말씀대로 네가 어렸을 때부터 제대로 가르침을 못 받아서 그런 걸까 싶거든."

"세상일이, 네가 이렇게 하고 싶어요, 한다고 다 될 것 같아? 오빠가 지금까지 너 앙탈 부리는 거 받아 준 거는 말야, 그냥 뭣 모르고 기어오르네 싶어서, 귀여워서, 응? 3개월이면 충분히 시간 줬잖아? 나중에 오빠한테 와서 미안하다고, 잘못 생각했다고 빌어도 버스 떠나가고 나면 늦어요."

그러니까, 앙탈은 이제 적당히 그만 부려.

주영에게 상체를 숙여 속삭인 상진이 잘게 웃음을 흘리며 어깨를 툭툭 치고는 그대로 주영을 지나쳤다.

제멋대로인 남자는 주영에게 등을 진 채 멀어지면서 손을 들어 흔들었다.

주영의 의사는 전혀 고려되지 않은 채로. 주영이 멀어져 가는 남자의 등을 초점 없는 눈으로 응시했다.

무슨 말을 해도 먹히지 않았다. 도대체, 이 결혼 하나가 그에게 뭐기에.

아니지, 그만큼 주영이 우습고 쉬워서일 테지. 주영이 허탈한 웃음을 흘리며 바람에 흩날리는 머리를 쓸어 올렸다.

주차장으로 내려온 상진이 담배를 찾으며 중얼거렸다.

"씨발. 나는 더 이상 할 얘기가 없어요오? 어디 두고 보자 그래. 서주헌한테도 똑같이 말할 수 있나."

담배를 문 상진이 핸드폰을 꺼내 들었다. 서주헌의 연락처를 찾기 위해서였다.

파혼 얘기가 나왔던 일, 서로의 문제로 흘려보내 주려 했더니, 기어오르는 일은 더 참을 수 없었다.

"아이 좆같네. 불은 또 왜 안 먹히고 난리……."

기름이 떨어진 라이터가 제 역할을 못 하자 상진이 가득 짜증을 내는데, 그의 머리 위로 그림자가 내려섰다.

고개를 들어 올린 상진이 얼굴을 굳혔다가 이내 사납게 웃었다.

"이야……. 씨발."

마주 보고 선 태열을 보며 상진이 불이 붙지 않은 담배를 이로 짓씹으며 말을 이었다.

"우리 고 선수, 여기서 이렇게 보네? 오랜만이야, 그래?"

상진 앞에 우뚝 사신처럼 서서 삐딱하게 바지 주머니에 손을 꽂은 태열이 천천히 입을 열었다.

"그러게. 다신 안 봤으면 좋았을 텐데, 결국 보네요."

"뭐? 야 이 새끼야. 잘 나간다고 예뻐해 줬더니 너 눈에 보이는 게 없나 보다? 선을 모르고 기어오르네."

"뵈는 게 없긴 하죠. 기어야 될 건, 내가 아니라 그쪽이고."

태열이 비틀리게 웃었다. 태열이 차를 돌려 호텔로 돌아온 건 조수석 의자 옆 틈에 빠져 있는 주영의 핸드폰을 발견했을 때였다.

정신없이 가더니, 이런 것도 못 챙기고. 하여간에 온주영 하는 짓은.

호텔 야외 주차장에 차를 대고서도 잠시 고민했다. 주영은 태열에게 약혼자가 돌아올 때까지만큼이라도 조용히 만나자고 했으니까. 그 부탁을 들어주겠다고 한 건 태열 자신이었고.

어떻게 소리 없이 전달해야 하나 고민하며 차에서 내려 모자를 뒤집어쓰는데, 저 멀리 주영의 뒷모습이 보였다. 그리고 주영에게 찰싹 달라붙어 있는 김상진도 함께.

씨발. 이건, 그러니까 온주영의 반칙이었다.

조용히 만나자는 말도 받아 줬고, 엄마 문제로 발목이 잡힌 것도 알면서도 스스로 말할 때까지 기다려 줬다.

언제까지 병신처럼 가만히 기다려야 하는데.

신경질적으로 모자를 바닥에 집어 던진 태열이 걸음을 옮길 때, 주영의 어깨를 툭툭 친 김상진이 주차장을 향해 걸어 내려왔다.

저 새끼가 어딜 건드려. 일단. 저 새끼 먼저.

처음 봤을 때부터 마음에 들지 않던 김상진이었다. 주영의 약혼자라는 사실부터, 행동거지까지 모조리 싹 다. 온주영을 다시 만날 구실을 만들기 위해 참고 몇 번 얼굴을 마주했을 뿐.

"이 씹쌔끼가 뒤에서 구린 짓 하고 다니는 거까지 내가 봐줄 것 같아?"

"구린 짓?"

태열이 어처구니가 없다는 얼굴로 실소를 내뱉었다.

"그래, 씨발. 남의 약혼자 가로챈 게 구린 짓 아니면 뭐야?"

"재밌는 소리를 하시네. 본부장님은 베트남에서 좋은 일을 많이 하고 다녔는지 얼굴에 기름기가 쫙 도시는데."

태열이 상진 쪽으로 한걸음 바짝 다가섰다. 차가운 눈으로 상진을 내려다본 태열이 말을 이었다.

"전 약혼자가 헤어지고, 완전무결하게 다른 남자 만나 연애하는 게 그렇게 배가 아프신가."

분명히 말투는 가벼워 보이는데, 위압적으로 큰 키로 내리찍는 분위기에 상진이 움츠러들면서도 말을 이었다.

"뭐, 헤어져? 누가 헤어졌대! 염치도 없는 새끼가 개소리를 하네."

"그래요? 헤어진 게 아니었어요?"

"뭐, 뭐! 헤어졌다고 소문이 나길 했어, 기사 한 줄이 나길 했어. 어?"

뻔뻔하게 얼굴을 들이밀며 억지로 우기는 김상진의 태세를 보아 하니 이걸 헛웃음을 치며 비웃어 줘야 할까, 욕이라도 지껄여 줘야 할까, 감도 안 왔다.

"그럼 네가 쓰레기고."

"뭐? 이 새끼가 말이면 단 줄……!"

"그쪽은 베트남에서 아주 재밌게 노셨던데. 헤어진 것도 아닌데 도대체 만난 여자가 몇 명인지 모르겠네."

태열이 피식 웃었다. 김상진은 화를 내기에도 아까운 상대였다.

김상진의 약혼자가 주영이라는 걸 알았을 때부터 사람을 붙였었다. 당시 태열이 원했던 건 그 새끼의 실체를 보여 줄 수 있는 증거였다.

이런 놈인데도, 너 저딴 놈한테 인생을 걸 테냐고. 그러나 태열이 행동으로 옮기기 직전, 주영이 먼저 태열을 찾아왔다. 다행히도, 참고 참은 인내심 덕에 그딴 구질구질한 일은 하지 않아도 됐다.

원하는 대로 흘러갔기에 더는 이따위 켕기는 일을 할 필요도 없었다.

주영과 만나기 시작하고 나서는 사실 더 이상 사람을 붙일 필요는 없었다. 그저 혹시나, 였는데.

그런데 그 혹시나가 역시나가 되었고.

"증, 증거 있어?"

"증거가 없으면 잡아떼고 싶고, 증거가 있으면 납작 빌기라도 하실 건가?"

"뭐? 내가 왜!"

"너도 알다시피 내가 아는 기자가 좀 많거든요. 증거가 필요하면 내일 기사로 확인하게 해 줄 수 있고."

"……."

"근데 기사가 나갈 수 있을진 모르겠네. 아무리 서한이래도 회사에서 자리도 못 잡고, 볼 것도 없는 인간 여자 문제에 누가 관심이나 갖겠어. 파혼한다 해도 기사 한 줄 나갈 일도 없을 텐데. 안 그래요?"

안 그러냐며 비스듬히 웃는 태열의 얼굴을 보는 상진의 눈에 분노가 차올랐다. 반박할 수가 없어 더 분통이 터졌다.

상진은 후계 구도에서 자리조차 제대로 잡지 못했다. 지금이라도 김 회장 눈에 거슬리지 않도록 무사히 결혼을 유지하는 것, 그리고 카지노 사업 잭 팟만이 상진의 한 줄기 빛이었다.

상진의 여자 문제가 사진과 함께 기사가 난들, 유명인의 지라시처럼 관심 가질 이가 얼마나 될까.

당분간 계열사 주가 떨어지는 데나 일조하겠지. 문제는 그로 인해 분노한 김 회장으로부터 날아올 재떨이였다.

여자 문제가 어쩌니 하며 소문만 도는 것과 사진이 쾅쾅 박혀 낙인이 찍히는 것은 달랐다.

그러니까, 서주영과 결혼이 진실로 엎어지기라도 한다면 그 낙인 기사로 인해 그는 정말로 갈 곳을 잃게 된다.

"너…… 이러면 내가 서주영 더 못 놔주지."

서주헌과 상진은 돈으로 엮여 있었다. 그러니까, 서주헌한테 알랑방귀를 뀌어서라도 악착같이 서주영에게…….

"입조심하시고."

태열이 상체를 숙였다. 키 차이라는 현실적인 문제 때문에 상대가 하찮다는 눈으로 내려다보는 걸 참아 내야만 했다.

"서주영은 그쪽이 놓네 마네 좌지우지할 존재가 아니라고. 그러니까 여기서 빌지도 마시고."

"……."

"그냥 조용히 서주영 인생에서 알아서 꺼져 주란 얘기, 알아들어요?"

태열이 허리를 똑바로 세우며 멀어졌다. 요지는 조용히 닥치면 사진은 없던 일로 해 주겠다, 뭐 그런 얘기였다.

상진이 침에 젖어 너덜너덜해진 담배를 바닥에 던졌다.

"……처음 봤을 때 눈빛부터 마음에 안 들었어, 이 새끼."

은퇴를 했다 하더라도 전무후무한 커리어를 가졌으니, 주변 사람들에게 과시할 인맥이라 빌빌 잘해 주긴 했지만.

처음 봤을 때부터 꼬박꼬박 존칭은 쓰는데 묘하게 다른 놈들처럼 상진에게 끔뻑 숙이지 않는 태도가 마음에 들지 않았다.

여전히 잘나가는 놈이라 금전적 서포트를 요구하지도 않으니 상진도 그를 다루긴 어려웠다.

그에게 고태열은 말 그대로 그저 과시용 인맥이었다.

상진이 눈을 부라리는 걸 무심히 내려다본 태열이 거리를 좁히기 위해 발을 뗐다.

"마음에 안 드는 건 통했네. 나도 걸레 새끼들은 별로 안 내키거든."

태열의 발이 땅에 닿자마자 김상진이 허리를 수그려 구두 앞코를 쥐어 잡았다.

"아아악!"

의도적으로 지르밟힌 발가락의 통증이 지나쳐 뭐라 반박할 여력도 없었다.

"약쟁이는 아예 상종할 생각도 없고."

뭐? 저 새끼가 그걸……

발을 쥐어 잡고 있던 상진이 놀라 번뜩 고개를 든 순간 중심을 잃었다. 휘청거리는 몸이 앞으로 쏟아졌다.

상진의 무릎이 땅바닥에 닿을 때쯤 삐딱하게 그를 내려다보던 태열이 그를 지나치며 말했다.

"그러니까 이렇게 꿇고, 입 닥치고 지나가시라고. 조용히."

시간이 아까웠다. 이런 쓰레기랑 얼굴을 마주 보고 있는 시간이.

주영의 얼굴을 봐야 했고, 오늘은 담판을 지어야 했으니까.

김상진이 건드렸던 곳곳에 소름이 돋은 기분이다. 허리, 어깨, 뺨. 전부, 씻어 내고 싶었다.

더러워. 짜증 나.

시간 가는 줄 모르고 한참을 멍하니 야자나무 아래서 홀로 서 있던 주영이 시간을 확인하기 위해 핸드백을 들어 핸드폰을 찾았다.

작은 토트백 안에는 팩트, 립스틱, 반지갑, 그리고 보여야 할 핸드폰이 보이지 않는다.

어딨지. 설마, 두고 온 건가. 정말 정신을 어디다 두고 다니는 거야 서주영.

진짜 정신없구나 너.

이런 실수는 좀처럼 하지 않는 주영이었다. 얼마나 넋을 빼고 다녔으면 이젠 핸드폰마저 흘리고 다녀.

호텔 방에 두고 왔을지, 차에 두고 왔을지 그조차도 가늠이 되지 않았다. 이따 태열과 연락을 해야 하는데…….

"……정신을 어디다 두고 다니는 거야 정말."

주영이 한숨과 함께 스스로를 한심하게 질책하며 고개를 들어 올렸다. 정면에 보이는 인영에 주영이 눈을 크게 떴다.

멀지 않은 곳에서 장신의 인영이 주영을 향해 저벅저벅 걸어왔다.

한 시간 전 봤던 얼굴은 달라진 게 없었다. 표정이 사라진 얼굴을 빼고는. 태열이 주영 앞에 섰다.

"여기는 어떻게……."

"이걸 두고 갔더라고."

태열이 손을 뻗어 주영에게 내밀었다. 그의 손엔 주영의 핸드폰이 들려 있었다.

아, 급하게 내리다 차에 두고 내렸구나. 다행스럽게도 자신의 손에 건네진 핸드폰을 보며 주영이 태열을 향해 물었다.

"고마워. 설마 핸드폰 때문에 계속 여기 있었던 거야? 언제부터?"

"네가 그 자식이랑 시시덕거릴 때부터?"

담담한 목소리와는 다르게 그가 뱉는 문장 한 마디 한 마디엔 뼈가 실려 있었다. 주영의 얼굴이 그대로 굳었다. 그러나 주영이 크게 잘못한 일은 없었다. 주영이 한 일이라고는 파혼을 다시 한번 상진에게 상기시켜 준 일뿐이었다.

멀리서 봤다면 붙어 있는 모습에 오해를 할 수도 있었다. 그러나 오해를 바로잡고자 변명하기에도, 그렇다고 그대로 내버려 두기에도 애매한 상황이었다.

그래도…….

"시시덕이라니, 오해야. 김상진이랑은 더는 뭐가 없어."

주영이 주변을 한번 돌아보며 말했다. 어딘가에 상진이, 주헌이, 혹은 지영이 지켜보고 있을지도 모른다. 혹은 그들의 사람들이.

"알아."

태열이 짙은 눈썹을 한번 까닥였다. 안다면서도 굳은 얼굴이 펴지진 않았다.

"뭐가 없는 것도 알고, 오해인 것도 알고."

"……."

"그래도 기분은 더럽네."

좀처럼 펴질 줄 모르는 그의 미간을 보는 주영의 눈가가 흔들렸다. 방금 전까지 다시 결혼을 논했던 김상진의 목소리가 스쳤다. 주영의 이직을 틀어막던 서주헌의 얼굴도. 죽은 사람처럼 병상 위에 누워 있던 엄마의 얼굴도.

그리고 주영의 눈앞에 서 있는 남자가. 오랜 시간 미련을 떨치지 못했고, 지금도 여전히 주영의 마음을 깊이 차지한.

좀처럼 보기 힘든 서늘해진 그의 얼굴이 낯설었다. 아니, 그 얼굴에 마음이 시큰해졌다.

"이따가, 다시 얘기하자. 행사 끝나면 연락할게."

응? 약간의 간절함을 담아 주영이 말했다. 갑작스러운 김상진의 등장으로 주헌은커녕 오늘 행사의 주인공인 지영에게 얼굴을 비치지도 못했다. 지영에게 인사를 건넨 후 주헌을 만날 생각이었다.

무력하게 흘러가는 대로 모든 것을 가만히 두려고 했다. 그러나 상진을 이 자리에서 마주한 순간 모든 생각이 바뀌었다. 아, 이렇게는 안 되겠구나.

태열과는 모든 것이 가닥이 잡히고 나서 이야기를 하는 것이 좋겠다고 생각했다. 구질구질한 내 모습을 보이더라도 무엇 하나 또렷한 것 없는 지금 그대로 있기보다, 주헌에게 마지막 딜을 해 볼 생각이었다. 그러니까 그 이후에…….

태열은 가라앉은 눈으로 주영을 볼 뿐, 말이 없었다. 대답 대신 그가 자신의 핸드폰을 들고는 천천히 귓가에 갖다 붙였다. 주영이 홀린 듯 그 모습을 물끄러미 응시하는데 주영의 손안에서 진동이 울렸다.

액정 위로 떠 오른 발신자는 '경영지원 고 팀장'. 멍하니 부르르 떨리는 핸드폰을 응시하기를 한참, 울림이 멎고 나서야 주영이 천천히 고개를 들어 태열의 시선을 마주했다.

여전히 태열은 주영과 한 발자국 거리, 그 간격을 유지하고 서 있다. 깊고 짙었던 검은 눈엔 감정이 없었다. 그저 잔잔했다. 그가 입을 뗐다.

"내가 네 직원이었는 줄은 차마 몰랐네."

할 말이 없었다. 아마, 주영의 전화기에 관심을 가지던 전주댁의 눈치를 보던 날이었다. 언제 올지 모르는 연락에 태열의 이름이 화면에 뜰까 봐 그와 성씨가 같은 경영지원 팀장의 이름으로 저장을 해 놨을 뿐.

이유를 알아도 자신을 숨기고자 하는 행위를 직면했을 때, 유쾌한 생각을 할 수 있는 사람은 많지 않겠지. 주영이 더듬거리며 두서없는 변명을 내뱉으려던 입을 열었다.

"이건……."

"이것도 나중에?"

"……."

목소리는 덤덤했는데, 왜 질책하는 목소리처럼 들리는지 모르겠다. 단 한 번도 먼저 손을 내밀고, 기대고, 다가간 적 없는 주영

에 대한 원망 같은 목소리처럼. 언제나 나중에, 다음에, 괜찮아라
고 말하던.

시큰한 감각이 명치께에서 가슴 전체로 퍼져 나가기 시작했다.

"알아."

"……"

"이것도 왜 그런지 알아. 그래도 기분이 더러운 건 어쩔 수가
없네."

자조적인 웃음이 섞인 목소리로 태열이 주영을 불렀다.

"주영아."

나직하게 부르는 목소리가 왠지 모르게 먹먹하게 가슴을 짓눌렀
다. 주영이 느릿느릿 눈을 감았다 뜨며 태열을 마주 봤다. 그의 입
에서 한숨과도 같이 무겁고 나직한 목소리가 흘러 주영을 향했다.

"난 더는 기다리는 건 못 하겠는데."

"……."

"뭐가 그렇게 어려워. 힘들다고 말하는 게 그렇게 어려워?"

주영이 입술을 감처물었다. 말하다니 뭘. 엄마를 인질로 이복
동생이 결혼을 압박한다고? 아니면 이미 끝난 결혼 상대가 이제
와 억지를 부린다고?

말한다고 태열이 도와줄 수 있는 게 뭔데. 아니, 도움은커녕 입
밖으로 꺼냄으로써 비참해지기만 할 뿐이었다. 주영이 생각했
던, 태열과 함께하는 미래는 여전히 그런 구질구질한 모습으로
그의 옆에 서는 것은 아니었다.

그렇게 되면 열아홉 그때보다도 더 한심한 상황이니까.

"힘든 거…… 없어. 그냥 일이 좀 꼬여서 그래. 일단 정리되면…… 정리되면, 그때 다 말할게."

나름대로 생각이 있었다. 언제나 사무실의 캐비닛을 보며 머릿속으로만 그렸던 그림. 수년간 주헌의 뒤치다꺼리를 하며 그녀가 손에 쥔 자료들. 이렇게까지 치사해지고 싶지도, 졸렬해지고 싶지도 않았는데. 그래도 주헌에게 맞서려면 어쩔 수 없었다. 게다가 곧 서재건 회장이 귀국할 예정이었다.

제법 단호했던 주영의 목소리에 태열이 헛웃음을 지었다.

"나는, 사랑을 했는데 넌 뭘 했는지 모르겠네."

화도 분노도 없는 나직한 목소리에 주영이 그대로 얼어붙은 듯 입을 열지 못했다. 예기치 못한 오늘 하루. 상진의 이른 귀국, 그리고 그와 함께 있는 모습을 보게 된 태열.

그리고 아릿하게 가슴을 짓누르는 담담한 목소리.

"네가 다 아니다, 없다 하면 난 뭘 할 수 있어? 옆에서 가만히 아무것도 모르는 척 시답잖은 농담이나 낄낄거리는 게 네가 원하는 내 역할이야?"

"그런 거 아니야."

"아니야?"

"……그래. 아니야. 조금만 기다려 주면……."

주영이 말끝을 흐리는 사이 태열의 입술 사이로 나직한 한숨이 흘렀다.

"못 기다리겠다면."

"……."

"선택해. 네가 원하는 게 뭔지. 그리고 그걸 도와줄 수 있는 사람이 누군지."

단호한 목소리에 주영은 아무 말도 할 수 없었다. 지금 당장 선택을 강요한다면, 그녀가 할 수 있는 건 아무것도 없었으니까. 한동안 대답이 없는 주영을 묵묵히 내려다보던 태열이 한숨과도 같은 웃음을 토해 냈다.

"난 할 만큼 한 것 같은데, 네 생각은 어때."

끝내, 돌아온 대답은 끝을 암시하게끔 만들었다. 주헌에게 발목이 잡히던 순간부터 이런 날이 올지도 모른다고 예감은 했었다.

알고 있었는데도, 어쩔 수 없을지도 모른다고 생각했으면서도 왜, 덤덤하기만 한 네 눈을 보고 있자니, 담백하기만 한 목소리를 듣고 있자니 숨이 쉬어지지 않았다.

끝끝내 그 짧은 시간 주영을 집어삼킨 그를 보며, 주영은 혹시나 하는 어처구니없는 멍청한 생각을 한다.

"……나는……."

"응. 너는."

되묻는 그의 음성은 단조롭기만 했다. 미련 같은 게 보이지 않아, 더 어려웠다. 지금 그의 감정이 진심 같아서.

결국 주영은 어떤 말도 이을 수 없었다. 지금까지 이렇게 질질 끌었던 이유 중 아무것도 해결된 것은 없었기에.

잠시간의 공백 뒤에 선선한 낮은 웃음소리가 바람 사이로 스몄다.

한 치 앞을 모를 것 같다던 생각은 주영만의 착각이었는지, 태열은 생각보다 담담하게 끝을 말했다.

"……이렇게는, 이렇게 끝나는…….."

건 아닌 것 같은데. 말을 끝맺을 수 없었다. 오늘 드라이브도 가기로 했잖아. 바다도 보고, 밥도 먹고. 그런 어처구니가 없는 생각을.

어차피 끝날 사이라면, 그따위 것이 뭐가 중요하다고. 염치도 없이 미련을 이렇게 풀풀 남기는지. 한심한 스스로에게 조소가 스몄다.

그런 주영을 보며 태열이 입꼬리를 당겨 웃었다. 그러나 눈은 웃고 있지 않았다. 그의 입 새로 잔잔한 웃음과 함께 선선한 목소리가 이어졌다.

"진짜 끝을 원해?"

"……."

"나는 호구 새끼라 네가 원하는 대로 해 주는 것밖에 모르는데."

"……."

"또 이렇게 놓을 거야?"

"……어떻게 해야 할지 모르겠어, 나는, 난…….."

"알려 줘?"

주영이 천천히 고개를 저었다. 이번만큼은 알아서 다 하고 싶었다. 미련하게 태열에게 모든 걸 의지하고 싶지 않았다.

"그래, 그럼 그렇게 해."

태열이 냉정하지도, 화가 담겨 있지도 않은 말투로 바람처럼 선선하게 말했다. 꼭 최선을 다한 사람이 어떤 미련도 없는 것처럼, 그는 그렇게 돌아섰다.

소금기 가득한 바닷바람이 주영의 뺨에 달라붙었다. 머리 위로 뜨거운 햇볕이 그대로 주영을 내리쬔다.

그러나 아무것도 느낄 수 없었다.

뒤돌아서는 태열을 붙잡지 못한 채 주영은 벤치에 주저앉을 수밖에 없었다.

더는 그를 붙잡을 논리도, 자격도 없었다.

끝이 다가온다는 생각을 어렴풋이는 하고 있었어도 이런 식으로 끝이 날 거란 생각은 전혀 하지 못했다.

오늘 하루 예상하지 못했던 일들이 주영에게 쏟아진다.

허망한 얼굴로 태열이 점처럼 사라져 떠난 자리를 멍하니 바라보던 주영의 머리 위로 익숙하고도 데시벨이 높은 목소리가 떨어졌다.

"뭐야? 서주영 상무님? 안 들어오고 왜 여……. 어?"

전화는 왜 안 받는 거야? 한참 찾았잖아. 넋 빠진 얼굴로 정면만을 보고 벤치에 앉아 있는 주영을 보며 지영이 말했다.

공식 행사 일정이 다 끝나 가도 얼굴을 비치지 않은 주영이었다. 서주영은 시간 약속 하나는 칼이었는데. 지영이 고개를 갸웃거리며 말을 이었다.

"봤지? 죽이지 않니? 음식은 먹어 봤어? 장난 아니지 않아? 셰이드랑은 비교가 안 된다고."

지영이 표정 없는 얼굴로 멍하니 힘없이 벤치에 앉아 있는 주영을 향해 제 할 말만을 내뱉었다.

호텔 셰이드랑은 퀄이 다르다니까? 주영에게 자신의 성과를 무척이나 인정받고 싶은 사람처럼 말했다.

늘 그렇듯 지영은 상대방은 아랑곳하지 않고 제 할 말 위주로, 제 자랑 위주로 늘어놓기 바빴다.

"네이밍만 빼면 완벽해. 올드하게 그냥 그룹사 이름 갖다가 턱 박아 놓고, 너무 재미없지 않아? 셰이드도 내가 지은 건데, 아니? 쉬어 가는 그늘. 도시 여행하면서 놀다가 쉬러, 어? 딱 이미지에 맞지 않아? 내가 생각하고도 소오름."

쉬어 가는 그늘, 아마 주영에겐 태열이 그런 존재였을 거다. 그와 함께하는 시간만큼은 현실을 잊은 채 안온한 시간만이 가득했다.

그런 그가 사라진 지금, 온몸을 태울 것처럼 뜨거운 태양이 주영을 내리쬔다. 내리쬐는 태양에 정신도 홀린 듯, 주영의 귀엔 제대로 들리는 것이 없었다.

지영이 갑자기 뭔가 떠오른 표정으로 말을 걸어 왔다.

"야, 맞다. 안에 김상진 와 있더라? 설마 네가 불렀니? 너 진짜 결혼할 거야? 너 자존심도 없어?"

"……."

"얘가 왜 이래? 넋이 나갔네? 야, 서주영 상무님. 정신 차려. 너 왜 이래? 혹시 너 사진 못 받았어?"

그제야 넋 나간 얼굴로 앉아 있던 주영의 시선이 지영을 향했다.

"……사진?"

지영이 화들짝 두 손을 겹쳐 입을 가렸다. 아씨, 내가 보냈다곤 말하긴 싫었는데. 속 보이는 것 같잖아.

"야, 그래도 그 새끼가 더럽게 몸 놀리고 다니는데 그거 그냥 모른 척해?"

"……너였구나."

그런걸, 누가 보내나 했더니. 사진을 보낸 지영의 속내가 어렴풋이 예상되어 주영의 입꼬리가 미세하게 뒤틀렸다.

지영이 보낸 사진이 아니었다면 주영은 태열을 다시 만날 용기조차 못 냈을지도 모른다. 당시엔 멀쩡한 약혼자가 옆에 있었으니. 그러니 고맙다고라도 해야 하는 건가.

아니, 다시 원점으로 돌아온 지금은 원망을 해야 하는 걸까.

"야, 알지? 난 다 너 생각해서 그런 거야. 피는 물보다 찐인하다고. 어쨌든 가족이잖아!"

가족. 지영의 발언을 되새기듯 곱씹던 주영의 얼굴 위로 조소가 스쳤다. 단 한 번도 온전한 가족이라는 둥지를 가져 본 적은 없었다. 엄마와 단둘일 때도 마찬가지였지만, 성북동에 들어간 이후로는 가족이라는 개념 자체가 모호해졌다.

한때 성북동의 모든 그림자를 울타리라고 여겼던 적은 있었으나 지금은 모르겠다. 지영이 계속 말을 이었다.

"넌 도대체 언제까지 서주헌 그 자식한테 휘둘리면서 살 거야? 결혼하면 그 새끼가 뭘 준다고 했는지 모르겠는데……."

모르긴, 다 알았다. 지영에겐 일절 상의도 없이 집이며 일부 지분을 넘기는 것까지는 그렇다 쳐.

호텔이라니. 그건 선을 넘은 거지. 아예 입사 때부터 본사로 들어갈 기회를 놓친 지영에게 있어서 그게 주영에게 넘어간다면 미치고 팔짝 뛸 노릇이었다.

어차피 김상진 더럽게 노는 거야 다들 아는 일이고, 진아를 다그쳐 사진을 받았을 때 고민 없이 주영에게 바로 보내버렸다.

물론 그 결혼이 성사되어 호텔이 주영에게 넘어갈까 봐 그런 게 가장 큰 이유였지만 꼭 그것만이 전부는 아니었다.

처음 주영이 집으로 들어왔을 땐 어린 마음에 너무 싫었다. 싫다는 그 말 말고는 표현할 길이 없었다. 그러다 어떤 순간엔 주영이 불쌍해졌다. 특별한 계기가 있다기보다는, 얄팍한 동정임을 알면서도 일단은 그랬다.

본인이 결정해 주영을 데려왔음에도 바쁜 일정으로 방치하는 아빠, 엄한 할머니가 시도 때도 없이 쏘는 눈총, 게다가 서주헌 그 재수 없는 자식한테 이리저리 휘둘리기까지.

서주헌 그 자식이 치사한 건 지영이 제일 잘 알았다. 그 어린 날 지영이 유학을 가고 싶다고 난리 칠 때, 옥경도 재건도 반대했었다.

그 틈새에서 지영에게 속살이던 건 주헌이었다. 어린 날 증여받았던 건설의 지분 일부를 넘기라고. 그러면 자기가 할머니와 아버지에게 잘 말해 주겠다고.

그땐 뭣도 모르고 어린 마음에 유학이 가고 싶어 좋다고 헐레

벌떡 오케이했는데. 미친 새끼.

열여덟밖에 안 처먹은 놈이 변호사까지 불러 와서 각서 쓰고 공증까지 받아 갔다.

한국에 돌아오자마자 그 치사한 새끼는 자신을 건설이 아닌 호텔, 그것도 부티크 호텔로 처박아 버렸다. 할머니에게 지영의 독립 허락을 받아 주는 대가로 그 새끼가 받아 처먹은 것이었다.

견제였다. 그것까지 참았다. 근데 뭐? 호텔을 서주영에게 넘긴다니. 불쌍한 건 불쌍한 거고 제 밥그릇은 지켜야 했다.

그것마저는 참을 수 없었다. 그럼, 난!

"넌 언제까지 걔 뒤치다꺼리할 거야? 이제 그만할 때도 되지 않았어? 걔가 잘해 주는 것 같지? 언제 뒤통수 칠 줄 알고."

주헌 밑에서 뒤처리를 도맡아 하는 주영을 보며 답답하기도 짜증도 났다. 주영이 제 밑에서 일을 했더라면 지영이 가질 성과는 지금보다 훨씬 괜찮았을 테니까.

이런 지영의 속마음은 알 리 없는 주영이 여전히 멍하니 정면을 응시하며 느리게 입을 뗐다.

"글쎄……. 서주헌이 나한테 잘해 준 적이 있었나 모르겠네."

"할머니가 맘에 안 들어도 걔 말이면 일단 다 오케이 해 주는 이유가 뭔지 알아? 이 집에서 서주헌 말이면 안 되는 거 없다는 거 보여 주려고. 난 이제 할머니도 짜증 나. 좆같은 남아 선호사상, 엿 같은 선택적 유교주의. 진짜 마음에 안 들어. 고추 달고 태어난 게 뭐 대단한 거라고."

엿 같은 남아선호사상. 지영이 짓씹듯 말을 덧붙였다. 똑같은 배에서 태어났는데 아들이라는 이유 하나만으로 후계가 확정되다시피 했다.

어릴 때부터 할머니의 장손 사랑은 유별났다. 지영은 평생을 두 번째여야만 했다.

그걸 알고 있으니 주영도 본능적으로 자연스럽게 주헌에게 붙었던 걸 테다. 지영이 은근하게 주영의 눈치를 보며 말을 꺼냈다.

"너도 결혼 때려치우고 제주도 내려와서 내 밑에서 일하는 건 어때? 그 재수 없는 새끼 밑에서 일해 봐야 그딴 거지 같은 새끼 약혼자라고 들이미는데, 응? 여기 환경 좋아 보이지 않아?"

주영이 천천히 눈을 감았다. 여전히 햇살이 눈부셨다. 반쯤 눈을 찡그린 주영의 벌어진 입 새로 실실 웃음이 흘렀다. 허무했다.

모든 게 다 우스웠다.

사진.

피는 물보다 찐하다고.

그 새끼가 뭘 준다고 했는지 모르겠는데.

내 밑에서 일하는 건 어때?

결혼도 주헌의 비즈니스를 위해, 파혼도 지영이 보낸 사진 한 장에 의해.

이번에도 그저, 너희 남매의 싸움에, 그러니까 고래 싸움에 등 터지는 새우처럼 나는 휩쓸린 거였구나. 그랬구나.

주영이 부드럽게 입꼬리를 끌어당기며 천천히 일어났다. 제주 도가 제법 살기 괜찮다며 주절거리던 지영이 갸웃거리며 주영을 봤다.

웃고 있지만 감정 없는 눈이 지영을 향했다.

"너한테도 난 밑에서 일하는 사람이구나."

난, 어디에서나 그런 취급이구나.

왜, 알았던 사실인데도 오늘따라 이렇게 시리게 다가오는지. 주영이 그대로 일어나 지영을 등졌다.

주영은 일탈 같았던 꿈같은 시간을 뒤로하고 일상으로 복귀했다. 도망치듯 제주도를 떠나 서울로 돌아온 출근 첫날, 주영이 사무실에 들어서자 마주친 인물은 달갑지 않은 사람이었다.

주헌이 주영의 개인 사무실 소파에 다리를 꼬고 앉아 있었다. 따갑게 따라붙는 시선을 피하며 맞은편에 자리했다. 뼛속까지 발라먹듯 집요하게 파고드는 눈빛이 불편했다.

이런 날이 오리라는 건 알고 있었다.

전주댁이든, 상진에게서든 누군가에게 전해 듣거나 혹여나 제주도 호텔에서 직접 봤을지도 모르지. 주헌이 픽 웃으며 입을 열었다.

"손님 대우가 너무 박한 것 아냐? 차 한 잔 안 주고."

"너 나랑 차 마시려고 온 거 아니잖아."

"내가 왜 왔는지 알고는 계신가 봐?"

주헌이 비스듬히 웃으며 소파에 깊게 기대앉았다. 뭐든지 헤집어 볼 것 같은 눈이 주영을 찬찬히 훑어 내렸다.

"아주 우리 누나가 재밌는 짓을 하고 다니셨던데."

"……."

"근데 그럴 수 있어."

다리를 바꿔 꼬며 태연하게 말하는 주헌을 주영이 쳐다보자 그가 싱긋 웃었다. 그러나 눈길만큼은 여전히 날카롭다.

"사람이 살다 보면 일탈이 하고 싶을 때도 있지. 알지, 우리 서주영 상무가 얼마나 성실하게 일만 하면서 달려왔는지. 그러다 보면, 뭔가 재밌는 게 당기기도 하고. 사람 사는 게 원래 그렇지. 안 그래?"

"무슨 말이 하고 싶은 거야."

"적당히 놀았을 테니까 이젠 제자리로 돌아오시라고."

비스듬히 고개를 기울이며 입꼬리를 당겨 웃는 주헌이었다. 주어가 없어도, 무엇인지 굳이 특정하지 않아도 그가 무슨 말을 하고 있는지는 명확했다.

태열을 얘기하는 것이다.

서주헌에겐 태열이 가벼운 일탈쯤이었다.

주영이 입술을 말아 물기를 몇 번이나 반복했다. 중력을 거스르는 것만큼 강한 힘이 꼭 주영의 입을 잡아끄는 기분이었다. 주영이 입술을 달싹거리는 사이 주헌이 말을 더했다.

"전주댁한테 한 달만 시간 달라고 했다며? 그래서 나도 기다려 주려고 했지. 근데 김상진이 길길이 날뛰네. 만날 거면 걸리질 말았어야지, 우리 똑똑한 서주영 상무님 일을 왜 이딴 식으로 아마추어같이 처리하지?"

주영에게 내내 마음이 쓰였다던 전주댁은 역시나 자비를 베풀진 않았다. 그만큼 사람 마음이란 게 얄팍한 것이었다.

주영이 주헌을 똑바로 마주 보며 말했다. 폭풍을 몰고 올 빌미를.

"김상진이랑은 정리한 지 오래야."

"누구 맘대로?"

"그 사람 베트남 가기 전부터 얘기 끝났어."

"그러니까 누구 맘대로."

내내 주헌의 얼굴에 깔려 있던 미소가 순식간에 사라졌다. 저 얼굴을 알기에 이렇게 미루고 미뤄 왔었지.

주영이 숨을 작게 들이마시며 상황을 설명했다.

"김상진 씨 파견 직전에 여자가 있다는 걸 알게 됐어."

주영이 핸드폰에 저장해 놨던 사진을 열어 주헌에게 내밀었다.

"이걸 보고 결혼은 없던 일로 하기로 했고."

주헌이 받아 든 핸드폰의 사진을 보며 웃었다. 아니, 실은 입꼬리만 당겨 올렸을 뿐 눈빛엔 여전히 날이 서 있었다.

"내가 말했지. 마음에 안 들면 애초에 말을 하라고. 진행됐는데 나중에 가서 파혼이네 뭐네 엎는 거 머리 아프니까."

"……."

툭, 커피 테이블 위로 주영의 핸드폰을 가볍게 던진 주헌이 상체를 굽혔다. 깍지를 끼고 그 위에 턱을 얹으며 나직하게 말했다.

"자꾸 내가 누나라고 해 주니까 우습게 보이나?"

"그게 무슨……."

"아니면, 자꾸 봐주니까 기어올라도 될 것 같아?"

"서주헌."

"서주영. 너는 선택을 했어. 결혼하겠다고 얘기를 했으면 책임을 저야지. 여기에 얼마짜리 사업이 엮인 줄 알아?"

"그게 왜 내 탓이야."

"결혼을 내가 엎자고 해, 지금?"

"유책 사유가……."

주헌이 주영의 말을 단칼에 잘라 냈다.

"네가 뭘 착각하나 본데. 고작 여자 문제로 지금 결혼 엎자고. 어이가 없어서 말이 안 나와 내가. 어머니 걱정은 안 되나 봐?"

또다. 저열한 협박 같은 것. 더는 참아 낼 여력이 없었다.

"네가 나 우습게 생각하는 거 알아."

차가운 눈이 주영을 향했다.

"그래도 네 밑에서 묵묵히 일했던 건 어쨌든 뜻이 같아서였어."

주헌은 사람의 인정 욕구를 잘 다뤘다. 그가 준 일을 해내면 따라오는 인정과도 같은 보상들. 철저한 그의 계산식에서 비롯되는 결과물들은 그의 냉철한 성향에도 불구하고 주변에 사람들이 넘쳐나는 이유였다.

집안에서 제대로 자리 잡지 못할 때도 드물게 동냥하듯 던져주는 서주헌의 적선과도 같은 계산적인 호의. 좋은 의도가 아님을 알았으나, 그 집에서 유일하게 구명줄처럼 주영이 쥐고 놓지 못했던 것.

주영이 받았던 유일한 호의 아닌 호의. 그리고 인정. 주헌이 이끄는 대로만 따라가면 아무 문제 없을 거라는 착각.

주헌으로부터, 주헌의 사람들로부터 인정받아 지금 있는 자리에서라도 존재와 가치를 인정받고 싶다는 욕심 같은 것들이 있었기에.

그래서 서주헌과 뜻이 같았다고 생각했다. 그래서 더 묵묵히 그를 따랐던 것도 있었다.

그러나 그와 뜻을 달리하게 될 때는 그에 따른 반대급부가 있다는 것도 알았어야 했는데. 아니, 사실은 알면서도 그런 예외가 앞으로 주영의 삶에 있으리라 생각조차 하지 않았을지도.

서주헌이란 이름 앞에 무력한 자신에게 너무나 화가 났다. 그래도 반쪽짜리 피라고 가족이라고 있는 존재가 자신을 대하는 태도도, 그 앞에서 이리저리 휘둘리는 자신에게도.

주영을 응시하는 주헌의 입꼬리가 미세하게 뒤틀렸다. 어디 더 해 보라는 양 주헌이 고개를 기울였다.

무언가 단단히 마음을 먹은 사람처럼 주영이 깊게 숨을 들이켜며 천천히 입술을 열었다. 목소리는 생각보다 담담했다. 제법 단호하게도 들렸다.

"근데 생각하는 바가 다르다면 이젠 얘기가 달라져야 할 것 같아."

"빙빙 돌려서 얘기하는 거 싫어하는 거 알 텐데."

주영이 사무실 캐비닛에 꽂혀 있는 자료들을 떠올리며 포문을 열었다.

"기억나? 재작년에. 부산에 호텔 부지 매입 건."

주영의 말과 동시에 주헌이 하하 소리를 내며 크게 웃었다. 우스운 소리를 들은 사람처럼.

"협박이야?"

웃음기가 밴 목소리는 협박처럼 받아들이는 태도는 전혀 아니었다.

상원건설에서 계열사 분리를 한 상원개발은 부산 해운대 근처의 오래된 호텔 부지를 매입했었다. 위치가 위치인 만큼 경쟁이 치열했고, 인수 과정에서 꽤 많은 잡음이 있었지만, 결과적으로 최종 승자는 상원개발의 차지였다.

주헌이 벌여 온 온갖 로비와 치졸한 뒷정리는 주영의 몫이었다. 지금까지 일을 하면서 그런 지저분한 잡음들은 일상 같았다. 하라면 충분히 할 수도 있겠지만, 지나간 과거 일을 트집 잡고자 꺼낸 얘기도 아니었다.

문제는 매입 후였다. 상원그룹이 호텔 사업 확장을 위해 매입했다는 일각의 해석과는 다르게 주헌의 목적은 달랐다.

호텔과 오피스텔, 생활형 숙박시설로 구성된 4개 동짜리 고층 복합 건물 건립이 주헌의 목적이었다. 단순 호텔이 아니라 해운대에 수익형 부동산을 통해 최대의 수익을 내 보겠다는 의도였다.

최근 상원개발에서 사업 계획안을 시 위원회에 제출했다. 토지이용 계획상 최대 제한 높이인 90m를 훨씬 초과하는 계획으로.

결국 호텔은 부동산 장사를 위한, 그리고 관광특구에 불러올 논란을 잠재우기 위한 구색 갖추기에 불과했다. 게다가 수익을 위해 건축계획 운용 지침에 명시된 인센티브를 이용해 법이 허용하는 한에서 최대치로 늘려 보겠다는 의도. 그를 위한 각종 로비.

부동산에 민감한 대한민국에서 부산 가장 노른자 땅에 법적 허용치를 넘긴 수익형 부동산을 계획하는 대기업에 관한 기사가 한 줄이라도 나간다면 여론의 뭇매는 맞을 것이다, 최소한.

"협박은 아니고, 네 사업 홍보나 도와줄까 해서."

관련 기사를 낸다고 해서 주헌이 하는 일을 막을 수 없을 거란 것도 안다. 그러나 매끄럽게 흘러가던 일이 지연되고 대기업의 사회적 책임에 대한 논란이 이슈가 된다면 일에 차질이 생겨 발생하는 비용의 손해는 주헌의 몫이었다.

누구보다 손해 보고 싶어 하지 않는 서주헌에게 이 정도면 약간의 타격이라도 되지 않을까.

"누나가 생각해 주는 마음이 고맙네. 동생 엿 먹으라고 결혼은 엎어도, 사업 홍보는 해 주신다니."

주헌이 타격 하나 받지 않는 얼굴로 가소롭다는 듯 웃으며 말을 이었다.

"그런데 말이야."

"……."

"그거 알아? 요새 어머니 상태가 별로 좋지 않으시다던데."

주영이 불쾌한 얼굴로 주헌을 쏘아봤다. 주헌이 가증스럽게도 태연한 얼굴로 말했다.

"아마 의식은 없어도, 이럴 때일수록 딸 생각이 나실 텐데, 걱정이네."

"네가 진심으로 우리 엄마 걱정을 하긴 해?"

"그럼, 진심이지."

"진심인 사람이 엄마를 들먹이면서 협박을 하고?"

"협박보다는 조언에 가깝지. 왜 오해를 하고 그래, 사람 서운하게."

"……."

"기사 내리려면 내. 나도 이 건으로 더는 긴 말 하기 피곤하네. 이런 사사로운 일 하나하나 신경 쓸 여유도 없고. 그냥 하나만 기억해. 네가 책임감 없이 굴어서 입히는 피해만큼, 대가는 치러야 된다고."

주헌이 싸늘한 얼굴로 말과 함께 그대로 자리에서 일어나 등을 돌렸다. 상대할 가치도 없는 일이라는 태도였다. 입술을 말아 깨물던 주영이 주헌의 뒷모습을 쏘아보며 소리쳤다.

"이거 하나만 있는 거 아니야. 네 뒤치다꺼리해 주면서 지금까지 아무것도 없을 거라고 생각하는 건 아니지?"

문을 열던 주헌이 천천히 고개를 돌렸다. 비스듬한 미소가 입가에 걸렸다.

"하고 싶은 대로 해. 재밌어지겠네."

쾅, 문이 닫히는 소리와 함께 주영이 다시 입술을 꽉 말아 물었다.

주헌이 다녀간 이후 주영은 매일같이 늦은 밤이 저물어 갈 때까지 야근했다. 청담동 빌라로 돌아가면 누군가의 빈자리가 너무 커서, 다른 곳에 몰두해 에너지를 소모할 곳이 필요했다.

제주도 이후 태열은 수증기처럼 주영의 주변에서 증발해 버렸으니까.

매출을 끌어올리기 위해 프로모션에 대한 논의로 가득한 회의가 줄지어 있었다. 처음 셰이드로 발령받으며 맡은 바 책임진 일에도 끝이 보이기 시작했다. 주헌과 틀어졌다 해도 주영의 책임이 있는 일까지 외면할 순 없었다.

그사이 혜원의 마지막 근무일이 있었다. 마지막 날 혜원은 주영의 사무실을 찾아 담담한 얼굴로 조용하게 인사를 하고 떠났다.

그녀에게 주어진 숙제는 무사히 다 끝냈는데, 그녀에게 남은 사람은 정말 단 한 명도 없었다.

아무렇지도 않아야 했다. 얕은 잠과 함께 다시 눈을 뜨면 또다시 반복적으로 출근 준비를 했다. 해야만 하는 일들이 있었다. 몸이 아프고 마음이 힘들어도 해야 하는 것들.

주영이 엄마에게 배운 것들이었다. 어떤 일이 있어도 엄마는 출근을 했었다. 두 여자의 생계를 위해. 엄마는 그것이 자신의 무한한 책임이라고 생각했다.

주영에게도 할 일이 있었다. 해야 할 일은 해야 했다. 그건 어떤 일이 있어도, 마음이 지옥에 있더라도 스스로 해야만 하는 일들이었다.

주영의 책임이 있기에. 가끔은 하고 싶지 않은 기분이 들기도 했지만, 그런 감정이야말로 주영에게 사치였다. 심지어 잘하기까지 하는 일이었다.

지난 10년은 그렇게 흘러왔다. 주영의 20대를 채운 의미 있는 시간이었다.

때로는 비합리적이고 억울한 상황 속에서 괴롭기도 했다. 하지만 울부짖기보다는 참고 견디는 걸 택했다. 그것 또한 자신 있었기에. 모든 게 순탄하게 흘러갈 수 있는 길이라고 믿었다.

그렇게 견디다 보니 인생이 여기까지 왔다. 그럴싸해 보이는 그녀의 모든 것. 배경, 직위, 집. 사실은 모든 게 엉망이었다.

한 발짝 내디뎠을 때 어디로 발을 디디느냐에 따라 인생은 희극 혹은 비극으로 갈린다. 20대의 발돋움은 그녀를 지금에 이르게 만들었다.

당시 제주도에서 주영은 곧장 묵고 있던 호텔로 향했다. 주영을 맞이한 건 텅 빈, 태열의 흔적조차 남아 있지 않은 방이었다. 그렇게 서울로 돌아와 바로 찾은 빌라의 11층도 썰렁했다. 전화는 당연하게도 연결이 되지 않았다. 로비 라운지의 카페에서도 태열의 얼굴은 마주칠 수 없었다.

그는 흔적 하나 남기지 않고 사라졌다.

주헌에게 엄마로 인해 발목이 잡힌 순간부터 이렇게 될 것 같다고 생각했다.

기꺼운 얼굴로 태열의 얼굴을 보면서도, 속으로는 무의식적으로 마음을 정리하기 시작했었다. 익숙한 손쉬운 체념이었다.

그런데…….

왜, 자꾸 전화기를 들여다보고.

왜, 엘리베이터를 탈 때면 11층을 한 번씩 쳐다보게 되고.

왜, 로비를 지나칠 때면 그가 있지도 않을 카페 라운지로 자연스럽게 시선이 가고.

왜, 근사하게 웃던 얼굴이 머릿속에서 떠나질 않는지.

왜, 미련이라는 것은 떨쳐 내지지가 않고 더 뿌리내려 무럭무럭 자라나기만 하는지.

왜, 그 자라난 마음에 압도되어 이렇게 고통스러운 건지.

꼭 벌을 받는 기분이었다. 그의 넘치는 마음에 충실하게 응답하지 못한 죄, 회피와 체념으로 대처한 자신에 대한 벌. 그 대가는 사무치는 괴로움이었다.

원하는 것, 하고 싶은 것 그것을 위해서라면. 결국은 이제는 다른 결정을 내려야 했다. 지금까지와 다른 방식의 삶을 위해서라면 다른 선택이 필요하니까.

덮었던 페이지를 다시 여는 것 자체가 실수였을까.

아니, 다시 한 걸음 내가 더 내디뎌도 되는 걸까. 그런 생각을 잠깐, 스치듯이 한 것 같았다.

마음이 어지러우니 몸에도 바로 티가 났다. 생리 주기가 아직 한참 남았음에도 시작된 하혈에 주영은 토요일 오전 병원을 찾았다.

태열과의 관계에 있어서 피임은 매번 확실했기에 사실 걸리는 건 없었지만, 혹시 모를 걱정에.

'검사 결과 큰 이상은 없네요. 부정 출혈이에요. 가장 흔한 원

인은 스트레스와 과로, 수면 부족이에요. 약 처방해드릴 테니 충분히 쉬세요.'

스트레스성 하혈이라고 했다. 주영이 안도의 한숨을 내쉬며 처방전을 받아 나왔다.

주영이 병원을 나오는데 병원 건물 1층에서 익숙한 얼굴이 보였다. 어두운 표정으로 홀로 병원 건물을 나서는 혜원이었다. 주영이 보폭을 넓혀 혜원의 뒷모습을 쫓았다.

주영이 빠르게 다가가 병원 문을 나서는 혜원의 어깨를 잡자 혜원이 소스라치게 놀랐다.

"혜원아."

놀란 가슴을 쓸어내리는 혜원을 보며 주영이 물었다.

"오랜만에 보네. 잘 지냈어?"

당혹스러운 얼굴로 주영을 보며 불편한 얼굴을 하는 혜원에게 주영이 물었다.

"점심은 먹었어?"

주영이 혜원을 데리고 찾은 곳은 병원 근처 골목 끝자락에 있는 백반집이었다. 병원을 들를 때면 종종 홀로 찾는 곳으로 김치찌개, 된장찌개, 순두부찌개 등 한식을 전문으로 하는 곳이었다.

어색한 얼굴로 앉아 메뉴판을 둘러보는 혜원을 보며 주영이 입을 뗐다. 아득하게 멀어진 거리를 한걸음 좁혀 본다.

"뭐 먹을래?"

지난번 사직서를 제출한 순간부터 갑작스럽게 짧아진 주영의 말투에 혜원이 빤히 주영을 쳐다보다 입을 뗐다.

"아, 저는…… 순두부찌개 할게요. 뭐로 하시겠어요?"

"나도 같은 거로."

혜원이 직원을 불러 메뉴를 주문하자 테이블 위로 시금치나물, 콩나물무침과 같은 반찬들이 채워졌다. 주영이 젓가락을 들며 태연함을 가장해 말했다.

"한 번은 같이 밥 먹고 싶었어."

"……."

"대학생 때 이후로 한 번도 같이 밥 먹은 적 없잖아."

앞으로 가는 길에 도움이 되지 않는 인연이라면, 그런 주영이 싫어 떠나가는 인연이라면 뭐든 그대로 흘려보내는 것이 맞다고 생각했다.

그러나 얼마 전부터 이상한 충동이 들기 시작했다. 비슷한 온도의 사람들과 어울리는 누군가를 보며, 주변에 남은 이라곤 없는 스스로를 돌아보며.

한 번쯤은 흘려보내 버렸던 인연을 붙잡아 보려는 시도쯤은 해 봐도 되지 않을까, 그런 우스운 생각.

이미 놓쳐 버린 너를 붙잡진 못해도, 다른 작은 사소한 인연 정도는 붙잡을 수 있는 게 아닐까, 그런 생각.

그리고 모른 체 묻어 뒀지만, 사실은 가끔씩 혜원이 신경이 쓰였기에.

"……이상해요."

혜원이 물컵을 입술에 대며 말했다. 주어가 없어도 무슨 의미인 줄 짐작이 가기에 주영이 그저 나직이 웃으며 말했다.

"응. 나도, 이상하네. 이렇게 마주 보고 밥 먹는 거, 말 놓는 거, 다 어색해 나도."

"……."

"혜원아, 혹시 어디 아파?"

사직서를 올리던 날도, 혜원은 병원을 예약해 놓았다고 했다. 사직 사유는 개인적인 사정이라고만 했는데, 오늘도 병원에서 마주쳤다. 분명 이유가 있을 거란 생각이 들었다.

주영의 물음에 혜원이 툭 고개를 떨궜다. 입술을 말아 물고는 한참이나 말이 없었다. 주영이 그런 혜원을 보며 기다렸다.

뚝배기에 담겨 보글보글 끓는 순두부찌개가 주영의 앞에 놓였다. 혜원의 앞에도 같은 색의 뚝배기가 놓여 희뿌연 김을 내뿜는다. 주영이 수저를 들었다.

"먹자."

말없이 식사가 이어졌다. 인간관계는 주영이 자신 없는 부분이었다. 저렇게 말을 잇지 못하는 걸 보면 어디가 아픈 건 맞을 텐데.

그렇다고 개인적인 부분에 대해서 물음을 재촉하기엔 상대가 불편할 수도 있겠고. 무슨 말을 해야 할지 몰라 그저 밥을 먹었다. 혜원도 천천히 숟가락을 들고는 조금씩 국물을 떠먹는다.

그렇게 주영의 밥공기가 반쯤 비었을 때, 혜원이 문득 말을 꺼냈다.

"……언니."

상무님이라는 호칭이 아닌 언니라는 호칭으로 혜원에게 불린 것은 아득하게도 먼 과거였다. 주영이 조금은 놀란 눈으로 혜원을 쳐다봤다.

"고태열 대표 만나죠?"

"······."

"예전에 주차장에서 언니가 고태열 씨 차 타는 거 봤어요."

그랬구나. 조심한다고 조심했었는데, 아무도 모르게 티를 안 낼 순 없었구나.

태열에게 조용히 만나자고 한 주제에 전주댁에게도, 상진에게도, 혜원에게도 온갖 티를 다 내며 요란하게 만났구나 싶어 주영의 얼굴 위로 어이없는 웃음이 스몄다.

"집에서 반대하는 것도 알아요. 약혼자 있잖아요."

전주댁처럼 그러면 안 되는 거라고 말이라도 더 하려나. 오랜만에 거리를 좁혔다고 생각했는데 혜원의 눈에도 주영이 부정한 일을 하는 사람처럼 보일까. 제삼자의 눈에는 약혼자가 있는 상태에서 다른 남자를 만나는 것처럼 보였을 테니까.

"모른 척하려고 했어요. 언니 인생은 언니 인생이고, 내 앞가림하기도 바빠서. 이렇게 안 만났으면, 언니가 먼저 밥 먹자고라도 한마디 안 했으면, 정말로······."

담담히 말하던 혜원의 고개가 푹 아래로 떨어졌다.

"저 지금 언니 상황 다 알아요. 일주일 전까지만 해도 서주헌 전무 옆에서 통화하는 거 다 들었거든요."

"그게 무슨······."

"저 그동안 서주헌 전무 만났어요."

이어지는 이야기는 주영이 미처 몰랐던 사실이었다. 상원그룹이 호텔을 인수한 이후로 주헌이 혜원을 계속 찾아갔고 만남은 계속 이어졌다는 것.

혜원의 마음이 더 컸기에 기울어진 운동장 같은 만남이었다고 했다. 싫다고 말하는 것은 혜원이나, 결국 순응하는 것도 혜원이었던.

주헌은 혜원을 옆에 두고도 거리낌 없이 전화 통화를 했기에 들리는 목소리로 대부분의 사실을 알 수 있었다고. 전부 다.

"근데 제가 도와줄 수 있는 건 없더라고요. 제가 서주헌 씨한테 그렇게 영향력이 큰 사람은 아니라서. 그냥 할 수 있는 최선이 언니 고태열 씨 만나는 거, 모른 척하는 게 최선이었어요. 그마저도 이제 아는 것 같긴 하지만. 도움이 못 돼서 미안해요."

"괜찮아, 혜원아."

"정말 괜찮아요?"

"……"

"난 안 괜찮던데, 그래서 그만 만나자고 했어요. 이번엔 진짜 끝이라고, 다신 안 보려고."

"……그래서 퇴사한 거야?"

혜원이 가만히 물컵을 가볍게 쥐었다 뗐다를 여러 번 반복했다. 혜원의 얼굴 위로 씁쓸한 미소가 스쳤다.

"저, 임신했어요."

물컵을 들던 주영의 손이 멈칫했다.

"어떻게 해야 할지 모르겠어요."

"……서주헌은 알아?"

"아뇨. 말 못 했어요. 어차피 반기지 않을 거 알아서 뭐라고 말을 꺼내야 할지도 모르겠고……. 그리고……."

"……."

"어제 서주헌 씨 할머니를 만났거든요."

아. 주영이 눈을 질끈 감았다. 듣지 않아도 충분히 상상이 갔다. 옥경이 혜원을 만나 얼마나 주옥같은 말들을 쏟아 내며 혜원의 마음에 생채기를 냈을지. 혜원의 입에서 생생하게 전해 듣는 옥경의 존재감에 주영은 주먹을 말아 쥐었다. 내내 기막힌 단어들이 주영의 인상을 찌푸리게 했다.

착잡한 얼굴의 주영을 보며 혜원이 물었다.

"언니는 어떻게 그런 집에서 그런 사람들이랑 같이 살았어요? 저는 차라리 정신이 번쩍 들 정도로 미련했던 마음이 정리가 되더라고요."

주영이 지금은 행방조차 알 수 없는 성희를 생각했다. 그렇게 홀로 상처를 감내하고, 아무것도 모르고, 떠난 남자가 돌아오니, 좋다고 받아들이려던 여자를. 그조차도 이루지 못하고 병상 위에 가만히 누워 있는 여자를.

아마, 오래전 같은 일은 겪은 성희도 그런 비수 꽂힌 말들을 홀로 감수했었겠지.

근원을 뿌리 뽑지 못하면 항상 같은 문제가 발생한다. 수습하기 바빠 그때그때 상황에 대처하기만 한다면 같은 문제가 더 큰 폭탄이 되어 돌아오고, 근본이 해결되기 전까지는 그게 계속 반복, 그리고 또 반복되니까.

함부로, 쉽게 여자를 만나고 다니는 서씨 집안 남자들. 제 새끼만 중요해 제 새끼 몰래 남에게 상처 주는 것이 몸에 밴 옥경.

30년이 넘게 지나도 똑같은 일이 반복된다. 거기서 상처를 받는 건 여전히 성북동 인물들이 아닌 제삼자였다.

따지고 보면 주영도 똑같다.

어릴 때 헤어질 때도 옥경의 등쌀이 무서워서, 지금도 결국 성북동의 담이 무서워서였다.

근본적인 문제가 해결되지 않는다면 모든 일은 계속 되풀이된다, 아니 눈덩이처럼 불어나 감당할 수 없어진다.

어떻게든 다잡았던 어릴 때의 마음보다, 지금 헤집어진 마음의 크기가 비교할 수 없이 컸다.

"때려치워요."

"엄마 일만 정리되면 때려치울까 생각 중이야. 근데 앞날이 고민이네. 갈 데도 없고."

주영이 농담처럼 말하며 쓰게 웃었다.

"저보단 낫잖아요. 나는 직장도 없고, 임신도 했는데, 심지어 남자도 없어요. 언니는 남자라도 있네."

자학같이 말하면서도 웃을 기운이 있는지 혜원이 웃으며 말했다.

"나도 헤어졌어."

"……네? 왜요?"

혜원이 인상을 찌푸리며 고개를 갸웃했다.

"차였어. 별 볼 일 없나 봐."

굳이 꺼내고 싶지 않은 이야기라 가볍게 농담 식으로 지나치려는데, 혜원이 뜻밖의 말을 꺼냈다.

"……이상하네. 절대 헤어질 일 없을 것처럼 말하더니."

쓰게 웃으며 흘러내린 옆머리를 쓸어 올리던 주영이 멈칫했다.

"그게…… 무슨 말이야?"

"아. 말하지 말랬는데……."

혜원이 뒤늦게 아차 싶은 얼굴로 말을 흐렸다. 이어지는 혜원의 말에 주영은 더는 한 마디도 이어 붙일 수 없었다.

엘리베이터에 올라타자마자 주영이 11층을 눌렀다. 11층. 완전한 한 계절조차 채우지 못한 너와의 모든 기억이 함께하는 공간.

'꽤 됐어요. 고태열 대표 연락받았던 거. 언니에 대해서 묻고, 서주헌 전무에 대해서 묻고 그랬어요.'

'자기 만난 거 언니한텐 말하지 말라 그래서, 어차피 개인적으로 연락하는 사이는 아니라고 했었어요.'

'저랑 대학 때 친하게 지낸 걸 알고 있더라고요, 언니가 말한 줄 알았는데. 아니에요?'

'회사에서 안 좋은 일이 있는 건지, 신변에 문제가 있는 건지 그런 걸 묻더라고요. 이상하잖아요, 그런 걸 저한테 묻는다는 게.'

돌아오는 차에서 내내 태열에게 전화를 걸었지만, 전화기는 꺼져 있었다.

제주에서 돌아와서 찾았던 태열의 빌라는 텅 비어 있었다. 그러나, 혹시나 하는 마음으로 주영은 충동적으로 그의 집을 찾았다.

층마다 한 세대뿐인 빌라였다. 내리자마자 현관문이 열려 있는 게 보였다. 주영의 심장이 빠르게 뛰기 시작했다.

23. 온전한 계절

길가엔 벚꽃이 피었다. 흐드러지게 핀 꽃잎이 빗방울의 무게를 이기지 못하고 허공에 하염없이 휘날렸다. 규칙적으로 움직이는 와이퍼 사이로 날아드는 꽃잎을 보는 태열의 눈은 무감했다.

남쪽 섬에서 보았던 꽃이 높아진 온도를 타고 육지까지 따뜻하게 물들였지만, 운전대를 잡은 태열의 마음까지 녹이지는 못했다. 제주도에서의 주영이 떠올랐다.

벚꽃과 유채꽃 사이에서 헛웃음을 짓는 표정. 그의 핸드폰에 고이 저장되어 있는 그 얼굴이.

애초에 주영과 이렇게 끝을 볼 생각은 없었다. 순간적인 충동이었다. 김상진과 같이 있던 주영을 보던 순간 치밀던 비틀린 감정. 여전히 자신을 숨기고자 하는 태도.

할 수 없는 걸 요구한다 해도 모든 걸 다 바쳐서라도 도와줄 텐데. 전혀, 입을 열 마음조차 없어 보이는 그 태도까지.

왜인지는 너무도 잘 알았다. 분명 태열에 대한 마음을 뻔히 아는데도, 여전히 갈팡질팡하는지. 할 수 있는 한 인맥을 총동원했다. 알아 갈수록 선명해지는 주영의 현재. 서주헌, 김상진, 어머니. 모두에게 휘둘리며 버텨 내는 지금.

답답하고, 어이가 없고, 황당했다.

고작 그렇게 살자고 그렇게 헤어졌어야 했는지. 멀리서만 지켜보던, 행복해 보이던 네 모습은 모두 다 허상이었는지. 도대체 너는 왜, 어찌 보면 미련하기 짝이 없는 모습인데 그마저도 나는 너를 사랑하는지. 모든 게 이해할 수 없는 것투성이였다.

끝, 이별, 마지막. 그런 건 애초에 없었다. 스스로 입을 열길 기다리고, 내 품에 의지하는 날이 오기까지 인내하기로 한 결심이 한계에 부딪혔을 뿐. 일종의 배팅이었다. 충격 요법과 같은.

모든 걸 다 준비하고 기다리고 있을 테니, 스스로의 의지로 미련 같은 건 한 점 두지 않고 내게 다시 돌아오기를.

설사 마지막을 암시한 이별이 진심이었다 한들, 네가 다시 나를 찾아온다면 결국 돌아설 수밖에 없을 호구 새끼인걸. 애초에 이렇게 쉽게 내던질 마음이었다면, 다시 너를 찾지도, 그 오랜 시간 끝끝내 놓지 못하지도 않았을 테니까.

올 것이다. 오겠지. 나는 네가 원하는 모든 걸 들어줄 준비가 되어 있으니까. 기다림은 그리 길지 않을 것이다. 그렇게 믿어야만 했다. 그에게 다른 옵션은 없었다.

울진으로 가는 고속도로 위를 질주하는 차 내부에 벨 소리가 울려 퍼졌다. 태열이 블루투스로 전화를 연결하자 지난 몇 주간 익숙하게 들었던 목소리가 흘러나왔다. 애걸에 가까운 부탁과 회유. 안 해 본 게 없는 상대.

"네. 회장님, 잘 지내셨습니까."

─고 선수, 그때 부탁한 것 알아봤네만. 그때 말한 그 환자 말이야.

태열이 입꼬리를 부드럽게 말아 올리며 상대의 목소리에 집중했다. 이내 그의 시선은 질주하던 고속도로를 빠져나가는 가장 가까운 출구를 알리는 이정표로 향했다.

설마…….

주영이 조심스럽게 현관문을 향해서 발을 내디뎠다. 어떤 준비도 없었다. 그를 다시 마주치면 무슨 말을 해야 할지, 어떤 얼굴을 지어야 할지, 그런 대책 따위는 없었다.

그냥 보고 싶다는 충동 하나만으로 열려 있는 문을 향해 걸어갔다.

박스에 쌓인 짐들 사이로 마주친 건 기대하던 얼굴은 아니었다. 몇 개 없는 박스를 세던 서우가 놀란 눈으로 주영을 마주했다.

"안녕하세요."

주영이 서우의 인사에 어색하게 웃었다. 서우가 상체를 펴고는 물었다.

"여긴 어쩐 일로 오셨어요?"

"지나다가 문이 열려 있어서……."

스스로 생각해도 참 볼품없는 대답이었다. 주영이 쓸쓸하게 웃으며 다시 말했다.

"죄송한데, 태열이 지금 어딨는지 알 수 있을까요?"

창백한 주영의 얼굴을 물끄러미 보던 서우가 작게 웃으며 말했다.

"잠깐 들어오세요."

고민하던 주영이 발을 들였고 널찍한 테이블 앞에 조용히 앉았다. 서우가 마치 제집처럼 차를 내주었다.

"혹시 헤어진 거예요?"

"……."

"태열인 물어도 대답을 안 해 주더라구요."

서우가 잔잔히 웃으며 주영의 맞은편에 앉았다. 잠시 통창 너머로 윤슬이 반짝이는 강줄기를 보던 서우가 가라앉은 목소리로 말을 이었다.

"주영 씨 제가 태열이를 처음 만난 건 그 애가 스무 살 때였어요. 그때는 종찬이랑 그냥 친구였어요. 스무 살 태열이는 겉으로는 씩씩하고 반듯하다가도 어떨 때는 제멋대로고. 어른스럽다가도 제 또래처럼 아이 같아 보이기도 하고. 가족 없이 홀로 타지에서 꿈 하나만 바라보고 열심히 하는 모습을 보면 기특해서인가 눈길이 갔어요."

주영이 알지 못하는 공백의 시간의 그 애의 이야기였다. 주영이 이어지는 이야기를 잠자코 들었다.

"매사에 자신감 넘치고 잘난 애가 가끔은 쓸쓸한 눈을 할 때가 있더라구요. 그래서 물었죠. 왜 그러냐고. 그래서 그때 처음 주영 씨라는 사람에 대해 짧게나마 들었어요. 딱히 자기 얘기를 터놓는 애는 또 아니라서."

"……."

"그러다가, 3년 전에 한국에 왔어요. 제가 처음 미국에서 사업 시작할 때부터 항상 키는 태열이가 쥐고 있었거든요. 그때는 야구를 하고 있을 때니까 저한테 전적으로 믿고 맡겼지만, 사실은 자금도 결정권도 다 태열이한테 있거든요."

"……."

"제가 할 줄 아는 거라곤 빵 만드는 거, 커피 내리는 거 그거 두 개밖에 없었어요."

서우가 연하게 웃으며 커피를 들이켰다.

"……처음부터 같이 하신 줄은 몰랐어요."

"제가 작게 빵집 하나라도 해 보려고 하는데 그땐 돈이 없었어요."

그러다가 태열이가 도움을 줬고, 같이 하게 되면서 스케일이 커졌어요. 옛일을 회상하는 서우의 얼굴이 부드러운 미소로 물들어 갔다.

"왜 한국에 왔는지 안 궁금해요?"

주영이 고개를 떨궜다. 이미 그가 충분히 주영에게 표현했다.

'살면서 딱 1년만 주어진다면 하고 싶은 일이 뭐냐고.'

'그러니까 나는 네가 온주영이든, 서주영이든 상관없어. 그냥

254

너이면 돼.'

아릿해지는 가슴께에 주영이 눈물을 참고자 입술 안쪽 살을 힘주어 물었다.

"알고 있는 거죠?"

"……."

"야구를 그만두겠다고 결정했을 때, 모두가 말렸어요. 예전 기량만큼은 아니더라도 재활만 제대로 하면 선수 생활은 이어 갈 수 있었다고, 다들 그렇게 생각했거든요. 근데 태열인 미련 한 톨 없이 접고 한국으로 왔어요."

"……."

"한국에 와서는 왜 바로 찾아가지 않느냐고 물었더니, 태열이가 그러더라구요. 그 애는 별 볼 일 없는 남자는 거들떠보지도 않는다고. 이럴 줄 알았으면 잘 나갈 때 찾아갈 걸 그랬나 보다고 웃고 말더라고요."

아, 저릿할 정도로 입 안 살을 깨물었음에도 결국 터져 나오는 눈물을 주영이 참지 못했다.

"종찬이가 너무 답답했는지 야구로도 정상까지 올라가 봤고 지금도 그럴싸한 사업체 하나 있지 않느냐 물었더니, 지금은 자기가 너무 불쌍해 보이지 않겠냐고 그런 동정의 눈빛 같은 건 받기 싫다고 했죠. 한국에서 자기 힘으로 다시 잘돼서 제대로 보여주고 싶다고 했어요. 그리고, 운전도 못하는 놈을 어떤 여자가 좋아하겠냐고. 주영 씨 눈높이에 맞는 그런 모습으로 다시 재회하고 싶다고 그랬어요."

"……."

"아무리 태열이가 그런 마음이라도 상대방은 어떨지 몰라서 걱정을 많이 하긴 했는데, 그때, 태열이 마음이 너무 무거워서 말리진 못했어요."

"……저는……."

끅끅 넘어가는 울음에 주영이 말을 잇지 못했다. 서우가 테이블 위의 티슈를 건넸다.

"태열이한테 운전이 얼마나 어려운 일이었을지 생각해 봤어요?"

태열이 사고, 교통사고였잖아요.

이어지는 말에 주영이 손을 들어 얼굴을 묻었다. 축축한 물기가 손바닥을 채우고 넘쳐 손목을 타고 흘렀다.

'운전이 하고 싶으면 해. 네가 운전을 좋아해서 하고 싶은 거라면 언제든지 운전대는 네 차지야. 근데 하고 싶어서가 아니라 내가 피곤해 보여서, 내가 힘들까 봐, 그런 이유라면 너는 신경 쓸 필요가 없어.'

그 말 한마디를 위해 네가 감내해야 했을 그 고통의 무게가 얼마나 컸을지, 상상조차 되지 않았다.

그런 사고쯤은 인생에 아무 일도 아닌 것처럼 늘 넘어갔기에, 모든 것을 자연스럽게 해내는 너를 보며 일상적으로 넘어갔다.

내게 다시 돌아오기까지, 네가 했을 번민과 노력의 과정이 생생해서 심장이 아리도록 아파 왔다. 가까스로 토해 내는 울음조차 버텨 내기 힘들 정도로 숨을 쉬기가 어려웠다.

사실은 나만이 널 그리워했다고 착각했던 공백의 시간, 지구 반대편에서 나만큼 그 추억을 그리워했을 너.

그런 너에게 믿음을 주기는커녕, 너의 마음이 언제까지 보장된다는 법도 없지 않느냐며 저울질을 했던 나.

여전히 너에게 나는, 그저 나이면 충분할까.

이런 나를 네가 다시 받아 줄 수 있을까.

너무 늦은 게 아닐까.

"……태열이 지금 어디 있나요?"

"일이 있다면서 잠시 울진 삼촌 댁에 갔어요."

토요일 오후 3시 30분. 주영은 그대로 집을 뛰쳐나와 택시를 잡았다. 핸드폰 배터리가 방전된 건 한참 전이었다. 그러나 그런 걸 신경 쓸 여유가 없었다.

동서울 터미널에서 울진 시외 터미널까지 4시간. 중간에 휴게소도 한 번 들렀다.

요동치는 속마음과 다르게 날은 무척이나 좋았다. 주영이 창가 자리에 앉아 창밖의 풍경을 물끄러미 응시했다. 녹음이 우거진 산을 지나, 어둡고 컴컴한 터널을 지났다가 다시 짙푸르게 시원한 동해 바다가 눈에 담긴다.

마치, 주영의 삶 같았다. 엄마의 애정 아래서 꿈과 싹을 틔우고 나를 지지해 주는 누군가를 만나 현실 같지 않은 시간들을 누리다,

앞이 보이지 않는 목적지 없는 깜깜한 방황의 시기를 지나치는.

여전히 아무것도 해결되지 않았음을 안다. 대책 없음도 안다.

그런데 너를 놓을 수가 없다. 별거 아닌 시간이 모이고 모여, 별거 아닌 한마디 한마디가 모이고 모여 너울처럼 주영을 삼켰다.

아무 생각도 들지 않았다. 대책 없음을 알지만 일단 태열의 얼굴을 봐야겠다고 생각했다.

네가 할 말이 있냐고 물으면 있다고 답하고. 도와줄까 물으면 그렇다고 답하고. 사랑한다고 말하면 나도 그렇다 답하고 싶었다.

늦었다고 할지라도.

사실 너와는 아무 상관도 없는 나의 일이라도, 네가 도와줄 수 없는 일이라도, 네게 힘들다고 말하고 순간의 감정을 공유하고.

별 볼 일 없이 초라해진 내 자신도 네게 초연히 내보이고, 그렇게.

여전히 너도 그걸 원한다면. 네 옆에서 힘든 걸 다 헤쳐 나가고 싶다.

울진 시외버스 터미널에서 택시를 잡아타고 서우에게 받은 주소지로 향했다. 택시에선 왠지 모르게 눅눅한 냄새가 가득했다.

주영이 목적지를 말하며 조용히 창문을 열자, 룸미러로 뒷좌석을 힐끗거리던 중년의 택시 기사가 말을 걸었다. 지역의 특색이 담긴 낯선 억양이었다.

"좋은 동네 가시네. 어디서 왔어예?"

"서울에서 왔어요."

"부모님이 거기 살아예?"

운전하며 룸미러를 흘끗대는 택시 기사를 보며 주영이 멈칫거렸다.

"아뇨. 친……구가 거기 살아서요."

친구, 친구라는 단어 말고는 태열을 표현할 적당한 단어가 없었다.

첫사랑, 헤어진 남자, 다시 만나고 싶은, 놓치고 싶지 않은 남자. 이런 단어를 초면인 택시 기사에게 나열할 순 없었으니.

"친구? 젊은 친구가 그 동네 산다꼬?"

"네, 네."

나이 든 어른들의 오지랖은 도시든 지방이든 지역을 가리지 않았다. 택시 기사는 주영의 목적지가 발전소 공기업 현장 고위직들이 은퇴 후 모여 사는 고급 전원주택 단지라고 했다.

울진에선 제일 잘 사는 동네라며, 친구가 꽤 있는 집 자식 아니냐며 친하게 지내라는 등 오지랖을 부리더니 이내 오랜만에 태운 타지인이 반가운지 동네 자랑을 하기 시작했다.

울진에 왔으면 대게를 먹고 가야 한다. 금어기라 냉동이겠지만 그래도 급냉은 먹을 만하니 먹고 가라. 대게를 먹고 덕구 온천에 가서 시원하게 땀 한번 빼고 오면 울진 여행 제대로 한 거라며. 울진 가이드처럼 한참을 혼자 신나게 떠들던 기사가 주영을 향해 다시 질문을 던졌다.

"아가씨는 및 살이야? 시집은 갔어?"

"서른둘이에요."

"아이고 결혼은 했고? 아이지 서울 아가씨들은 결혼도 늦게 한다더마 남자 친구는 있는가? 설마 남자 친구가 거기 사나?"

"……."

"사내놈이 델러도 안 나와? 색시가 이 촌까지 왔는데?"

할 말을 잃은 주영이 웃음으로 무마했다. 나무가 길게 늘어선 1차선 도로를 달리는 동안 택시 기사는 자기가 흥분해서 요즘 젊은 놈들은 못 쓰겠다며 화를 냈다. 주영은 택시 기사의 분통을 배경 음악 삼아 바깥 풍경을 눈에 담았다.

빠르지도 느리지도 않은 속도로 달리는 차가 산속으로 들어갈수록 드문드문 보이던 집들이 적어진다. 30분쯤 달리자 울창한 나무숲에 뒤덮인 전원주택 단지가 눈에 보이기 시작했다.

커다란 마당이 훤히 내다보이는 낮은 담의 집 앞에 택시가 멈추어 섰다.

"거 써가 있는 데는 여가 맞는데. 함 확인해 보소."

주영이 감사 인사를 하고 택시에서 내려 정면의 하얀 집을 물끄러미 쳐다봤다.

담 앞에서 한참을 서성거리던 주영이 마음을 다잡았다.

벨을 꾸욱 눌렀다. 드문드문 잘 지어진 신축 주택들이 모여 있는 조용한 동네에 초인종 벨 소리만이 울린다. 응답은 없었다.

집에 없는 건가?

진짜 대책 없네. 생각해 보니 태열에게 연락조차 하지 않고 왔다. 배터리가 방전됐으니까, 당연히도. 물론, 연락을 했다고 해서 그가 받았을 거란 보장도 없지만.

오로지 서우가 알려 준 주소지 하나, 그것 하나에 의존해 아무 대책도 없이 이곳 울진까지 내려왔다. 이렇게 준비 없이, 대책 없이 굴어 본 게 얼마만인지.

주영이 담벼락 앞에 주저앉아 무릎을 끌어안고는 고개를 묻었다. 꼭 본가에 내려갔다고 집에 하루 종일 있으리란 법은 없겠지.

볼일이 있을 수도 있고, 삼촌과 외출을 했을 수도 있겠지.

이 외진 동네엔 주변에 가서 시간을 때울 만한 카페도 없고, 이동 수단도 없다. 택시를 불러 읍내라도 언제 태열이 돌아올 줄 모르니 할 수 있는 거라곤 이렇게 주저앉아 하염없이 기다리는 것뿐이었다.

주영이 고개를 파묻고는 오늘 오후 서우와의 대화를 떠올렸다.

'저한테 왜, 이렇게까지 해 주세요?'

주영의 질문에 서우는 다정하게, 티슈로 축축해진 주영의 눈가를 꼼꼼하게 닦아 주며 말했다.

'그리고 주영 씨가 그 애 옆에 있다면 태열이가 더 행복할 걸 알거든요. 전 다 지켜봤잖아요. 태열이에게 왜 그렇게까지 하냐고 물었을 때, 그 애가 한 대답은…….'

잠시 말을 멈췄던 서우가 다시 입을 열었다.

'주영 씨가 자기의 유일한 후회이자 결핍이라고, 그렇게 말했어요.'

그 애가 짧은 시간 조금씩 무너뜨렸던, 주영이 지난 13년간 쌓아 올렸던 벽의 마지막 단이 처참히 무너졌다.

해가 진 저녁 무렵, 따뜻한 바람이 살랑이며 주영의 뺨을 스치고 지나갔다. 컹컹 개 짓는 소리가 주영의 고독을 달래는 유일한 소리였다.

만나면 무슨 말을 할까. 이미 서울에서부터, 버스를 타고 오는 동안에도 수백 번 시뮬레이션 했던 장면을 다시 돌려본다.

보고 싶었어. 아니, 미안해가 먼저일까.

후회한다고, 네 마음이 그대로였으면 좋겠다고. 내 욕심이겠지만, 어쩔 수 없는 그런 상황은 없었으면 좋겠다고.

나는 이젠 정말 다른 거 다 필요 없이 너만 필요한데, 이제 네 맘이 예전 같지 않다고 하면 그건 너무 절망적이니까.

아니, 그래도 포기는 안 할 거야. 이제 나는 정말 너밖에 없거든.

쭈그리고 앉은 다리가 저려 와 주영이 수그린 상체를 일으킬 때쯤 멀리서 엔진 소리가 들려오기 시작했다. 주영의 맥박이 빠르게 뛰기 시작했다.

낯선 국산 세단이 정확히 주영의 앞에 멈추어 섰다. 그사이에 차를 바꿨나? 주영이 다리를 주무르며 엉거주춤 일어섰다.

운전석 문이 열리는 것을 보며 주영이 살랑거리며 날리는 옆머리를 한 번 귀 뒤로 넘기며 침을 꿀꺽 삼켰다.

첫인사는 웃으면서……

"누구신가?"

차에서 내린 것은 중년 남자였다. 태열과 다르게 체구가 작고

자글자글한 눈가의 주름이 인상적인 인상이 좋은 중년 남성. 오래전, 집을 오고 가며 가끔 마주쳤던 희미한 얼굴의 주인.

태열의 삼촌의 얼굴엔 지나간 세월이 보였다. 피부는 더 까맣고, 주름의 굴곡은 더욱 선명해졌으며, 머리는 하얗게 셌다. 그럼에도 태열과 함께 있는 주영을 보며 호기심을 내비치던 반짝이는 눈빛만큼은 여전하다.

"어떻게 오셨소?"

"안녕하세요."

주영이 단정하게 웃으며 남자를 향해 인사했다. 남자가 나를 아시오? 하는 눈빛으로 주영을 본다. 온화한 눈빛 속에는 약간의 경계가 숨어 있었다.

"저, 태열이 친⋯⋯구예요."

택시 기사에게 말한 것처럼, 또다시 주영 자신을 어떻게 소개할 방법이 없었다. 그저, 친구라는 두 글자 말고는 적당히 어른 앞에서 가져다 붙일 말이 없었다.

"친구? 열이 놈이 이 촌구석까지 찾아올 친구가 있나?"

상덕이 고개를 갸웃거리며 주영을 천천히 훑었다. 세월에 그을린 그의 얼굴 위로 의미심장한 미소가 떠올랐다.

"으흥. 열이 고놈이 참. 열이 만나러 왔나?"

"네."

"우짜지. 열이 지금 집에 없는데."

좀 전의 택시 기사와 묘하게 억양이 다른 사투리로 상덕이 안타까운 소식을 전했다. 지역 내에서도 억양 차이가 있는 건가, 의

문을 가지던 주영이 차분하게 물었다.

"그럼 태열이 언제 오는지 알 수 있을까요?"

"오늘 밤일지, 내일 아침일지 모르지. 만날 지 멋대로인 놈이라. 헛걸음해서 우짜노?"

내일 아침에 올지도 모른다. 당황스러움에 주영이 태열의 소재지를 물었다. 차라리 있는 곳으로 직접 찾아갈까 싶어서.

"혹시 어디에 있는지 알 수 있을까요?"

"부산. 쉬러 왔다면서 뭔 놈에 집에 붙어 있지를 아녀. 일 있다꼬 부산 갔지. 아가씨는 서울서 왔나?"

"네. 서울에서 왔어요."

상덕의 입에서 흘러나온 태열의 소재지에 주영이 실망스러운 얼굴을 숨기지 못했다. 부산에 오픈했다던 지점에 일을 보러 갔나.

"아이구야. 먼 길 왔는데 고놈이 홀랑 내빼서 우짠대. 헛걸음했어 그래. 전화라두 해 보고 오지 그랬대."

플랜 B를 생각해야 할 때였다. 찾아가야 할지, 아니면 여기서 기다려야 할지.

"죄송한데 혹시 주변에 적당한 호텔이 있을까요?"

그가 돌아오는 게 오늘 밤일지, 내일 아침일지 모른다면 다시 택시를 불러 근처 호텔에 가서 쉬다가 내일 오전에 태열이 올 때쯤 다시 찾는 게 나을 듯했다. 상덕이 놀란 얼굴로 물었다.

"기다리려고? 고놈 올 때까지?"

"네."

거참. 상덕이 황당하다는 몸짓으로 웃었다. 별일일세.

"우리 집에서 기다려요. 뭐 이 촌동네 호텔 가 봤자 덕구 온천 호텔인디 여기 빈방 많은데 뭐 한답시고 호텔까지 가. 돈 낭비지."

상덕을 따라 낮은 담을 넘으니 아기자기한 넓은 정원이 나타났다. 담 너머에서도 충분히 다 내다보이던 집주인의 취향을 담은 따뜻함이 곳곳에 묻어나는 정원.

상덕이 정원을 가로질러 앞서자 반질거리는 새하얀 털을 뽐내는 강아지가 컹컹 짖으며 달려온다.

제 주인에게 달려들어 달랑달랑 꼬리를 흔드는 모습이 제법 사랑을 많이 받은 듯했다.

"아이고, 여리 이놈. 또 흙 묻나. 지 형을 닮아가 어른 말을 들은 척도 안 하제."

상덕이 강아지를 안아 들고는 뺨을 비볐다. 내뱉는 타박과는 다르게 애정이 어린 손길이 거뭇거뭇한 흙이 묻은 강아지의 입가를 털어 준다.

"여리야, 인사해라. 네 형아 여자 친구."

여자 친구라니. 주영이 멋쩍은 얼굴을 하자 흘끔 뒤를 쳐다본 상덕이 장난기 담긴 얼굴로 웃었다. 주영을 쳐다보는 시선이 의뭉스럽다.

"아, 맞제. 그냥 친구라 캤지. 친구라 칸다. 네 형아 친구. 인사해라."

누군가를 닮은 반질거리는 까만 눈이 주영을 향한다. 그러고는 컹컹, 왈왈 야단법석을 피우며 짖어 댔다.

"어······. 안녕."

어색하게 손을 들어 인사하니 돌아오는 건 그르렁거리는 들끓는 소리뿐이었다. 주영이 민망한 손을 내리자, 상덕이 웃으며 여리를 땅에 내려놓았다.

"야가 맨날 보는 얼굴만 보다 보니까 새로운 손님이 왔다고 부끄런가 보네. 들어갑시다."

꼬리를 바짝 세운 채 저를 경계하는 새하얀 백구를 내려다보던 주영이 물었다.

"진돗개인가 봐요?"

손안에 까만 봉지를 달랑거리며 현관문을 열던 상덕이 주영을 보며 껄껄 웃었다.

"진돗개는 무신. 똥개여 똥개."

드루와요. 상덕이 문을 열어 주며 주영에게 손짓했다. 옅게 웃은 주영이 살짝 고개를 까닥이며 집안으로 발을 디뎠다.

'1층은 내 나와바리고, 2층은 태열이 공간이여. 아무 빈방 드가서 좀 쉬고 있으시라. 서울 아가씨가 먼 길 오느라 고생했을 거 아녀.'

상덕은 말을 마치자마자 주방으로 쏙 사라졌다. 2층으로 올라온 주영이 눈을 끔뻑이며 닫혀 있는 방문을 셌다.

문이 총 5개. 이 중에 화장실도 있고, 태열의 방도 있고, 손님방도 있겠지. 어느 방을 써야 하지?

보통 손님방은 제일 끝이니까······. 주영이 계단에서 제일 가까운 끝 방의 문을 조심스럽게 열었다.

방은 생각보다 컸다. 문을 열자마자 보이는 정면의 커다란 통창을 통해 계절을 품은 밝은 녹 빛의 응봉산 자락이 보였다.

누가 봐도 손님방으로 보이지는 않았다. 정돈된 침대를 중심으로 가지런히 정리된 짐들이 있었으니까.

주영이 조용히 방 안으로 들어섰다. 창가의 왼편으로는 커다란 유리 장식장이 자리 잡고 있었다. 장식장 안에는 금빛 메달부터 각종 트로피가 가득했다.

그 애의 꿈과 삶이 모여 있는 공간이었다.

셀 수 없는 트로피 사이에서 어린 태열이 바라 마지않던 꿈을 발견했다.

사이영 트로피. 검은 액자식 배경 위로 툭 튀어나온 은빛 주물. 4개의 베이스 위로 솟은 야구공을 쥔 손 모양의. 그리고 그 아래 새겨진 음각.

to. TY KO.

자신 있게 말하던 그 꿈을 손에 쥐었던 태열을 보며 대리 만족을 느끼던 그 순간의 감정들이 벅차게 밀려 올라왔다.

장식장 안에 가득 찬 야구공을 꼭 쥔 손 형상의 트로피를 보니 빛바랜 기억 하나가 또다시 주영의 머릿속에서 색채를 찾아간다.

가을의 축제, 영성고 야구장에서 태열에게 공을 쥐는 법을 배웠던 그날.

아마, 그 시절 잊을 수 없는 순간을 딱 하루만 꼽으라면 주영에게는 축제날일 거다.

또래와는 다른 거칠고 투박한 손을 조심스럽게 조물거리고, 야구장에서 공을 쥐는 법을 배우고, 캐치볼을 하고, 한 번도 경험해 보지 못했던 패밀리 레스토랑을 가고, 같이 남명천을 걸으며 웃었던. 그리고 그 애의 첫 번째 고백을 들었던.

곱씹고 곱씹던 지난날 중 가장 마음에 아리게 하는, 그러니까 그날의 설렘이 여태껏 선명해 가슴을 시큰하게 하는 추억.

주영이 쓸쓸하게 웃으며 발걸음을 돌리는데 눈에 언뜻 익숙한 물체가 보였다.

하얀색 맨투맨과 추리닝 바지가 옷걸이에 반듯하게 걸려 있다. 입던 옷이 아니라 전시라도 해 놓은 것처럼 반듯하게 걸려 주름 한 점 없었다. 주영이 천천히 손을 뻗었다.

열아홉의 겨울, 메이저리그의 팀과 계약을 했다는 기사를 보고 처음 백화점을 들렀었지. 오랜 시간 남성복 매장을 둘러보고 겨우 골랐던 운동복. 유독 흰색이 잘 받던 태열을 위한.

발신인조차 밝히지 않고 영성고 야구부로 보냈었는데, 본인한테까지 전달이 됐었구나.

근데 이걸 지금까지 이렇게, 왜. 세월이 쌓인 천 조각은 처음의 새하얀 빛을 잃었다. 우리의 시간처럼.

그럼에도, 여전히 반듯하고 단 하나도 흐트러지지 않은 채 고이 보관돼 있었다.

천천히 부드러운 천을 쓸어 올렸다.

아, 태열이 보고 싶었다.

오늘 밤이든, 내일 아침이든 곧 보게 되겠지만 지금 당장 그의 온기를 느끼고 싶었다. 같이 있을 때면 언제고 어디서고 주영만을 향하던 그 눈과, 손과, 입술을.

주영이 책상 의자에 앉아 그의 체취로 가득한 방을 찬찬히 훑었다. 어린 날의 산뜻한 비누 향은 아니었다.

특유의 청량한 향이 가득한 방 안을 둘러보던 주영의 손이 생각 없이 서랍을 향했다.

막대사탕 뭉치가 보인다. 아직도 사탕을 먹나. 재회한 후로 사탕 물고 있는 걸 한 번도 본 적은 없는데.

주영이 설핏 웃으며 사탕 더미를 뒤적이자 라이터가 나온다. 맞네, 담배를 피웠었지.

식당에서 처음 마주쳤던 날 이후, 태열이 담배를 피우는 모습을 보진 못했다. 가끔 그의 옆에 서면 특유의 시원하고 청량한 체취 사이로 옅은 담배 향이 느껴지곤 했지만, 그게 전부였다.

서랍을 뒤적이던 주영의 손이 멈칫했다. 낯설지만 익숙한 네모난 카드 형태의 종이를 주영이 조심스럽게 들어 올렸다.

이게 왜, 여기…….

주성 여자중학교 3학년 4반 온주영.

낡을 대로 낡은 두꺼운 도화지 위에 붙어 있는 증명사진 하나. 고집스러운 열여섯의 제 모습을 마주한 주영이 그대로 얼굴을 무릎에 묻었다.

'주영 씨가 자기의 유일한 후회이자 결핍이라고, 그렇게 말했어요.'

내겐 아무것도 아닐 찰나의 순간을, 수없이 돌려 보며 그때의 날 정말로 사랑했던 너.

별 볼 일 없는 나를 이렇게나 추억하는 네가. 나는, 정말, 너를.

네가 꿈을 향해 질주하던 그 순간에조차 내가 있었다니. 그러니까 내가 어떻게 너를 놓아.

나는……. 너를 정말…….

"입맛에 맞나?"

푸짐하게 한 상을 차린 상덕이 주영을 향해 물었다. 생선구이부터 닭볶음탕, 육전까지. 육해공 진미가 모두 담긴 상 위에는 그 외에도 갖가지 맛깔스러운 반찬들이 가득했다. 상덕이 진수성찬을 차려 놓고도 손님의 눈치를 봤다. 정작 초대받지도 않은 사람인데도.

"네. 너무 맛있어요. 어떻게 이렇게 요리를 잘하세요?"

"아, 거야 뭐. 젊을 때부터 어린놈 하나 데리고 키우다 보니 이래 됐지 뭐."

상덕이 쑥스러운 듯 밥을 한 숟갈 가득 떠 입에 물었다. 우물우물 밥을 씹던 상덕이 주영을 보며 말했다.

"아이참, 꽉꽉 좀 먹어. 글케 깨작거리면 복 달아나. 그래 삐쩍 말라서 어째 일 할 힘은 있당가. 맞제, 태열이 그놈이 속 썩여서 일케 살이 쏙 빠진 건가, 아가씨는?"

"네? 아니에요."

"고놈 참. 내가 장가가라고, 가라고 그렇게 말할 때 들은 척도 안 하더니. 뒤로는 이렇게 어? 예쁜 아가씨를 만나고 다녔어 그래. 근데 또 뭐 그놈이 뭘 잘못한겨?"

"네? 아니⋯⋯."

분명 친구라고 했는데, 상덕은 믿지 않는 듯했다.

"아가씨가 좀 이해하소. 열이 고놈이 저밖에 몰라. 싹수도 없어. 그래 보여도 또 지 사람은 잘 챙겨. 고놈이 뭐에 삔또가 나갔는지는 모르겠지만, 또 금방 풀려. 통 큰 사람이 이해해 주는 거지, 안 그려?"

상덕이 꿀떡 밥을 삼키며 잘못 하나 없는 제 조카를 나무랐다. 도대체, 삼촌에게 태열은 어떤 인물이길래 이렇게 흉을 보는지. 주영이 잔잔히 웃으며 나긋하게 대답했다.

"그런 게 아니라, 태열인 잘못한 게 없어요. 제가 다 잘못했죠."

상덕이 홱 인상을 찌푸렸다.

"그런 말 말어! 으디 젊은 아가씨가 그렇게 고개를 숙이고 드가. 탁 일케, 어? 턱주가리도 치켜들면서 도도하게 굴어야지. 사내놈들은 모지라서 잘해 주면 지가 잘난 줄 알어. 여자는 자고로 남자를 손안에 쥐고 이래, 어? 맘대로 주물러야 써. 마, 그래도 우리 열이 고놈은 좀 좋게 봐 줬으면 좋겠네. 그놈이 또 알고 보면 쓸 만해."

상덕은 낯선 객의 편을 들며 제 조카를 까 내리다가도 은근하게 태열의 편을 들며 잘 봐 달라는 뉘앙스로 추켜세웠다. 그가 자랑스러운 얼굴로 말을 이었다.

"이 동네가 발전소 으르신들 은퇴하면 눌러사는 동네거든. 하청업체 사람 중에 이 동네 사는 이가 내뿐이여. 내가 아주 어깨에 뽕이 지대로 들어갔지. 잘 키운 조카 놈 하나가 열 아들놈보다 나아. 내 친구들이 얼마나 부러워하는디."

상덕은 태열이 미국에 가서 성공한 이후로 주변 지인들이 얼마나 상덕을 부러워하는지 강조하며 잘 키운 조카 덕에 호강하며 산다는 말을 수없이 반복했다.

주영이 고개를 끄덕이며 상덕의 말 사이사이에 추임새를 넣었다. 네, 네, 자랑스러우시겠어요, 태열이가 대단하네요, 그렇게.

마음의 드는 아가씨에게 제 아들을 어필하는 어르신처럼 상덕이 온갖 칭찬을 늘어놓다가 눈을 갸름하게 좁혔다.

"아, 맞네. 친구라 캤지. 내 친. 구. 한테 너무 오두방정을 떨었어, 미안하네 그래."

몇 번째, 떠보는 뉘앙스가 웃겨 주영이 연하게 웃었다. 그리고 물었다. 혹시 그가 기억할지도 모르는 오래된 기억을.

"혹시 삼빛 아파트 기억하세요?"

"어? 야 기억하지. 근데 아가씨가 그걸 어째 알아?"

"저, 옆집 살던 태열이 친구예요. 혹시 온주영이라고 기억하시나요?"

놀란 눈으로 되묻던 상덕이 온주영, 온주영이, 온주영이? 하고 주영의 이름을 몇 번이고 곱씹듯 중얼거리더니 눈을 동그랗게 떴다.

"……아가씨가 갸여?"

"네. 제가 걔 맞아요."

아이고야. 상덕이 앓는 소리를 내며 제 이마를 탁 쳤다. 이제야 뭔가 궤가 맞춰진다는 얼굴로 상덕이 질문을 던져왔다.

"그때도 연애했제? 내 딱 알았당께. 내가 다 똑똑히 기억하지. 아가씨 이사 간 이후로 고 놈이 얼마나 삐뚤게 굴었는디, 사춘기가 늦게 와 가지고. 근데 계속 만난 거여? 짐까지?"

"……아뇨. 올해 우연히 다시 만났어요."

"그럼 맞네. 둘이 연애하는 거 맞제."

조카의 연애사가 무척이나 궁금한지 상덕의 얼굴 위로는 반쯤의 호기심과, 반쯤의 확신이 보였다. 그를 보는 주영의 얼굴 위로 선선한 웃음이 스쳐 지나갔다.

"연애하고 싶어서, 그래서 만나러 왔어요."

신기하게도 상덕은 불청객일 수도 있는 주영을 이리저리 챙기며 식사는 물론이거니와, 빈방까지 내줬다.

주영이 자신의 소개를 대략적으로 하긴 했지만, 자신의 조카와 정확히 어떤 사이인지도 자세히 모를 때부터 그는 주영에게 호의를 베풀었다.

'화목한 건 뭐, 고상덕 씨 덕에 둘이서도 화목하게 잘 살았고.'

태열이 그랬었다. 삼촌 덕에 화목하게 잘 살았다고. 아마, 이런 삼촌이 있어 네가 그렇게 단단하고 곧게 자랄 수 있지 않았을까.

"삼촌, 저 핸드폰 충전기 좀 빌릴 수 있을까요?"

상덕의 옆에서 주말 드라마를 시청하던 주영이 물었다.

"저짝에 콘센트에 꽂혀 있을 테니 걍 써."

"네. 감사합니다."

주영이 거실 한편에 있는 충전 케이블에 내내 배터리가 방전되어 있던 핸드폰을 연결했다. 소파에 기대 주영 쪽을 흘끗 쳐다본 상덕은 이내 드라마에 다시 집중했다.

"쯧쯧, 저럼 안 되지. 어디 다 늙어서 지 몸 하나 편하자고 자식 놈한테 다 기대려고 들어. 사람은 자고로 죽을 때까지 일을 해야 혀. 내처럼, 이 나이 먹고도 일하는 게 얼마나 감사한 일인 줄 모르나."

가난한 주인공의 부모가 딸이 부잣집에 시집을 가게 되자 경제적으로 의지하려는 행태를 보이자 상덕이 혀를 찼다. 제 일처럼 드라마에 몰입한 상덕을 보며 주영이 설핏 웃으며 말을 걸었다.

"그럼 삼촌께선 여기 울진에서 계속 일하신 거예요?"

"어? 아녀 아녀. 내 말투만 봐도 딱 감이 오지 아녀? 내가 고향은 충청돈디, 첫 발령이 한빛 발전소였어. 영광에. 거서 10년 하다 보니 전라도 사투리가 익었다가, 또 부산에 기장으로 발령이 났지. 고때 태열이 놈 데려다가 키우기 시작했고. 거서 또 한 7, 8년 있다가, 울진 발령 나고서야 그놈아 야구 시킨다고 서울에 집 얻어서 두 집 살림 하고 그랬어. 그래서 내 사투리가 국적이 불명이여. 전라도 쬐끔, 경상도 쬐깐, 충청도도 있고, 그랴."

부산에서 살았었구나. 이것 또한 전혀 알지 못한 사실이었다. 생각해 보면 주영은 태열에 대해 아는 게 많지 않았다.

상덕과의 시간이 생각보다 좋았다. 그가 흘리는 말들 사이로 주영이 몰랐던 태열을 알 수 있게 되어 반갑기도 하고, 좋았다. 그녀가 알지 못하던 시간의 그를 알아 갈수록 조금 더 가까워지는 기분이랄까.

"근데 태열이는 부산 사투리를 안 쓰네요?"

"고놈은 고향이 서울이여, 지 부모 죽고 봐주던 할매도 가고 없으니 내한테까지 온 거지. 고놈이 어릴 때부터 아주 멋을 부렸어. 어린노미 사투리 쓰면 본새가 안 난다나 으쩐다나."

삐딱한 얼굴로 사투리는 안 쓰겠다고 우길 어린 태열을 상상해 보았다. 마냥 귀엽게만 느껴졌다.

주인공의 부모와 주인공의 언쟁으로 드라마가 끝나자 홱 인상을 찌푸린 상덕이 주영을 쳐다봤다.

이내 태열과의 관계에 관해서 물어 오기도 했다. 주영은 대답할 수 있는 한 대답을 다 했다. 숨기기엔 그가 베푼 친절에 대한 예의가 아닌 것 같아서.

그저 어릴 때 사귀었고, 다시 만났고, 주영의 잘못으로 어그러졌고, 다시 그를 붙잡고 싶어 내려왔다고.

상덕이 고개를 가만히 끄덕이며 주영이 무슨 잘못을 했는지는 물어보지 않았다.

그저 잘됐으면 좋겠네, 그렇게 대답했다.

더는 질문 없이 이르게 잠자리에 들기 위해 방으로 들어가는 상덕에게 인사를 했다.

태열은 오늘 돌아오지 않을 생각인 건지. 내일 아침에나 오려나.

주영이 2층의 손님방 침대에서 몸을 굴리며 상념에 잠겼다. 부산으로 찾아갈 걸 그랬나.

오늘 내내 주영의 말 상대를 자처한 상덕 덕분에 잠시 잊었지만 그새 혼자가 되자 초조함이 주영을 덮쳐 왔다.

갑작스럽게 나타난 주영을 보며 그가 어떤 반응을 보일지, 그 생각만 하면 맥박이 쿵쾅쿵쾅 빠르게 뛰었다.

왜 이제야 왔냐고 반겨 주었으면 좋겠다.

사실 그건 욕심이라는 것을 안다. 본 적 없는 차가운 눈빛으로 돌아가라며 축객령을 내릴 그의 얼굴이 상상되어 주영이 눈을 질끈 감았다.

주영에게 차갑게 구는 태열이 상상되지 않았다. 속초에서의 밤, 그때 잠시 보았던, 시리게 가라앉았던 검은 눈. 그런 눈을 하려나.

침대 위에 엎드려 있던 주영이 결국 문을 열고는 조심스레 계단을 내려왔다. 문을 열고 마당으로 나오자 따뜻한 밤바람이 주영을 맞이했다.

컹컹, 여리가 마당으로 나온 주영을 보며 작게 짖었다. 모두가 잠든 밤인 걸 여리도 아나 보다.

주영이 여리를 향해 걸어가자 현관을 비추던 자동 램프의 센서마저 꺼지고 어둠이 자욱하게 깔렸다.

깜깜한 시골의 밤만큼 새카만 반질거리는 눈동자를 마주 보며 쭈그려 앉아, 부드러운 등을 쓰다듬기도 하고, 볼을 꼬집기도 하고, 뽀뽀 세례를 퍼붓기도 했다.

"너네 형아는 언제 오니? 응?"

낯을 가리는 줄 알았는데 상덕이 똥개라 부르는 귀여운 강아지는 제법 예쁨 받는 법을 알았다. 주영에게 안겨 아양을 떨어 대는 모습이 퍽 귀여워 한참을 같이 놀았다.

여리도 지쳐 제집으로 돌아가자 이 쓸쓸한 밤을 채워 줄 동반자를 잃은 주영이 밤하늘을 올려다봤다.

확실히 서울과는 다르게 별이 가득했다. 반짝이는 형체가 쏟아질 듯 하늘을 가득 채웠다.

그때였다. 철컥 대문이 열리는 소리가 나고 무거운 발걸음이 저벅저벅 마당을 가로지르는 소리가 들린 것은.

반가움에 웃으며 인사를 건네기는커녕, 어떤 한 마디도 건네지도 못하고 성큼 걸어온 태열에게 손목을 붙잡혔다.

"너, 왜 여기 있어."

목 끝까지 화를 꾹 눌러 참은 목소리였다. 아직 주영에게 화가 풀리지 않은 걸까. 아니 당연히 그렇겠지.

"얼마나 찾아다녔는 줄 알아?"

오전까지만 해도 전화기를 꺼 놨던 태열이었다. 그런데, 주영을 찾아다녔다니. 말이 맞지 않았다. 분명히 얼굴을 보게 되면, 미안했고 보고 싶었다고 말하려고 했는데, 올라오는 감정을 참아내는 얼굴을 보니 그런 말을 꺼낼 수조차 없었다.

"핸드폰은 어디다 두고 연락이 안 돼!"

며칠간 연락이 되지 않았던 게 누군데……. 그러나 이 상황에 따질 순 없어 주영이 순순히 답했다.

"충전하느라……. 왜 그러는데?"

후우. 한숨과 함께 머리를 쓸어 올린 태열이 주영의 손목을 이

끌었다. 제법 억센 힘에 주영이 얼떨결에 태열에게 이끌려 마당을 가로질렀다.

"왜 그러냐니까?"

돌아오는 대답은 없었다. 듬직해 보이기만 하던 뒷모습이 매정해 보이기도, 음울해 보이기도 해 주영은 더는 말없이 따랐고 조수석에 올라탔다. 차는 엔진 소리와 함께 어둡기만 한 시골의 골목길을 떠났다.

한참 고속도로를 빠르게 달리는 차 내부는 적막했다. 주영은 조수석에 앉아 운전대를 흘끗거리며 눈치만 봤다. 다시 보게 된다면 태열이 차갑게 자신을 외면할지도 모른다고 생각하긴 했지만, 예상과는 전혀 다르게 흘러가는 상황에 머릿속이 엉망이었다.

무엇이 그리도 급한지 태열은 운전에 집중하며 목적지를 향해 달렸다. 차는 부산을 알리는 이정표를 따라 고속도로 출구로 빠져나갔다. 가만히 창밖의 낯선 풍경을 지켜보던 주영이 마음을 먹은 듯 입을 열었다.

"우리 지금 어디 가는 거야?"

정면을 보던 태열은 잠시 대답이 없었다. 이내 나직한 한숨과 함께 잠긴 목소리가 차 안을 울렸다.

"기다리려고 했어."

물음과는 동떨어진 대답이 돌아왔지만, 주영은 잠자코 이어질 말을 기다렸다.

"욕심이었을 수도 있어."

"……."

"나는 네가 나 하나만 있어도 충분하고 괜찮았으면 좋겠다고 생각했거든."

잠시 말을 멈춘 태열의 목울대가 일렁이고 남자다운 턱의 그림자가 도드라졌다. 무엇을 참아 삼키는 사람처럼.

"네가 나한텐 말 한마디 안 하고, 혼자 끙끙거리는 게 자존심도 상하기도 했어. 내가 그렇게 못 미덥나."

"……그런 게 아니라……."

"나는 여전히 네 자존심보다도 못한가, 생각이 들기도 했지."

"……."

"그래도 진심은 아니었어."

"……."

"그냥 네가 다 없어도, 나 하나만 있어도 괜찮다고 그렇게 느낄 때까지, 깨달을 때까지 닥치고 기다리려고. 그러려고 했던 거지."

혼자서 움직이지 못한다면 그럴 계기를 만들어 주고 싶었다. 재회 후 갈팡질팡하던 주영이 갑작스럽게 눈앞에서 사라진 태열을 신경 쓰고, 제 발로 찾아왔던 것처럼.

이번에도 또다시. 그렇게, 네가 내게 오도록.

"……태열아. 미안해."

"사과하지 마."

태열이 커브 길을 따라 운전대를 돌리며 답했다. 목소리는 한

층 담담해져 있었다.

"내가 너한테 듣고 싶은 말은 그런 거 아니니까."

"그래도 미안해. 사실은……."

그동안 말하지 못했던 이야기를 꺼내려던 찰나 태열이 말을 끊었다. 그의 시선은 여전히 전면을 향해 있었다.

"말 안 해도 돼. 이젠 네가 말 안 해도 다 아니까."

이미 혜원까지 만났단 이야기를 알기에, 대충 태열이 주영의 상황을 어렴풋이 알고 있을 거라 생각을 하긴 했다. 그래도 제 입으로 직접 이야기하고 싶었다. 그러나 그는 그런 시간을 주진 않았다.

"난 네가 날 신경 쓰게 하고 싶었지, 힘들게 하고 싶은 생각은 없었어."

"……."

"나 하나만 있어도 충분했으면 좋겠단 바람의 전제 조건은, 네가 내 옆에서 웃는 거야. 그러니까 어떤 방식으로든 너를 힘들게 할 옵션은 나한테 없었다고."

그가 차를 정차하며 고개를 돌려 주영을 쳐다봤다. 단단하고, 때로는 담담하고, 때로는 짓궂던 까만 눈엔 다소 어두운 그림자가 그늘져 있었다. 그 눈빛이 슬퍼 보이기도 했다.

"주영아, 내려."

멍하니 태열을 마주 보던 주영이 그제야 시선을 돌려 창밖을 내다봤다. 응급실, 장례식장, 진료동. 주차장 너머로 병원임을 알리는 글자들이 보였다.

"어머니 많이 위독하셔. 그러니까, 빨리."

부산에 연고조차 없던 여자의 장례식장은 생각보다 한산했다. 보통 상원그룹쯤 되는 집안의 장례식이면 너도 나도 앞다투어 보낸 조의 화환이 복도를 꽉 채우다 못해 놓을 자리가 없을 정도로 빽빽해야 했다.

검은 옷을 입은 조문객들이 인산인해를 이루어야 마땅한 것 아닌가.

태열이 타이를 매만지며 한산한 장례식장의 복도를 가로질렀다. 안으로 들어가자 단정한 상복을 입은 수척한 얼굴의 여자가 맥없이 앉아 있는 모습이 보였다.

그런 주영을 보며 태열이 씁쓸한 웃음을 삼켰다. '온성희'라는 환자의 행방을 찾았다는 연락을 그가 받았을 때 병원을 향하면서도 주영의 얼굴을 떠올렸다.

내가 자처해 네게 말없이, 네가 요구하지도 않은 도움을 건넸다고 말하면 너는 좋아하려나, 자존심이 상하려나. 그런 생각도 문득 했었다. 그럼에도 중요한 것은 주영을 힘들게 하는 모든 것들로부터 자유롭게 하는 것이었기에, 주영 모르게 행동함에 있어서 주저함은 없었다.

여유롭게 생각했었다. 오랜만에 주영의 어머니를 뵙고 태열이 먼저 인사를 드리고, 천천히 주영을 찾아가면 되겠다고. 그때쯤이면 주영도 태열의 빈자리를 인지하지 않을까, 너도 나를 신경 쓰지 않을까, 그런 되도 않는 여유를 부렸다. 딱, 하루 정도는 여유를 부려 봐도 괜찮겠지. 그렇게 생각했다.

오랜만에 뵙습니다.

인사를 고요히 삼킨 태열은 앙상한 여자의 가느다란 생명 줄을 나타내는 기계가 요란한 소리와 함께 화면의 수치가 큰 낙폭을 그릴 때에야 정신이 들었다. 그대로 병실을 뛰쳐나갔다.

서울로 가는 내내 전화가 먹통이었다. 내내 연락이 닿지 않던 태열에 대한 복수라도 되나 싶을 정도로. 빌라에 도착해 11층의 벨을 눌러도 묵묵부답. 주영의 행방을 알 만한 사람들이라곤 주혜원 그 여자 하나였다.

그러나 주혜원도 주영이 지금 어딨는진 알지 못한다고. 허탈하게 몸을 돌릴 수밖에 없었다. 이럴 거면, 베팅이네 모험이네 하며 너를 혼자 두지 말걸. 유일하게 우리를 잇고 있던 연인이라는 타이틀을 내려놓지 말걸.

네가 어디 있든, 무얼 하든 그걸 아는 우선순위는 내가 될 수 있도록. 조급한 마음에, 충동적인 마음이 만들어 낸 실수였다.

너를 찾아다 데려다 놓을 수 없다면 나라도 언제 올지 모르는 너희 어머님의 마지막은 지켜봐야 하지 않겠나. 그 아득한 순간을 혼자이게끔 놔둘 순 없으니.

부산으로 다시 내려가던 길이었다. 갑작스레 울린 전화벨 소리에 혹시나 하는 생각이 들었으나 원하던 사람은 아니었다. 서우였다.

'이제 연락이 되네? 주영 씨 만났어? 그래서 핸드폰 켜 놓은 거야?'

아무것도 모른 채 해맑게 웃으며 이것저것 말해 오는 서우의 말 뒤로 네가 울진에 가 있을지도 모른다는 얘기를 들었다. 헛웃음이 샜다.

어둠에 잠긴 마당에서 돌아보는 맑은 얼굴을 봤을 때 이게 꿈일까, 그런 생각이 드는 건 사치였다. 그런 여유 같은 건 더는 부려서는 안 됐으니까.

하얗게 질린 낯빛으로 병실을 찾은 너의 뒷모습을 봤을 때, 내가 해 줄 수 있는 거라곤 네가 쓰러지지 않도록 안아 주는 것뿐이었다.

그래도 딸을 기다리셨는지, 주영의 어머니는 주영이 도착하기 전까지 마지막까지 버텨 주었다.

'엄마……. 제발……. 조금만 더……. 응?'

간절하게 비는 네 목소리 사이로, 사랑한다, 고마웠다, 미안하다. 세상에 할 수 있는 모든 애정의 표현이 비명처럼 솟구쳤다 사그라들었다.

'4월 26일, 23시 47분 온성희 님 사망하셨습니다.'

누구나의 마지막이 그런 것처럼 그녀의 마지막도 헛헛하리만치 허무했다. 무미건조한 한마디 문장으로 세상과의 영원한 이별이었다. 까마득히 먼 기억 속 부모님의 마지막도 그랬었다. 할머니의 마지막도.

건조했던 의사의 한마디 뒤로 어떤 소리도 내지 못한 채 힘없이 무너져 내리는 너를 받아 냈다. 그 어떤 위로를 건네기보다도, 지금 이곳에서 넌 혼자 남은 게 아니라는 걸 알려 주고 싶었다. 앞으로도, 영원히 혼자가 아닐 것임을.

떠나는 네 어머니께 약속했다. 다시는, 어떤 일이 있어도, 네가 힘들고, 네가 나를 떠나려 한다 해도, 나는 너를 놓지 않을 것임을. 이젠 내가 어떤 지옥 불을 구르더라도 네 마음조차 시험하지 않을 것을.

네 옆엔 고태열이라는 보호자가 항상 있을 것임을. 그러니 당신은 이제 너무 걱정하지 말고 편안히 떠나셔도 된다고. 오랜 시간 가느다란 이승의 끈을 놓지 못했을 당신의 유일한 이유를 앞으로는 내가 지키겠다고.

태열이 신발을 벗고 안으로 들어섰다. 삼빛 아파트를 오고 가며 마주칠 때면 태열을 향해 부드러운 미소를 보이던 중년의 여성이 그 미소를 그대로 간직한 채 액자에 갇혀 태열을 내려다보고 있었다.

예전처럼 한 번쯤은 웃으며 꼭 다시 뵙고 싶었는데, 언젠가는 다시 그렇게 뵙길 바랍니다. 다시 한번 그렇게 인사를 한 태열이 주영에게 다가갔다.

시선을 읽어 오는 담갈색 눈에는 언뜻 슬픔이 보였다. 한편으로는 초연해 보이기도 했다. 언제고 이런 순간이 올지도 모른다는 마음의 준비를 했던 사람처럼.

검은 상복 아래로 보이는 가는 손목에 태열의 시선이 내려앉았다. 저런 손목으로 장례는 어떻게 버텨 낼 수 있으려나. 발목, 허리, 손목, 어깨. 여자를 이룬 모든 곳은 한없이 바스러질 듯 연약해 보이기만 한다.

한참 시선을 엉키던 주영이 툭 눈을 내리깔았다. 연약한 속눈

섭이 바들거렸다. 그 모습을 보며 태열이 적당한 온도로 데워진 유자차를 건넸다.

"마셔."

"……괜찮아."

정돈되지 않은 목소리가 이어졌다. 아마 네게 필요한 것은 이런 음료수보단 따뜻한 위로겠지.

"하루 종일 아무것도 안 먹었잖아."

그러나 슬픔과 초연함 그 중간 어딘가에서 헤매는 주영을 보며 어떤 말을 건네야 할지는 그도 알 수 없었다. 이런 거라도 챙기는 게 그가 할 수 있는 전부. 태열이 건네는 말 한마디로 인해 큰 눈에서 금방이라도 눈물이 툭 터질지도 몰랐다.

그때 조문객으로 보이는 사람이 화병에 꽂혀 있는 국화꽃 한 송이를 들고 안으로 들어섰다. 태열이 주영을 일으켜 준 뒤 조문객을 향해 가볍게 목례하고 자리를 비켜 줬다.

다시 신발을 신고, 비어 있는 부조금 함 앞에 자리를 잡고 앉았다. 쓸쓸하고 고즈넉한 장례식장을 쓱 둘러본 태열이 그대로 재킷을 벗었다. 조문객과 맞절을 한 뒤 반듯하게 허리를 세우고 서 있는 주영이 멀리서 이쪽을 흘끔거리는 게 느껴졌다.

그 시선을 받으며 태열은 생각했다. 도대체 너의 지난 세월이 어떠했기에, 그렇게 쥐고 놓지 못했던 것들은 무엇이었길래 부조함 하나 지켜 줄 이가 없느냐고.

태열이 화환조차 몇 개 없는 썰렁한 복도를 쳐다보며 핸드폰을 들었다.

"형, 나 부탁 하나만 하자."

주영의 어머니를 태운 영구차를 따라 태열의 차가 천천히 속도를 맞춰 움직였다. 지친 얼굴로 조수석에 앉은 주영은 말없이 창밖을 내다볼 뿐이었다.

화장터에서 대기를 하는 시간 동안 피로가 쌓인 주영이 꾸벅꾸벅 고개를 흔들며 졸았다. 태열이 자신의 어깨에 여자의 얼굴을 기대게 한 후 수척해진 뺨을 조심스럽게 쓸었다.

고운 가루가 되어 도자기 함에 담긴 엄마를 품에 안은 주영은 한동안 말이 없었다. 그저 손안의 도자기를 쓸어내릴 뿐이었다.

수목장에 도착해 함을 묻고 모든 절차가 끝나고도 주영은 한참이나 말없이 자신의 엄마가 묻힌 장소를 응시했다.

넋이 나간 듯도 하고 생각에 잠긴 듯도 했다. 태열은 묵묵히 그 모습을 보며 내리쬐는 햇빛을 제 덩치로 가릴 뿐이다.

한참이 지나고 잔잔한 바람에 나뭇잎이 흔들리는 소리 사이로 목소리가 섞여들었다.

"태열아."

태열이 자신을 올려다보는, 지쳐 있는 눈빛을 담담히 받아 냈다.

"고마워……."

태열이 아니었다면 엄마의 임종까지 지키지 못했을 거라 생각하니 아득했다. 뻔히 장례 소식을 알고 있을 주헌은 얼굴을 비치지 않았다. 다음 주 미국에서 귀국 예정이었던 재건은 지금이라도 비행기표를 끊어 오겠다고 전화를 해 왔고 주영은 만류했다.

그 전화를 받았을 무렵이 주영이 침착함을 되찾았을 때였다. 재건은 찾아오겠다고 말하면서도 공식적으로 부고를 알리는 것을 부담스러워했다. 주영을 거두고 성희를 지원했지만, 그렇다고 사고 이후 성희가 성북동에서 특별한 존재가 되어 있진 않았기에.

그런 재건에게 주영이 말했다. 알리고 싶지 않다고. 마지막 길만큼은 조용히 보내 주고 싶다고. 엄마가 마지막 가는 길을 같이 진심으로 슬퍼해 줄 이들에게만 알리겠다고. 그리고 무리해서 오지 않으셔도 된다고. 엄마의 마지막은 주영의 몫이기에.

성북동 사람들조차 받고 싶지 않고, 장례 절차 지원도 필요하지 않다고. 그렇게 그의 마음을 에둘러 거절했다. '마음 써 주셔서 감사해요'라고 내뱉으며, 이제는 정말 모든 인연이 끝이겠구나, 그렇게 생각했다.

장례식장에선 그 사람의 인생이 보인다고 했다. 외로운 삶을 살았던 여자의 인생이 고스란히 드러났다. 그 여자를 닮은 주영의 인생도 같이 온통 발가벗겨져 드러났다.

가족도, 회사도 없는 주영은 그저 정말 아무것도 없었다. 초라할 만큼.

그나마 엄마의 오래된 수첩에 기록되어 있는 연락처를 찾아 오래된 지인들에게 연락을 돌렸다. 그렇게나마 문상객의 발걸음이 끊어지는 않을 수 있었다.

텅텅 비어 있는 장례식장 복도의 화환을 빽빽하게 채워 준 건 태열이었다. 엄마가 가는 길이 초라하지 않도록. 주영의 모자람을 항상 채워 주는 건 그 애였다. 언제나.

그렇게 나를 밀어냈음에도, 결국 내가 가장 어려울지도 모르는 순간에 너는 나타났고, 묵묵히 내 옆을 지켜 준다. 주영의 얼굴 위로 아린 웃음이 퍼졌다. 태열이 바람에 살랑이는 주영의 머리를 귀 뒤로 넘겨 주었다. 그러고는 감사 인사에 대한 대답 대신 담담하게 물어 왔다.

"피곤하지."

"아니, 괜찮아."

주영이 가볍게 고개를 저으며 잔디에 푹 주저앉았다. 물끄러미 그 모습을 지켜보던 태열도 옆에 나란히 앉았다. 같은 방향을 보며. 둘의 눈앞엔 계단식으로 경사진 수목장의 탁 트인 풍경이 보였다. 무릎을 끌어안고 물끄러미 앞을 보던 주영이 천천히 입을 뗐다.

"……예전에, 대학교 다닐 때."

"응."

"어떤 수업을 들었는데."

"응."

"사람이 의식이 없어도 청력은 살아 있을 수 있으니 마지막 순간에 좋은 말을 많이 해 주라고 하더라고. 사랑했다, 고마웠다, 기다리면 최선을 다해 살다 가겠다. 그런 말들……."

"……."

"그래서 가끔, 엄마 병원을 찾을 때마다 주절주절 일상 얘기를 하곤 했어."

"……."

"네 덕분에 엄마한테 마지막으로 할 수 있는 말들을 할 수 있어서, 그래서, 더 고마워……."

주영의 중얼거림이 바람 사이로 사라졌다. 흐느끼는 소리도 함께 사라졌다. 태열이 오늘따라 유독 더 작은 등을 토닥토닥 쓸어내렸다. 잠시간의 정적 이후 주영이 고개를 들었다. 젖은 뺨 위로 햇빛이 반사됐다.

"늘……. 후회만 해 나는."

그렇게 중얼거리듯 말한 주영이 다시 태열을 부른다.

"태열아."

"응."

짧은 대답을 내뱉는 목소리는 무거웠다. 오랫동안 잠겨 긁히듯 탁한 음이었다.

"나 만난 거 후회해?"

"후회해."

고민조차 하지 않고 바로 돌아오는 대답에 주영이 차마 옆을 돌아보지 못하고 씁쓸하게 웃었다. 네가 후회한다고 해도 할 말이 없지, 나는.

"살면서 뒤돌아봤을 때, 후회한 일들은 다 기억이 날 정도로 손에 꼽아."

알았다. 그 애는 뒤를 보며 주저하거나 후회하는 성향은 아니었다. 그래서 한때는 그 오랜 공백 뒤에 주영과 다시 만나고자 하는 태열이 이해가 되지 않기도 했다.

"열일곱, 제주도에서 네가 연락 안 됐을 때 바로 찾아가지 못한 거, 그리고 네가 밀어낼 때 그대로 물러난 거, 바닥까지 매달리지 못한 거. 그 시간들이 오랫동안 나를 괴롭히더라."

"……."

"그리고 네 손 놓은 거, 제주도에서 너 그렇게 보낸 거. 그래서 다시는 후회하기 싫어. 그런 거 나랑 안 맞거든."

태열이 먼 산을 응시하는 여자의 옆모습을 봤다. 따사로운 햇살의 조각이 둥근 뺨 위에 내려 산산이 부서진다. 주영이 천천히 눈을 감는 게 보인다.

애초에 널 잊을 수 있을 거라고, 놓을 수 있을 거라고 생각한 적은 없었다. 끝을 말하던 입과 또 다른 생각을 한 속마음은 스스로 속일 수 없는 사실이었다.

나는 미친놈이니까. 온주영한테 미친놈.

사랑한다고 말하고서 사랑하지 않기는, 불가능한 일이니까.

태열이 손을 뻗어 주영의 무릎 위에 놓인 손을 잡았다. 손가락 사이로 마지막 조각을 맞추듯 얽었다. 주영의 속눈썹이 느릿느릿 위로 향하자 태열이 다시 입을 뗐다.

"그래서 이제 이 손 다시 절대 안 놓으려고."

고개를 돌려 태열을 마주 보던 주영이 멈칫 움직임을 멈췄다. 그대로 주영이 태열에게 안겨 들었다. 태열이 그저 손을 뻗어 품에 안긴 가녀린 몸을 가둬 안았다. 부드럽게 등을 쓸어내리자 어깨가 축축하게 젖어 들었다.

한동안 오고 가는 말은 없었다. 마침내 떨리는 목소리가 태열의 어깻죽지에서 울렸다.

"······태열아 나는, 아무것도 후회하진 않아."

"······."

"아니 사실은 모든 순간이 후회로 뒤범벅이지만 그러지 않으려고 해. 돌이켜보면 그 과정에서 얻은 게 있더라고. 일도 많이 배웠고, 사회적 경험도 쌓았고, 이런저런 대단한 사람들도 많이 만났어. 그곳에 있지 않았더라면 그 단시간에 배우지 못할 것들이었어."

태열이 잠시 떠난 시간, 수 없이 과거의 시간을 돌이켜 봤다. 주영이 자신의 등에 닿는 온기를 느끼며 말을 이었다.

"······그런데 있잖아. 후회와는 별개로 더는 하지 말아야겠다고, 그만둬야겠다고, 그렇게 결정했어. 너를 보고 깨달았거든. 사실은 내가 몰랐던 수많은 선택지가 나한테 있었다는 거. 그래서 난 앞으로는 다른 선택을 하려고."

지금까진 내가 돌아보지 않았던 나 스스로를, 불안함에 움츠려 용기 내지 못했던 발걸음을. 울진에서 만나면 그에게 하고 싶었던 말을, 주영이 드디어 입 밖으로 꺼냈다.

"네가 그랬잖아. 주관적으로 살라고. 그래서 앞으론······ 네 말대로 내 주관대로 행복하게 살고 싶어."

다른 사람의 시선, 잣대 그런 건 아무런 상관없이. 내 가치를 남에게 인정받고 싶어 했던 그런 과거는 모두 잊고.

그렇게 주객전도 되어 타인에게 휘둘리는 건 더 이상 하지 않겠노라고.

"그냥 내 가치는 내가 판단하려고, 내 기준에 따라."

"……."

"너랑 같이, 너만 괜찮다면, 네가 아직도 내게 마음을 열어 줄 여지가 조금이라도 있다면……."

내게 넌 언제든 어른이었다. 나도 더 이상 어른아이가 아닌 상태로 네 옆에서 다시 시작하고 싶어. 주영이 단단한 어깨에 묻었던 얼굴을 들고 그의 깊고 짙은 눈을 마주 보며 말했다.

"너만, 괜찮다면."

그대로 입술이 포개졌다. 커다란 손이 젖은 뺨을 뒤덮고, 부드럽게 그리고 가볍게 입술이 맞닿았다. 태열이 더 이상 둘 사이의 틈이라곤 허락되지 않을 정도로 그녀를 꽉 안았다.

얽혀 흐르는 숨결 사이로 웃음소리가 섞여 흘렀다. 주영이 그대로 눈을 감으며 태열의 목에 매달렸다.

'주영 씨가 자기의 유일한 후회이자 결핍이라고, 그렇게 말했어요.'

주영을 자신의 유일한 결핍이라 말하는 남자는 유일하게 주영의 결핍을 채워 주는 존재였다.

어린 날부터 주영의 결핍은 돈이었다. 그렇게 믿었고 그 모자람을 채우기 위해 발버둥 쳤고, 결국엔 집착했다. 채워지지 않는 빈틈을 메꾸기 위해 집착적으로 굴었다. 밑 빠진 독에 물을 붓듯 아무리 부어도 해소되지 않았다.

이제는 안다. 한 사람의 결핍을 발견할 수 있는 가장 쉬운 방법은 그 사람이 어디에 집중하는지, 골몰하는지 보면 된다.

주영 인생 전반엔 그게 돈, 성공 그런 것들이었다. 남들에게 보이는 체면. 낡은 집, 부족한 환경을 알리기 싫었고, 좋은 환경, 능력 그런 것들을 인정받고 싶었다.

그런데 돌이켜보면 우습게도 주영이 그 빈칸을 메꾸기 위해 발버둥 치지 않는 순간들이 있었다.

10대 후반, 네가 내 옆에 있던 그 잠시간의 시간. 다시 돌아 30대. 네가 내 옆에서 말을 걸고, 웃으며, 나를 걱정하고, 애정 어린 눈길을 보내는 그 순간들 동안 나는 내 빈틈을 잊었다.

결핍이란 그런 것이다. 몰두하여 메꾸는 것이 아니라, 사랑하는 것이다. 나의 부족함마저도, 누구보다 스스로 사랑하는 것.

멍청하게도 이제야 알았다. 한없이 부족한 나를 누구보다 언제나 맹목적으로 사랑하는 네가 곁에 있어 결핍 따윈 생각할 겨를이 없다.

나는 앞으로 누구보다 나의 부족함을 사랑할 예정이다. 그리고 나를 온전한 존재로 만들어 주는 너를, 평생, 사랑하겠지.

우리의 관계는 너와 나, 둘만으로도 온전하다.

"너만 있으면 돼, 나는."

잠시 호흡을 고르는 틈을 타 태열이 나직하게 숨을 흘리듯 말했다. 여전히 입술은 닿은 채였다.

주영이 웃으며 다시 그에게 입을 맞췄다.

더 이상 우리에게 필요한 것은 아무것도 없다. 나를 바라보는 너의 눈빛, 너를 보고 웃는 내 미소, 그것만으로 충분하니까.

평생의 사계절을 그렇게 채워 나갈 것이다.

그 애를 처음 만났던 겨울, 그리고 다시 영원을 약속하는 여름. 다시 우리 앞에 닥쳐올 수많은 계절을.

너와 나 둘로 가득한 봄, 여름, 가을, 겨울. 우리만의 온전한 계절로.

"괜찮겠어?"

"응."

"같이 가 줄까."

"아니. 괜찮아."

주영이 연하게 웃으며 은근한 걱정이 담긴 눈을 달랬다. 아직 마무리 짓지 못한 것들이 있었다. 그리고 그 마침표는 누구의 도움도 없이 주영 스스로 찍고 싶었다.

"다녀올게."

"응. 기다릴게."

담담하고 곧은 눈빛을 담아 주영이 태열의 눈을 마주쳤다. 얽힌 손을 풀어 내고 안심하라는 듯 미소를 보이며 차에서 내렸다.

주영이 햇빛에 눈을 찡그리며 세종대로 앞에 서서 화려한 존재감을 내뿜는 건물을 올려다봤다. 가장 큰 숙제를 해결해야 할 차례였다. 모든 것을 제대로 정리하고 매듭짓기 위해서.

가슴이 부풀어 오를 정도로 크게 숨을 들이쉰 주영이 건물 안으로 향했다.

상원건설 본사 회장실 앞에 도착하자 주영을 알아본 최 비서가 인사를 하며 회장실로 주영을 인도했다. 안경을 끼고 책상에 앉아 서류를 보던 재건이 주영을 보고는 일어나 소파를 손짓했다. 물끄러미 그를 쳐다보던 주영이 재건 앞에 앉았다.

긴장하지 마, 괜찮아. 속으로 세뇌하듯 다짐하는 사이 재건이 조금은 어두운 얼굴로 입을 뗐다.

"미안하구나."

어떤 것에 대한 미안함일까. 엄마의 마지막을 챙기지 못한 것? 아니면 이런 일이 있을 때까지 주영을 방치한 것?

"미안해하실 필요 없어요."

주영은 진심으로 대답했다. 주영은 더 이상 미성년자도 아니었고, 어떻게 보면 그는 주영의 보호자가 아니었다. 오랜 시간 엄마가 삶의 끈을 놓지 않을 수 있도록 지원한 것, 갈 곳 없던 주영을 거둬 준 것. 그것만으로도 재건의 역할은 충분했다.

장례를 치르고, 발인을 하던 날 재건은 귀국했다. 급하게 찾아오겠다는 재건을 또다시 만류했던 것은 주영이었다.

'발인 끝나면 찾아뵐게요. 그때 엄마 모신 곳도 알려 드릴게요.'

"그래도, 마지막 도리를 못 한 것 같아 영 마음이 안 좋구나."

어릴 적 만났던 여자에 대한 미련으로 그 여자를 다시 찾았으나, 그 재회가 완전해지기 전 생사에 경계에 놓아 버린 여자. 안타까움에 종종 병원을 찾긴 했겠으나, 그 애틋한 마음은 쌍방이 아닌 일방이 되어 버렸고 일방적인 마음이 10년이 넘는 세월을 버틸 순 없었다.

그에게 새로운 여자가 생긴 것쯤은 어렴풋이 알고 있었다. 일선에서 물러났음에도 잦아진 해외 출장이 증거였다. 그랬기에 자신이 짊어지기로 약속했던 최소한의 도의를 유지하고 있던 재건의 책임감에 한편으론 감사함을 느꼈다. 하지만 그랬기에 재건에게 도움을 청하지 못했었다.

"드릴 말씀이 있어서요."

"그래, 말해 보려무나."

주영이 재건의 시선을 똑바로 마주하며 차분하게 말했다.

"저, 회사 그만두려고요."

주영이 사직서를 내밀자 온화했던 재건의 얼굴엔 당혹감이 비쳤다. 노크 소리와 함께 비서가 들어와 차를 세팅하고 나가자 그가 안경을 벗어 눈가를 문지르며 말했다.

"성희 일 때문이냐."

"그것 때문만은 아니에요. 엄마랑은 상관없이 그전부터 계속 생각해 왔던 일이에요."

"그럼 최근에 계속 일이 많았다더니, 일이 힘든 거니?"

"힘들기도 했죠."

"일이 힘든 거면 사직서부터 내밀 게 아니라 조정을 해 달라고 해야지. 주헌이랑 내가 한번 얘기해 보마."

"조정한다고 될 일이 아니라서요."

"아니면 왜 그래. 일이 안 맞는 거면 계열사 배치 다시 해 보는 건 어때. 주헌이랑 얘기해 봐."

주헌이랑 잘 얘기해 봐라. 아마, 이런 답변이 나올 줄 알았기에 여태껏 재건에게 어려움을 토로하지 않았겠지. 그러나, 이젠 어떤 미련도 없으니까.

"주헌이랑 의논할 생각 없어요. 회장님한테 말씀드릴 게 있어서 온 거예요."

"주영아, 그만두는 건……. 혹시 결혼 때문에 그만두겠다는 거니? 김 본도 너 일하는 건 간섭 안 한다고 들은 것 같은데."

아아. 결혼. 잠시 잊었던 사실까지 재건이 주지시켜 줬다. 이번 달엔 김상진이 완전히 귀국한다. 귀국과 함께 파혼을 얘기하기로 했던 상진은 태세를 바꿨다. 그러나, 그런 것은 이제 아무럼 상관없었다. 주영이 목소리에 힘을 담아 말했다.

"결혼도 안 할 거예요."

"뭐?"

"못 하겠어요. 결혼도 하고 싶지 않고, 일도 그만두려고요. 그러니까 성북동에서 완전히 나오려구요."

"도대체 무슨 말을 하는 거냐."

"그 사람 여자 있어요. 그런 결혼 하고 싶은 생각 없어요. 허락구하는 거 아니고 통보예요. 오늘 회장님 찾아온 건 인사드리려고 온 거예요."

"성희 일로 너 힘든 건 안다. 그래도 주영아 이건 경우가 아니지 않니."

"저 성북동 들어와서 15년간 정말 열심히 했어요. 인정해 주세요. 그 까다로운 할머니 기준에 맞추려고 기를 쓰며 살았어요. 할머니가, 주헌이가 시키는 건 다 했어요. 제가 받아 온 혜택의 대가라고 생각했거든요."

한번 물꼬가 트이니 속에 있는 말을 꺼내는 건 어렵지 않았다. 이렇게 한 번만 눈 딱 감고, 말을 했으면, 재건에게 한 번쯤은 먼저 말을 했었으면 어땠을까. 지금쯤 조금은 다른 모습으로 살고 있었을까. 주영이 말을 이었다.

"근데, 이제는 못 하겠어요. 저도 이제 이 집 나가서 제 인생 살래요."

"집을 나가겠다니 그게 무슨 말이야. 결혼이 하기 싫으면 그걸 얘기하자꾸나."

"결혼 엎고 나면 할머니가 절 어떻게 대할지 상상이 가세요? 주헌이요? 주헌인 저한테 참고 버티라고 하던데요. 지분도 주고, 호텔도 준다고. 알고는 계세요? 저 아버지 원망할 생각 없어요. 덕분에 부족할 것 없이 지냈어요."

속에 묵었던 말을 조금씩 덜어 낼수록 묵어 있던 감정도 같이 차올랐다. 주영이 호흡을 고르며 다시 말을 이었다. 그런데 있잖아요.

"그게 전부가 아니더라고요. 어렸을 땐 너무 없이 살아서 돈이 제일 중요하다고 생각했는데 그 집에 살면서 경제적으론 부족할 것 하나 없이 살았는데, 여전히 하나도 행복하지 않아요. 엄마 하나 보고 버텼는데, 이젠 그럴 이유도 없고……. 저는 그래서 더 이상 못 하겠어요."

"집을 나가다니, 그건 안 될 소리다."

이젠 성희마저 이 세상에 없었다. 그럼에도 집을 나가겠다는 주영의 얘기에 반대를 하는 건, 최소한 자신의 호적에 대한 책임을 운운하고 싶은 걸까.

"무슨 권리로 반대하시는 거예요? 저 성북동 들어오고 나서 어떻게 살았는지 아세요? 관심 가진 적 없으시잖아요. 방치했잖아요. 가끔 생각했어요. 엄마에게 그런 일이 생기지 않고, 멀쩡히 성북동에 들어가 같이 살았다면 엄마는 행복했을까? 아뇨. 저는 아마 엄마가 누워 있던 시간보다 불행했을 거라고 생각해요. 아마 아버지는 엄마도 저처럼 방치했겠죠."

주영의 말을 듣는 재건의 얼굴이 어둡게 가라앉았다.

"너 지금 지나치구나."

"누가 지나친지 모르겠어요."

재건의 눈초리가 날카롭게 변했고 그를 마주하던 주영이 천천히 들고 왔던 서류 가방을 테이블 위로 올려놓았다. 가방을 열어 서류 파일을 꺼내 재건의 앞에 들이밀었다.

"진작에 이랬어야 했는데, 왜 그렇게 고민하고 어려워했는지 모르겠어요."

파일을 받아 열어 보는 재건을 보며 주영이 담담히 말했다. 그간 일하면서 모아 왔던 자료들이었다. 주영의 캐비닛 구석에 갇혀 있던. 주헌의 지시하에 진행되었던 법의 경계를 아슬아슬 넘나들었던 행위들.

"회장님이 그렇게 신뢰하는 주헌이가 저한테 어떻게 행동했는지 아세요?"

잔뜩 구겨진 얼굴로 자신을 향한 재건의 시선을 의연히 받아낸 주영이 그간의 일을 담담히 설명했다. 하나도 빠짐없이. 감정을 배제하고 단순한 사실관계를 나열하는 사람처럼.

"한때는 주헌이가 겉으로는 냉정하게 굴어도 제 편 같다고 생각한 적도 있어요. 한심하게도. 그런데 이젠 그 마음조차 억울하기도 하고, 화가 나기도 하고. 그래서 그 파일 다 모아서 언론사에 찔러 볼까 고민도 했어요."

그러나 이내 생각을 접었다. 이 집을 나가서도 끝없이 싸우고 작게나마 성가시게 괴롭혀 볼 수도 있겠지. 그러나 그렇게 해서 주영에게 남는 게 뭘까.

얼굴을 붉히고, 상황에 스트레스를 받고, 불행만이 끝없이 반복될 텐데.

수목장에서 돌아오던 날, 태열이 주영에게 건넸던 말을 떠올렸다.

'앞으로 어떻게 행복하게 살지만 고민해. 그게 앞으로 네가 할 일이야.'

주영의 미래를 생각하면 아예, 이 집과 관련된 모든 사람들과는 인연을 끊고 새로운 삶을 사는 게 나았다. 졸렬하고 치졸한 싸움에 기운을 낭비하기보다는…….

사랑하는 사람과 함께하며 행복한 현재에 집중하며 사는 것이 주영이 원하는 바였다.

"그런데 똑같아지기 싫었어요. 상대방이 비열하게 군다고, 나도 그렇게 되는 거. 그렇게 휘둘리는 것만큼 보잘것없이 살기 싫어요, 더는. 그래서 인사드리러 온 거예요."

"……."

"원망도 했지만 그래도 회장님께는 감사한 마음도 있어요. 어릴 때 갈 곳 없는 저 거둬 주신 것, 엄마도 보살펴 주신 것. 그건 진심으로 감사드려요. 원망은 그걸로 없었던 셈 칠게요."

"그럼 이건 왜 주는 거냐."

재건이 손에 든 서류 파일을 꾹 쥐며 물었다.

"뇌물이에요. 결혼도 깨지고, 저 이렇게 증발하면 주헌이가 저한테 또 무슨 협박을 할지 모르겠어서. 저는 더 이상 이 집안하고는 관련 있는 사람이 아니라는 의미로 드리는, 그러니까 회장님이 파혼도 잘 대응해 주시고, 날뛰는 주헌이도 잘 다독여 주시면 좋겠다고 드리는 뇌물이요."

재건은 한참이나 말이 없었다. 파혼도, 집을 나가겠다는 얘기도, 마지막 인사도, 그로선 벼락같이 닥친 급작스러운 이야기였을 것이다.

"무슨 말인지는 대충 알아들었다. 주헌이하고 문제가 있다면 시간을 두고 차차 풀어 가도록 하는 방향으로 보자. 결혼 문젠 나도 나서 보마. 이렇게 무턱대고 나가서 뭘 어쩌겠다고."

주영이 한 발짝 물러나는 제 아버지를 내려다보며 희미하게 웃었다. 열일곱, 엄마가 쓰러졌던 날 주영을 찾아와 미안하다며 무릎을 꿇던 남자의 얼굴은 크게 변한 게 없었다.

오랜 시간 성희의 시간이 멈췄던 것처럼 그의 시간도 멈춰 있었다. 그가 가진 재력으로 인위적으로 멈춘 시간이었다. 여전히 염색으로 검은 머리, 늘 반질거리는 피부, 여전히 살아 있는 눈빛. 그 안에는 주영에 대한 염려가 있었다.

그러나 그는 하나만 알고 둘은 몰랐다. 그때도 지금도. 이 둥지를 벗어나면 갈 곳 없이 불쌍하게만 느껴질 주영에 대한 염려. 주영도 겁을 냈던 그 한걸음.

열여덟 이후 주영에게 가족이란 둥지였다. 화려하고 아늑한, 모든 것을 제공하는, 그러나 사막처럼 메마르고 버석거려 한번 발을 디디면 그 모래 속에 잠겨 벗어날 수 없는.

주영이 웃으며 고개를 돌려 재건을 마주 봤다.

"아니요. 이제는 제가 하고 싶은 대로 살래요."

주영이 일어나며 덧붙였다. 그에게 또 한 가지 벼락같은 소식을 전해 주고 떠나야 했기에.

"그리고 주헌이 만나는 여자 있는 거 아세요?"

재건이 짙은 눈썹 산을 들어 올리는 모습을 보며 주영이 담담히 말을 이었다.

"임신했어요. 근데 할머니가 그 여자를 만나신 것 같더라고요. 제2의 온성희가, 온주영이 생기는 일은 없었으면 좋겠어서, 그래서 말씀드려요."

"너 미쳤어?"

회장실에서 나와 엘리베이터를 기다리는데 문이 열리자마자 나타난 건 주헌이었다. 주헌이 한껏 일그러져 상기된 얼굴로 주영을 노려봤다. 주영이 주헌을 지나치며 서늘하게 말했다.

"인수인계 기간은 2주야. 그 이상은 못 기다리니 후임 빨리 구해. 더 빠르면 좋고."

주헌이 주영의 앞을 가로막았다.

"너 내가 이런 꼴 보자고 지금까지 퍼 준 줄 알아?"

뻔뻔하기 짝이 없는 대답에 주영이 입꼬리를 말아 올리며 대놓고 비웃었다.

"퍼 주긴 했지. 너무 퍼 주다 보니 사람 목숨 걸고 협박까지 하고. 너 선 크게 넘었어, 알아?"

"네가 애초에 순순히 따라왔으면 그럴 일도 없었겠지."

"사과해."

"뭐?"

"우리 엄마 빌미로 나 협박한 거, 지금까지 나 하대한 거. 전부다. 엄마 그렇게 된 거에 일조한 거."

"그게 내 탓이라는 거야?"

물론, 주헌의 탓이 아닌 것은 알았다. 성희는 언제 떠나도 이상하지 않을 상태였다. 그러나 주영이 주헌에게 화가 나는 지점은, 태열이 애써 찾아내려 하지 않았다면 주영이 임종의 순간도 함께하지 못했을지도 모른다는 생각에.

그러나 다 지나간 일이었다. 어쨌거나 태열 덕에 주영은 엄마의 마지막 순간만큼은 함께 할 수 있었으니.

"지영이가 나한테 이런 말을 하더라고. 피는 물보다 진하다고."

주헌이 비틀어지게 웃었다.

"무슨 개소릴 하는 거야."

"가족 아니냐고. 그게 반쪽짜리 피일지언정 말이야."

"뭐, 가족이니 모든 걸 넘어가 달라 그런 씨알도 안 먹힐 소리 하는 거면 집어치워. 너 이딴 식으로 굴어서 남는 게 뭘 거 같아?"

담담히 주헌이 쏟아 내는 분을 받아 내며 주영이 뒤늦게, 이제야 깨달아 버린 진실을 조곤조곤 꺼냈다.

"내가 누린 것들, 네가 해 준 거 아니야. 가족이라서 그 집에서 받은 거고, 마땅히 내가 누릴 만한 권리였어. 네가 준 게 아니라 내 아버지가 준 거니까."

주헌과 옥경에게 잘 보여서가 아니라, 그런 게 아니라도 그냥 서재건의 딸이라는 이유로 당연히 받아야 했을 것들이었음을.

"내 아버지라……. 재밌는 소릴 하네."

"항상 넌 꼭 뭐가 다른 것처럼 말하더라. 웃기지도 않지. 이 회사 매출이 얼마든 결국 따지고 들어가 보면 가족 회사야. 너도 네가 아무리 잘났다 해도 서재건 회장 아들 아니면 그 자리에 앉아서 그렇게 다 가진 사람처럼 모든 사람을 내려다볼 수 있었을까? 난 아니라고 보는데."

"이젠 나까지 깎아내리시겠다."

"깎아내리는 게 아니지. 사실이야. 네가 아무리 능력이 좋아서 고속 승진을 한다 해도 서재건 아들이 아닌 평범한 서주헌이 지금 앉아 있을 자리는 고작 과장쯤 아닐까. 이 회사에도 엄연히 인사 제도라는 게 있는데, 그 제도를 무시하고 남들 부릴 권리 가진 거 서재건 씨 아들이라서잖아. 너도 그 덕 충분히 보고 있으면서 뭘 나한테 보상을 하라는 거야? 나도 네가 받은 것처럼 똑같이 혜택 받은 것뿐이야. 네가 아니라 아버지한테."

주헌이 코웃음을 쳤다.

"너랑 내가 똑같아?"

"다르지. 반쪽짜리 피라 영원히 널 넘진 못할 테고, 반쪽짜리 혜택 받아 왔잖아. 나 지금까지 최선을 다했어. 그거면 충분하다고 생각해."

"난 충분하다고 말한 적이 없는데."

"판단은 내가 해. 더 이상 네 주관에 휘둘릴 생각 없어."

누군가의 말처럼, 이제는 내 주관대로 살 거니까.

"아, 골 때리네. 사랑에 눈이 멀면 이렇게 돌아 버려도 되는 건가. 네 말대로면 가족이라 덕을 봤으니 가족한테 피해 주는 짓도 하지 말아야지. 네가 지금 날리는 게 얼마짜리……."

"그 결혼이 아쉬우면 서지영한테 그 자리 넘겨. 나 너희 남매 싸움에 끼어서 등 터지는 것도 이제 그만하고 싶어. 그리고 가족이면, 피해를 논할 게 아니라 이해를 해 줘야 되는 거 아냐? 왜 그럴까, 쟨 뭐가 힘들어서 저런 선택을 하는 걸까. 내 입장에서 한 번이라도 생각해 본 적 있어?"

"내가 그따위 걸 왜."

주영이 주헌의 말을 끊었다.

"아, 너도 곧 이해하게 될 거야. 너 가족 생기겠더라, 곧. 축하해."

혜원은 곧 출국 예정이었다. 미국에 있는 지인에게로 간다고 했다. 주헌이 아무리 찾는다 해도 늦겠지. 그는 머릿속으로 계산기를 두드리는 동안 모든 걸 놓친 셈이다.

마치 얼마 전까지의 주영처럼. 주헌이 한껏 일그러진 얼굴로 목소리를 키웠다.

"뭔 개소릴 하는 거야!"

"혜원이 임신했어. 알아?"

주헌의 눈이 흔들렸다. 처음 보는 표정이었다.

"……뭐?"

"사표 낸 건 알고 있을 거고, 할머니가 혜원일 찾아갔어. 연락 두절에 행방도 모르지? 송옥경 여사의 영향력이 그래. 아마 다신 너랑 엮이고 싶지도 않을걸? 너도 알다시피, 송옥경 여사가 개입한 남녀 사이의 결말은 비극이거든. 그 비극의 결과물이 나잖아."

"주혜원 어딨어."

"난 몰라. 누구 덕분에 더 이상 그런 거 공유할 만큼 가까운 사이는 아니거든. 다만 네 반쪽짜리 누나로서 한마디 하자면 너 진짜 등신 같아. 숫자? 조건? 따지는 척하면서도 웃기지도 않지."

"……"

"그 수많은 조건 좋은 여자들 제쳐 두고 아직도 결혼 안 한 이유가 뭐야? 결국 혜원이 근무하던 호텔까지 인수하고 찾아가서 다시 만나고. 별거 아닌 취급하면서 손에서 절대 못 놓지. 사람들은 그런 감정을 사랑이라고 하더라고, 아니면 미련이든가. 사랑이 눈이 먼 게 나인지 넌지 모르겠네. 여자가 근무하는 호텔까지 인수하는 세기의 사랑 아닌가?"

"서주영!"

"근데 어쩌니. 그렇게 미련 떨고 뭐든지 네 손안에서 다 쥐고 있는 척 오만하게 굴다가 여자며 네 애며 다 놓치게 생겼네."

"어딨냐고, 주혜원."

주헌의 당황한 낯짝을 보니 은근한 희열이 차올랐다. 화를 꾹 눌러 참는 모습조차 속이 시원했다.

"모른다니까. 그래도 혹시 알아? 네가 사과하면 알아봐 줄 마음은 생길지도 모르……."

주헌이 그대로 전화기를 귀에 가져다 대며 주영을 지나쳐 갔다. 사과를 받을 수 있을 거란 생각을 하진 않았다.

그냥 이 정도면, 그래도, 하고 싶은 말을 다 한 정도면 충분했다.

24. 다시 남명동

주영은 남명동을 찾았다.

열일곱의 겨울, 그 동네를 떠난 이후 단 한 번도 찾지 않았던 동네였다. 익숙한 듯, 낯선 동네의 풍경이 주영의 눈에 차곡차곡 담긴다.

택시를 타고 남명 사거리 근처의 오래된 상가 앞에서 내린 주영이 1층의 부동산으로 들어가자 인상 좋은 중년의 여자가 주영을 맞이했다.

"집 보러 오셨어요? 전세? 매매?"

"매매로 알아보려고 하는데요."

예산, 원하는 평수, 조건 등을 꼬치꼬치 물어보던 부동산 중개인이 자신이 가진 매물 목록을 확인하며 여러 후보를 제시했다.

"여기는 15년 전에 남명동 재개발 바람 불었을 때 재건축 한 곳인데, 잘 지어서 그런지 아직도 새 아파트 같아요. 더블 역세권이라 교통도 좋고요. 신혼집?"

"아뇨. 혼자 살 거예요."

"여자분 혼자 살기에 30평이면 떡을 치고도 남지. 아니면 여기 이건 어때요? 여긴 좀 더 오래되긴 했는데 살던 분이 리모델링을 아주 잘해 놔 가지고 새집 같아."

중개인이 여러 후보지를 보여 주고, 주영이 그중에서 괜찮아 보이는 두 곳을 지목했다. 중개인이 전화 통화를 하며 방문 약속을 잡는 모습을 지켜보았다.

전화 통화를 끝내고 매물 리스트를 한 번 더 확인하던 중개인이 갑자기 생각이 난 듯 호들갑을 떨었다.

"아니면 이건 어때요? 2년 전에 재건축한 아파튼데 언덕 위에 있어 가지고 아주 뷰가 그냥 끝내줘요."

"여기로 하고 싶어요."

주영이 집을 둘러보자마자 결정했다. 중개인이 소개해 준 곳은 삼빛 아파트가 재건축된 자리에 올라선 신축 아파트였다. 오래된 흔적이 가득했던 5층짜리 아파트는 발길을 끊은 사이 세월의 뒤안길로 사라진 지 오래였다.

6층에 있는 아파트의 창밖으로는 잔잔하게 흐르는 남명천이 훤히 보였다. 예전 삼빛 아파트의 옥상에서의 광경과 별다른 것이 없었다.

주영이 물살을 타고 함께 흐르는 지나간 추억들을 곱씹으며 결정했다. 이보다 더 적당한 새로운 거처는 없을 듯했다.

주영이 아파트를 나와 같이 차를 타고 돌아가겠냐고 묻는 중개인의 호의를 예의를 차리며 거절했다.

여름이었다. 화창한 날씨를 벗 삼아 주영이 경사진 언덕을 천천히 걸었다. 습한 공기를 마시며 한참을 걷자 굴다리가 나왔다. 아래론 남명천 산책로를 따라 운동을 하는 사람들이 드문드문 보였다.

낯익기도, 낯설기도 한 풍경을 보던 주영이 문득 고개를 들어 올렸다.

새파란 여름 하늘이 보였다. 구름 한 점 없이 청명한 그 배경은 이런 푸른 미래를 꿈꿨던 어린 날을 떠올리게 했다. 내리비추는 햇빛에 눈을 찡그리며 빛을 가리는데 핸드폰이 울렸다. 남은 손을 들어 전화기를 들었다.

"응."

이제 이 대낮에 주영에게 전화를 걸 사람은 너무도 뻔했다.

-볼일은 다 봤어?

주영은 2주간의 인수인계 기간도 필요 없이 재건의 배려로 빠르게 회사를 정리할 수 있었다. 어차피 처음 호텔로 갈 때 주영에게 주어진 리뉴얼 프로젝트라는 숙제는 끝냈기에 그 이상의 책임감을 느낄 필욘 없었다.

퇴직금도 두둑이 받았고, 그동안 성북동에서 모아 온 돈도 있었다. 게다가 재건은 가끔 얼굴이라도 봤으면 좋겠다며 완전히 인연을 끊겠다는 주영의 통보를 한 발짝 미루기를 슬며시 제안하기도 했다.

'나중에 내키면요.'

하고 대답은 했지만 그런 날이 올까, 생각도 들었다. 재건의 일련의 행동은 아마 죄책감에서 비롯한 책임감이 아닐까 생각이 들었다. 그러나 애정과 같은 마음에서 우러나온 것이 아닌 걸 알기에 반갑지도, 기껍지도 않았다. 재건은 그 외에도 여러 가지 지원들을 약속했는데 주영은 한사코 거절했다.

벌어진 손가락 사이로 햇빛이 스몄고 주영의 검지에 끼워진 반지가 빛을 받아 한낮의 별처럼 반짝였다. 주영이 잔잔히 미소 지으며 대답했다.

"응."

-아닐걸.

"내가 빠뜨린 게 있어?"

또 무슨 소릴 하려나 싶었다. 태열은 틈만 나면 실없는 소리를 해 대고 했으니까, 예전의 그 모습을 보는 지금의 시간이 주영에겐 너무나 소중하고 달가운 시간이었다.

-네 볼일에 내가 빠지면 돼?

어린아이의 투정 같은 소리에 주영이 고개를 내려 웃음을 참지 못할 때였다. 인도 옆 길가에 익숙한 외관의 차가 멈춰 서고 차 문이 열리는 소리가 주영의 앞에서 한 번, 수화기 너머로 한 번 더 하울링 됐다.

운전석 문을 열고 내린 태열이 보닛을 돌아 걸어오며 씨익 입꼬리를 말아 올렸다. 오늘 아침에도 본 얼굴인데 뭐가 그리 좋다고. 한 걸음 앞에 선 그가 전화기를 내리며 기다란 팔을 넓게 뻗었다.

주영도 그의 얼굴에 깔린 미소와 같은 것을 만들어 내며 활짝 달려 넓은 품에 안겨들었다.

태열이 마주 보며 활짝 웃으며 뒤로 걷는 주영의 모습을 눈에 담
았다. 뜨겁게 빛나는 여름 하늘 아래 계절을 품고 우거진 녹음과
남명천의 물줄기 위를 수놓는 윤슬, 그리고 한없이 아름다운 여자.

늘 언제나 그의 환상 속에서만 존재하는 줄 알았던 주영의 활
짝 웃는 얼굴은 이젠 완전히 그의 것이 되었다.

물론, 그의 것이라는 말엔 어폐가 있었다.

그에게 있어 주영은 그의 것이라는 소유욕 안에 가둬 두기엔
그 자체로 빛나는 사람이니까. 그가 없어도 아름다울 것이고, 이
제는 그가 없어도 잘 살아갈지도 모르겠지.

그러나 그런 예외 같은 가정은 이젠 태열에게 없는 가정이었
다. 그의 옆에서, 더 아름답게 빛나기를, 더 활짝 웃기를, 더 행복
하기를. 그리고 그렇게 만들기 위해 그는 그의 모든 걸 바칠 준비
가 되어 있었다.

여기까지 오는 과정은 오랜 시간을 돌고 돌았고, 쉽지 않은 여
정이었다. 그러나, 재회 후엔 포기하겠다는 생각은 한 적이 없었
고 결국 그가 원하는 대로 이루어졌다.

후회라면, 13년 전 그때부터 진작 포기하지 말았어야 했는데.

그런 것들. 그러나 후회가 가져올 미래는 없다. 앞으로 어떻게
앞으로 우리의 시간을 만들어 나갈지, 그런 것들을 생각하기에도
시간이 아까우니까.

이번 여름에는 주영에게 수영을 가르쳐 주기로 했다. 주영은

물이 무섭다고 했지만 무리하지 않는 선에서 가르쳐 줄 예정이었다. 재활 과정에서 선수만큼 물속에서 살았던 태열이었다.

가을에는 제주도에 가기로 했다. 지난번 제대로 마무리가 아쉬웠던 여행의 제대로 된 마침표를 찍기 위해서. 이번 여행에서 태열은 주영에게 보여 주고 싶었던 곳들, 먹이고 싶었던 것들, 그 모든 것들은 원 없이 풀어 낼 예정이었다.

겨울에는 울진에 내려가 제철인 대게를 먹기로 했다. 울진이야 아무 때나 가면 됐지만, 꼭 대게 철에 내려오라는 고상덕 씨의 당부가 있었다는 주영의 주장이 있었다. 도대체 태열이 없던 울진에서 상덕과 무슨 얘기를 나눴길래

물론 울진이 전부는 아니었다. 추위를 많이 타는 주영을 생각해 따뜻한 나라로 길게 여행도 떠나면 좋을 것 같았다. 이런저런 여행지에 대해 종찬에게 의견을 구하니 사장은 놀고먹고 자신만 부려 먹는다는 한탄이 돌아왔지만, 크게 신경 쓸 일은 아니었다.

이듬해 봄이 오면 지금 이곳, 남명천에서 벚꽃을 함께 보고자 한다. 주영과 벚꽃을 함께 본 경험이 없는 것은 아니었으나, 이곳이었던 적은 한 번도 없었다. 단 한 번도 지켜진 적 없던 13년 전의 약속을 지켜내기 위해서.

그렇게 사계절이 흐르는 사이, 주영은 주영만의 미래를 그려 낼 것이다. 고태열의 역할은 그런 주영의 곁에서 든든한 그녀의 편이 되어 주는 것. 언제나 믿음직스러운 그녀의 남자가 되는 것. 평생을.

그리고 계획으로 가득 찬 우리의 계절의 사이의 틈에서, 아마

태열은 프러포즈도 하게 되겠지. 너무나도 뻔한 결말이지만 그에게만큼은 너무나도 특별한 계획이었다. 인생에 단 한 번, 처음이자 마지막이 될.

오로지 주영에게 바치는 순간.

"왜 안 와?"

태열을 보며 걷던 주영이 고개를 갸웃거리며 천천히 걸음을 멈췄다. 자리에 선 채 한참을 물끄러미 주영을 내려다보던 태열이 발걸음을 뗐다.

"가."

성큼 걸어 주영에게 다가간 태열이 그녀의 허리를 끌어당겼다. 품에 가둬 안으니 주영이 웃으면서도 성가시다는 기색을 숨기지 못했다.

"여기 밖이야."

"응."

태열이 더욱 꼭 끌어안으며 말했다.

"사람들도 있어."

"응."

"쳐다보는 것 같은데. 너 알아보는 거 아냐?"

"응."

대답이 성의 없어 보였는지 어이없는 웃음을 흘리면서도 결국 주영은 태열을 마주 안았다. 그녀의 체온으로 모든 것이 가득 채워진 초여름의 어느 날이었다. 태열이 주영의 정수리에 콧등을 비비더니 결국은 쪽 소리와 함께 입술을 붙였다.

태열의 가슴께에서 간질거리는 가는 웃음소리가 몽글거리며 퍼졌다. 태열이 주영의 뒤통수를 부드럽게 쓰다듬으며 천천히 입을 열었다.

"생각은 여전히 변함없어?"

주영이 말없이 품에 갇혀 고개를 끄덕였다. 주영이 모든 것을 정리하고 나온 후 태열이 제안했다. 태열이 새로 이사할 집에 같이 사는 건 어떻겠냐고.

그냥 같이 살자는 얘기지 프러포즈는 아니니 착각하지 말라나? 어이가 없어서 기가 막힌 웃음을 내뱉었던 기억이 있다. 웃으면서도 단호하게 거절했었다.

회사를 정리하는 것 외에도 집과 차는 그대로 유지해도 괜찮다는 재건의 또 다른 배려가 있었으나 주영은 거절했다.

주영이 살고 있던 빌라는 주헌의 명의였고, 차도 임원에게 지급되던 법인 차량이었다. 그 집을 나온 이상 주영이 누릴 자격이 되는 것은 아무것도 없었다.

퇴직금도 두둑이 받았고, 그동안 모아 온 돈도 있었고. 남명동에 적당한 아파트를 구입할 능력은 되었다.

자신의 집으로 들어오라는 태열의 제안을 거절한 이유는…….

새로운 시작만큼은 주영의 힘으로 혼자 해 보고 싶었다. 태열의 제안을 받아들이지 않는다고 해서 새로운 삶을 함께하는 이가 태열뿐인 것이 바뀌는 것은 아니었다.

같이 살지 않더라도, 함께 많은 시간을 공유하고 대화하고 사랑하면 충분했다. 그렇게 천천히 다시 시작하며 더 깊은 미래를 꿈꾸는 건 나중을 기약하고 싶었다. 지금 이렇게 조급하게 군다고 해서 우리의 마음이, 미래가 달라질 건 아니니까.

"그래, 너 하고 싶은 대로 해."

그게 뭐든. 태열이 잔잔히 웃으며 답했다. 그의 옆에서 그녀가 하고 싶은 모든 것을 할 수 있는 자유. 애초에 그가 원하던 것이었다.

물론, 그의 집에 들어오지 않겠다는 대답이 서운하지 않은 것은 아니었으나 꼭 같이 지낼 공간이 그의 집이어야 할 필요는 없으니까. 천천히 주영의 새로운 집에 그의 흔적을 하나하나 쌓아가며 물들이면 될 일이었다.

인식하지 못한 사이 온주영이라는 이름에 완전히 물들어 갔던 열일곱의 태열처럼. 그리고 그 기억이 아무리 노력해도 지워지지 않는 선명한 잔상이 되었던 것처럼.

이번에는 자신이 주영에게 그런 존재가 되면 되는 것이니까. 그녀의 일상이 그로 물들고, 그의 일상이 그녀로 물들어 서로의 경계조차 흐려지는 그런 그림을 그리면 되니까.

뜨거운 빛이 찬란하게 비추는 지금의 계절처럼, 늘 언제나 뜨거운 그의 운명 같은 여자와 함께 그릴 미래를 생각하며 그가 주영을 조금 더 깊이 가둬 안았다.

외전. 너도 내 마음과 같기를

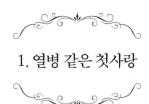

1. 열병 같은 첫사랑

시간은 어김없이 흘러갔다.

그러나 주영은 흘러가는 시간의 조각을 조금씩 다르게 채워 갔다.

매출을 걱정하느라 새벽 늦게까지 잠 못 이루던 밤은 사라졌다. 억지로 지금을 버티기 위해 끌어안았던 모든 짐도 사라졌다.

지금의 주영에겐 제 곁을 지켜 주는 사랑하는 사람이 있었으며, 여유롭게 스스로를 돌아볼 자유가 생겼다.

앞으로 무엇을 할지 고민할 시간적 여유가 충분했다. 태열과 함께 서우와 종찬을 만나기도 했다. 환히 웃으며 마침내 결혼을 결심했다는 서우에게 축하의 말을 전하기도 했다.

이사를 준비하며 태열과 같이 쇼핑을 가기도 했고, 태열에게 운동을 배우기도 했다. 농담처럼 자신의 회사로 들어오라는 태열의 제안에 목을 뻣뻣하게 세우며 생각해 보겠다는 통을 놓기도 했다.

소소한 일상이었다.

오늘은 주영의 일상에서 가장 바쁜 날이었다. 성인이 된 후 가장 큰 변화가 있는 날이기도 했다.

청담동 주헌의 빌라로 독립을 할 땐, 이런 날이 올 거라는 상상조차 하지 못했다. 빌라에서 짐을 빼는 것은 상진과의 결혼식 이후일 거라고 생각했으니까.

새로운 집은 온전히 자신의 힘으로 갖게 된 주영만의 공간이었다. 초여름의 햇살이 따스하게 들이치는 거실을 보는 주영의 얼굴이 부드럽게 풀어졌다.

"이건 어디다 둘까."

차에 실어 두었던 주영의 귀중품 박스를 들고 나타난 태열이 물었다.

"그거 서재에."

커다란 덩치의 남자가 주영의 말 한마디에 바로 발걸음을 옮겼다. 사실 태열까지 나서 도와줄 일은 없었는데.

짐이 많지 않기도 했고, 이삿짐 서비스만으로도 충분했다. 그러나 태열은 언제나 그랬듯이 주영의 곁을 지켰다.

이삿짐센터 직원들에게 먹을 것을 챙겨 주고, 감사의 의미로 웃돈을 얹어 준 것도 태열이었다. 그를 알아본 남직원에겐 같이 사진을 찍어 주는 팬 서비스까지 아낌없이 베풀었다.

자신의 일처럼.

"이제 대충 다 된 건가."

손을 털며 거실로 나온 태열의 시선이 주영을 향했다. 주영이 웃으며 작게 고개를 끄덕였다.

"응. 자잘한 짐만 정리하면 되는데 그건 내가 할게. 넌 이제 그만 쉬어."

허락과 같은 말에 태열이 소파로 몸을 내던졌다. 등받이에 깊게 몸을 기대며 주영을 향해 양팔을 한껏 벌렸다.

창가에 선 주영이 태열을 가만히 바라보자 짙게 뻗은 눈썹이 불만족스럽게 삐죽 솟았다.

왜 가만히 있냐는 양.

주영은 이럴 때면 꼭 어릴 때 모습을 보는 것 같아 반가운 마음이 들기도, 아쉬운 마음이 들기도 했다.

열아홉에 너를 놓지 말걸. 그게 아니라면 미국에 갔을 때라도 네게 한 번 찾아가는 용기라도 내 볼걸. 네가 다쳤을 때, 그때라도.

그랬더라면 서로 어른이 되어 가는 모습을 가장 가까운 곳에서 지켜봤을 텐데. 그런 아쉬움 같은 것.

"이리 와 봐."

주영의 부름에 삐딱하게 눈썹을 까닥이던 태열이 천천히 몸을 일으켰다. 긴 다리로 훌쩍 다가와 덥석 끌어안으며 아이처럼 주영의 목에 콧대를 비볐다.

익숙한 태열의 체취가 주영에게 스며들었다.

"여기 좀 봐 봐."

덩치는 두 배나 되면서 주영에게 매달리듯 안겨 있던 태열이 그제야 천천히 고개를 들었다.

주영이 슬며시 떨어지며 창가를 향해 몸을 돌렸다.

거실의 한 면을 완전히 차지한 창에는 익숙한 듯 낯선 풍경이 가득했다. 재개발이 되어 정비가 된 남명동의 풍경부터, 남명천까지.

"예전에 우리 옥상에서 놀았을 때 보던 풍경이랑 똑같아."

"그러네."

다시 주영을 뒤에서 당겨 안은 태열이 주영의 손을 잡았다. 겹쳐진 손가락이 입주 청소로 티 하나 없이 깨끗해진 유리창을 짚었다.

"저기가 온주영이 집보다 자주 드나들었던 도서관."

오래된 도서관은 새 건물들 사이에 우직하게 그대로 남아 있었다. 매일 같이 태열이 주영을 데리러 가던 곳이었다. 깍지 낀 손이 옆으로 이동했다.

"여기 사거리는 네가 맨날 내리던 정류장."

남명 사거리는 새로 올라선 상가 건물들이 빽빽하게 채우고 있었다. 친구들에게 사귀는 걸 티 내고 싶지 않아 하던 주영을 태열이 기다리던 장소였다.

겹쳐진 검지가 다시 위로 쭉 올라가 남명천을 가리켰다. 웃음기 섞인 목소리가 이어졌다.

"여긴 너한테 처음으로 차인데."

"……그걸 다 기억해?"

"태어나서 처음 차여 봤는데 어떻게 까먹어."

"쌓아 두는 스타일이신가 봐요."

"온주영에 대해서는 빠짐없이 기억하는 스타일이지."

그건 주영도 마찬가지였다. 밀어낸 주제에 잊지 못해 얼마나 미련을 부렸던가. 돌이켜 보면 정말 어처구니가 없을 정도였다.

그러나 태열은 모르는 이야기였다.

이제 와서 구구절절 나도 너를 잊지 않고 오랫동안 담아 왔다고 얘기하는 건 너무 구차해 보이니까. 굳이 입 밖으로 꺼내진 않았다.

현재에 최선을 다하면 충분할 테니.

"나는 이 집 마음에 들어."

이어지는 태열의 말에 안겨 있던 주영이 고개를 들어 그의 얼굴을 물끄러미 봤다.

"6층이면 그때 옥상 있던 자리잖아."

5층짜리 아파트의 옥상은 어린 연인의 아지트였다. 주영이 이 집을 선택한 이유기도 했다.

날카로운 남자애의 인상이 소년처럼 풀어지고, 일상에 지쳐 있던 여자애가 행복하게 웃던 시간으로 가득하던 곳.

"여기서 두 번째로 차이기도 했고."

"사귀기도 했거든?"

낮은 음성엔 잔잔한 웃음기가 담겨 있었다. 주영이 가볍게 눈을 흘기며 고개를 내리는데 다시 뺨이 붙잡혔다.

놀랄 새도 없이 부드러운 입술이 포개졌다. 가볍게 입 안을 훑고 떨어져 나간 태열이 눈꼬리를 휘어 접으며 웃었다.

"첫 키스도 했잖아."

그랬나? 주영이 고개를 갸웃거렸다. 첫 키스 장소가 과외 평계로 드나들던 태열의 집이었는지, 옥상이었는지 정확하게 기억이 나지 않았다.

그런 주영의 머릿속을 읽었는지 태열이 눈을 가늘게 떴다.

"기억이 안 나?"

"······그걸 어떻게 하나하나 다······"

말을 끝맺기도 전에 다시 숨이 얽혔다. 방금 전보다는 조금 더 깊게, 그리고 길게 입맞춤이 이어졌다. 호흡이 가빠지기 시작할 때쯤 입술이 가볍게 떨어졌다.

이마를 맞붙인 채 시선이 얽혔다. 주영이 사랑하는 새카만 눈동자엔 애정이 보였다.

이제는 보이지 않아도, 알 수밖에 없는 것들이었다.

태열이 장난스럽게 주영의 아랫입술을 물었다. 주영이 기억이 난다고 말하기 전까지는 입술을 놔 줄 생각이 없는 사람처럼 끈덕지게 괴롭힘이 이어졌다.

"나······ 기억나는 것 같아."

아무래도 네 말이 맞는 것 같다고, 말하는 주영의 웅얼거리는 목소리는 태열에게 먹먹히 삼켜졌다.

기억을 못 하냐고 다그친 건 그저 핑계였을 뿐이었는지, 입맞춤이 더욱 진해졌다.

기다렸다는 듯이 손이 가슴 위로 올라오자 주영이 그의 손목을 잡았다. 숨을 가볍게 헐떡이며 입술을 떼어냈다.

"배······고프지 않아? 점심도 빵 먹었잖아."

이삿날이니 점심엔 자장면을 먹어야 한다는 태열의 주장은 지켜지지 못했다. 시간이 애매해 빈 집에서 이삿짐을 기다리며 태열이 카페에서 가져온 디저트로 점심을 때운 참이었다.

주영의 입장에선 하루 종일 밥도 제대로 먹지 못한 채 고생한 태열이 신경 쓰였다.

"고파."

가볍게 대답한 태열의 입술이 턱에서, 목으로, 그리고 쇄골로 흘렀다.

"아…… 그러니까 밥부터 먹고, 나중에…….."

"네가 고파, 주영아."

다시 입술이 먹혀들었다. 못 당해 내겠다는 듯 연하게 웃은 주영이 천천히 눈을 감으며 태열의 목에 팔을 감았다. 열린 창문 틈으로 불어오는 바람에서 초여름의 냄새가 묻어났다.

아마도, 저녁 식사는 한참 후에나 할 수 있을 것 같았다.

자장면은 해가 지고도 한참이 지나서야 먹을 수 있었다.

온 기운을 쏙 뺀 채로 먹은 터라 그런지 맛은 있었다. 탕수육까지 다 비울 정도로.

기름진 식사의 흔적을 치우고 나서도 태열은 돌아갈 생각을 하지 않았다. 오히려 주영이 소파에 늘어져 있던 사이에 먼저 욕실을 차지해 씻고 나왔다.

추리닝만 입은 채 수건으로 젖은 머리를 가볍게 털어 낸 태열이 주영을 향해 다가왔다.

바지는 언제 챙겨 온 건지. 왜 상의는 입지도 않고 바지만 입고 저러고 다니는 건지.

자기 집 인양. 남의 집에서…….

그렇게 생각하던 주영의 시선이 점점 가까워지는 태열의 몸에서 떨어지지 않았다.

매일 같이 보는 몸인데도 볼 때마다 사람을 홀리는 무언가가 있었다. 떡 벌어진 어깨부터 군살 하나 없이 조각된 근육이나 그런 것들이.

주영이 본 사람 중 제일 몸이 좋은 것 같았다. 남의 귀엔 사심 가득한 말로 들리겠지만.

딴생각에 빠져 있던 주영이 현실로 돌아온 건 몸이 공중으로 붕 떠올랐을 때였다.

주영이 본능적으로 자신을 번쩍 안아 든 태열의 목을 끌어안았다. 낮은 웃음소리가 정수리께에서 퍼져 나갔다.

"너도 씻어야지."

태열이 이마에 가볍게 입술을 맞추며 말했다.

"씻겨 줘?"

코끝을 간지럽히는 좋은 향에 깊이 안겨 든 주영이 고개를 저었다.

방금 씻고 나온 주제에 씻겨 주겠다니. 농담으로 치부하기엔 태열의 전적이 많았다. 같이 욕실로 들어가면 언제 나올 수 있을지 모르니까…….

태열이 욕실 앞에 내려 주자마자 주영은 잽싸게 문을 닫았다. 굳게 닫힌 문 너머에서 낮은 웃음소리가 들렸다.

세면대에서 칫솔을 찾던 주영의 입가에도 헛웃음이 걸렸다.

자신의 칫솔 옆에 나란히 놓인 태열의 칫솔을 보며.

씻고 나오니 하루 종일 쌓여 있던 노곤함이 몰려들었다.

태열이 보이지 않았다. 거실에도 주방에도. 뻔히 있을 곳이 예상되어 주영이 침실로 걸음을 옮겼다.

예상대로 태열은 침대에 기대 핸드폰을 보고 있었다. 인기척이 들리자마자 바로 두 팔을 뻗어 오는 태열을 외면한 주영이 화장대 의자에 앉았다.

"나 로션만 바르고."

"얼마나 더 예뻐지려고."

"······씻고 로션은 기본이야."

"부탁인데, 그만 예뻐졌으면 좋겠어. 얼마나 더 사람 정신을 못 차리게 하려고."

태열이 불만스럽게 말하며 갈 곳을 잃은 팔을 거뒀다. 그러고는 한 팔로 머리를 받치며 침대로 눕는 모습이 화장대 거울을 통해 비쳤다. 화장 솜에 토너를 덜어 내던 주영의 시선이 거울 속 태열을 향했다.

"이제 가 봐야 되지 않아? 너무 늦어서."

벌써 자정에 가까운 시간이었다. 주영도 이렇게나 피곤한데, 주영 대신 나서서 일을 한 태열은 얼마나 피곤할지. 빨리 돌아가 쉬는 게 좋을 것 같았다.

"피곤해. 이러다 온주영 혼자 두고 죽으면 어떡하지."

"오늘 고생했어. 고마워."

어리광 같은 말에 주영이 가늘게 웃었다. 태열이 모로 누워 주영의 뒷모습을 물끄러미 바라보았다.

"열심히 일했으니까 키스해 주나?"

"……해 줬잖아. 아까."

"부족해. 충전이 덜 됐어."

"……"

"그래서 운전을 못 할 것 같은데."

"뭐?"

거울 속에서 씨익 입매를 말아 올리는 태열과 눈이 마주쳤다.

"아무래도 온주영이 오늘 재워 줘야 할 것 같네."

"……"

"한 발짝도 못 움직이겠어, 주영아."

태열이 다시 주영을 향해 두 팔을 벌렸다.

어쩐지. 같이 살자는 태열의 제안을 거절하고 주영이 혼자 독립을 해 보고 싶다는 말에 한마디도 거들지 않고 흔쾌히 고개를 끄덕이더니.

이러려고 그랬나 보다.

주영이 바람 빠진 웃음을 흘리면서도 자신을 향해 두 팔을 벌린 남자를 향해 다가갔다.

감겨 오는 체온이 따뜻했다.

주영의 집인지, 태열의 집인지.

태열은 오랫동안 머물렀던 제집인 양 자연스럽게 행동했다.

새벽같이 일어나 남명천을 뛰고 왔다. 주영이 눈을 떴을 땐 이미 씻고 나와 가볍게 아침을 차려 놓았다.

재료는 언제 사 온 건지. 스크램블드에그와 토스트, 그리고 과일 샐러드. 카페에서 사 온 커피까지.

식탁에 마주 보고 앉은 주영이 시원한 아메리카노를 한 입 쪽 빨고 내려놓았다. 손을 뻗어 젖은 입술을 엄지로 닦아 준 태열이 무심히 물어 왔다.

"다음 주에 장기영 만나기로 했거든. 같이 갈까."

기영은 고등학교 때 태열과 같은 영성고 야구부였다. 당시 주영과 어울려 다니던 은아의 남자 친구라 오며 가며 종종 마주치기도 했었다.

태열과 헤어져 있을 때였나, 둘이 결혼했다고 듣긴 했다.

오래전, 주영이 성북동으로 들어가면서 은아와는 연락이 끊겼었다. 은아가 배우로 활동하고 있어 소식은 듣고 있었으나 그게 전부였다.

주영의 입장에선 은아도 아니고 당시에도 교류가 딱히 없던 기영을 보는 게 조금 부담스러웠다.

태열이 가볍게 덧붙였다.

"자기 와이프랑 같이 보자던데. 혼자 나가면 쓸쓸할까 봐."

"은아랑?"

태열이 고개를 끄덕였다. 싫으면 거절해도 돼. 부드럽게 덧붙인 태열이 빈 그릇을 정리하기 시작했다.

고민 끝에 주영이 천천히 입술을 뗐다.

"생각해 볼게."

"그래."

주영의 이마에서 쪽 소리가 났다. 주영은 자연스럽게 빈 그릇을 들고 개수대로 향하는 뒷모습을 멀거니 바라보았다.

가끔은 궁금하긴 했다.

그때의 인연들은 어떻게 지내고 있을지. 은아나 영서, 세영처럼 같은 고등학교를 다닌 인연은. 같은 대학을 다닌 혜원과 같은 인연은.

그러나 주영이 먼저 거리를 둔 인연이었기에 먼저 연락을 할 용기도, 마음의 여유도 없었다.

은아는 매체에서 종종 소식을 들을 수 있어 잘 지내고 있구나라고 생각했다.

우연히 호텔에서 만난 혜원과는 다시 인연을 이어 가고 있었다. 주헌을 피해 미국으로 피신한 지금까지도.

자주는 아니고 가끔. 2주 전엔 통화로 혜원이 첫 태동을 느꼈다는 이야기를 나누었다.

한번 다가가는 것이 어렵지, 막상 인연을 이어 가는 것은 별것 아니었다. 그리고 흘려보냈던 좋은 사람들과 다시 연을 이어 가는 건 생각보다 즐거운 일이었으니…….

"태열아."

막 설거지를 끝낸 태열이 고개만 돌려 뒤를 돌아보았다. 물끄러미 지켜보던 주영이 연하게 웃으며 담담히 말했다.

"갈게. 같이 가고 싶어. 너랑."

타월에 손을 닦은 태열이 마주 웃으며 성큼 걸어왔다.

"그래, 그러자."

가볍게 입술이 붙었다 떨어졌다.

태열은 주영의 새로운 집이 제법 마음에 들었다.

주말마다 붙어 있던 청담동의 빌라보다 이곳이 더.

예전의 추억이 있는 동네라는 점도 있지만, 더 작은 공간에서 주영과 단둘이 내내 붙어 있다는 점이 가장 만족스러웠다.

어디에서나 주영의 기척을 느낄 수 있었으니까.

때로는 먼저 지쳐 잠든 주영을 보며 미래를 그려 보는 것도 제법 즐거운 시간이었다.

여행은 언제 같이 갈지, 어디부터 가면 좋을지. 뻔뻔하게 주영의 집에 눌어붙는 것이 아니라 언제쯤 자연스럽게 같이 살지.

아니지, 프러포즈는 언제 할지. 어떻게 할지. 고요히 잠든 얼굴을 보며 기분 좋은 상상을 하다 보면 시간은 쏜살같이 흘렀다.

약간의 불만이라면 태열보다 새집을 더 소중히 여기는 것 같은 집주인이랄까.

주영은 이사 후 정신이 없어 2주나 미뤄 왔던 서재의 짐을 정리하겠다며 한 시간째 서재에 틀어박혀 있는 중이었다.

팔짱을 낀 태열이 고개를 삐딱하게 기울인 채 문가에 기대 주영을 물끄러미 내려다보았다.

서재 정리에 정신에 팔려 태열은 거들떠보지도 않는 눈부터, 집중하느라 동그랗게 모은 입술과 쏙 팬 뺨까지.

새로 자기만의 공간을 가졌다는 게 저렇게 신날 일인지. 혼자 두면 정리한다는 핑계로 종일 태열을 거들떠보지도 않을 기세였다.

질투의 대상이 사람도 아니고, 집이라니. 헛웃음을 흘린 태열이 느긋하게 몸을 움직였다.

주영이 정리하기 편하도록 방 한쪽에 놓여 있는 상자 속 물건을 하나씩 꺼내기 시작했다.

이삿날, 주영이 귀중품이라며 따로 챙겨 두었던 박스였다. 상자를 열어 물건을 확인하던 태열의 동작이 느려졌다. 고개가 비스듬히 기울었다.

카테고리를 하나로 엮을 수 없는 물건들이 모여 있었다.

운동복부터 통장, 예전에 쓰던 것으로 보이는 오래된 기종의 핸드폰들. 그 사이에서 태열의 시선을 끌어당기는 것 하나.

그에겐 너무나도 익숙한 것.

태열이 마지막으로 몸을 담았던 메이저리그 구단의 유니폼이었다. 느릿하게 눈을 감았다 뜬 태열이 유니폼을 집어 들었다.

22. TY KO

시선을 들어 주영을 바라봤다. 주영은 여전히 서재 안쪽 책장을 정리하는 데 여념이 없었다. 천 자락을 꽉 움켜쥔 태열이 크게 숨을 들이마셨다.

긴 공백의 시간 동안 주영을 잊으려 노력했다. 그러나 완전히 잊었다고 말할 순 없었다.

언제나 주영의 그림자와 함께 살아가고 있었으니까.

그러나 주영은 아닐 거라고 생각했다. 서운하지 않았다면 거짓말이겠지만, 그것 또한 태열이 감내해야 할 일방적인 미련이라고 생각했다.

지금 함께 있는 이 순간만으로도 그는 완전히 충만했으므로. 함께 그려 나갈 미래만으로도 벅차올랐으므로.

문득 머릿속을 스치는 생각에 그가 빠르게 상자 속 주영의 운동복의 상표를 확인했다. 통장의 은행도. 핸드폰의 제조사까지.

선수 때 한창 태열이 광고 모델로 활동했던 회사들이었다. 느리게 눈을 감은 태열의 입술 사이로 나직한 숨이 흘렀다.

나는 여전히 널 모르네.

주영이 아끼는 물건이라며 따로 챙겨 놓은 박스는 온통 그로 가득했다. 일방적이라고 생각했던 시간은 혼자만의 것이 아니었다.

오랜 시간 입에 담지 않았던 욕설이 저절로 치밀어 올랐다. 스스로에 대한 분노였다.

매정했던 얼굴 아래 숨겼을 너의 상처를, 힘들었을 시간을 덜어 주지 못한 스스로에 대한.

태열을 향해 해사하게 웃었던 얼굴을 그리워했다. 자신의 이야기를 꺼내는 것을 어려워하던 너를 알면서도, 결국 그 끝은 원망이었고.

그럼에도 잊지 못한 주제에.

차근차근 천국을 향한 구름 계단을 걸어가는 척하면서도 실상 마음만큼은 지옥이었으면서.

차라리 네가 날 지겨워 질려 버릴 때까지 더 매달려 볼걸. 못 이기는 척 내 손을 잡을 때까지 집요해 볼걸.

멀리서 지켜본 네가 웃고 있었더라도, 억지로 네 옆에 내 자리를 만들어 볼걸.

그런 후회가 물밀듯이 밀려들어 왔다. 태열이 뜨겁게 울컥 올라오는 감정을 가까스로 삼켜 냈다.

태열이 조용히 상자를 덮었다. 책장 앞에서 분주히 손을 움직이는 주영을 향해 다가갔다. 그녀를 뒤에서 힘껏 당겨 안았다. 늘 그의 곁을 맴도는 달콤한 체향이 코끝을 훅 찔렀다.

책을 꽂아 넣던 주영이 놀랐는지 작게 몸을 버둥거렸다. 손을 뻗어 책을 내려놓은 태열이 작은 몸을 돌렸다.

바로 입술이 부딪혔다. 벌어진 입술 사이로 뜨거운 숨을 밀어 넣었다. 먼지 묻은 손이 그에게 닿을까 봐 반사적으로 뒤로 뺀 주영의 손을 잡아 깍지 긴 태열이 입술을 내렸다.

주영이 깔끔을 떠는 성정인 걸 안다. 그러나 어떤 모습이든 상관없었다.

멀끔히 씻은 상태의 편안한 얼굴로 다정하게 태열을 끌어안으며 먼저 입술을 부딪쳐 올 때도 귀엽긴 했다.

그러나 때로는 당혹감에 어쩌지 못하며 얼굴을 붉히는 모습이 더 야할 때도 있었으니까.

귓불부터 턱선을 타고 내려온 입술은 목선에 머물렀다. 잘근 잘근 살점을 씹어 대자 주영이 간지러운 듯 웃었다.

"아…… 잠깐만, 나 손이라도 씻고…… 응?"

어떨 때는 그랬다. 주영이 새침한 눈으로 태열을 흘길 때면 빳빳하게 다려진 교복을 입은 그 시절의 여자애 같았다.

그래서 설레고, 그래서 아렸고, 그래서 좋았다.

그러다가도 가끔 이렇게 막무가내로 구는 태열을 다정하게 어르는 목소리는 충만감과 상실감을 동시에 선사했다.

내가 모르는 시간 속에서 어른이 되어 버린 너에 대한 상실감. 앞으로는 그런 시간 따윈 존재하지 않을 것이라는 확신에서 오는 충만감.

태열은 대답 대신 주영의 티셔츠 위에 얼굴을 묻었다. 집이라고 편한 차림이던 주영은 속옷을 입지 않은 채였다. 발끝부터 정수리까지 열기가 뜨끈하게 차올랐다.

"온주영 냄새."

가슴 사이에 고개를 파묻은 태열이 깊게 숨을 들이마셨다. 면 티 위로 얼굴을 비비며 낮게 중얼거렸다.

"하고 싶어, 주영아."

언제나 갈증이 났다.

마셔도 마셔도 부족한 그런 기분. 둔덕에 콧날을 비벼 대자 간지러운지 나긋한 웃음소리가 머리 위에서 퍼졌다.

"너 진짜……."

"응. 나 진짜."

대답과 함께 더운 숨결이 주영의 가슴 위에서 흩어졌다.

"이럴 때 보면 애 같아."

애 같다는 말에 화답하듯 태열이 천 위로 튀어나온 가슴을 덥석 물었다. 동시에 다디단 신음이 찬사처럼 쏟아졌다.

한참 고개를 파묻고 있던 태열이 돌연 몸을 일으켰다. 번쩍 주영을 안아 들었다.

순식간에 공중에 떠서 책장과 태열 사이에 갇힌 주영이 손을 어쩌지 못했다. 방금 전까지 손을 맞잡아 놓고도 여전히 태열에게 더러운 먼지가 조금이라도 묻을까 염려하는 모습이었다.

더러워 봤자. 너한테 묻은 게 더러울 게 뭐가 있다고.

차라리 더러운 건 그였다. 불현듯 알게 된 온주영의 마음에 다정한 사랑 고백보다는 욕망의 갈증부터 느끼는 것이.

태열이 자조하며 주영의 엉덩이를 받친 손에 힘을 주었다.

"어깨 잡아."

"손 더럽단 말이야. 먼지 쌓인 책 만졌잖아."

"나는 너한테 더럽혀지는 게 취향인데."

"취향 한번…… 이상한 거 알지?"

주영이 어처구니가 없다는 듯 바람 빠진 소리를 냈다.

애처럼 굴었다.

내가 없어도 잘 살아갔을 거라 믿었던 시간 속에 내가 있었다는 게. 알고 보니 엉망진창으로 곪아 가던 네 일상에서도 내가. 한 번도 날 찾지 않았던 네게 항상 내가……

그러니까 온주영에게도 언제나 고태열이 있었다는 것이.

태열이 쉴 새 없이 주영의 이마, 콧등, 빰, 입술. 얼굴 여기저기에 입맞춤을 뿌려 댔다. 허공에 붕 떠서 키스를 받아 내던 주영은 눈을 찡그리면서도 마지못해 태열의 어깨를 잡았다.

주영의 목덜미에 고개를 파묻어 흔적을 남기던 입술의 움직임이 느리게 멈췄다. 무언가 생각하는 사람처럼 천천히 눈을 감았다 뜨며 주영을 불렀다.

"주영아."

"으응?"

"사랑해."

"갑……자기?"

주영이 작게 웃으며 태열의 머리칼을 쓸었다. 그 손짓이 사뭇 다정해 성대가 끓었다.

"내가 언제 널 안 사랑한 적 있었나."

"……."

"그래서, 그러니까 사랑해."

예전에도, 지금도, 앞으로도. 언제나.

끝내 차마 놓지 못했던 우리를 비로소 완전하게 만드는 건 언제나 너였다. 비어 있던 고태열의 마지막 한 칸을 완성해 주는 이름은 바로 온주영이었다.

더 나은 사람이 되고 싶게끔. 너를 행복하게 만들어 줄 수 있는 그런 남자이고 싶게끔.

그리고 우리의 완전한 관계를 완성시키는 건 존재 자체로의 너.

주영이 태열의 양 뺨을 잡아 고개를 들게 했다. 언제나 그가 사랑했던 예쁜 얼굴이 웃으며 가까워졌다.

젖은 소리와 함께 입술이 포개졌다. 언제나 다정하지만 그를 뜨겁게 만드는 온주영의 입맞춤이었다.

그의 사랑 고백에 화답이라도 하는 듯이.

갈증이 인 사람처럼 갈급하게 입을 맞추던 태열이 주영을 안은 채로 성큼성큼 발걸음을 옮겼다.

뜨거운 숨을 받아 내며 매달리듯 그의 어깨를 붙잡은 주영의 몸이 뒤로 기울었다. 어느새 등 뒤로 푹신한 침구가 느껴졌다.

순식간에 티셔츠와 바지가 벗겨지고, 얇은 속옷만 남았다. 헐떡거리며 태열을 받아 내던 주영이 숨이 부족해질 때쯤 태열의 입술이 아래로 내려갔다.

턱에서 어깨, 그리고 쇄골 위를 배회하던 태열의 입술이 잠시 정지했다. 움푹 팬 쇄골에 코를 박고 크게 숨을 들이켜자 주영의 체취가 폐부로 스며들었다.

느릿하게 상체를 세운 태열이 주영의 종아리를 들어 올려 눈을 맞춰왔다.

언제나 곧고 반듯한 눈. 주영을 향한 눈빛만큼은 언제나 직선이었던. 열일곱부터 한결같았던 눈이었다.

밭은 숨을 내쉬던 주영이 눈을 깜빡이며 시선을 받아 내는 사이 태열이 그녀의 발끝에 키스했다. 동시에 주영이 작게 눈을 찡그렸다.

"더럽게……."

"그게 취향이라니까."

씩 웃어 보인 태열의 입술이 이번에는 반대로 거슬러 올라갔다. 발끝부터 발등, 복숭아뼈, 종아리. 정성스럽고도 진득하게 제 흔적을 남겨 나갔다. 허벅지의 연한 살에 붉은 흔적을 남길 때는 이를 세워 깨물기도 했다.

간질간질한 자극에 주영이 하지 말라며 아래서 어른거리는 태열의 머리를 엉망으로 흐트러뜨리자, 되레 더 집요하게 흔적을 남겼다. 깊게 빨고, 잘근잘근 살점을 씹었다.

태열의 입술이 속옷 앞에서 멈췄다. 천천히 눈을 감았다 뜬 태열이 낮게 웃자 뜨거운 숨이 아래를 스쳤다. 그의 시선이 한곳에 머무르자 주영의 귓가가 붉어졌다.

그가 숨을 새길 때마다 착실하게 달아오른 흔적이 여실히 드러나 있을 작은 천이 너무나 뻔해서. 낮은 숨결이 속옷 위를 스쳤다.

"주영아."

"……하지 마."

"뭘 하지 말까."

"아무 말도 하지 마."

"말만 안 하면 되는 건가."

비스듬히 웃은 태열의 기다란 손가락이 속옷을 젖혔고, 주영의 입에서 흘러나오는 더운 음성이 점점 짙어졌다.

어느새 신음은 다시 입술을 겹쳐 온 태열에게 전부 삼켜졌다. 이성을 잃은 사람처럼 뜨겁게 몸이 겹쳐지는 순간 태열의 어깨를 잡은 주영의 가는 손끝이 핏기 없이 바들바들 떨렸다.

집어삼킬 듯 움직이는 커다란 몸을 따라 주영의 시야가 흔들렸다. 동공에 맺힌 천장 조명의 빛이 뿌옇게 번지고 이내 눈앞이 새하얗게 물들었다.

아찔함에 눈을 질끈 감은 주영이 두툼한 몸을 꽉 끌어안았다. 이미 틈 없이 엉켜 있었음에도 조금도 떨어지고 싶지 않은 것처럼.

여전히 주영 안에 머무른 태열이 상체를 낮춰 주영의 눈을 오래도록 바라보았다. 살짝 찌푸린 눈매 사이로 열에 달뜬 옅은 눈동자가 보였다.

그 눈을 보고 있으니 여태껏 욕망을 토해 내고도, 또다시 욕망이 차올랐다. 명치가 뻐근하게 조여 오고, 아랫배가 바짝 조여드는 기분. 온몸이 녹아내릴 것만 같았다.

이미 빠르게 날뛰고 있는 심장 박동이 온몸을 쿵쿵 울렸다. 제심장 박동임을 알고 있음에도, 주영의 것이었으면 좋겠다는 생각을 한다. 아니, 심장 박동도 맞닿은 몸을 통해 번지기를, 그렇게 너도 내 마음과 같기를.

영원히 이렇게 네게 몸을 묻고 싶다는 바람. 영원 같은 건 없다하더라도. 네가 있는 곳이 영원일 테니.

지쳐 늘어진 주영을 다시 몰아붙이고 싶은 충동을 억누르며 태열이 작게 들썩이는 주영의 뺨을 감쌌다. 젖은 입술을 물고 부드럽게 열었다. 으응, 주영이 흘리는 신음까지 달게 받아 마셨다.

아쉬운 듯 느릿하게 입술을 떼어낸 태열이 낮게 속삭였다.

"주영아."

"으응."

"한 번 더 할까."

주영이 눈을 가늘게 뜨며 태열의 어깨를 팡팡 내리쳤다. 딱 한 번만, 장난스럽게 말하는 음성이 주영의 입술 위에서 흩어졌다.

온주영이 달라졌다.

고태열은 온주영이 어떤 모습이라 하더라도 사랑할 테지만, 최근의 주영은 태열을 더없이 기쁘게 했다.

오늘만 재워 줘. 이 말로 시작했던 주영의 집에서의 더부살이는 어느 순간 당연해졌다.

주영의 아파트엔 조용히 태열의 짐이 쌓여 갔다.

'이게 뭐야?'

주영이 이사한 지 일주일쯤 됐을 때였나. 어디 여행이라도 온 사람처럼 묵직한 가방을 내려놓는 태열을 보며 주영이 당혹스러움을 숨기지 못한 얼굴로 물어 왔었다.

'짐. 두 집 살림하려면 이 정도는 준비해 놔야지.'

뻔뻔하게 말하며 커다란 짐 가방을 내려놓는 태열을 물끄러미 바라보던 주영은 이내 연하게 웃음을 터트리고 말았다.

너 이러는 거 곤란해.

예전 같으면 이런 뾰족한 한마디는 하고 넘어갔을 게 분명한데. 그저 예쁘게 웃으며 태열의 품에 안겨 잠들 뿐.

집도 없는 떠돌이처럼 매일 밤 주영의 집에서 신세를 지는 처지는 더할 수 없이 만족스러웠다.

매일 아침 눈을 뜨면 주영을 볼 수 있었으니까. 언제나 고대해 왔던 순간이었다.

덕분에 태열이 한남동에 새로 마련한 오래된 단독 주택은 마음 편히 리모델링에 들어갔다. 그 집은 주영과 결혼을 하게 되면 신혼집으로 쓰면 될 듯싶었다.

그뿐만은 아니었다.

태열을 가장 즐겁게 하는 온주영의 모습은…….

침대맡에 걸터앉은 태열이 곤히 잠든 주영의 얼굴을 물끄러미 내려다보았다. 눈을 감으니 유순해 보이는 인상, 희게 빛나는 뺨, 도톰한 입술.

사랑하지 않을 수 없는 얼굴을.

뺨에 붙은 주영의 머리카락을 넘겨 준 태열이 시간을 확인했다.

[9:58AM]

청담동 빌라에서 주말을 함께 할 때도 주영은 아침 6시쯤이면 눈을 뜨곤 했다. 밤늦게 잠이 들더라도. 출근을 하는 평일과 다름없이.

그러나 최근의 주영은 종종 늦잠을 자곤 했다. 평생 부족했던 잠을 몰아 자기라도 하는 듯이. 그와 함께하는 시간이 그녀에게 휴식이라도 된다는 듯이.

그래도 오늘 오후엔 일정이 있으니 아침을 먹고 준비를 하려면 더 늦지 않게 주영을 깨워야 할 것 같았다.

느긋하게 몸을 일으킨 태열이 아침 해를 가린 암막 커튼을 쳤다. 한여름의 햇살 덕분에 침실이 환해졌다.

무방비하게 내리쬐는 빛을 맞이한 주영의 미간에 균열이 일었다. 나지막하게 웃은 태열이 고개를 숙여 입을 맞췄다.

"이제 일어나야지."

"……몇 시야?"

"10시."

"벌써?"

졸음이 한가득 묻은 얼굴로 느릿하게 눈을 깜빡이는 모습이 사랑스러웠다. 쪽, 쪽, 쪽. 태열의 입술이 주영의 얼굴을 배회하자 간지러운지 웃으며 눈을 살며시 찡그렸다.

"10시면…… 운동도 갔다 오고, 씻기도 했겠네."

"아침도 해 놨는데."

"오늘 메뉴는 뭐야?"

"밥."

싱거운 농담에 눈을 흘기는 모습이 귀여워 다시 눈꺼풀 위로 입술을 내리자 주영의 입술에서 작은 웃음이 샜다.

최근의 태열이 가장 사랑하는 순간이었다.

그리고 이제는 일과처럼 묻는 말.

"밤새 생각은 해 봤어?"

"또…… 뭘."

"온주영이 제일 하고 싶은 거."

2주 전쯤이던가. 태열이 주영에게 물었었다.

태열의 입장에서는 주영이 지금처럼 아무것도 하지 않고 태열이 떠먹여 주는 것들을 누리며 편안하게 지내는 것도 좋았다.

그게 밥이든, 그가 벌어 오는 돈이든.

욕심이 나기도 했다. 온전히 태열에게 의지하는 주영이. 태열 없이는 아무것도 할 수 없는 주영이.

온주영의 새로운 인생에 유일한 필요충분조건이 고태열이기를.

그러나 주영은 애초에 그런 사람이 아니었다. 교복을 입고 있었을 때도, 사회에 나와 일을 할 때도 언제나 욕심이 있었다.

앞으로 나아가고자 하는 욕심이 주영을 지금까지 성장하게 했고.

잠시야 괜찮지만, 언제까지나 이렇게 가만히 쉬는 것이 주영의 성미에 맞을 리 없었다.

이런 성향의 사람들은 대체로 가만히 있지를 못한다. 쉬더라도 여행을 가든, 무언가를 배우든 몸을 움직여야 했다.

그렇지 않으면 쉽사리 무력감이 찾아올 테니까. 극명하게 다른 고태열과 온주영의 얼마 되지 않는 공통점이랄까.

주영이 그의 곁에서 무력하기보다는 행복하게 웃기를 원했다. 기왕이면 새로운 전환점을 맞이한 주영이 자신이 좋아하는 일, 하고 싶은 일을 함께하기를.

예전과는 다르게.

'당신에게 딱 1년의 시간이 주어진다면 하고 싶은 일이 뭔가요? 돈, 시간, 에너지 어떤 제한도 없이 하고 싶은 일 20가지만

적어 보시겠어요?'

사고 이후 재활할 때, 그가 멘털 코치에게 받았던 질문이었다. 물론 스티브 박사는 태열에게 야구라는 답을 듣고 싶어서 한 질문이겠지만, 그는 다른 답을 내놓았다.

주영에게 태열과 같은 답을 결코 바라진 않았다. 단지, 그 안에서 주영이 행복을 위한 답을 찾기를 원했을 뿐.

내심 기대는 있었다. 태열의 회사로 들어와 함께 일하는 것에 대한. 물론, 주영이 원한다는 가정하에.

당시 질문을 받은 주영은 쉽사리 답을 내놓지 못했다.

'나 이런 건 생각해 본 적이 없는데……. 너무 어려워'

어울리지 않게 멍한 눈이 사랑스럽기는 했다.

'그럼 딱 3개만 생각해 봐. 네가 하고 싶은 거. 좋아하는 거. 시간은 많으니까, 천천히.'

느리게 고개를 끄덕거린 주영은 한참이나 고민한 뒤 노트에 조금 끄적거리더니 사라졌다.

어차피 시간은 많으니 언젠간 주영이 답을 찾아낼 것이라 생각했다. 다그칠 일도 아니었다.

느긋하게 주영이 사라진 책상을 정리하러 다가간 태열이 헛웃음을 흘렸다. 노트 중앙에 낙서처럼 작게 새겨진 글자들을 보며.

좋아하는 거……?

1. 고

2. 태

3. 열

새어 나오는 웃음을 참지 못하고 고개를 돌리니 방문 뒤에 숨어 빼꼼 고개를 내밀고는 장난스럽게 웃어 보이는 주영이 보였다.

장난인 걸 안다. 아는데도 왼쪽 가슴이 저릿하게 뻐근해졌다. 네 작은 표정, 지나가는 한 마디, 의미 없을 행동에 일일이 반응하고 휘둘리는 나는 그런 어처구니없는 생각을 한다.

앞으로 평생 나를 이렇게 휘둘러 주기를.

성큼 다가가 번쩍 안아 드니 꺄아악 내지르는 작은 비명이 달았다. 흘러가는 1분 1초가 우리가 아프게 놓쳤던 시간들에 대한 보상이었다.

그때부터였다.

매일 같이 네가 눈을 뜰 때면 정해진 답을 원하는 사람처럼 이런 시답잖은 질문을 던지는 게.

들어도 들어도 또 듣고 싶은 사람처럼. 언제나 네게 목이 타는 사람처럼.

그러면 온주영은 언제나 천사처럼 고태열이 원하는 답을 내주었다.

"나는 고태열. 다 너랑 하고 싶은데."

예쁘게 미소 지은 주영의 가는 팔이 당연하다는 듯이 그의 어깨에 감겨들었다.

나 하나면 된다는 기꺼운 대답이 좋았다. 설사 그게 장난이라 할지라도. 당연하게 내게 팔을 벌려 오는 몸짓이 좋았다. 언제든지 나를 내어 줄 수 있어서.

예전과 다르게 감정을 숨김없이 표현하는 것도. 달라진 온주영의 모든 게 기꺼웠다.

태열이 아침상을 차려 놓은 주방으로 향하자, 고목처럼 매달려 있던 주영이 그의 어깨에 뺨을 비볐다.

"나…… 같이하고 싶은 게 생겼어."

"그래, 하자."

"뭔지 묻지도 않고?"

대답이 성의 없다고 생각했는지 주영이 홱 고개를 들고는 가늘게 눈을 떴다. 낮게 웃은 태열이 가볍게 입을 맞췄다.

"뭐든."

"진짜 뭐든?"

이마에 입술을 내린 태열이 고개를 끄덕였다.

"에이, 재미없게. 뭔지 묻지도 않고."

"뭐든 해야지."

"참나."

"그러려고 돈 벌고, 그러려고 사는데."

식탁 의자에 주영을 조심스레 앉힌 태열이 맞은편에 착석하며 물었다.

"그래서 뭐가 하고 싶은데."

"같이…… 미국 갈래?"

"미국?"

작게 고개를 주억거린 주영이 조용히 시선을 내리깔았다. 물컵을 매만지며 조용히 중얼거렸다.

"너랑 가 보고 싶었어."

우리 같이 해외여행은 한 번도 안 가 봤으니까. 미국에 있다는 매장도 궁금하고. 서우 언니가 알려 준 LA랑 뉴욕에 있는 식당도 궁금하고. 가서 혜원이도 보면 좋고…….

또…….

"너랑 야구장도 같이 가 보고 싶어서."

한 번쯤은 너랑 같이 보고 싶었어.

종내엔 중얼거리는 목소리가 온 신경을 기울이면 들리지 않을 정도로 작아졌다. 소음이라고는 멀리서 울리는 아파트 단지를 뛰어노는 아이들의 비명뿐인데도.

"너만 괜찮으면."

주영이 다급히 덧붙였다. 여전히 주영에게 야구는 태열 앞에서 꺼내기 쉽지 않은 주제인 것 같았다.

사고도, 은퇴도. 주영의 잘못은 그 어디에도 없었다. 불편한 마음을 가질 필요도 없었고.

"오늘 갈까?"

천연덕스러운 대답에 주영이 기가 막힌다는 얼굴을 했다.

"무슨…… 오늘은 기영 씨랑 은아 만나야 하거든요."

"기영 씨?"

사근사근하게 장기영을 기영 씨라 칭하는 것이 마음에 들지 않는지, 태열이 말꼬리를 늘이며 눈썹을 삐딱하게 추켜세웠다.

"그럼 뭐라 불러. 네 친군데."

"많지."

"……."

"그 인간. 그 새끼. 그 자식."

주영이 절레절레 고개를 저으며 혀를 찼다. 장난기가 어린 질투에 이제야 좀 마음이 편해진 것처럼.

그러고는 가볍게 태열의 말을 무시한 채 화제를 전환했다.

"다음 달에 갈까?"

"그래, 그러자."

주영이 만족스럽게 웃자 태열도 피식 웃고는 수저를 들었다. 흰쌀밥을 뜬 숟가락에 장조림 고기 한 점을 올려 주영 앞에 들이밀었다.

"아, 해."

어릴 때처럼 태열이 먹을 것을 들이밀면 새침하게 눈을 흘기던 주영도 사라졌다. 여전히 활짝 웃고 있던 그녀가 입을 벌려 받아먹었다.

내가 주는 것을 기껍게 받아먹는 너. 별거 아닌 농담이 오고 가는 식탁. 함께 할 일상의 계획을 나누는 순간.

언제나 꿈꿔 왔던 순간이었다.

그가 가장 사랑하는 여자와 그가 두 번째로 사랑했던 야구를 함께 보는 것 또한 즐거울 테니.

여행을 준비하려면 태열이 조금 바빠져야 할 것 같았다.

그리고 그조차도 달콤한 즐거움이었다.

"나 괜찮아?"

"어."

"옷 안 이상해?"

"어."

식당 입구에서 은아가 기영을 보며 다다다 질문 세례를 쏟아 부었다.

아침부터 그랬다. 원래도 은아는 준비하는 데 시간이 오래 걸리긴 했다. 오늘은 그 준비 시간이 유독 오래 걸리는 와중에 화장이 괜찮냐는 둥, 무슨 옷이 더 잘 어울리냐는 둥 질문까지 쏟아내느라 더 늦어졌다.

곁에서 시큰둥하게 대꾸하던 기영이 기다리다 달콤한 단잠에 빠져들 정도였으니까.

아니, 왜 저렇게 유난인지. 기영은 제 아내를 도대체 이해하기 어려웠다.

"오랜만에 봐도 그럴싸해 보일 것 같아?"

"어어어."

한여름에 올 블랙으로 빼입은 제 아내를 짧게 일별하며 건성으로 대답하자, 은아가 어금니를 꽉 깨물었다.

"장기영…… 너 대답 성의 있게 안 해?"

"아, 뭘 해도 예쁜데 어떡하라고."

"넌 그게 문제야. 매번 영혼이 없어."

"너 이제 유부녀거든? 고태열한테 잘 보여서 뭐 하려고. 걔도 여자 있다?"

"누가 네 친구한테 잘 보인대?"

10년 넘게 연애를 하고 결혼을 했지만 기영의 이런 점이 문제였다. 생각이 짧았다. 그동안 그들이 헤어졌다 만났다를 반복했던 가장 큰 이유 중 하나랄까.

어떤 여자가 미쳤다고 남편의 친구한테 잘 보이려고 하겠나. 그게 아무리 고태열이라 하더라도.

그냥 긴장돼서 그런 건데. 좀 다정하게 말 한마디 해 주면 안 되나?

오랜만에 연락이 끊겼던 친구를 만나게 되는 자리였다. 한때는 어떻게 지내는지 걱정하고 궁금해했던.

오늘따라 유독 외모를 신경 쓰는 것도 그런 거였다. 난 그동안 지나치게 잘 지냈다. 그런 모습을 보여 주고 싶은데, 짝이라고 하나 있는 남자는 영 도움이 안 됐다.

"됐어. 너랑 무슨 말을 하겠……. 아, 맞다! 선물!"

입술을 씰룩이던 은아가 유난을 떨었다. 기영이 혀를 쯧, 차며 손가락에 걸려 있던 쇼핑백을 눈앞에서 달랑달랑 흔들었다.

"챙겼어."

그들의 결혼식에서 가장 축의금을 많이 낸 사람이 태열이었다. 오랜 시간 유지해 온 인연에 화답하듯이.

작은 답례로 감사 인사라도 할 겸 마련한 자리였는데, 뜬금없이 제 여자 친구를 데리고 나온다니. 그것도 기영이 아는 사람을.

기영이 식당 문을 열고 들어가자 은아가 등 뒤에서 다급히 말했다.

"나 화장실 갔다 갈 테니까 너 먼저 들어가 있어."

기영이 식당 직원이 안내해 준 룸에 들어서자 미리 도착해 있던 태열이 보였다.

뭐가 그렇게 좋은지. 사람이 온 지도 모르고 웃음이 깔린 얼굴로 옆자리에 시선을 고정하고 있는 모습이 어처구니가 없었다.

그들이 처음 만났던 고등학생 때 이후로 태열의 얼굴에서 저런 표정을 본 건 처음이었으니까.

탐탁지 않게 제 친구를 흘기던 기영의 시선이 태열의 곁에 앉아 있던 여자에게로 향했다.

잊고 있던 시간을 기억나게 하는 얼굴이었다.

영성고 야구부 에이스 고태열의 연애는 아무도 몰라야 했으나, 누구나 알았다.

"야 씨, 너 여자 친구 생겼냐?"

"아니."

돌연 웃음기를 지우고 정색하는 사나운 인상이 어이가 없었다. 그러나 희미하게 남은 웃음의 흔적마저 지울 수는 없었다.

고태열은 경기에서 이겨도 저런 얼빠진 표정을 지었던 적이 없던 놈이었다. 누가 보면 메이저리그 입단 계약을 했다 하더라도 믿을 정도로 즐거워 보였다.

그러니까 최근의 고태열은 평소와 달랐다. 아니, 좀 이상했다. 매번 눈치 없다고 욕먹는 나도 알아차릴 정도로.

멀쩡한 것 같다가도, 약간 넋이 빠져 있달까?

작년에 전학을 왔을 때부터 선배들한테 싸가지없는 새끼로 찍힌 놈이었다. 훈련할 때나 경기 때 말고는 매사가 무료하고 인생 다 산 사람처럼 권태로워 보이던 놈이…….

"누군데. 이 새끼, 여자 친구가 생겼는데도 치사하게 형님한테 말을 안 해?"

"형님은 무슨."

"아, 누구냐고. 너 저번에 여고 3학년 누나? 근데 그 누나는 그냥 너 쫓아다닌 거 아니었냐? 언제 또 마음이 바뀌었대? 그 누나 모델 준비한다더니 예쁘긴 하더라."

"누굴 갖다 대."

고태열이 짜증스럽게 얼굴을 구기며 긴 다리로 휘적휘적 앞서 걸어갔다. 궁금증을 참지 못한 나는 바짝 따라붙어 채근했다.

"아니야? 그럼 누구……. 야, 씨발, 너 잠깐만…….'

순간 축제 때 음악실에서 은아의 친구랑 사라져 감감무소식이던 고태열의 넓은 등짝이 뇌리를 스치고 지나갔다.

"그…… 독주영?"

"아, 씨발."

"뭐, 뭐……!"

우뚝 멈춰 선 채 신경질적으로 제 머리를 헝클인 고태열이 나를 보며 눈을 내리떴다. 서늘한 기세에 나는 입술을 달싹이며 괜스레 으름장을 놓았다. 결코 졸아서 그런 것은 아니었다.

이내 한숨과 함께 짜증스러운 물음이 이어졌다.

"티 나냐?"

"어…… 존나."

"너만 아는 걸로 해."

"뭐?"

말이 되나. 저렇게 티가 나는데?

"소문나면 장기영이 입 잘못 놀린 책임지는 걸로."

말 같지도 않은 말을 툭 던진 고태열은 막 도착한 버스에 올라탔다. 나는 좌석에 긴 다리를 욱여넣은 고태열의 옆자리에 엉덩이를 들이밀었다.

"야, 연애하는 게 뭐 대수라고. 그걸 비밀로 해?"

"……."

"차라리 말하고 다니면 귀찮은 일 안 생기고 더 좋은 거 아님? 나중에 은아랑 같이 넷이 놀자. 은아가 존나 좋아하겠는데?"

가만히 창밖을 내다보던 고태열이 한참 뒤에야 대꾸했다.

"불편해하니까. 그리고……."

"……."

"걘 공부해야 해. 방해하기 싫어."

그러니까 남의 연애사에 관심 꺼. 서운하게 느껴질 정도로 무뚝뚝한 대답이 돌아왔다.

그 이후로 고태열은 연애에 대한 내 질문에 어떤 대답도 해 주지 않았다. 굴하지 않고 물으면 무시하거나, 참다 참다 욕을 하거나.

그래서 고태열의 연애사는 어느새 야구부에서 공공연한 비밀이 되었다. 굳이 내가 말하지 않더라도.

선배들한테 털리고 세상 짜증스러운 낯으로 앉아 있다가도 핸드폰만 보면 피식, 피식 새어 나오는 웃음을 주체하지 못하는 주제에.

심지어는 기말고사가 끝난 날이었나. 남명 사거리 앞에서 어떤 여자를 등에 업고 걸어가는 고태열을 우연히 만나기까지 했다.

나와 눈이 마주치자마자 고태열은 검지를 제 입술에 가져다 댔다. 소리 없이 움직인 입 모양은 '꺼져'.

어처구니가 없었다. 커다란 덩치에 가려져 몸을 숨긴 얼굴이 보이진 않았으나 뻔하지 뭐.

비밀은 무슨…….

그러던 고태열이 조금씩 이상해진 건 3학년이 되기 직전의 겨울이었다.

다른 건 몰라도 야구 하나엔 진심이던 놈이었다. 내가 봐도 재능이 있었고, 재능보다 독한 노력이 있었다.

끼리끼리 만나는 거라고, 여자 친구는 독주영이라더니. 솔직히 내 입장에선 고태열이 더 독한 놈이었다.

감독님이 짜 준 훈련보다 홀로 두 배는 더 땀을 흘렸으니까. 그리고 남들보다 열 배는 앞서 나갔다.

그러던 인간이 제주도에서 겨울 훈련을 땡땡이치고 혼자 서울로 튈 때의 배신감이란…….

뭐, 부모님 같은 삼촌이 아프시다는 데 어쩔 수 없지 싶었다.

학년이 바뀌고도 예전처럼 훈련은 하는데 정신은 어디 딴 데 팔린 사람 같았다. 푹푹 쉬어 대는 한숨이 고태열답지 않았다.

한숨보단 차라리 싸가지 없는 말본새가 어울리는 놈이었다.

때로는 걱정이 되기도 했다. 고태열은 영성고 야구부의 자존심이었다. 걔의 거취가 나랑은 일말의 상관이 없다 하더라도, 내가 프로 지명이 아슬아슬한 상황이라 하더라도.

메이저리그 스카우터들이 우리 학교 경기를 관람하는 것은 내 자부심이었다. 질투나 열등감도 비교가 될 법한 상대한테나 하는 것이니까.

가장 가까운 가족이 아픈 건 근심일 수밖에 없으니 걱정이 되는 거였다. 그러다 이 중요한 시기에 흔들릴까 봐.

고태열은 원래도 말이 많진 않았지만, 지나치게 말수가 줄었다. 가끔씩 저녁 훈련도 제멋대로 빠지고 사라지기도 했다.

꽃샘추위가 한창일 때였던 걸로 기억한다. 우연히 남명 사거리 앞에서 고태열의 삼촌을 마주쳤다.

아프시다기엔 조금, 아니 지나치게 정정해 보이는 모습이긴 했으나 나는 예의 바르게 안부를 물었다. 그리고 돌아온 답이 황당했다.

"내가…… 아팠나? 열이가 그러디?"

고태열, 이 자식 뭐지?

고3 봄이 끝나 갈 무렵이었다. 나는 고태열이 이상해졌던 이유를 찾았다. 은아가 울먹이며 쏟아 내던 투정 속에서.

은아와 가장 가깝게 지내던 친구, 그 고태열의 여자 친구가 갑작스럽게 전학을 갔다고 했다. 그리고 연락이 두절되었다고.

언제부터인가 고태열은 말을 하는 법을 잊은 사람 같았다. 원래 말이 많은 놈은 아니었으나, 장난을 치면 받아 주긴 했으니까.

고태열답지 않게 훈련도 아주 넘게 빠졌다. 이건 좀 아니다. 나는 홀연히 정문을 빠져나가는 고태열을 다급히 붙잡았다.

"야, 너 감독님이 내일도 훈련 안 나오면 진짜 각오하래."

고태열은 한쪽 어깨에 백팩을 멘 채 차갑게 날 내려다봤다.

"미친놈아, 너 메이저리그 간다며? 이렇게 놀 때냐? 어?"

말없이 한참 나를 보던 눈빛이 매서웠다. 나는 으름장이라도 놓듯 괜스레 얼굴을 들이밀었다.

"너 진짜 야구 때려치울 거냐? 어?"

고태열은 한참 무표정하게 나를 응시했다. 사납게 올라간 눈꼬리가 괜히 쫄렸다. 얼마간의 대치가 이어졌다.

"내일부터 가."

간결한 답과 함께 고태열은 미련 없이 나를 등지며 사라졌다.

다행히도 고태열은 제가 한 말을 지켰다. 나쁜 물이라도 든 것 아니냐는 주변의 우려를 시원스레 걸어차 냈다.

진짜 새벽부터 밤까지 운동만 했다. 예전보다 더. 이제는 말을 걸면 간간이 받아 주었다. 내가 시답잖은 농담을 치면 비웃어 주기도 했다.

연애 때문에 나사가 풀려 있더니, 이제 헤어지고 나니 정신을 차렸나 보다 했다. 그럴 때도 됐지.

인생은 길다. 감독님도 항상 말했다.

'프로 가서 돈 벌면 더 예쁘고 좋은 여자들 한 트럭씩 줄을 선다. 그러니까 지금은 한눈팔지 말고 야구에나 집중해라, 알았냐? 연애질은 돈 벌면 원대로 할 수 있으니까.'

나는 감독님의 그 말을 마음에 깊이 새겼다. 마음을 고쳐먹은 거 보니 고태열도 같은 듯싶었다.

이건 내가 고은아한테 눈치 없다는 이유로 차여서가 절대 아니었다. 나중에 프로 구단에 입단해서 고은아보다 더 착하고 다정한 여자를 만날 거니까!

그렇게 나의 솔로 생활은 가을이 다가올 무렵까지 이어졌다.

"아, 지갑……!"

저녁 훈련이 끝나고 버스 정류장으로 향하던 길이었다. 주머니에 있어야 할 지갑이 없었다. 초조한 마음에 지나온 길을 다시 되돌아가다 보니 결국 훈련장이었다.

조명마저 꺼져 아무도 없는 한밤의 야구부 훈련장. 역시나 홀로 남아 있는 건 고태열 한 명이었다.

저녁 훈련이 끝나고도 훈련장을 지키는 건 고태열뿐이었으니까.

미친놈. 적당히 할 줄도 알아야 하는데. 저러니 메이저리그 스카우터들이 저놈을 보겠다고 찾아오는 건가 싶었다.

"야……."

혹시 내 지갑을 못 봤냐고 아는 척을 하려 했던 나는 조용히 걸음을 멈추며 입을 다물었다.

멍하니 운동장 스탠드를 하염없이 바라보던 고태열.

무언가 이상했다.

한동안 그렇게 서 있던 고태열의 무릎이 무너진 건 순식간이었다.

무릎을 꿇은 채 입을 틀어막았으나, 들썩이는 어깨는 숨겨지지 않았다. 손가락 사이로 흘러나오는 꺽꺽거리는 흐느낌도.

위태하게 흔들리던 상체가 앞으로 고꾸라졌다. 끓어오르는 오열을 먹먹히 삼키면서도, 주체하지 못하는 것처럼 보였다.

항상 놀라울 정도로 자신의 몸을 자유자재로 통제하던 사람이, 저렇게…….

아까 훈련 때까지만 해도 멀쩡히 웃던 인간이…….

고태열도 눈물을 흘리는 인간이라는 걸 깨닫자, 나는 생각의 회로가 멈췄다.

친구의 알지 못했던 단면을 보게 된 나는 지갑의 행방을 차마 물을 수 없었다.

첫사랑은 열병과도 같다고 했다.

내가 은아와 3번의 만남과 헤어짐을 이어 가는 동안 고태열은 정상을 향해 차근차근 나아갔다.

어쩌면 차근차근이라는 말이 맞지 않을 수도 있다. 부상으로 국내 팀에서 2군을 전전하던 나와 다르게 이미 고태열은 정상에 섰으니까. 그것도 지구 반대편에서.

나는 야구도, 사랑도 제대로 풀리지 않았다. 3번째 차이고 나서야 나는 첫사랑을 진짜로 놓아주기로 결심했으니까.

그때는 고태열이 부러웠다.

놈에게는 첫사랑 실패의, 그러니까 열병의 후유증이 그리 오래가지 않았으니 말이다. 그렇지 않다면 저렇게 멀쩡할 리 없었다.

다른 인간 같았다. 농담처럼 주고받던 욕설도, 짜증스럽게 찌푸리던 낯도 이미 과거 속으로 사라졌다.

나만 아는 기억. 위태롭게 흔들리며 무너져 내리던 뒷모습도 이제는 완전한 과거였다.

예전처럼 자신만만하던 눈빛에 더해진 것이라면, 다듬어진 말투와 언제나 잘생긴 얼굴에 걸려 있는 팬 서비스용 미소. 그게 현재의 고태열이었다.

가끔은 재수 없게 느껴질 정도로.

고태열은 비시즌이면 잠깐이라도 한국에 꼬박꼬박 들렀다. 광고도 미친 듯이 찍었고, 돈도 미친 듯이 쓸어 담았다. 연봉도 높은 놈이.

온갖 행사장에 불려 다니고, 인터뷰를 도대체 몇 개나 하는지도 모르겠고. 그런 와중에도 적선하듯 내게 시간을 내어 주기도 했다.

"돈독 올랐냐? 광고를 도대체 몇 개를 찍는 거야, 이 새끼는. 하나만 양보해."

그 광고가 고태열이 양보한다고 내게 올 리는 없었지만. 술잔을 들어 올리던 고태열이 우습다는 듯 피식거렸다.

"어디에나 얼굴 걸려 있으면 좋으니까."

왠지 모르게 헛헛해 보이는 눈빛에 나는 잠시 고태열을 쳐다 봤다. 고태열이 가볍게 어깨를 으쓱거렸다.

"누구나 볼 수 있음 더 좋고."

"왜? 잘나신 얼굴로 여자 팬들 주머니를 또 얼마나 털려고?"

고태열은 대답할 가치가 없다는 양 무시하며 술잔을 들어 올렸지만 나는 굴하지 않았다. 나는 실연당했으니까, 한동안은 좀 구질구질해도 괜찮았다.

"야, 미국에 예쁜 여자 없냐? 나 이젠 진짜 새로 정착할 여자 만나야겠어. 나도 미국이나 갈까 봐."

"한국에서도 못하는 정착을 미국 가면 할 수는 있고?"

"인간적으로 친구면 희망을 줘야지! 너, 씨바 잘나간다고 변한 거 알지? 의리 다 죽었냐?"

"우리 기영이 눈물 먼저 닦고."

피식 웃은 고태열이 괘씸하게 냅킨을 집어 내밀었다. 나는 손으로 휴지를 와락 구기며 한숨을 푹푹 쉬었다.

그래 내 주제에 여자는 무슨. 우정이나 지켜야지.

"됐고. 야, 정우 내일 제강대랑 친선 게임 한다는데, 갈래?"

정우는 영성고 야구부 동기였다. 안타깝게도 부상으로 야구를 그만뒀던. 그래도 독종이라 미친 듯이 공부해서 한국대 체교과에 들어갔고 야구부에서 활동 중이었다.

고태열이 영성고 야구부의 자부심이라면, 최정우는 브레인이

랄까.

"어딘데."

"한국대."

한국대라는 대답에 고태열은 잠시 술잔을 손안에서 굴렸다. 정적이 흐르는 동안 나는 오만상을 구겼다. 제 손의 술잔을 응시하던 고태열은 한참 뒤에야 긍정의 대답을 했다.

다음 날, 우리는 고태열의 차로 한국대로 향했다. 고태열은 내비게이션조차 없이 익숙하다는 듯 운전을 했다.

주말이라 캠퍼스에 사람이 많지는 않았으나, 고태열을 보기 위해 몰려든 사람들 덕분에 진을 빼야 했다. 아니 땀을 흘린 건 옆에 붙어 다니던 나 혼자였다.

고태열은 태연히 웃으며 하나하나 사인을 해 주고, 사진을 찍어 줬으니까.

끝까지 경기를 관람하고 한국대 야구부와 근처 식당에서 시끌벅적한 회식이 이어졌다. 나는 거기서 실연의 뼈저린 아픔을 토로하는 진상을 부렸다.

인정하고 싶지 않지만 추태가 사람으로 태어나면 그날의 장기영이었다. 뭐, 원래 이별 후 한 달까지는 그래도 괜찮다.

소란스러웠던 회식이 끝나고 나서야 비로소 주변이 조용해졌다. 좀 울었다고 눈가가 시큰해진 나는 고태열과 함께 대리 기사를 기다리며 찬바람을 맞았다.

"야."

내 부름에도 고태열은 뭐에 홀렸는지 대답이 없었다. 쌀쌀해진 늦가을 바람에 휘날리는 머리를 쓸어 올리던 놈의 시선은 주변 대학가를 향해 있었다.

주말임에도 번쩍거리는 술집의 간판들과 삼삼오오 모여 다니는 밤거리의 대학생들. 그런 것들을.

나는 고태열의 어깨를 툭 쳤다.

"언제 출국하냐?"

"주말."

"왜 이렇게 금방 가?"

"훈련. 여기서 볼일도 다 봤고."

"무슨 볼일? 광고?"

"그것도 있고."

"광고 말고, 뭐?"

"그냥. 이것저것."

싱거운 새끼. 유명인 되더니 불필요한 말을 잘 안 한다. 서운하게.

고태열의 눈이 지나가는 여대생 무리를 향했다. 한국대 생인가. 예뻤다. 저 새끼가 보는 눈이 있어 가지고……

그러다 문득 떠올랐다.

그 여자애도 한국대에 다니고 있을지도 모른다는 사실이. 여고에서 전교 1등을 밥 먹듯이 하던 애였으니까.

설마…… 아니겠지.

"열태."

"응."

"괜찮냐?"

"괜찮지."

고태열은 무엇에 대한 질문인지 되묻지도 않고 별 질문을 다 한다는 듯 픽 웃고 말았다.

괜찮으면 됐다. 어차피 이젠 다 가진 놈인데. 몰래 미국에서 새로운 여자 만나고 있을지 알 게 뭐야.

첫사랑의 늪에서 헤어 나오지 못한 건 나뿐인 듯싶었다.

나는 매년 고태열을 만났다.

고태열은 항상 같았다. 이런 말을 내가 하기는 좀 그렇지만 이제는 성숙한 어른처럼 보였다.

세상에 화낼 일이 있을까. 짜증을 낼 일이 있을까 싶을 정도로.

하긴, 커리어도 아쉬울 게 없고 돈방석에 앉았으니 세상이 얼마나 찬란해 보이겠나. 부족한 것 없는 놈이니까.

그래서 나는 몰랐던 것 같다. 그런 인간도 아쉬운 게 있다는 것을. 가지지 못한 것이 있다는걸.

고태열에 관해 잊지 못하는 기억이 하나 있다.

같이 땄던 올림픽 금메달도, 그 애의 사이영상 수상이 아닌 기억.

아마 고태열이 거액으로 FA 계약을 마치고 귀국한 해로 기억한다.

싸리 눈이 거리를 축축하게 만들던 밤, FA 대박을 축하한다는 핑계로 영성고 야구부의 동문회가 열렸다. 물론 계산은 주인공의 몫이었다.

누가 누구에게 건네는지도 모르고 서로 따라 주는 술을 마시다 보니 그날 멀쩡히 살아남은 인간은 아무도 없었다. 놈도 제법 취한 것도 같았다.

나는 한 번도 고태열의 취한 모습을 본 적이 없어 조금 생경했다. 추태라도 부리면 동영상을 찍어 인터넷에 뿌리겠다며 협박해야지, 그런 어처구니없는 생각을 하며 택시에 몸을 구겨 넣었다.

나른하게 취한 고태열이 시트에 깊게 기대앉는 걸 확인 한 나는 은아에게 문자를 보냈다.

[자기야, 나 이제 집에 들어가요오〉.〈] 11:24PM

술을 마시면 자정 전까지는 귀가하겠다는 다짐과 함께 얻어 낸 4번째 만남이었다. 뽀뽀하는 토끼 이모티콘까지 보내고 나서야 취기가 몰려들었다.

고태열은 눈을 감고 있었다. 잠들었나 싶어 은아와 문자를 이어 나갔다. 다시 만난 지 반년 만에 처음으로 은아에게 하트 이모티콘을 받은 나는 킥킥거리는 웃음을 숨기지 못했다. 세상을 다 가진 기분이었다.

자는 줄 알았더니, 잠겨 가라앉은 목소리가 옆자리에서 울렸다.

"좋아 죽네."

"뭐…… 좋지. 넌 연애 안 하냐."

민망해진 나는 말을 돌렸다. 검사검사, 취한 김에 사생활도 털어 볼까 하는 마음도 있었다. 고태열은 유명인이 됐다고 몇 년간 제 사생활 얘기를 좀처럼 하지 않았으니까. 치사하게.

그런데 돌아온 답은 뜬금없었다.

"……잘 지내는 것 같더라."

"뭐? 누가?"

"미친 거 아는데, 그렇더라."

웃는 건지 우는 건지 모를 반쯤 잠긴 목소리는 여전히 이해하기 어려운 말을 지껄였다. 짜증스럽게 머리를 쓸어 넘긴 고태열이 허무하게 웃었다. 창밖의 밤거리를 향한 눈에, 그리고 억지로 끌어올리는 입꼬리에 공허함이 묻어 있었다.

"그러니까 잘해, 너는."

나는 이해할 수 없었다. 그러나 그쯤 되니 무엇을 말하는지까지 모를 수는 없었다.

"너 설마 아직도…….."

"그냥, 항상 궁금하더라고."

"……."

"잘 지내고 있는지."

나는 무슨 말을 해야 할지 몰라 말을 잃었고, 고태열도 그 이후로는 가타부타 말없이 다시 눈을 감았다.

모든 걸 다 가졌다고 생각한 완벽한 놈의 일부는 여전히 과거에 머무르고 있었다. 차라리 나처럼 헤어졌다 만났다 인연을 반복하는 것도 아니고.

그렇게 끝난 인연인데.

택시에서 내릴 때까지도 우리는 아무 말을 하지 않았다.

그러나 나는 알게 되었다.

한국에 올 때면 매년 그 여자애를 찾았다는 것을. 4년 전, 함께 한국대에 갈 때 외운 길처럼 익숙하게 운전을 하던 이유를.

그날을 잊을 수 없는 건, 그런 무력해 보이는 모습이 도저히 내가 아는 고태열과는 어울리지 않아서. 과거인 줄 알았던 무너져 내리던 뒷모습은 여전히 현재 진행 중이라는 사실을 믿을 수가 없어서.

매번 귀국할 때마다 헛짓거리를 반복하는 고태열에게 그럴 거면 찾아가서 만나라고 다그쳤던 적도 있다.

'어떻게 지내는지 궁금한 거, 그게 다야.'

그러나 그게 거짓말이란 건 고태열이 야구를 완전히 접고 한국으로 돌아올 때 알게 되었다.

사실은 괜찮지 않았다는 것을.

참고, 참고, 그저 참았다는 것을.

가끔은 알다가도 모르겠다는 생각을 했다. 주저하고 참는 건 내가 알던 고태열이 아니었으니까.

결국 죽을 고비를 넘고 와서야 말했다.

'이제는 하고 싶은 대로 해 보려고.'

열병 같은 첫사랑은 지워 내는 것이 아니라 그저 깊은 곳에 담아 둘 뿐이라는 걸.

그때 알았던 것 같다.

밀려드는 생각을 떨쳐 낸 기영이 쇼핑백을 빈 의자에 내려놨다. 인기척을 느낀 태열의 시선이 기영을 향했다.

"늦었네."

"그래, 늦었다. 5분."

뻐기는 듯한 대꾸에 태열이 어이가 없다는 듯 피식 웃었다. 태열의 옆에 앉아 있던 주영이 옅게 미소 지으며 몸을 일으켰다.

"안녕하세요."

"아, 네, 뭐 안녕하세요."

조금은 어색한 듯 머리를 긁적인 기영이 손을 내밀어 악수를 청했다. 주영이 손을 뻗던 순간이었다. 커다란 손이 불쑥 나타나 가로막았다.

"제정신이야?"

기영의 손이 더러운 것이라도 된다는 양 주영의 손을 거둬 간 태열이 주영을 자리에 앉혔다.

주영이 태열을 흘기며 어깨를 가볍게 때리자 태열이 그 손을 잡아 깍지를 꼈다. 아무거나 만지면 안 돼. 큰일 나. 장난스럽게 덧붙이며 씩 웃었다.

"너야말로 제정신이세요……?"

혀를 차며 자리에 앉은 기영의 눈길이 즐겁게 웃는 태열과 민망한 얼굴로 기영을 향해 사과하는 주영에게 머물렀다.

잘 어울리나.

모르겠다. 잘 어울리는 게 뭔지.

그림 상으론 잘 어울리는 것 같다가도, 영 다른 세계 사람들 같기도 하고.

알 게 뭐야. 자기들이 좋다는데.

나는 고태열의 저 웃는 얼굴이 반가웠다.

내 친구는 무력하기보다는 뻔뻔하게 웃는 낯짝이 더 잘 어울리는 인간이니까.

그러니까, 낭만이라고는 모를 것 같은 사나운 인상의 인간은 인생을 사랑에 걸었다.

그러니 이제는 온주영이라는 여자가 고태열을 꽉 잡고 평생 놓아주지 않기를.

그냥 대충 그거면 될 것 같았다.

자리에 나오기 전엔 조금 긴장했는데 생각보다 괜찮았다. 연신 주영의 안색을 살피는 태열이 무색할 정도로.

제대로 대화를 해 보는 게 처음인 기영은 능청스러웠고, 은아도 말투는 조금 퉁명스러워도 시원시원한 성미답게 오랜 공백을 금방 지워 냈다.

그들이 신혼여행에서 대판 싸운 얘기로 시작해, 은아가 최근

촬영한 작품에서 주연 배우가 진상을 부렸다는 험담까지.

테이블 위에서 웃는 소리가 끊이질 않았으니까.

"나 먼저 나가 있을게."

슬슬 자리를 마무리하던 시점에 기영이 일어나자, 은아가 눈을 흘겼다.

"저놈의 담배는 진짜……."

"아, 오늘 딱 3개째야. 5개 안 넘었어."

기영이 말하며 태열에게 턱짓했다. 같이 나가자는 신호였다. 태열은 가볍게 어깨를 으쓱할 뿐 잡고 있던 주영의 손을 놓지 않았다.

기영이 미간을 구겼다.

"뭐냐?"

"끊었는데."

"뭐? 왜!"

든든한 제 편을 잃은 양 기영의 망연자실한 눈이 태열을 향했다.

"오래 살려고."

태열이 주영을 바라보며 말했다. 주영이 의아한 눈으로 태열을 봤다. 주영은 한 번도 태열에게 담배를 끊으라 말한 적 없었다.

재회 후 한두 번 태열이 담배를 피우는 모습을 보긴 했지만, 주영과 있을 때는 그에게서 담배 냄새를 맡을 수 없었기에.

피는 것도 문득문득 까먹었는데, 끊었다는 사실을 알 리도 없었다.

"배신자……."

"가서 단명 기도나 하고 와."

태열이 식당 룸의 문을 가볍게 턱짓하자, 기영이 그를 노려봤다. 은아가 기영을 보는 눈빛은 더욱 매서웠다.

아무래도 앞으로 기영의 금연에 대한 압박이 더욱 심해질 기세였다. 그러나 은아의 열렬한 눈빛에도 기영은 꿋꿋하게 먼저 자리를 비웠다.

"같이 나갔다 와."

주영이 잡은 손을 빼며 태열의 어깨를 살짝 밀었다. 잠시 주영을 바라보던 태열이 웃으며 주영의 머리를 가볍게 흐트러뜨렸다.

눈치껏 자리를 비켜 준 태열 덕에 룸 안에는 은아와 주영 둘만 남게 되었다. 은아가 태열이 사라진 자리를 흘기며 말했다.

"좀 눈꼴시다."

"은아야, 미안해."

주영이 어색하게 웃으며 얼굴로 조심스레 말하자, 은아가 코웃음을 쳤다.

"뭐가, 너희 커플 사람 현타 오게 하는 거?"

식사 내내 주영을 향해 시선이 고정되어 있던 태열이었다. 어렸을 땐 아닌 척을 그렇게 하더니. 다시 만난다더니 누가 사귀는 거 몰라줄까 봐 아주…….

은아의 입장에선 본인이 신혼인지, 저들이 신혼인지 모르겠다는 생각이 들었다.

"아니, 예전에 연락 끊은 거. 너 영화 나온 거 보고 연락해 볼까 하다가 못 했었어."

"네가 미안할 게 뭐가 있어. 잘 살고 있었으면 됐어."

은아는 그렇게 말했다. 별일 아니라는 듯이.

"난 남들 별로 신경 안 써. 그때야 어렸으니까 뭔 일 있나 걱정했던 거지. 나중엔 나 살기도 바쁜데 너 생각할 시간이 어딨니."

"그렇게 생각해 주면 고맙고."

"이렇게 다시 만나게 됐으니까 가끔 연락이나 하면서 살아. 영서도 나중에 한번 같이 보든가 하고, 이제 그만 우리도 일어날까?"

새침하게 말을 더한 은아가 문을 열고 나가다가 멈춰 섰다. 기영이 앉아 있던 자리를 보더니 한숨을 푹 쉬었다. 빈자리에 덩그러니 남아 있는 쇼핑백을 집어 들어 주영에게 건넸다.

"이건 선물. 네 남자 친구가 축의금을 엄청 내서 내가 빈손으로 올 수가 없더라. 나 그 정도로 뻔뻔하진 않거든."

은아가 샐쭉 웃으며 건넨 쇼핑백은 주영의 손에 남았다. 얼떨결에 받아 든 주영이 화사하게 웃어 보였다.

"고마워. 가끔 연락할게."

"적당히, 알지? 너무 자주 해도 곤란해. 나도 바쁜 사람이다?"

은아가 코를 찡긋거렸다. 핸드백을 챙긴 주영이 은아를 따라 웃었다.

또 다른 소중한 인연의 시작이었다.

2. 서로의 빛무리가

얼마 전, 주영이 입 밖으로 꺼낸 여행은 순식간에 진행됐다.

비행기표, 숙소, 일정까지. 미국은 태열이 잘 아니 태열에게 맡겼는데 어느새 출국이 당장 내일이었다.

미국은 대학생 때 가 보고 처음이었다. 해외 자체가 주영에게는 오랜만이었다. 예전에 출장으로 일본과 프랑스를 짧게 다녀온 것 말고는 경험이 많지 않아 그런지 괜히 걱정이 앞서기도 했다.

그보다 설레는 마음이 더 크긴 했지만.

태열과 함께이기도 하고, 태열과 함께 가는 미국이라서.

대학생 때 그의 팀 경기를 보기 위해 갔지만 태열을 만나지도, 태열이 마운드에 오르는 모습을 보지도 못했기에.

태열의 손을 잡고 그가 몸담았던 팀의 경기장을 함께 간다는 건 특별했다.

분주하게 캐리어에 짐을 챙기던 주영이 시계를 확인했다.

시침이 밤 11시를 가리켰다. 요새 태열은 운동을 한다며 밤마다 바빴다. 평소에는 새벽에만 하더니 최근 들어 무슨 바람이 불었는지 밤까지 추가되었다.

운동하고 출근하고, 퇴근하고 운동하고. 이러다 여행 가서 쓰러지는 게 아닐까 걱정이 될 정도로.

삐비비빅.

캐리어가 거의 채워져 갈 무렵, 도어록 버튼의 전자음이 울렸다. 현관문이 열리자 땀에 젖은 모습의 태열이 시야에 들어왔다. 이제는 제집처럼 주영의 집을 드나드는 태열이 주영에게도 너무 당연해졌다.

"왔어?"

"기다렸어?"

성큼 걸어온 태열이 고개를 숙여 짧게 입을 맞췄다. 입술이 떨어지자마자 주영이 눈매를 가늘게 좁혔다.

"너 짐 챙겨야지. 내일 오전 비행긴데 이렇게 늦게 오면 어떡해?"

"아, 보고 싶어서 기다린 게 아니라 짐 때문이다?"

"……겸사겸사."

삐딱한 반응에 주영이 잠시 주춤하자 태열이 낮게 웃으며 주영의 옆에서 몸을 굽혔다. 젖은 머리를 쓸어 올리며 주영의 캐리어를 살핀 태열의 고개가 비스듬하게 기울었다.

그가 캐리어 속에서 대형 지퍼백 하나를 들어 올렸다.

"어디 아파?"

비상약 꾸러미였다. 종합 감기약, 코감기 약, 기침 시럽, 진통제, 위장약, 멀미약, 해열제, 소화제, 파스 등. 지퍼백은 웬만한 가정용 구급상자보다 다양한 종류의 약이 담겨 있었다.

"……가서 아프면 어떡해."

헛웃음을 흘린 태열이 다른 파우치를 뒤적거렸다.

"드라이어?"

"나는 내 거가 편해서……."

"챙겨가 봐야 쓸모없을 텐데. 전압 달라서 잘못 쓰면 고장 나."

"……."

"호텔 드라이기 불편하면 내가 부채질을 해서라도 말려 줄 테니까 이건 넣어 둬."

계속해서 주영의 캐리어를 확인하던 태열이 소리 내 웃었다.

"아무래도 온주영이 미국으로 이민이라도 갈 작정인가 본데……."

아예 자리를 잡고 앉은 태열의 참견이 이어졌다. 혹시나 하는 마음에, 이것저것 욱여넣었던 짐들이 하나씩 캐리어 밖으로 사라졌다.

바리바리 챙긴 신발 6개는 3개가 됐고, 비상용 컵라면도 사라졌고, 여행용 가이드북, 헤어 제품 등. 순식간에 짐이 반으로 줄었다.

가벼워진 짐 가방을 보며 만족스러운 얼굴을 한 태열이 주영에게 이마를 맞댔다. 태열로 가득 찬 시야에 짓궂게 휘어져 내린 눈매가 보였다.

"미국에서도 나랑 같이 살림 차리고 싶은 마음은 알겠는데, 이민은 나도 좀 생각할 시간이 필요하거든."

"그만 놀려……."

쏘아보는 눈길에 태열이 피식 웃어 보였다.

"거기도 사람 사는 데야. 부족하면 가서 사. 신발이고 옷이고 사고 싶은 거 다 사 줄 테니까."

"……누가 몰라서 그러나."

"그러니까 너는 가볍게 가."

"그럼 너는. 빈손으로 가려고? 도대체 짐 언제 싸려고?"

입술을 삐죽거린 주영이 퉁명스럽게 말했다. 그런 주영에게 가볍게 키스한 태열이 엄지로 젖은 입술을 문지르며 말했다.

"집에서 짐 챙겨왔어."

아……. 태열이 시선을 따라 움직이자 신발장에 놓여 있는 작은 캐리어가 하나 보였다.

"아니라고 해도 주영아, 내가 짐 경력이 몇 년인데. 십 분도 안 걸려. 걱정할 걸 하셔야지."

뭐……? 십 분? 주영은 캐리어 하나를 챙기는데 한 시간을 넘게 소요했다.

"그러니까 쓸데없는 걱정 좀 하지 말고, 씻자."

태열이 티셔츠를 단숨에 벗어 냈다. 동시에 주영의 등과 무릎 아래에 손을 넣어 안아 들었다. 주영이 익숙하게 태열의 목을 끌어안았다.

여행은 2주간의 일정이었다. 뉴욕에서 일주일, LA에서 일주일.

시차 덕에 비몽사몽 어지러운 정신 속에서 시간이 흘렀다. 현란한 타임스 스퀘어의 간판도, 서밋 전망대에서 내려다본 맨해튼의 야경도, 현대 미술관에서 본 고흐의 작품도 가물가물하다는 게 아쉬운 점이랄까.

심지어 둘째 날엔 저녁을 먹다 꾸벅 조는 바람에 태열에게 안기다시피 해서 호텔로 돌아가기도 했다.

4일 차쯤 되니, 컨디션이 제자리를 찾았다. 다행히 어제저녁, 혜원과의 저녁 식사 자리에서는 멀쩡한 상태를 유지할 수 있었다.

여행 초반 시차 때문에 흘려보낸 시간이 아까웠던 주영은 알람을 맞춰 놓고 잠들었다. 태열에게 깨워 달라고 해 봤자 더 자라며 느긋하게 조식을 먹을 때쯤에나 깨울 게 뻔해서.

이르게 눈을 뜬 주영은 새벽같이 운동을 나가는 태열을 따라나섰다. 호텔에서 가까운 센트럴 파크엔 날이 완전히 밝기도 전부터 조깅을 하는 사람들로 가득했다. 태열과 주영도 이르게 아침을 여는 사람들 속에 합류했다.

녹음으로 물든 공원의 호수 변을 따라 뛰니 머릿속이 맑아졌다. 그러나 머리와 다르게 몸은 한계를 느꼈는지 주영의 속도가 눈에 띄게 느려졌다. 호흡도 단정치 못했다.

그런 주영을 흘끗 내려다본 태열이 나지막이 웃으며 속도를 줄였다. 한 손으론 땀에 젖은 머리를 쓸어 넘기고, 다른 손은 주영에게 깍지를 꼈다.

"좀 쉴까."

태열이 산책로 옆의 잔디밭으로 성큼 이끌었다. 제집 안방처럼 태연히 한 팔로 머리를 받치고 잔디에 눕는 모습을 주영이 가만히 서서 지켜보았다.

태열이 뭐하고 서 있냐는 듯 잡고 있는 손을 가볍게 흔들었다. 고민하던 주영이 옆에 앉는 순간 태열이 허리를 잡아끌어 자신의 배 위에 주영을 앉혔다.

"아무 데나 앉지 마."

"그러는 너는."

"난 돼, 넌 안 돼."

"그런 게 어딨어?"

"가끔은 있더라고."

어이없어. 그러는 자기는 아무 데나 드러누우면서. 주영이 눈을 가늘게 흘기며 파란 하늘 아래 초록빛을 뽐내며 우거진 나무를 눈에 담는데 주머니에서 진동이 울렸다.

핸드폰을 꺼내 액정을 확인한 주영이 작은 한숨을 내쉬었다.

지영이었다.

"왜?"

전화를 받지 않고 뭉그적거리는 주영을 태열이 의아하게 바라봤다. 주영이 액정을 보여 주자 태열이 알만하다는 듯 작게 고개를 내둘렀다.

"끈질기네."

"그러게."

주영이 화면을 물끄러미 응시했다. 주영이 집을 나온 이후로 지영에게서 종종 연락이 왔으나 주영은 받지 않았다.

혜원의 행방을 찾는 주헌의 전화도 무시하던 참이라 지영의 연락만 받기가 곤란하기도 했고…….

하나부터 열까지 지영에게 상황을 설명하며 되새기는 피곤한 일도 피하고 싶었다. 끈질기게 울리던 진동이 멈추고 조용해진 핸드폰이 짧게 울렸다.

[할머니 쓰러졌어. 인간 된 도리로 전화 좀 받아봐. 너 진짜
그러는 거 아니다?] 7:03AM

예상하지 못한 소식에 주영이 눈을 천천히 깜빡거리는데 다시 진동이 반복해서 울리기 시작했다. 주영이 한숨과 함께 액정을 미는 순간 고함 같은 목소리가 반대편에서 쩌렁쩌렁 울렸다.

-야! 너 이러기야?

"……."

-너무한 거 아니야? 나도 가족인데 말 한마디 없이 집 나가더니 무시하는 거 인간적으로 너무하지 않냐?

핸드폰을 귓가에서 살짝 거리를 둔 주영이 차분히 대꾸했다.

"미안. 바빴어. 많이 위독하신 거야?"

-위독은 개뿔. 너 때문에 드러누웠다가 이젠 서주헌까지 막 나가니까 시위하는 거……. 아니, 이게 아니지. 야 넌 아무리 집

나갔대도 양심적으로다가 할머니 쓰러졌는데 얼굴은 비춰야 되지 않겠어?

자세한 사정은 모르지만 꾀병이라는 얘기였다. 뜻밖이긴 했다. 송옥경 여사와 꾀병이라니. 지독히도 어울리지 않았다.

"위독하신 거 아니라며."

-그래도 입원했다니까? 나 태어나서 송옥경 여사님 입원한 거 처음 본다고. 이게 별일 아니면 뭐야?

"너도 있고, 서주헌도 있는데 굳이 나까지 왜."

-서주헌 그 자식 지금 완전 정신 나갔어. 출근도 안 한다니까?

지영의 입에서 흘러나오는 자초지종은 이랬다. 주헌이 송옥경 여사 앞에서 혜원과 결혼을 하겠다며 폭탄을 던지는 바람에 옥경이 머리를 싸매고 쓰러졌다고.

우스운 건, 주영이 아는 한 혜원은 아직 주헌을 받아들일 생각이 없었다. 뉴욕 퀸즈 이모 집에 머무르는 혜원과 전날 만나기까지 했으니까.

이제는 제법 임신한 티가 나는 혜원의 얼굴은 한국에서보다 좋아져 있었다.

'그냥 여기 눌러살까 봐요.'

미국이 자기에게 맞는 것 같다며. 코리아 타운의 유명 한식당에서 일하는 이모를 따라 일해 볼까도 잠시 고민했다고. 거기에서 일하는 이모님들 연봉이 1억이라나, 뭐라나.

내내 그런 농담을 해맑게 던지던 혜원의 얼굴에 그늘이 진 건 주헌의 이야기가 나왔을 때였다.

'그 사람이 찾아왔어요. 매일 같이 오는데…… 아직은 그 사람 미워서 어떻게 해야 할지 모르겠어요.'

결국 주헌 혼자 날뛰는 셈이었다. 그렇게 일과 돈에는 철저했던 서주헌이 일도 내팽개치고 여자 하나 때문에 지구 반대편에 와 있다는 부분에서 어처구니없는 헛웃음이 새기도 했다.

말 잘 듣는 손자 흉내도 여기까지인지.

옥경의 입장에서는 평생 예뻐하며 모든 걸 퍼 주었던 손주의 배신이라 느껴질 법도 했다. 주헌도, 옥경도 모두 다 자신들의 업보이긴 하지만.

그러나 이젠 주영과 아무런 상관없는 일이기도 했다.

"지영아, 내가 지금 바빠서."

나이가 나이인 만큼 진짜 위독한 상황이라면 얼굴은 비춰야 하나 해서 받았던 전화였다. 주헌과 기싸움을 위한 꾀병이라면 주영이 신경 쓸 이유가 하등 없었다.

-뭐? 야! 너 진짜 안 올 거야? 왜 이 집에 제정신은 나밖에 없는 건데!

"미안. 나중에 연락할게."

주영이 귀에서 전화기를 떼자 태열이 천천히 상체를 일으켰다. 부드럽게 주영을 제 허벅지에 옮겨 앉히며 흐트러진 머리를 넘겨 줬다.

"가야 되면 가도 돼."

"들었어?"

"네 동생. 목청이 엄청 커서 서울까지 들리겠던데."

무심히 말한 태열이 주영의 등을 다정하게 쓸었다.

허울뿐인 가족 같은 건 이제 필요 없었다. 인정받고 싶어 애쓰는 삶도 이제 더는 원치 않았고, 지금 주영에게 주어진 순간의 행복에 감사하며 사는 것, 그게 유일하게 원하는 것이었다.

주영이 태열의 품에 안겨 들며 말했다.

"아니, 안 갈래. 나 이제 가족 같은 거 없어."

주영의 대답에 태열이 동그란 정수리를 가만히 내려다보았다. 잠시 가라앉은 눈으로 바라보던 태열이 대답했다.

"그럼 그렇게 해."

태열이 주영을 꽉 끌어안으며 정수리에 입을 맞췄다. 드넓은 공원을 가득 채운 잔디의 풀 냄새가 더운 바람을 타고 흘러들었다.

주영도 의식적으로 불필요한 생각을 바람에 흘려보냈다.

LA에서의 일정도 매끄럽게 흘러갔다.

렌터카를 타고 푸른 하늘 아래서 드라이브를 했다. 손을 잡고 근교 해변을 걷기도 했다. 생애 첫 서핑을 도전했다. 주영이 중심을 잡지 못하고 계속 물속으로 고꾸라지자 태열이 크게 웃으며 놀렸다.

함께 서로의 옷을 골라 주며 쇼핑도 했다. 반쯤 비어 있던 캐리어는 이미 뉴욕에서 가득 찼기에, 작은 기내용 캐리어를 새로 사기도 했다.

도시에 해가 저무는 아름다운 풍경을 바라보며 근사한 저녁을 먹기도 했다. 붉게 물든 노을 아래서 주영에게 다정한 눈빛을 보내는 태열에게 사랑한다는 고백도 했다.

감정을 표현하는 것이 아직은 조금 어색한, 미성숙하게 달아오른 얼굴이 노을빛에 가려지길 바라며. 아름다운 배경 속에서 순간 멍하게 굳은 태열의 얼굴은 잊을 수 없을 순간이었다.

새로운 기억들이 마음속 깊이 새겨지는 시간들이었다.

그리고 또 함께 쌓아 올릴 의미 있는 기억.

태열이 마지막으로 몸담았던 팀의 홈구장. 주영은 그곳의 관중석에서 비어 있는 마운드를 물끄러미 바라보았다.

관객으로 가득 찬 경기장 곳곳에서 요란한 효과음이 터져 나왔다.

'오늘 마운드 서기로 했어.'

경기장으로 오던 길, 운전하던 태열이 꺼낸 말은 다소 놀라웠다. 표를 구하기 위해 예전 에이전트에 연락을 했더니 구단 측에서 시구를 제안했다고 했다.

이제야 이해가 됐다.

갑자기 퇴근 후 저녁마다 운동을 한다며 사라졌던 이유. 단 한 번의 시구라도, 오랜만에 던지는 공이니 제법 신경이 쓰였던 모양이었다.

시구라니. 주영의 입장에선 놀랍기도 했지만, 기쁜 마음도 있었다. 다신 볼 수 없을 거라 생각했던 마운드 위의 태열을 잠시라도 볼 수 있어서.

한편으론 걱정도 되었다. 끝마무리가 좋진 않았으니까.

경기장으로 향하던 차 안에서 주영이 조심스레 물었다.

'괜찮겠어?'

그러나 태열은 아무렇지 않게 고개를 끄덕였다.

'보고 싶어 했잖아. 나 공 던지는 거.'

태연히 말하며 한 손으로 운전대를 잡은 태열의 옆얼굴을 주영이 가만히 바라보았다. 그의 매끄러운 입꼬리가 부드럽게 휘어졌다.

'그렇다고 선수 때 기대하면 안 되고.'

운전대를 잡지 않은 손으로 주영의 손을 잡으며 그가 덧붙였다.

'잠깐 자리 비웠다고 한눈파는 것도 안 되고.'

순간 눈앞에서 현란한 효과음과 함께 전광판이 번쩍거렸다. 주영이 눈앞에서 장난스럽게 웃던 태열의 얼굴을 지워 내고 전광판을 바라보았다.

지금과 비교도 되지 않는 작은 구장의 마운드에 우뚝 서 있던 고태열.

와인드업 동작부터 손끝에서 공을 내보내던 순간, 그리고 묵직한 공 끝이 미트에 강렬하게 박히던 순간까지.

지켜보는 사람의 이목을 이끌고, 자각 없는 감탄을 내뱉게 했던 어느 늦여름의 목동 구장.

아마도 주영이 평생 잊지 못할 기억 중 하나.

지켜보는 사람이라고는 관계자와 지인들, 그리고 소수의 관중이 전부였던 그때와는 달랐다.

커다란 구장을 붉은색으로 가득 물들인 관객들의 함성 사이로 손을 흔들며 입장하는 태열이 보였다.

주영은 포수 뒤 가장 명당에 위치한 더그아웃 스위트에서 장내 아나운서가 태열을 소개하는 음성을 들었다. 반대편 전광판에 붉은 글씨가 새겨진 흰 유니폼을 입은 태열의 얼굴이 가득 찼다.

22. TY KO.

그때와 같은 넘버가 그의 넓은 등에 새겨져 있었다.

관중석을 향해 손을 흔들며 마운드에 올라선 태열이 관중석을 향해 모자를 벗었다. 몸을 한 바퀴 돌려 오랜만에 마주하는 팬들에게 감사 인사를 전한 그의 시선이 잠시 쭈그려 자세를 잡은 포수의 뒤편을 향했다.

마운드까지 자신의 얼굴이 보일지는 모르겠지만, 주영은 최대한 밝게 웃어 보였다. 이에 화답하듯 씩 웃으며 모자를 쓰는 태열의 얼굴이 그의 어깨너머 전광판에 고스란히 담겼다.

이윽고 오랜만에 보는 태열을 향해 울렸던 관중들의 함성이 잦아들었다. 포수의 미트를 진지하게 바라보며 글러브를 쥐고 선 태열이 조금은 긴장한 듯 후우, 깊게 숨을 내쉬었다.

그가 투수판 앞쪽에 오른발을 내려놓았다. 그의 동작 하나하나가 주영의 눈에 느리고 깊게 새겨졌다.

매번 태열이 선발로 나서던 경기를 새벽마다 챙겨 보았던 주영에게는 눈에 익은 장면이었다. 언젠가 실제로 볼 수 있기를 고대하기도 했던 장면이기도 했다.

공을 쥔 오른손을 등 뒤로 숨긴 채 상체를 숙인 태열의 시선이 포수의 손을 향했다.

살짝 고개를 끄덕이고는 양팔을 머리 위로 들어 올렸다. 와인드업 포지션에서 부드럽게 다리를 차올렸다.

이내 한껏 뒤로 젖혀졌던 오른쪽 어깨부터 이어진 팔과 손에서 역동적으로 떨어져 나온 공이 순식간에 날아가 묵직한 소리를 내며 포수의 미트에 꽂혔다. 타석에 서 있던 타자가 가볍게 헛스윙을 했다.

그와 동시에 함성이 터져 나왔다.

완벽한 재현이었다.

물론, 다른 부분은 있었다. 왼손이 아닌 오른손. 전광판에 찍힌 속도. 의도적으로 헛스윙을 하는 타자. 공을 받자마자 마운드로 올라와 인사를 나누는 포수.

실제 경기와 시구는 다르니까. 그럼에도 이 모든 순간을 지켜보는 주영의 눈시울이 붉게 물들었다.

포수와 몇 마디를 나누더니 전광판 위의 구속을 흘끗거린 태열이 아쉬운 표정을 지었다. 이내 몸을 돌려 주영이 있는 곳을 바라보았다.

허공에서 맞물린 시선을 받아 내며 주영이 활짝 웃어 보였다. 진심을 가득 담아 힘껏 손뼉을 치자, 태열이 그제야 아쉬움이 묻었던 얼굴을 풀며 빙긋 웃어 보였다.

열일곱 그때처럼 싱그러운 웃음이었다.

모자를 벗고 양손을 흔들며 관중들에게 인사한 태열이 필드를 빠져나갔다. 영광스러운 과거를 완벽하게 재현해 낸 후, 주영에게 돌아올 시간이었다.

5:3

경기는 홈 팀의 승리였다. 5:0이었던 스코어를 상대 팀이 9회 초 3점을 순식간에 몰아치며 위협했으나, 아슬아슬하게 승리를 지켜 냈다.

경기가 끝난 뒤 한꺼번에 몰려나오는 인파를 피해 구단 관계자가 인도해 주는 길로 빠져나오니 이제야 지구가 조용해진 기분이었다.

마지막 날 밤이라 그런가. 그대로 방에 들어가기 아쉬워 태열의 손을 잡고 호텔에서 멀지 않은 곳의 공원을 걸었다.

가로등 불빛이 나뭇잎 사이사이로 조각나 땅을 비추었다. 말없이 천천히 걷지만 맞잡은 손을 통해 전달되는 온기는 어떤 공백도 느끼지 못하게 했다.

주영이 태열의 옆모습을 슬쩍 올려다보며 느리게 입을 뗐다.

"오늘 멋있더라."

"그런데 키스 한 번을 안 해 주던데."

걸음을 멈춘 태열이 투정 아닌 투정을 부렸다. 농담인 듯 아닌 듯. 장난스럽게 웃는 얼굴과는 다르게 그 자리에 굳게 버티고 서서 주영이 입을 맞춰 줄 때까지 움직이지 않을 기세였다.

주영이 태열의 양 뺨을 잡고 뒤꿈치를 들어 올렸다. 입술이 포개졌다. 부드럽게 닿았던 촉감이 금세 사라지자 태열이 아쉬운 듯 눈썹을 치켜떴다.

주영이 환히 웃었다.

"한 번쯤은 꼭 보고 싶었거든. 너 공 던지는 거. 경기장에서 직접."

그런데 진짜 볼 수 있게 될 줄 몰랐어. 고마워. 말하는데 다시 입술이 먹혔다. 부드럽게, 조금 전 주영의 입맞춤보다는 조금 더 길게.

이마를 맞붙인 태열이 입술이 떨어진 틈에 말했다.

"나도 한 번쯤은 네가 봐주길 바랐었거든. 근데 오늘 보니까……."

그가 헛웃음을 지었다.

"그랬으면 큰일 났을 것 같네."

왜?라고 묻기도 전에 다시 부드럽게 입술이 닿았다. 벌려진 입술 사이로 두툼한 혀가 들어와 입안의 모양을 덧그리듯 헤집었다.

으음, 주영이 작게 소리를 흘릴 때쯤 더운 숨이 빠져나갔다. 태열이 주영의 젖은 입술을 엄지로 훔쳐 주며 말했다.

"그렇게 사람이 많은데, 온주영밖에 안 보이더라고."

주영이 천천히 눈을 들어 그의 얼굴을 바라봤다. 시야에 비스듬히 웃어 보이는 태열이 가득 찼다.

"선수 때였으면 온주영 생각하다가, 경기 다 망쳤겠지."

"진짜 어이없어."

기가 찬 대답에 주영이 태열을 흘겼다. 그의 입에서 시원한 웃음소리가 흘렀다. 그의 어깨를 가볍게 툭 치는데 손이 붙잡혔다.

태열이 주영을 지그시 바라보며 검지에 입술을 내렸다. 그가 부산에 다녀오며 선물했던 반지가 있는 자리였다.

해가 저문 뒤 어둠이 깔린 한적한 공원. 가로등 불빛을 받아 빛나는 잘생긴 얼굴. 주영만을 향해 흔들림 없는 눈. 단단해 보이는 눈동자. 언제나 주영의 편이 되어 주기로 한 남자.

오래전, 그가 단언하듯 내뱉었던 말.

'언제든지 온주영 옆엔 고태열이 있을 거니까.'

새삼 새롭게 다가왔다.

고개를 돌리면 언제나 닿을 수 있는 곳에 태열이 있다는 사실이. 매일 아침 눈을 뜨면 맞이하는 것이 태열의 목소리와 체향이라는 것이.

미래에 대해 구체적이고도 세세한 약속을 나누진 않았지만, 한 치의 의심 없이 서로가 서로의 곁에 있을 것이라 믿어 의심치 않는 지금이.

태열을 바라보는 주영의 눈가가 희미하게 떨렸다. 지금의 감정을 무어라 표현해야 할지 알 수가 없어 입술만 달싹거렸다.

태열의 입술이 주영의 손끝으로 움직였다. 손가락에 하나하나 입을 맞췄다. 그리고 손가락 사이사이까지.

입을 맞추던 태열이 가만히 주영을 내려다봤다. 따뜻한 바람이 두 사람 사이를 스쳤다. 고개를 들어 올린 채 태열을 바라보던 주영의 시선이 천천히 아래로 흘렀다.

흘러간 시선의 끝에 한쪽 무릎을 꿇고 앉은 태열이 있었다. 여전히 주영의 손을 잡은 채 부드럽게 웃어 보였다.

느리게 깜빡이는 주영의 눈꺼풀 사이로 조금은 굳은 듯 보이는 태열의 얼굴이 사라졌다, 나타났다를 반복했다.

"주영아."

태열이 담담하게 주영을 불렀다.

"결혼하자."

"……."

"세상에 유일한 네 가족이 될 수 있게 허락해 줘."

대단히 특별한 미사여구 같은 건 없었다.

결혼하자는 한마디와, 주영의 약지에 새롭게 끼워진 커다란 에메랄드 컷 다이아몬드 반지. 그게 전부였다.

"응?"

다정하면서도 조금은 경직된 목소리로 물어 오는 태열의 얼굴이 뿌옇게 번져 흐려졌다.

세상의 유일한 주영의 가족.

엄마가 떠나갔으니 주영은 이제 정말 혼자였다. 서류상으론 여전히 서주영이었으나, 성북동은 이미 마음에서 버린 지 오래였다.

태열은 그들의 관계에 새로운 이름을 붙이자고 말했다.

남자와 여자, 그리고 그를 넘어 가족.

주영이 고개를 아래로 툭 떨궜다. 고여 있던 눈물도 아래로 도르륵 흘렀다. 가는 턱을 타고 흐르는 물방울을 손등으로 닦아 낸 주영의 눈이 바로 앞의 남자를 향했다.

흔들림 없이 자신을 바라보는 곧은 눈을 마주 보며 힘껏 고개를 끄덕였다. 잠시 일자로 굳어 있던 태열의 입가가 긴장이 풀린 듯 느슨해졌다.

이게 뭐라고.

어떤 반지를 할지. 어디서, 어떻게 해야 할지. 무슨 말을 해야 할지.

수백, 수천 번의 고민이 거듭됐다. 들인 시간에 비해 얻어 낸 결과물은 허무하리만치 짧은 순간이었지만.

반지까지는 괜찮았다. 브랜드와 디자인을 고르는 데 있어서 주영의 얼굴을 떠올리니 결정은 너무나 쉬웠다.

조용히 심플한 디자인의 반지를 주문했다. 되도록 알은 큰 걸로, 받는 사람의 마음이 무거워 물릴 수 없도록.

그러고 나서 장소를 고민했다.

주문하면 3개월은 걸린다길래 서울에서 할까 했었다. 마침 주문한 반지가 예상보다 빠르게 도착했다. 여행 전에 받은 김에 미국에서 해야지, 생각했다.

그러니 또 고민이 생긴다. 호텔에서 할까. 레스토랑에서 할까. 아니면 요트라도 빌려서 할까.

생각하다가 주영이 뱃멀미가 있다는 말에 그만두었다. 그러다가 시구 일정이 잡히고는 야구장에서 할까, 잠시 고민했지만 왠지 주영이 질색할 것 같았다.

생애 한 번뿐일 순간에 주변을 살피며 억지웃음을 짓는 주영을 보고 싶진 않았다.

뭐든 요란스럽지 않고 조용조용한 걸 좋아하는 여자였다. 많은 사람들의 축하 속에서 하는 프러포즈도 좋지만, 선물은 주는 사람보다 받는 사람의 입장이 더 중요하니까. 깔끔히 접었다.

주영과 여행을 다니는 내내 반지 케이스를 들고 다니며 타이밍을 살폈다.

그리고 지금, 네가 가장 보고 싶었다던 장면을 선물해 준 그다음의 순간. 지켜보는 이라고는 가로등과 풀벌레뿐인 이곳에서 예쁘게 웃는 너.

태열은 자신도 모르게 손을 잡았고, 떨리는 입술을 손끝에 대었고, 무릎을 꿇었다. 인식하지 못하는 사이에 일어난 일이었다.

잊지 못할 특별한 순간을 만들어 주고 싶어 고민했던 수많은 문장들은 하얗게 날아갔다. 그냥 입이 저절로 벌어졌고, 결혼하자는 단순한 문장이 입 밖으로 흘렀다.

어찌 보면 이상한 일은 아니다. 마음속 가장 깊은 곳의 본심이었다.

주영의 곁에 머무는 건 언제나 할 수 있었다. 단순히 같이 살고 싶다는 마음은 아니니까. 이미 지금도 같이 사는 것과 다를 것 없었다.

그러나 묶이고 싶었다. 네게. 그리고 묶고 싶었다, 너를 내게. 법이라는 테두리 아래 온주영의 유일한 가족.

서로에 대한 구속력과, 언제나 네가 쳐 놓는 경계선을 넘나들 마땅한 권리.

그리고 좋을 때든 나쁠 때든 항상 네 손을 잡아 줄 사람.

그게 고태열이길.

잠시 놀라 멈춘 눈동자와, 떨리는 얼굴 근육 그리고 기쁜지 슬픈지 알 수 없는 눈물.

태열이 몇 번이고 그려 보았던 그림과 비슷한 듯하면서도 달랐다. 설마, 받아 주겠지. 웃어 주겠지. 놀라려나. 감동의 눈물까지 보여 주면 최상인데. 그런 시시한 상상들.

태열이 상상했던 모든 것을 현실에서 그대로 재현해 내는 주영의 지금 모습은……

상상했으나 상상하지 못할 장면이었다. 그의 물음에 응, 조용히 중얼거린 주영이 고개를 끄덕이던 순간. 벅차오르는 감정은 그가 겪어 본 어떤 희열보다 짜릿했으니까.

안도의 숨을 내쉬며 느릿느릿 무릎을 일으켜 세운 태열의 엄지가 주영의 눈 밑을 쓸었다. 뺨을 쥔 손바닥과 엄지 끝이 축축하게 물들었다.

"이게 뭐라고 울어."

"…….."

"좋아서 우는 거지. 그렇다고 해."

툭 내뱉은 말에 주영이 돌연 읍, 으으흑, 소리를 내며 울먹였다. 주영이 우는 모습은 몇 번 봤다. 어머니가 쓰러지셨을 때, 보내 드릴 때, 그리고 가끔 침대에서.

눈가를 발갛게 부풀리며 우는 모습은 지켜 주고 싶을 때도, 더 괴롭히고 싶을 때도 있었다.

그러나 이렇게 서럽게 소리 내어 우는 주영은 낯설었다. 심지어 그것도 태열 때문에. 처음 접하는 주영의 모습에 태열이 길 잃은 아이처럼 굳었다.

머릿속이 새하얗게 표백됐다. 초조한 한숨과 함께 물었다.

"좋아서 우는 거 맞지."

서러운 울음소리가 조금 더 커졌다. 태열이 떨리는 손으로 주영의 젖은 뺨을 살살 달랬다.

"왜. 대답하자마자 벌써 마음이 바뀌었어? 결혼하기 싫어?"

묻는 말에 주영이 태열의 손목을 잡고는 가까스로 고개를 도리도리 저었다.

"그럼."

"……생각해 본 적 없, 흑, 단 말야."

말이 되나. 태열이 어이가 없단 투로 되물었다.

"결혼을? 한 번도?"

정말 단 한 번도? 태열의 눈동자에 황당함이 깃들었다. 이걸 어쩌지, 하는 티가 역력한 눈이었다.

"그래도 안 돼. 낙장불입이야. 못 물러."

담담하면서도 단호한 목소리였다. 훌쩍거린 주영이 이번에는 고개를 주억거렸다. 당연하게 태열의 손을 빌려 멈추지 않는 눈물을 닦아 내며 천천히 눈을 한 번 감았다 떴다.

속눈썹에 맺혀 있던 물방울이 태열의 손등을 타고 흘렀다. 흠흠, 목소리를 가다듬은 주영이 천천히 입을 뗐다.

"그러니까……."

자신에게 깊게 머무른 시선을 알면서도 주영이 눈을 내리떴다. 언젠간 이렇게 함께 지내다가 결혼을 하는 날도 오지 않을까 막연히 생각은 했었다.

물론, 태열이 이렇게 빠르게 프러포즈를 할 것이라고까진 예상하지 못했지만. 그보다 주영이 새삼 깨달은 사실이 있었다.

"나한테…… 다시 가족이 생길 수 있다는 거. 생각을 안 해 봤어."

사랑하니까 결혼을 하는 거지만, 결혼의 상대가 내 가족이 된
다는 것. 엄마를 보낸 후로는 진짜 가족을, 그리고 성북동을 나온
후로 더 이상 허울뿐인 가족조차 없다고 생각했으므로.

태열과 함께 약속하는 미래는, 주영에게 새로운 가족이 생겼
음을 의미했다. 단순히 태열과 이렇게 연애만 하며 사랑해도 좋
겠다는 생각을 했었다. 그러나 이제는 완벽히도 완전한 둘의 미
래를 기약하기 위해 결혼이라는 굴레 속에 발을 디뎌도 좋겠다는
그런 생각을.

그것이 모험이라 하더라도.

꿈꿔 본 적 없던 빛나는 미래를.

안도의 숨을 삼키며 허무하게 웃은 태열이 주영의 뺨을 가볍
게 툭 건드렸다.

"주영아, 이제 네가 내 보호자야."

젖은 속눈썹이 눈꺼풀 사이로 사라지며 주영이 빤히 태열을
올려다보았다.

"그리고……."

"……."

"내가 네 보호자고."

한국 가자마자 혼인 신고부터 하자. 웃으면서도 목소리만큼은
단호했다. 태열이 세상을 다 가진 사람처럼 번쩍 주영을 안아 들
었다.

노을을 닮은 가로등의 불빛이 두 사람을 환히 비추었다.

언덕 위에 있는 호텔의 테라스에서는 LA 시내의 야경이 한눈에 보였다.

멀지 않은 거리에 베벌리 힐스도 보이고, 손잡고 걸어 다녔던 거리 뒤로 높고 낮은 건물들이 오밀조밀 서 있었다. 그보다 더 멀리에는 태열이 프러포즈했던 작은 공원도 보였다.

따뜻한 밤공기가 주영의 뺨을 스치고, 가는 머리카락을 살랑였다.

결혼.

태열은 결혼을 하자고 했고, 주영은 알겠다고 대답했다.

새로운 가족이 생긴다.

생경한 감각이었다. 그리고 멀리 보내 준 주영의 또 다른 가족의 얼굴이 생각났다.

난간에 팔을 기댄 주영이 밤하늘을 물끄러미 올려다보았다. 깜깜한 하늘 위로 흐릿하게 빛나는 별이 드문드문 보였다.

지친 기색 없이 교복을 입은 주영에게 밥을 차려 주던 모습. 너무 공부만 열심히 하는 것 아니냐며 진지하게 걱정하던 얼굴. 그러다가도 주영이 가져오는 성적표를 보며 기쁜 기색을 감추지 못하던 미소.

용돈을 건네던 손. 어느 순간 화사하게 차려입고 수줍어하던 표정. 여전히 재건을 좋아한다고 어렵게 고백하던 입술. 화를 내는 주영 뒤로 어쩔 줄 몰라 불안해하던 눈동자.

그리고 의식을 잃은 채 주영을 맞이하던 보랏빛으로 물든 뺨.

병상 위에서 오래도록 여위어 간 앙상한 손목. 창백한 낯빛. 기계에 의존하던 가느다란 숨. 다신 볼 수 없던 표정.

어떤 때는 주영에게 무거운 마음의 짐이 되었다가도, 유일하게 곪은 속을 조금이라도 내비칠 수 있던 유일한 사람.

외로운 주영을 혼자 두고 차마 떠나지 못했던 그 얇고도 질긴 숨. 아마 그건 보답하지 못할 사랑이었다.

"나 결혼하나 봐, 엄마."

이번엔 진짜. 엄마한테 제일 먼저 말하는 거야. 조용히 중얼거리는 주영의 목소리가 바람을 타고 저 멀리 흘렀다.

엄마가 옆에 있었다면 뭐라고 했을까.

걔 누군지 데려와 보라고, 내 눈으로 한번 봐야겠다고 으름장을 놓았으려나?

아니. 네가 좋으면 됐지. 둘이 좋다는데 뭐가 더 필요해.

성희라면 그랬을 것 같다. 그리고 안아 줬을 것 같다. 축하한다고. 사랑하는 사람을 만나서. 다행이라고. 주영이 아는 엄마라면 그랬을 것 같다.

엄마도 나도 또 새로운 가족이 생기나 봐.

주영이 가장 반짝이는 별을 바라보며 생각했다.

그러니까 이제 내 걱정은 하지 마. 편안히 쉬어. 한국 가면 또 보러 갈게.

말없이 하늘을 보며 속삭이는데 발코니 문이 열렸다. 뒤에서 다가온 태열이 주영의 한쪽 어깨를 감싸고 남은 팔로 깍지를 꼈다.

"무슨 생각 해."

맞닿은 손에선 서늘한 이물감이 느껴졌다. 내내 끼고 있었던 검지의 반지, 그리고 오늘 새로 생긴 또 다른 반지가 존재감을 여실히 드러냈다.

여전히 하늘을 바라보던 주영이 쓸쓸하게 웃으며 입술을 뗐다.

"갑자기 엄마 생각나서."

태열의 검은 눈동자가 잠시 주영의 정수리에 머물렀다. 알 수 없는 눈으로 뒷모습을 바라보던 태열이 느릿하게 주영의 시선이 향한 곳을 따라 고개를 움직였다.

주어도 없이 저기야? 물었다. 주영도 실없이 그런가 봐, 하고 대답했다.

"보세요."

듣는 사람이라곤 주영뿐인데 태연히 말을 높이는 모습이 어처구니가 없었다. 주영은 실컷 울고 난 김에 감상적이라 그렇다 치더라도, 태열은 왜…….

주영이 코끝으로 웃자 태열이 잡고 있던 손을 한번 꾹 잡더니 들어 올렸다.

"제가……."

태열이 입술을 주영의 검지에 내렸다. 시선만 들어 하늘을 보았다.

"주영이 남자 친구고."

입술이 약지로 옮겨갔다.

"남편이라."

프러포즈를 한 지 몇 분이나 지났다고. 뻔뻔히 남편이라 주장하는 태열은 당당했다. 주영의 벌어진 입술 새로 실없는 웃음소리가 터졌다.

어느새 잡고 있던 손과 그 위의 입술이 사라지자, 이제는 뭘 하는가 하여 고개를 들어 올렸다. 그때 주영의 쇄골 위로 차가운 감촉이 스쳤다.

달빛을 받은 얇은 줄과 펜던트가 주영의 목에 걸렸다. 낮은 음성이 이어졌다.

"목줄도 채웠는데."

"……이게 뭐야?"

"어머니도 제 마음 이해는 하시죠?"

태열이 천연덕스럽게 말하며 주영의 어깨를 잡아 몸을 돌렸다. 빙긋 웃고 있는 태열이 눈앞을 가득 채우며 가까워졌다.

여기까지 오는 데 너무 오래 걸려서. 이마에 입술이 닿았다.

목줄이라도 안 채워 두면 또 오래오래 빙빙 돌아야 할지도 모르니까. 그리고 눈가에.

어머니 예물을 해 드릴 수가 없어서. 다시 코끝에.

대신에 주영이한테 하나라도 더. 마지막으로 입술에서 쪽 소리가 났다.

"어머니를 닮아서 그런가, 뭐든 잘 어울리네요."

나긋한 음성을 들으며 주영이 목걸이를 만지작거렸다. 주영이 받은 반지의 다이아몬드보다는 작은 사이즈지만 같은 디자인의 펜던트였다. 제 목을 내려다보던 주영이 중얼거렸다.

"목줄은 또 무슨 소리야……."

"거기다 고태열 이름 박으려다가 참았어. 그러니까 하고 다녀."

"진짜…… 어이없어."

"어머니 생각은 다르실걸?"

뻔뻔한 목소리가 밤하늘을 향했다. 허공을 향해 잘 어울리죠? 묻는 목소리가 기가 막혔다.

"제가 좀 안목이 있어서. 당연히 사위도 마음에 드실 거고."

"……."

"한국 가면 바로 인사드리러 가겠습니다."

"……이제 그만해."

"뭘. 인사도 못 드려? 사위가, 장모님한테?"

"어떤 사위가…… 장모님한테 가운 차림으로 인사를 해……."

미국이잖아, 열린 마음. 몰라?

미국 사람이 누가 그래. 여기도 다 제정신으로 사는 사람들이거든? 넓은 땅덩어리에 찾아보면 한 명쯤은 있겠지. 아니, 없을걸. 내기할래? 아니, 자기가 져 줘. 뭐…… 자기? 응, 사랑하니까 자기가 져 줘. 진짜 어이없어…….

실없이 투닥거리는 두 사람 위로 밤하늘을 밝히는 달빛이 은은하게 쏟아졌다.

한국에 돌아와서 가장 먼저 한 일은 성희를 찾아간 일이었다.

태열은 그 어느 때보다 멀끔하게 정장을 빼입었다. 예전에 주영이 선물했던 넥타이까지 갖춰 맨 태열은 언젠가 주영이 인터뷰에서 보았던 모습을 닮아 있었다.

주름 한 점 없는 슈트와 반듯하게 맨 타이, 그리고 깔끔하게 올려 넘긴 머리까지. 중요한 자리를 가는 사람처럼.

"제대로 인사드리러 왔습니다."

말하며 정중하게 꽃을 내려놓고, 절을 하고, 술을 뿌리고.

잠시 눈을 감고 양손을 모은 채 고개를 숙인 태열은 조용히 침묵의 시간을 가졌다. 엄마에게 비밀스럽게 무언가 전하기라도 하는 듯이.

고요한 바람 소리가 흐르는 침묵의 순간.

태열의 인사를 받으며 환히 웃었을 엄마를 상상하자 코끝이 시큰해졌다. 아마도, 이런 멀끔한 모습을 보았다면 더 좋아했을 지도 모르겠다.

옆집에 살던 그 애라는 사실을 믿지 못했을지도 모르겠고.

느릿하게 눈을 뜨며 고개를 들어 올린 태열을 향해 무슨 말을 했냐 물으니 태열이 가볍게 어깨를 으쓱였다.

"비밀."

"뭐?"

"장모님이랑 사위랑만 통하는 그런 게 있어."

가늘게 눈매를 좁히는 주영을 보며 태열이 소리 내어 웃었다.

뭐, 다른 할 말이 있나.

네가 있게 해 줘서 감사하고, 잘하겠다고. 혹시 잘못하는 게 있으면 언제든 혼내시라고. 벌은 달게 받겠으니.

또, 다시 한번 감사하고, 죄송하다고. 당신의 딸을 진심으로 사랑한다고.

그게 전부였다. 그의 진심은.

두 번째로 해야 하는 일에 있어서는 작은 다툼이 있었다.

주영은 울진에 내려가 삼촌께 먼저 인사를 드려야 한다고 말했다. 태열은 일단 혼인 신고부터 하자고 했다.

주영은 그건 어른에 대한 예의가 아니라고 했고, 태열은 상덕은 충분히 이해할 것이라고 했다.

이틀간의 대치는 주영의 승리로 끝났다.

"사랑하니까 네가 져 줘."

태열의 입을 꾹 다물게 하는 말이었다. 삼촌에게 주말에 찾아뵙겠다, 전화를 했지만 이번 주말 내내 친구 자녀들의 결혼식이 3개나 잡혀 있다고 하셨다.

태열은 밤에라도 가겠다고 했지만, 주영의 만류에 다음 주 주말에 울진을 찾아뵙기로 했다.

대신 열흘의 시간이 생긴 만큼 결혼식을 어떻게 할지 이야기를 나눌 여유가 생겼다.

언제 할지에 관해선 의견이 또 나뉘었다. 주영은 내년 봄을 이야기했고, 태열은 당장 이번 11월을 말했다. 당장 두 달 뒤에.

태열이 곤란한 듯 눈을 찌푸린 주영에게 나긋하게 속삭였다.

"사랑하니까 자기가 져 줘."

"……사랑해도 안 되는 건 안 돼."

짐짓 단호한 주영의 태도에 태열이 소리 내어 웃었다. 의미 있는 날인 만큼 차근차근 계획적으로 준비하고 싶다는 주영의 말에 태열이 졌다는 듯 고개를 끄덕였다.

"사랑하는데 별수 있나. 자기가 하고 싶은 대로 해야지."

어느새 자기라는 호칭이 입에 붙은 듯 부르는 목소리가 간지러웠다. 자기라고 할 때마다 흠칫거리는 주영에게 태열이 낮게 웃으며 키스했다. 웃음소리가 주영의 입술에 스며들었다.

결혼식을 미룬 대신 혼인 신고는 울진을 다녀와서 바로 하기로 했다. 신혼여행지의 선택권도 태열에게 넘겼다.

태열이 결혼식은 어떻게 하고 싶은지 물었다.

소란스럽지 않게, 소중한 인연들만 초대하는 뜻깊은 결혼식이 됐으면 좋겠다는 주영의 말에 태열이 고개를 끄덕였다.

적당한 식장을 알아보기도 했는데, 영 성에 차는 곳이 없었다. 태열이 한남동의 카페에서 하는 것은 어떠냐 물었다. 잘 가꾼 정원이 예쁘니 야외 결혼식이라면 그것도 나쁘지 않을 것 같았다.

주영에게도 다른 숙제가 주어졌다.

청첩장.

이렇게 빨리 준비할 일이냐 물었더니, 결혼식은 늦게 해도 티저는 하루라도 빨리 뿌리고 싶다는 태열의 단호한 주장이 있었다.

그러면 네가 하라며 태열한테 문구를 맡겼더니 헛소리를 적어 놨다. 고등학교 때보다는 조금 나아진 필체지만 내용은 정말…….

온주영이 좋아하는 1. 고 2. 태 3. 열과 고태열의 자기 의 결혼식에 초대합니다.

하기 싫은 티를 내는 게 분명했다. 그렇지 않고서야 이렇게 성의가 없을 수가 있나.

따져 물어도 태열은 도리어 본인의 진심을 몰라 준다며 서운한 얼굴로 입술을 비벼 왔다.

그다음으로 주영이 할 일이 하나 더 있었다.

미리 생각은 해 두었지만, 갑자기 떠났던 여행과 태열의 프러포즈로 정리가 되지 못한 또 하나의 마무리였다.

이를테면 주영의 프러포즈랄까.

프러포즈보단 제안에 가까울지도. 아니지 수락인가? 아니, 새로운 도전인가.

태열이 디저트로 나온 유자 셔벗을 떠 주영의 입에 넣어 주며 턱을 괬다. 은근한 시선이 주영의 얼굴에 머물렀다.

"오늘 나 생일인가."

태열이 손을 뻗어 녹은 셔벗이 맺힌 주영의 입술을 닦아 주며 중얼거렸다.

예쁘게 차려입고 태열을 향해 주영이 먼저 데이트를 신청하고, 식당을 예약해 놓고.

"아니면……. 나한테 잘 보일 일이라도 있나."

"비슷하지?"

곤란한 부탁이라도 있는 건지. 혹시 결혼을 더 미루자고 하는 거면, 그건 안 된다. 태열이 생각조차 하기 싫은지 눈썹을 삐딱하게 추켜세웠다.

주영이 핸드백에서 하얀 봉투를 꺼내 테이블 위로 내밀었다. 봉투를 빤히 내려다보던 태열이 대답했다.

"안 돼."

"뭐?"

"무르는 건 안 된다고, 몇 번을 말해."

"보지도 않고 안 된대? 일단 보고 얘기해."

태열이 의심스러운 눈으로 눈을 가늘게 뜨며 천천히 봉투를 집어 올렸다. 안에 반듯하게 접혀 있는 서류를 꺼낸 태열의 입가에 기막힌 웃음이 차올랐다.

보면서도 어이가 없는지 피식피식 짧은 웃음을 뱉어 냈다.

"싫어?"

"전혀."

방금 전까지 정색하며 안 된다더니, 뻔뻔하게 얼굴색 하나 변하지 않고 말을 바꾸는 태도가 웃겼다. 태열이 여전히 웃으면서도 황당한 기색을 지우지 못한 채 손끝으로 미간을 문질렀다.

"누가 이런 게 필요하대."

기가 막힌다는 듯 바람 빠진 소리를 흘린 태열이 테이블 위로 내려놓은 서류는 주영의 이력서였다.

학력과 경력을 비롯해 주영이 걸어온 흔적이 남아 있는. 그리고 뒷장은 페이지 가득 꼼꼼하게 적혀 있는 경력 기술서였다.

사실은 프러포즈도, 수락도 아닌. 갑과 을이라는 새로운 관계의 정의일지도 몰랐다. 쉽지 않은 자리로의 구직을 위한 지원이기도 했다.

이미 주영이 호텔에 사직서를 제출한 순간부터 태열의 꾸준한 제안이 있었다. 같이 일을 했으면 좋겠다고. 농담처럼 던지기도 했고 아주 가끔은 진지하게 생각해 보라고 말한 적도 있었다.

주영은 겉으론 턱을 높게 치들며 '고민은 해 볼게.' 버텼지만 그동안 나름 진지하게 고민도 해 봤다.

뭘 할까.

여러 가지 생각도 해 봤다.

어렸을 때 태열을 가르쳤던 것처럼 아이들을 가르쳐 볼까. 공부를 손 놓은 지 오래됐는데 그게 가능하려나.

아니면 태열처럼 사업을 작게라도 시작해 볼까. 아이템은 뭐로 할지 생각이 나지 않았다. 그러다 망하면 어떡하지라는 위태로운 걱정이 샘솟았다.

결국 생각의 끝은 다른 회사를 알아볼까. 쉽진 않겠지만 어디라도 찾아보면 주영이 갈 곳은 있겠지.

주헌과의 관계 덕분에 많은 곳에서 주영을 열렬히 환영하진 않겠지만, 나름 성과는 자신이 있는데. 그럼 한 곳쯤은 받아 주지 않을까.

뻗쳐 나가는 생각의 끝에 문득 태열이 떠올랐다.

어차피 다시 회사로 들어갈 거라면, 태열의 회사도 세상의 수많은 회사 중 하나일 뿐이었다. 주영에게 이미 오퍼를 제안하기까지 한.

건설에 신입으로 들어간 지 얼마 되지 않았을 때, 호텔 관광 본부에서 식음료 파트를 맡은 적이 있었다. 얼마 지나지 않아 속했던 본부가 호텔 앤 리조트 계열사 분리로 떨어져 나가 부동산 개발 파트로 옮겼기 때문에 길다고는 말할 수 없었지만.

부동산 개발 파트에 있으면서도 쇼핑몰, 백화점 등 상점들의 시장과 입지 분석하는 일도 했었고.

호텔로 넘어가서는 실무는 아니더라도 식음료까지 다 담당을 했으니까.

태열과 일을 하는 것은 주영의 지금껏 쌓아 왔던 경력을 죽이지 않고 살릴 방법이기도 했다.

일해 보고 주영에게 맞는 옷이 아니라면 그만두어도 되니까. 직장이란 원래 그런 거니까. 그땐 뒤늦게 정말 새로운 걸 시도해 봐도 되겠지.

그러나 아직은 그동안 걸어왔던 길에 약간의 미련이 남아서…….

간간이 서우에게 연락하며 회사에 대해 은근하게 묻기도 했다. 태열이 지방 일정으로 자리를 비운 날엔 한남동 본사로 직접 찾아가기도 했었다.

서우는 친절하게 대답해 주다가도 꼭 마지막에 한마디씩 덧붙이곤 했다.

'요새 주영 씨가 회사에 관심이 많아졌네요? 태열이가 알려나 모르겠어요.'

웃음기 섞인 목소리에 주영은 태열에겐 말하지 말아 달라며 전화를 마무리한 적도, 다가오는 가을 그녀의 결혼식에서 보자며 인사를 하고 사무실을 나온 적도 있었다.

LA에서 태열과 들른 사무실도 유심히 둘러보았고, 서우 대신 새로 고용했다는 미국 지사 헤드와 인사를 나누며 자연스럽게 회사에 관해 묻기도 했다.

한국에 귀국하기 전엔 말해야지 생각했었다. 아마도 태열은 좋아할 테니.

호텔 쪽 경력을 강조해 정성스레 적어 나간 이력서는 주영 나름의 성의였다. 태열과 함께하는 것을 쉽게 생각하지 않는다는.

그러나 여행의 마지막 밤, 갑작스럽게 들이닥친 태열의 프러포즈 덕에 새하얗게 잊어버렸다. 귀국 뒤 기회를 엿보다 가장 태열이 기분이 좋을 때에 내밀었다.

그가 웃는 모습을 보는 것이 주영도 좋았으므로.

"온주영이 와 주는 데 이런 게 왜 필요해."

"그래도 절차 다 무시하는 건 싫어."

"네가 밟을 절차는 레드 카펫으로 충분한데."

"뭐?"

"종찬이 형한테 전화해야겠다. 빨리 레드 카펫 준비해 놓으라고."

주영이 가볍게 눈을 흘기자 태열이 테이블 위로 올려진 주영의 손끝을 툭 건드렸다.

"그래서 첫 출근은 언제?"

"무슨 이렇게 주먹구구야. 정식으로 회사 가서 논의하고 통보해 줄래? 나는 울진 갔다 와서부터는 아무 때나 가능하니까……."

"그럼 레드 카펫은 다음 주 월요일에 까는 걸로."

"고태열."

"응. 자기야."

"너 자꾸 이렇게 장난식이면 내가 사람들 보기 곤란해지잖아."

담담히 말하는 주영을 태열이 가만히 응시했다. 태열에게 많이 물러져 어영부영 넘어가다가도 가끔씩 넘을 수 없는 선이 있다.

그러나 그게 사적인 영역은 아니라는 것. 그리고 태열을 존중하고 싶은 마음이기도 하다는 것. 이제는 거리낄 것 없는 선이었다. 어쩌면 그가 마음대로 넘을 수도 있는, 그러나 지켜 주고 싶기도 한.

태열이 피식 웃음을 흘리며 주영의 이력서를 접어들었다.

"당장 내일 출근해서 이서우 이사님과 적합한 인재인지 심도 있게 논의해 보도록 해야겠네."

태열이 '이서우 이사'님과 '적합한 인재', 그리고 '심도 있는 논의'를 얘기할 때 강조하듯 일부러 또박또박 말했다. 주영이 차분하게 고개를 끄덕였다.

"그리고 경력직이라도 수습 기간 3개월은 명시해 줘."

같이 일해 보니까 너도, 나도 영 아닐 수도 있잖아. 제법 진지한 어조에 태열이 기가 막힌 듯 머리를 쓸어 올리며 웃었다.

울진으로 내려가는 길, 하늘은 파랗고 나무는 초록이었다.

막 여름이 시작되려던 무렵 태열을 찾아 울진을 내려왔었다. 상덕을 만났고. 상덕이 다음엔 꼭 대게 철에 오라고 했었는데.

여전히 금어기를 벗어나지 않은 시점에 새로운 소식을 들고 상덕을 찾아뵙는 게 조금은 민망하기도 했다.

'잘됐으면 좋겠네.'

주영의 고백에 다정하게 말해 주던 상덕의 얼굴이 생각났다. 초대하지 않은 손님인 주영에게 육해공 진미를 해다 바치며 열렬히 맞아 주던 따뜻함도.

9월 초지만 아직 남쪽은 여름이나 다름없었다. 오랜 기다림 끝에 이정표 위로 울진이라는 글자가 나타났다.

빠르지도 느리지도 않은 속도로 달리는 차창 밖으로 자줏빛 꽃나무가 보였다. 길가를 따라 일렬로 늘어선 크지도 작지도 않은 나무가 끝없이 나타났다.

어디서 본 것 같은데.

무슨 나무였더라. 저게 무슨 꽃이었지. 늦여름에서 초가을에 피는 꽃이 뭐가 있더라. 진달래보다는 조금 진하고 붉은빛을 띠었다. 진홍색을 띤 철쭉 색과 비슷하기도 한데, 덩굴처럼 생긴 나무에서 피어나는 철쭉이나 진달래와는 다르게 나무에 대롱대롱 열매처럼 꽃이 매달려 있었다.

게다가 봄이 아니니 당연히 철쭉이나 진달랫과일 리도 없었다.

푸른 하늘 아래 여전히 파릇한 초록 잎 위로 살랑살랑 흔들리는 광경을 주영이 눈에 담았다. 홀린 듯 풍경을 바라보던 주영이 정신이 든 건 태열의 손이 허벅지 위로 올라왔을 때였다.

덩그러니 놓인 주영의 손을 잡더니 느리게 엄지가 손바닥을 훑었다. 천천히 지문을 깊이 새기듯 주영을 덥힌 손끝의 온기가 허벅지로 내려갔다.

청바지를 입은 주영의 허벅지를 커다란 손으로 쓸었다. 이내 손끝으로 갉작이듯 긁자 주영이 옅게 웃으며 손목을 잡았다.

"운전에 집중해 주실 수 있나요?"

"그럼 운전하는 자기한테도 관심 좀 주실 수 있나요."

초승달처럼 휘어진 주영의 눈이 운전하는 옆얼굴을 향했다. 짙게 뻗은 잘생긴 눈썹 사이를 타고 흐르는 우뚝한 콧날. 그리고 매끈한 뺨과 붉은 입술.

가만히 근사한 옆모습을 바라보는데 정면을 보고 있던 태열의 어깨가 살짝 오른쪽으로 기울었다. 조수석을 향해 뺨을 내밀었다. 주영이 쪽 소리를 내며 뺨에 뽀뽀하고는 몸을 물렸다.

아쉬운 듯 입맛을 다신 태열의 오른손이 주영의 귓불을 잡아 문질렀다. 귓가에 열이 몰리는 기분이 들어 주영이 일부러 화제를 돌렸다.

"저 꽃나무, 뭔지 알아?"

주영의 귀를 지분거리는 태열의 시선이 흘끗 창밖을 향했다. 이내 아래로 흐른 태열의 손이 하얀 셔츠 밑으로 불쑥 들어왔다.

서걱거리는 천 안에서 손가락을 굽힌 태열이 주영의 배꼽 주변을 살살 긁었다. 간지럼이라도 피우려는 사람처럼. 오히려 그 손길이 야릇해 곤란한 건 주영이었지만.

"뭐 해…… 저 꽃, 뭐냐니까?"

주영의 얼굴을 슬쩍 확인한 태열은 대답 없이 다시 정면을 봤다. 그러고는 손이 조금 더 안쪽으로 파고들었다. 옆구리를 간지럽히는 손길에 주영이 허리를 비틀었다.

"아, 간지러워…… 하지 말고."

"그거."

낮게 웃은 태열의 손은 어느새 맨살을 타고 올라가 브래지어에 닿았다. 후진을 모르는 손길을 주영이 다급히 잡았다.

"딴청 피우지 말고. 뭐냐니까?"

차창을 파고드는 따뜻한 햇살 때문인지, 아직 가을이 채 오지 않아 그런 건지. 자꾸 더워지는 기분에 주영이 자꾸 그녀의 체온을 올리는 손 주인의 시선을 끌고자 최선을 다해 말을 돌렸다.

"그거라니까."

"그러니까, 그거 뭐?"

"간지럼나무."

웃은 태열이 주영에게 손목이 잡인 채 검지를 길게 뻗어 브래지어 안으로 쓱 집어넣었다. 툭 가슴 끝을 긁었다.

"아……! 너 진짜! 장난칠래?"

"진짠데. 안 믿네."

"이제 그만 놀려."

검지가 한 번 더 속옷 안을 건드리자 주영이 그의 손목을 옷 안에서 잡아 내리며 태열을 쏘아보았다. 태열이 넓은 어깨를 뻔뻔하게 으쓱거렸다.

"자기가 아니라면 아닌 거지."

운전대를 잡은 그의 입꼬리가 덧없이 허물어졌다.

상덕은 슬리퍼 바람으로 대문까지 나와 주영을 맞이해 주었다.

차가 낮은 담벼락 앞에 도착하기 전부터 기다리고 있던 사람처럼. 왔나. 특유의 온화한 얼굴로 웃으며 던지는 한마디마저 따뜻했다.

환대는 거기서 끝나지 않았다. 식당으로 들어서자마자 다리가 부러질 듯한 밥상을 마주한 주영의 눈동자가 갈 곳을 잃었다.

커다란 접시에 담긴 생선찜부터 갈비구이, 모둠 전을 비롯해 상을 가득 채운 반찬들. 게다가 입맛을 돋울 심심한 뭇국까지.

태열의 옆에서 상덕을 마주 보고 앉아 윤기 나는 흰쌀밥을 한 숟갈 떠올리며 주영이 말했다.

"태열이가 삼촌을 닮아 요리를 잘하나 봐요."

"으응? 열이 쟈가 밥을 해 준다고?"

어이가 없다는 듯 찌푸려진 상덕의 눈이 태열을 향했다. 받아먹을 줄만 아는 귀한 입인 줄 알았더니. 유난이네, 유난이여. 평생 지 삼촌한테 밥 한번 해 준 적 없는 배은망덕한 놈이.

상덕이 한탄처럼 투덜거렸다. 상덕의 음식 솜씨를 감탄하며 생각 없이 뱉은 말에 주영이 민망한 눈으로 옆자리를 바라봤다.

분명히 들었으면서. 태열은 아무 말도 듣지 못한 사람처럼 묵묵히 젓가락질을 할 뿐이었다. 어이없어.

태열이 어렸을 때부터 삼촌의 말을 얼마나 안 들었는지. 커서는 듣는 척하면서 또 얼마나 안 듣는지. 이런 상덕의 앞 담을 듣다 보니 어느새 눈앞에 가득 찼던 밥상이 사라지고 매실차와 약과가 놓여 있었다.

매실차를 한 모금 마신 주영이 컵을 내려놓으며 조심스럽게 말을 꺼냈다.

"삼촌, 저희……."

"결혼하려고."

주영이 잠시 뜸 들이는 틈을 태열이 무심히 파고들었다. 약과를 한입 베어 물던 상덕이 눈을 동그랗게 뜨더니 천천히 깜빡, 깜빡거렸다.

자신이 지금 무슨 말을 들었는지 다시 되새기는 모양새였다. 얼떨떨하게 눈을 깜빡거리던 상덕이 물었다.

"언제?"

"내년……."

"최대한 빨리."

또다시 말을 가로채는 태열의 옆구리를 주영이 팔로 툭 쳤다. 한쪽 눈썹을 으쓱거린 태열이 태연히 주영의 팔을 잡아 내리며 깍지를 꼈다.

"종찬이보다 먼저 가려고?"

"응."

주영과 약속한 바가 달랐다. 주영이 무슨 말을 하냐는 듯 태열을 한번 째려보고는 입을 열었다.

"아뇨. 저희는 내년 봄쯤 생각하고 있어요."

"혼인 신고는 다음 주에."

"아이고야……."

이어지는 태열의 말에 상덕이 앓는 신음을 흘리며 이마를 탁 쳤다. 내 이럴 줄 알았지. 그렇게 가라 가라 할 땐 들은 척도 안 하더니, 나이 들어도 청개구리 짓은 여전하다며 태열을 향해 눈을 흘겼다.

그러다가도 주영을 보며 내가 절대 싫다는 건 아니라며, 주영이 같이 예쁜 며느리는 언제든지 환영이라며 주영의 손을 꼭 잡아 주었다.

한 손은 태열에게, 다른 손은 상덕에게 붙잡혀 난감하게 웃던 주영이 조용히 손을 빼냈다. 핸드백 속에서 봉투 3개를 꺼냈다.

"너무 갑작스럽게 말씀드려서 죄송해요."

"뭐, 이럴 줄은 알았는데 좀 갑작스럽기는 하제?"

"그래서 말인데, 부탁 하나만 드리려고요."

주영이 봉투를 내밀자 상덕이 이게 뭔가 하는 얼굴로 주영을 쳐다보았다. 모든 걸 빨리빨리 진행하려는 태열 덕에 벌써 샘플을 받은 청첩장이었다.

3가지 종류의.

"삼촌이 골라 주세요."

"이걸 내가 골라? 아이고, 늙은이가 뭐 보는 눈이 있어야 말이지."

하면서도 상덕은 돋보기를 가지러 간다며 상기된 얼굴로 사라졌다. 그를 지켜보는 주영의 입가에 부드러운 미소가 맺혔다.

"하지 마."

"뭘."

주영이 뻔뻔하게 다가오는 태열의 뺨을 밀어냈다. 2층은 태열의 구역이라 태열이 없을 때도 청소할 때 말고는 상덕이 발길을 들이지 않는다고는 했으나…….

버젓이 아래층에 삼촌이 계시는데 거리낄 것 없이 입술을 맞대는 건 내키지 않았다. 타인 앞에선 손을 잡는 것, 그 정도까지만이 주영이 허용할 수 있는 범위였다. 그럼에도 태열은 상체를 숙여 기어코 주영에게 입을 맞추며 방문을 열었다.

"진짜……."

"응. 나도 사랑해."

천연덕스러운 대꾸에 주영이 눈을 흘기며 몸을 돌렸다. 정면의 창에 초록빛의 응봉산자락이 가득 들어찼다.

지난번에 왔던 태열의 방은 변한 것 없이 그대로였다. 창가 왼편의 유리 장식장. 그 안을 가득히 채운 트로피들. 태열이 걸어온 흔적.

벽 한 편에 걸려 있는 유니폼은 얼마 전 시구를 하던 태열의 모습을 떠올리게 했다. 방을 빙 둘러보던 주영 위로 그림자가 졌다. 태열이 뒤에서 가볍게 끌어안았다.

어깨를 감싼 팔을 조심스럽게 잡은 주영의 눈이 유니폼 옆으로 천천히 움직였다. 반듯하게 옷걸이에 걸린 하얀색 맨투맨과 추리닝은 여전히 전시품처럼 걸려 있었다.

주영이 선물했던 옷. 처음으로.

가만히 세월이 쌓인 옷을 바라보던 주영이 안긴 채로 몸을 틀어 태열을 올려다봤다.

"저거 운동복 있잖아……."

"내 첫 번째 팬이 사준 건데."

주영을 내려다보는 태열의 눈매가 부드럽게 휘었다.

"어, 그러니까 저게……."

사실은 그 첫 번째 팬이 나였다고. 아무것도 아닌 한마디가 왜 목구멍에서 멈춰 나오질 않는지. 말하고 싶었다.

그리고 물어보고 싶었다. 저게 네게 도대체 뭐라고, 이렇게나 오래 소중히 보관했는지.

태열이 입술을 달싹이는 주영의 뺨을 쥐고는 엄지를 뻗어 눈 밑을 쓸었다. 그러더니 낮게 웃었다.

"알아."

"안다고?"

뭘 안다는 거지. 설마, 주영이 보낸 걸 안다는 건가? 어떻게? 발신인을 기록하지도 않았고, 얘기도 한 적이 없는데.

"정확히는……."

눈 밑을 문지르는 손끝이 느려졌다.

"그랬으면 좋겠다고 생각했지."

"……."

"그래서 그냥 믿기로 했어. 이 첫 번째도 너라고."

떨리는 주영의 속눈썹을 태열의 손끝이 부드럽게 매만졌다.

그냥 그랬던 것 같다. 누군지 모르는 발신인이 너였으면 좋겠다고.

전달받은 순간부터 그런 생각을 했다. 사실이 아니더라도 나는 그렇게 믿기로 결정했으니까.

네가 처음으로 준 선물을 감히 입어 보지도 못한 채 소중히 간직했다. 네가 생각날 때면 한 번씩 만져 보며. 등신같이.

떠오르는 지난 기억을 지워 낸 태열이 고개를 숙였다. 입술이 부드럽게 맞물리던 순간 아래층에서 태열을 부르는 상덕의 목소리가 들려왔다.

방해꾼의 등장에 허탈한 웃음을 지은 태열이 가볍게 입을 맞추며 떨어져 나갔다.

주영이 숨을 깊이 들이켜자 맑은 공기가 폐부로 흘러들어 왔다. 몸과 마음이 정화되는 기분이랄까.

주영은 한적하고 공기가 좋은 이 동네가 마음에 들었다. 빡빡

한 도시가 잊혀지는 장소라서.

일을 시작하게 되면 가끔씩 휴식을 위해 놀러 와야지 하고 생각했다. 다음엔 상덕의 당부대로 대개 철에 와서 상덕의 바람을 들어줘야겠다는 생각도.

조용한 전원주택 단지를 산책 삼아 걷던 주영의 시선이 자줏빛 꽃나무에 머물렀다. 오전에 차에서 봤던 나무였다.

주영이 제 옆에 나란히 걷는 태열 대신, 한 걸음 앞서 걸어가고 있는 상덕을 불렀다.

"삼촌."

뒷짐을 지고 걷던 상덕이 고개만 돌려 주영을 바라보았다.

"저 꽃나무 이름이 뭐예요?"

"뭐? 간지럼나무?"

주영의 손가락이 가리킨 곳을 따라 눈을 굴린 상덕이 말했다. 주영의 고개가 비스듬히 기울었고 머리 위에서 낮은 웃음소리가 들렸다.

오전에는 태열이 주영을 간지럽히려고 장난을 치는 것이라 생각했는데. 삼촌마저 저렇게 말하니 조금 당혹스러웠다.

"진짜 이름이 간지럼…… 나무예요?"

"아, 고것이 원래 이름이 뭐더라."

멈춰 선 상덕이 기억이 나지 않는 듯, 눈살을 찌푸렸다. 그때 태열의 무심한 목소리가 들렸다.

"배롱나무."

"맞네, 배롱! 우리 동네에선 저게 바람 불면 간지럽히듯이 살랑거린다고 간지럼나무라고 부르는데. 원래 이름은 그거여, 배롱나무."

"아⋯⋯."

진짜였구나. 할 말을 잃은 사람처럼 작게 입만 벌리고 있는 주영을 보며 태열이 피식 웃었다.

"왜 남편 말을 못 믿어."

장난치듯 말하면서 자꾸 만져 대니까. 다른데 목적이 있는 것 같았으니까. 그러니까 신뢰가 없지. 주영이 삐죽 눈을 세모로 뜨며 올려다보자 태열이 고개를 숙여 귓가에 속삭였다.

"그래도 나는 자기가 아니라면 아니야."

이어지는 낮은 웃음소리가 주영의 귓가에서 짓궂게 울렸다. 그런 태열과 주영을 지켜보던 상덕이 흐뭇하게 미소 지었다.

이내 담벼락 위로 솟아 있는 꽃나무와 두 사람을 번갈아 보던 상덕이 손짓했다.

"니들, 같이 찍은 사진은 좀 있나?"

이리 와서 좀 서 봐라. 상덕이 재촉하듯 손을 빠르게 흔들었다. 주영은 얼떨결에 상덕의 손끝이 가리키는 담벼락 앞에 섰다.

"내 요새 결혼식을 그렇게 가니까 다들 지네 연애할 때 찍어 놓은 사진으로 요란을 떨어 놨드만. 니들 그런 거 할 사진도 없지?"

상덕의 말은 틀린 것이 없었다. 여행을 가서도 사진을 찍긴 했지만 대체로 태열이 주영에게 카메라를 들이댔을 때였다. 같이 찍은 사진은 거의 손에 꼽았다.

영이 네가 오른쪽, 열이 네가 왼쪽에 서고.

핸드폰 카메라를 불쑥 들이댄 상덕이 이것저것 지시를 했다. 태열이 나서는 제 삼촌을 보며 귀찮은 얼굴을 하면서도 주영의 어깨에 팔을 얹었다.

"아까까지는 서로 좋다고 웃어 재끼더니. 카메라 들이대니까 싸웠나."

액정을 바라보는 상덕이 눈을 치뜨며 타박했다.

"좀 웃어 봐라. 응? 김―치이."

화면 안에 어색하게 표정을 굳힌 주영과, 시큰둥한 얼굴로 정면을 바라보는 태열이 담겼다.

찰칵. 찰칵. 찰칵.

셔터 소리와 함께 상덕의 핸드폰 속에 잘 어울리는 한 쌍의 사진이 차곡차곡 쌓여 갔다. 잠자코 시키는 대로 사진을 찍던 태열이 상덕을 향해 걸어왔다.

손을 내밀어 사진을 확인한다. 담벼락 위로 솟은 자줏빛 꽃나무와 그 아래 함께 서 있는 두 사람.

어색하게 굳어 뚱한 얼굴로 하얀 셔츠를 입은 주영의 얼굴을 보고 있자니, 처음 주영을 만난 순간이 떠올랐다.

멀리서 낡은 놀이터를 향해 걸어오던 새하얀 여자애. 남색 코트 안에 작게 삐죽 보이는 하얀 교복 블라우스 셔츠. 바람에 날리는 긴 머리. 찬 바람에 발갛게 물든 하얀 뺨.

홀린 듯이 이끌렸던 그 순간.

발끝부터 정수리까지, 찌릿한 무언가가 관통하고 지나간 기분. 눈앞에서 울고 있는 어린아이의 울음소리마저 멈춰서 들리지 않았던 순간.

시간이 멈추고 생각이 멈췄던 그 순간.

세상 무엇에도 관심 없는 듯 모든 것을 홀연히 지나쳐 걸어오는 여자애만이 시야에 담겼던 그날.

그의 세상이 뒤바뀌었던 그날.

그리고 그날의 그 순간이 만들어 낸 지금. 어느 때보다 만족스러운 미소가 그의 입가에 맺혔다.

말없이 사진을 확인하는 태열을 지나친 상덕이 주영을 향해 다가가 눈치를 살폈다. 무슨 할 말이 있어서 그런가 해 주영이 상덕을 빤히 바라봤다.

흠흠, 헛기침을 몇 번 한 상덕이 넌지시 말을 꺼냈다.

"그런데 주영아."

"네?"

"내가 니들 그 청첩장 그걸 아까 봤는데……."

"……."

"내가 좀 헷갈리는 게 있는데 물어봐도 되나 모르겠어."

"말씀하세요."

"니가 온주영이 아니여? 왜 청첩장엔 서주영이라 써 있대?"

아……. 주영의 자세한 사연을 모르는 상덕 입장에서는 의아할 수도 있겠다 싶었다. 주영은 이런저런 사정을 간략하게 설명했다.

잠자코 들으며 고개를 끄덕인 상덕이 조심스럽게 다시 물어왔다.

"그럼 내는 너를 뭐라 불러야 하나?"

"편하신 대로 불러 주세요."

주영이 옅게 웃으며 대답했다. 이젠 그런 것들에 크게 연연하지 않기로 했으니까.

온주영으로 살아왔던 시간도, 서주영으로 살아온 시간도. 다 주영의 것이었다.

서류상으론 여전히 서주영이었지만, 예전의 그녀를 기억하고 옛 이름으로 불리는 순간도 기꺼웠으므로.

주영은 그저 주영일 뿐.

주영이 한쪽에 서서 여전히 사진을 확인하는 태열을 바라보았다. 시선을 느꼈는지 집중해 있던 눈이 주영을 향했다.

시선이 얽히자 태열의 입매가 둥글게 말려 올라갔다. 주영의 입꼬리도 예쁘게 휘었다.

서로를 마주 보며 예쁘게 웃는 두 사람 뒤에서 상덕이 쯧, 하고 혀를 차는 소리가 들렸다.

"사진 찍을 때도 그렇게 웃으면 얼마나 좋나."

절레절레 고개를 저은 상덕이 주머니에 손을 넣어 무언가를 꺼내 주영을 향해 흔들었다. 점심때 주영이 상덕에게 골라 달라며 보여 줬던 청첩장 샘플이었다.

"맞다. 주영아 나는 이거가 맘에 들던데."

"어떤 거요?"

주영이 상덕이 내미는 카드를 받아들었다.

"그런데, 다 좋다. 다 좋은데 마지막 문장은 쪼끔 맘에 안 드네. 내가 지금껏 뿌린 게 얼만데. 억울하게시리."

덧붙여지는 상덕의 투정 아닌 투정에 주영이 활짝 웃으며 청
첩장 카드를 열었다.

오래 기다린 마음과 마음이 만나
새로운 세상을 그려 나가고자 합니다.

남은 날, 서로의 빛무리가 되어 줄 두 사람.

고태열과 서주영

2025년 3월의 어느 토요일 한남동.

소중한 인연, 함께 축복해 주시기를 바랍니다.
축의금은 정중히 사양합니다.

〈온전한 결핍〉 끝.